二見文庫

永遠を誓う恋人（上）

J・R・ウォード／安原和見=訳

Lover Avenged

by

J. R. Ward

This edition published by arrangement with Berkley,
an imprint of Penguin Publishing Group,
a division of Penguin Random House LLC
through Tuttle-Mori Agency, Inc., Tokyo

この本を、あなたに。
〝善〟と〝悪〟は相対的な言葉。
あなたのようなひとの場合はとくにそう。
でもわたしは彼女に賛成。あなたはつねに変わらずわたしのヒーローです。

謝辞

〈黒き剣兄弟団〉(ブラック・ダガー・ブラザーフッド)の読者のみなさんに最大限の感謝を。そして〈セリーズ〉のみなさんにごあいさつを！

スティーヴン・アクスルロッド、カラ・セイザー、クレア・ザイアン、カラ・ウェルシュ、レスリー・ゲルブマンへ、ほんとうにありがとう。

ルーとオーパルをはじめ、われらが管理者(モッズ)と廊下監視員(ホール・モニター)のかたがた、温かいお心遣いのすべてにお礼を言います。

毎度のことながら、わが執行委員会の面々――スー・グラフトン、ドクター・ジェシカ・アンダスン、ベツィ・ヴォーンに、そして比類なきスザンヌ・ブロックマンと驚異のクリスティン・フィーハン（と家族のみなさん）に最大の敬意をこめて、心からお礼を申しあげます。

DLBへ。あなたを尊敬してるなんて言ったら当たり前すぎるけど、でもそうなの。愛してるわ、ママから×××。

NTMへ。いつも正義の味方だけど、それでもあなたはわたしたちみんなから愛されるのよね。

ルエラ・スコットへ。あなたのものよ、ベイビー、ええ、ほんとにそうなの。
ケイリーちゃんとそのお母さんへ——ふたりとも、わたしは心から愛してるから。

あなたたちがいなかったら、とうていここまでやってこられなかったと思います。アドバイザーにしてお世話係、先見の明まであるやさしい夫、とても恩返しできないほど大きな愛を注いでくれるすばらしい母、わたしの家族（血のつながった家族も、選択でつながった家族も）、そして親友たち。

そしていつものとおり、よき相棒「作家の犬」にも、ほんとうにありがとう。

用語と固有名詞

仇討ち(アヴェンジ)(動)――*ahvenge* 報復のために相手を殺すこと。一般に親族の男性によっておこなわれる。

アーストルクス・ノーストルム(名)――*ahstrux nohstrum* 私的なボディガードで、殺人を許可されている。王によって与えられる地位。

ヴァンパイア(名)――*vampire* ホモ・サピエンスとはべつの生物種。生きるために異性の生き血を飲まなくてはならない。人類の血液でも生きられないことはないが、長くはもたない。二十代なかばに遷移を経験したあとは、日中に外を出歩くことはできなくなり、定期的に生き血で身を養わなくてはならない。血を吸ったり与えたりしても、人間をヴァンパイアに〝変身〟させることはできない。ただし、まれに人間とのあいだに子供が生まれることはある。意志によって非実体化することができるが、それには心を静めて精神を集中しなくてはならない。また、そのさいに重いものを持ち運ぶことはできない。短期的な記憶にかぎられるものの、人間の記憶を消すことができる。他者の心を読める者もいる。寿命は一千年ほどだが、それを超える例もある。

往還者（ウォーカー）（名）――*wahlker*　いちど死んで、〈冥界〉（フェード）から戻ってきた者のこと。苦しみを乗り越えてきた者としてあつく尊崇（そんすう）される。

ウォード（名）――*whard*　後見のこと。

エーロス（名）――*ehros*　〈巫女〉（みこ）のうち、性的な技巧の訓練を受けた者のこと。

流謫の双児（エグジール・ドーブル）（名）――*exhile dhoble*　邪悪な、あるいは呪われた双児。双児のうち、あとから生まれた者を指す。

〈オメガ〉（固）――*the Omega*　悪しき超越的存在。〈書の聖母〉への恨みを晴らすため、ヴァンパイアの絶滅を目指している。超俗界に生き、強大な能力を持っているものの、生命を創造する力はない。

ガーディアン（名）――*ghardian*　保護者のこと。ガーディアンにはさまざまなレベルがあり、最も強大な権限を持っているのは、〝隔離（セクルージョン）〟下の女性を保護するガーディアンである。

グライメラ（名）――*glymera*　貴族社会の核心をなす集団。おおよそ摂政時代（リージェンシー）（一八一一～一八二〇年）の英国の〝トーン〟（財力があり、血筋がよく、流行に敏感で洗練されているという、三拍子そろった貴族の一群のこと）に相当する。

クリー（名）――*chrih*　名誉ある死を意味する〈古語〉の文字。

血隷（名）――*blood slave*　男性または女性のヴァンパイアで、他のヴァンパイアに従属して血を提供する者。血隷を抱える慣習は先ごろ法的に禁止された。

の男性が争うこと。

シェラン（名）――*shellan*　女性ヴァンパイアのうち、決まった連れあいを持つ者のこと。女性は一般に、複数の男性を連れあいにすることはない。これは、連れあいを持った男性は縄張り意識がひじょうに強くなるからである。

〈書の聖母〉（固）――*the Scribe Virgin*　超越的存在で、王の相談役を務め、ヴァンパイアの記録保管庫を守り、また恩典を授ける力を持つ。超俗界に存在し、さまざまな能力を持っている。一度だけ創造行為をなす能力を与えられており、その能力を用いて生み出したのがヴァンパイア種族である。

精神共感者（シンパス）（名）――*symphath*　ヴァンパイア種族の亜種。他者の感情を操作したいと望み、またその能力を持つ（エネルギーをやりとりするため）のが最大の特徴。差別されてきた歴史をもち、見つかれば殺されていた時期もある。いまでは絶滅に瀕（ひん）している。

隔離（セクルージョン）（名）――*sehclusion*　貴族の女性に対して認められている制度。家族の申し立てにより、王が認可する。これが認められると、その女性は保護者（ガーディアン）ひとりの監督下に置かれる。ガーディアンになるのはふつう家族で最年長の男性で、その女性の生きかたすべてを決定する法的な権利を持ち、社会との関わりをあらゆる面にわたって制限することができる。

遷移（名）――*transition*　ヴァンパイアが子供からおとなになる重大な節目。これ以後は、生きるために異性の血を飲まねばならず、また日光に耐えられなくなる。一般に二十代なかばで起きるが、遷移を乗り越えられないヴァンパイアは少なくない（とくに男性）。遷移前のヴァンパイアは身体的に虚弱で、また未成熟であるため性的刺激には反応しない。非実体化の能力もまだない。

〈奈落〉（ドゥーンド）（固）――*Dhunhd*　地獄のこと。

ドゲン（名）――*doggen*　ヴァンパイア界の下僕階級。古くから続く伝統に従って上の者に仕え、着るものから立ち居ふるまいまで堅苦しい規範に従っている。日中も出歩くことができるが、比較的老化が早い。寿命はおよそ五百年。

トライナー（名）――*trahyner* 互いに尊敬と愛情を抱いている男性どうしで使われる言葉。おおよそ〝親友〟の意。

ナーラ（女）または**ナーラム**（男）（名）――*nalla*、*nallum* 〝愛しいひと〟の意。

未通女（ニューリング）（名）――*newling* 処女のこと。

パイロカント（名）――pyrocant ある者の重大な弱点のこと。依存症などの内的な弱点のこともあれば、愛人などの外的な弱点のこともある。

〈廟〉（びょう）（固）――*the Tomb* 〈黒き剣兄弟団〉（ブラック・ダガー・ブラザーフッド）の地下聖堂。儀式の場として用いられるほか、殲滅者（レッサー）の壺（つぼ）の保管場所でもある。ここでおこなわれる儀式には、入団式、葬儀、および〈兄弟〉に対する懲罰（ちょうばつ）の儀式がある。この聖堂に足を踏み入れてよいのは、〈兄弟団〉のメンバー、〈書の聖母〉、入団候補者のみである。

〈宗家（ファースト・ファミリー）〉（固）——*First Family* ヴァンパイアの王と女王、およびその子供たちのこと。

畏るべき（フィアサム）（形）——*phearsom* 男性性器の能力を示す言葉。文字どおりに訳せば〝女性に入るに値する〟というほどの意。

〈冥界（フェード）〉（固）——*the Fade* 超俗界。死者が愛する者と再会し、永遠に生きる場所。

〈黒き剣兄弟団（ブラック・ダガー・ブラザーフッド）〉（固）——*Black Dagger Brotherhood* 鍛（きた）え抜かれたヴァンパイア戦士の集団。〈殲滅協会〉から種族を守るために戦っている。種族内での選択的交配の結果、〈兄弟団〉のメンバーはみな心身ともに並はずれて強健で、負傷してもたちまち治癒する。おおむね血のつながりはなく、入団はメンバーからの指名による。その性格からしてとうぜん血の気が多く、他に頼るのを嫌い、秘密主義的なところがある。そのため一般ヴァンパイアとは距離を置いており、身を養うとき以外は他階級の同族とはほとんど接触しない。ヴァンパイア界では伝説的な存在で、崇敬の対象となっている。銃弾や刃物で心臓を直撃するなど、よほどの重傷を負わせないかぎり殺すことはできない。

第一階級（プリンセプス）（名）――*princeps*　ヴァンパイアの貴族階級中最高の階級。その上に立つのは〈宗家（ファースト・ファミリー）〉あるいは〈書の聖母〉に仕える〈巫女〉だけである。生まれつきの身分であり、他の階級に生まれた者がのちにプリンセプスに列せられることはない。

ヘルレン（名）――*hellren*　男性のヴァンパイアのうち、決まった連れあいを持つ者のこと。男性は複数の女性を連れあいとすることがある。

マーメン（名）――*mahmen*　母親のこと。普通名詞としても、また愛情をこめた呼びかけとしても用いる。

〈巫女（みこ）〉（固）――*the Chosen*　〈書の聖母〉に仕えるべく生み育てられた女性のヴァンパイア。貴族階級とされてはいるが、超俗的な意味での〝貴族〟であって世俗的な意味合いは薄い。〈プライメール〉以外の男性と交渉を持つことはほとんどないが、階級のメンバーを増やすために、〈書の聖母〉の命令で兄弟たちと交わることはある。予言の能力を持つ者もいる。過去には連れあいのいない〈兄弟団〉のメンバーに血を提供しており、この慣習は〈兄弟団〉の意向により復活している。

幻惑（ミス）（名）――*mhis*　ある物理的環境を覆い隠すこと。幻想の場を生み出すこと。

欲求期（名）――*needing period*　女性ヴァンパイアが受胎可能となる時期。一般には二日間で、この期間は性的欲求が旺盛になる。遷移後およそ五年で起こり、その後は十年に一度の割合で訪れる。欲求期の女性が近くにいると、男性ヴァンパイアは多かれ少なかれ反応する。ライバルの男性間でもめごとが起こりやすく、その女性に決まった連れあいがいない場合はとくに危険な時期である。

ラールマン（名）――*rahlman*　救い主。

ライス（名）――*lys*　拷問具。眼球をえぐり出すのに使われる。

ライズ（名）――*rythe*　名誉回復のための儀式。名誉を傷つけた側が、傷つけられた側に対して申し出る。申し出が受け入れられた場合、名誉を傷つけられた者が武器をひとつ選んで攻撃を仕掛けることになるが、そのさいにはよけたりせずに甘んじて攻撃を受けなくてはならない。

ご主人さま（リージュ）（名）――*lheage*　敬称。性的に自分を支配する相手に対して用いる。

リーラン（形）――*leelan*　親愛の情をこめた呼びかけ。おおよそ〝最愛の者〟の意。

ルーレン（名）――*lewlhen*　賜物。

大立者（レアダイア）（名）――*leahdyre*　権力と影響力を持つ者。

〈殲滅協会〉（レスニング・ソサエティ）（固）――*Lessening Society*　〈オメガ〉の集めた殺戮（さつりく）者の団体。ヴァンパイア種族を根絶することが目的。

殲滅者(レッサー)(名)——*lesser* 魂を抜かれた人間。〈レスニング・ソサエティ〉の会員として、ヴァンパイアの撲滅を狙っている。レッサーは基本的に不老不死で、殺すには胸を刃物で貫かなくてはならない。飲食はせず、性的には不能。時とともに毛髪、皮膚、虹彩(こうさい)から色素が抜け、髪はブロンド、皮膚は白色、目の色も薄くなっていく。ベビーパウダーのような体臭がある。入会のさいに〈オメガ〉によって心臓を取り出され、それを収めた陶製の壺をそれぞれ所持している。

王はみな盲目である。
すぐれた王はそこに気づいているから、
目のみに頼って民を導こうとはしない。

永遠(とわ)を誓う恋人（上）

登場人物紹介

リヴェンジ（レヴ）	黒き剣兄弟団
エレーナ	看護師
ラス	黒き剣兄弟団のリーダー
ベス	ラスの妻
ベラ	レヴの妹
ブッチ・オニール	刑事
ホセ・デ・ラ・クルス	殺人課の刑事
ゼックス	〈ゼロサム〉の従業員
ジョン・マシュー	若きヴァンパイア
ラッシュ	〈オメガ〉の息子
モントラグ	貴族
トールメント	黒き剣兄弟団
ヴィシャス（V）	黒き剣兄弟団
ウェルシー	トールメントの恋人
ハヴァーズ	医師
ルーシー	エレーナの父の看護師
マリー＝テレーズ	娼婦

1

「王は死なねばならぬ（The king must die）」

一音節の単語が四つ。ひとつひとつを見ればなんの変てつもない。だがそれをつなげると——やばいことがあとからあとから湧いてくる。殺人。裏切り。反逆。死。

それが発せられたあとの重苦しい時間、リヴェンジは黙っていた。書斎の息詰まる空気にその四語が垂れ込めて、闇と悪の羅針盤の四方位を指し示すかのようだ。そしてそんな羅針盤なら、彼にとっては使い慣れた道具というところだった。

「なにか言うことは？」レームの子モントラグは言った。

「ないね」

モントラグはまばたきして、のどもとのシルクのネクタイをいじる。〝グライメラ〟の例にもれず、ベルベットのスリッパを両方とも、階級という乾いたさらさらの砂地にしっかり突っ込んで立っている。つまり、全身くまなくびしっと高級品で固めているということだ。スモーキングジャケット（ゆったりした室内用の上着）に、しゃれたピンストライプのスラックスに……まさか、あれはほんとうにスパッツか？……『ヴァニティ・フェア』のページから抜け出てきたようだ。そうだな、百年ぐらい前の。そしてその途方もない恩着せがましさといい、むかつく頭のよさといい、こと政治に関してはまるで大統領抜きのキッシンジャーだった。分析いっぽうで権威はない。

だからこの会合というわけだ。

「先を続けなさいよ」レヴは言った。「もう屋上から飛び下りたんだ。いまさら着地を楽にしようとしてもむだだよ」

モントラグは眉をひそめた。「あなたとちがって、こういう話を軽い気持ちでは口にできないのでね」

「よく言うよ」

書斎のドアにノックの音がして、モントラグが横を向いた。アイリッシュ・セッターのような横顔。鼻しかないような。「お入り」

言いつけに従って〝ドゲン〟が入ってくる。だが、手にした銀のティーセットの重みに悪戦苦闘していた。ポーチほどもある黒檀（こくたん）のトレーを両手に持ち、背をかがめて部屋を歩いてくる。

　そこで顔をあげてレヴに気づいた。

　ぴたりと凍りつくさまは、まるでスナップ写真だ。

「ここへ持ってきなさい」モントラグが指さした低いテーブルは、ふたりが腰かけている二脚のシルク張りのソファにはさまれている。

　〝ドゲン〟は動かず、ただレヴの顔を見つめていた。

「どうした」モントラグが詰問するあいだにも、ティーカップが揺れて、トレーからかちゃかちゃと音が響いてきた。「ここへ持ってきなさいと言っているだろう」

　〝ドゲン〟はお辞儀をし、なにごとかもごもごとつぶやくと、ゆっくり近づいてくる——とぐろを巻くヘビに近づくかのように、一歩ずつそろそろと足を前に出して。できるだけレヴに寄らないようにしながらティーセットをおろしたものの、手が震えてカップを受け皿にのせることもできないほどだ。

　ティーポットに手を伸ばしたが、あれではぶちまけてしまうのは目に見えている。

「わたしがやろう」レヴは言って手を差し出した。

　〝ドゲン〟がびくっと身を引いたとき、把手を握っていた手が滑り、ポットが自由落下を始めた。

レヴは、その火傷しそうに熱い銀のポットを両手で受け止めた。

「なにをやってるんだ！」モントラグがソファから飛びあがった。

〝ドゲン〟は身を縮こまらせ、両手を顔にあげながら言った。「申し訳ありません、旦那さま。まことに、わたくし――」

「うるさい、さっさと氷を――」

「彼女のせいじゃない」レヴは落ち着いて、ポットをつかんだ手で把手を握りなおし、お茶をつぎにかかった。「それに、わたしはなんともないよ」

ふたりはそろってこちらを見つめている。彼が飛びはねながら、悲鳴をあげつつ大きな手をふりはじめるのを待っているかのようだ。

銀のポットをおろし、モントラグの淡色の目をのぞき込む。「砂糖はひとつ？ふたつ？」

「なにか……持ってこさせようか、火傷の手当てに」

彼はにっこりして、屋敷の主人に向かって牙を閃かせた。「わたしはなんともないよ」

なにもできないのが気に入らなかったようで、モントラグはその鬱憤を召使にぶちまけた。「どういうつもりだ、わたしに恥をかかせて。さっさと出ていけ」

レヴは〝ドゲン〟に目をやった。恐怖と恥ずかしさとパニックの織りなす三次元の格子が見える。それがからみあって網目をなし、彼女の周囲の空間を埋めるさまは、骨や筋肉や皮膚と変わらぬ実体を備えて見えた。

心配しなくていい、と彼女に思考を向ける。わたしがちゃんと取りなしておくから。

〝ドゲン〟の顔に驚きが広がったが、肩からふっと緊張が抜け、さっきよりずっと落ち着いた様子でまわれ右をした。

彼女が出ていくと、モントラグは咳払い(せき)をしてまた腰をおろした。「あれはどうしようもないな。まったくの役立たずで」

「ひとつから始めようか」レヴは角砂糖をお茶に入れた。「足りなければもうひとつ入れればいい」

カップを差し出したが、こちらからは身を乗り出すことはしなかったので、モントラグはまたソファから立ちあがり、テーブルにかがみ込むようにして受け取らざるをえなかった。

「ありがとう」

レヴは受け皿をつかんだまま、主人の脳にべつの考えを流し入れた。「女はわたしがいると不安になるんだ。彼女のせいではない」

レヴが急に手を放すと、モントラグはあわてて〈ロイヤル・ドルトン〉を支えた。

「おいおい、こぼさないでくれよ」レヴはソファに腰を落ち着けた。「このみごとなじゅうたんにしみができたら大変だ。オービュソンだろう？」

「えっ……ああ」モントラグはまた座りなおし、眉をひそめた。どうして急にメイドに対する気持ちが変わったのかわからないというように。「その……ああ、そのとおりだ。何年も前に父が買ってきたものなんだ。なかなか悪くない趣味をしているだろう？　この部屋はこれに合わせて建てたのだよ、じゅうたんがたいそう大きいからね。壁の色も、このピーチカラーを引き立たせるようにわざわざ選んだんだ」

モントラグは書斎を見まわし、笑顔でお茶を飲んだ。ひょいと小指を立てているのが旗のようだ。

「お茶はどう」

「ちょうどいい。しかしあなたは飲まないのか」

「お茶は飲まないんだ」レヴは、向こうがカップを口もとに持ちあげるまで待った。

「それで、ラスを殺す話をしていたな」

モントラグはむせ、アールグレイが血赤のスモーキングジャケットの胸もとを濡らし、父親ご自慢のじゅうたんにもこぼれ落ちた。

もたもたした手つきでしみを払っている相手に、レヴはナプキンを差し出した。

「ほら、これを」

モントラグはダマスク織のナプキンを受け取り、不器用に胸もとを押さえ、次にじゅうたんを拭いたが、同じくまったくむだな努力だった。どう見ても、汚すばかりで始末のできないたぐいの男だ。

「そう言っていたじゃないか」レヴはぼそりと言った。

モントラグは、ナプキンをトレーに放って立ちあがり、お茶はそのままにして歩きまわりはじめた。山を描いた大きな風景画の前で立ち止まる。その劇的な場面——十八世紀の兵士が光を浴びて天に祈っているという——を鑑賞しているようなふぜいだ。

やがて絵に顔を向けたまま言った。「〝レッサー〟の襲撃で、われわれの血を分けた同胞(はらから)が何人も生命を落としただろう」

「それなのにこのわたしは、自分が会議の〝大立者(レアダイア)〟に選ばれたのは、ひとえにこの光輝あふれる人格のためだと思っていたんだからな」

モントラグは肩越しににらみつけてきた。ふんとあごをあげるさまは、まさに貴族を絵に描いたようだ。「わたしは父と母といとこたちを全員亡くした。みんなわたしが埋葬したのだぞ。楽しいことだとでも？」

「申し訳ない」レヴは右の手のひらを心臓に置いて頭を下げた。とはいえ、真に受けたわけではない。亡き親族を列挙されて恐れ入るつもりなどさらさらなかった。なにしろ相手の感情にあるのは強欲ばかり、悲嘆のかけらもないのだ。

モントラグは絵に背中を向けた。十八世紀の兵士のいるあたりに頭が重なり……赤い軍服を着た小さな男が彼の耳をよじ登ろうとしているように見える。

「〝グライメラ〟は、あの襲撃で未曾有の損害をこうむっている。生命だけでなく財産にもだ。屋敷が荒らされ、骨董品や美術品が奪われ、銀行口座はからになっている。なのにラスはなにをしている？　なにもしていない。質問にも答えない。どうして襲撃された家族は住所を知られてしまったのか……なぜ〈兄弟団〉は攻撃を食い止められないのか……奪われた財産はすべてどうなったのか。二度と同じことが起こらないように防止する策もない。わずかに残った貴族たちがコールドウェル市内に戻ったとして、保護されるという保証もない」モントラグは本気で演説をぶちはじめていた。声が高まり、まわり縁（天井と壁の接する部分に取り付ける帯状の装飾）と金箔の天井に反響する。「わが種族は絶滅しかけている。いまこそ真のリーダーが必要だ。しかし法の定めにより、ラスの心臓が動きつづけるかぎり、王はラスだ。ひとりの生命と多数の生命とどちらが大事か。答えは自分の心臓をのぞいてみればわかる」

言われずとも、レヴはいまそれをのぞき込んでいた。どす黒く邪悪な筋肉の塊だ。

「それでそのあとはどうする」

「われわれが権力を掌握して、やるべきことをやるのさ。王位に就いてから、ラスは構造改革をしてきた……〈巫女〉たちがどうなったか見るがいい。いまではこっち側で暮らすのを許されている——前代未聞だ！　それに奴隷は禁止されたし、女性の隔離（セクルージョン）もそうだ。まったく信じられん、次はきっと〈兄弟団〉にスカートをはいたメンバーが加入することになるぞ。われわれが政権を握れば、ラスの改悪をもとに戻し、法を適切に改正して昔の流儀を取り戻すこともできる。〈殲滅協会（レスニング・ソサエティ）〉に対する新たな攻撃も計画できる。われわれなら勝てる」

「ずいぶん『われわれ』を連発してるが、なにを考えているのかわたしにはわからないね」

「それはもちろん、平等のなかにも先頭に立つ者がひとり必要だ」モントラグはスモーキングジャケットの襟をなでつけ、頭と胴体をななめに構えた。ブロンズ像のモデルとしてポーズでもとっているつもりか。あるいは一ドル札の。「人望と実力のある選ばれた人物が」

「それで、どうやってその逸材を選ぼうというのかな」

「民主主義に移行するのだよ。もう遅すぎるぐらいだ。君主制という不公正で不平等な体制を改め……」

空疎なたわごとばかり、調子に乗っていくらでもあふれてくる。それを聞き流しながら、レヴはゆったりと背もたれに身体を預け、膝を組んで、両手の指先を合わせて尖塔(せんとう)を作っていた。ふかふかのソファに腰かけ、身内ではヴァンパイアの部分と〝シンパス〟の部分とが争いあっている。

その心中の怒鳴りあいのおかげで、思いあがった独りよがりの鼻声が完全にかき消されるのだけはありがたかった。

いまがチャンスなのは明白だ。王を始末して一族の支配権を握るのだ。

そんな言語道断なことができるか。すぐれた人物にしてよき指導者にして……いわば友でもある、そんな男を殺すというのか。

「……それで、われわれを率いる人物を選べばよい。その人物には評議会への説明責任を果たしてもらい、われわれの懸案にしっかり対処してもらうわけだ」モントラグは、先ほど座っていたソファに戻ってきて、腰をおろして楽な姿勢をとった。まるで何時間もそこに座って、未来について駄法螺(だぼら)を並べることもできるかのように。「君主制は機能していないのだから、民主制こそが唯一の――」

レヴは言葉をはさんだ。「民主制とはふつう、全員に一票の権利があるという意味だよ。よくおわかりでないといけないから言っておくが」

「いや、だからわれわれはその権利を持つのさ。評議会に属するわれわれは、全員が選挙権を持つことになる。だれもが発言権を与えられる」

「念のため、『全員』というのは『われわれのような者』だけでなく、ほかにも二、三の集団を包含する言葉だな」

モントラグは〝わかってるくせに〟という視線を投げてよこした。「本気で言っているのか。下賤(げせん)の者どもに一族の未来を託すと？」

「わたしに託されても困るがね」

「託されるかもしれない」モントラグはティーカップを口もとに運び、その縁越しに鋭い視線をひたと当ててきた。「そうなっても不思議はない。あなたはわれわれの〝大立者(レアダイア)〟なのだから」

モントラグを見つめながら、レヴは行く手に伸びる道を見ていた。舗装され、ハロゲンビームで照明された道路のようにはっきりと見える。ラスはまだ子をなしていないから、彼がいま殺されれば王家の血統が絶える。社会は権力の真空を忌み嫌う。いまのヴァンパイア社会のように、戦争中であればとくにそうだ。だから正気の支配する平穏な時代にくらべれば、君主制から「民主制」へという過激な移行もずっと実現の可能性が高くなる。

〝グライメラ〟はコールドウエルから逃亡し、ニューイングランド（米国北東部の六州（コネティカット、ロードアイランド、マサチューセッツ、ヴァーモント、ニューハンプシャー、メイン）を指す）じゅうの隠れ処に身を潜めているかもしれない。しかし、あの頽廃的なろくでなしの集団はいまも財力と影響力を持っていて、以前からずっと乗っ取りを狙っていた。今回のこの計画では、みずからの権力欲に民主制という衣服をまとわせ、弱者を保護するつもりであるかのように装おうというわけだ。

レヴの暗い側の本性がざわめいた。投獄されて仮釈放を待ち望む犯罪者のようだ。陰謀と権力闘争は、父親側の血族にとっては生まれついての衝動であり、彼の一部はその真空を生み出したいと……そしてそこに自分が座を占めたいと望んでいた。

モントラグのもったいぶった長広舌を遮って、彼は言った。「プロパガンダはもういい。具体的にどうしようというんだ」

ティーカップをことのほか慎重におろす。なんと言おうか考えるふりというわけだ。くだらない。賭けてもいいが、言うべきせりふは最初からちゃんと考えてあるだろう。その場の思いつきでできるような話ではないし、つるんでいる仲間もいるに決まっている。そのはずだ。

「あなたもよく知っているとおり、二日後にコールドウェルで評議会が開かれる。とくに今回は、王に謁見が許されることになっている。ラスが現われれば……そこで殺傷事件が起こるというわけだ」

「ラスには〈兄弟団〉がついてくるぞ。あの筋肉集団、そう簡単になんとかできる相手じゃない」

「死神はさまざまな仮面をつけるものだ。演技する舞台もさまざまだし」

「それでわたしの役割は……？」訊かずともわかってはいたが。

モントラグの淡色の目は氷のようで、輝いてはいるが冷たかった。「あなたがどんな男かは知っているし、だからどんなことができるかもよく知っている」

べつに驚きではなかった。レヴはこの二十五年間麻薬王を演じてきた。その副業を貴族社会に宣伝はしなかったものの、ヴァンパイアたちは彼のクラブにいつも来ているし、その多くが薬物の客の列に加わっている。

〈兄弟〉たちをべつにすれば、彼の〝シンパス〟の側面を知っている者はいない。できるものなら、〈兄弟〉たちにも隠しておいただろう。この二十年、秘密を守りとおすために恐喝者に莫大な金を支払ってきたのだ。

「だからあなたに話を持ってきたわけだ」モントラグは言った。「あなたなら、どうすればいいかわかるだろうから」

「たしかに」

「評議会の〝大立者(レアダイア)〟として、あなたは絶大な権力を握ることになる。たとえあなたが総裁に選ばれなかったとしても、評議会はいままでどおりだ。それに、〈黒き剣兄弟団(ブラック・ダガー・ブラザーフッド)〉のことは心配しなくて大丈夫だよ。あなたの妹さんが〈兄弟〉と誓っているのは知っている。今回の件で〈兄弟〉たちに累が及ぶことはない」

「〈兄弟〉たちが腹を立てないとでも？　ラスは王だというだけじゃない、血を分けた〈兄弟〉のひとりなんだぞ」

「一族を守ることが〈兄弟団〉の第一の義務だ。われわれの向かうところについてくるしかないさ。それにこれは言っておかなくてはならないが、最近の〈兄弟〉たちの働きぶりに不満を持っている者は少なくない。もっといい指揮官が必要なんだと思う」

「あなたのようなということか。なるほどな」

　内装業者が戦車小隊を指揮しようとするようなものだ。延々と続く耳障りなさえずりも、戦士のひとりがこの軽量の線香花火をあっさり吹き消して、死体のうえで二、三度踏みにじればそれきりだろう。

カンペキな計画もいいところだ。

だがしかし……モントラグが選ばれるとどうしてわかる？　事故は王にも起これば貴族にも起こる。

「ひとつ言っておきたい」モントラグが続ける。「これは父からいつも言われていたことなのだが、肝心なのはタイミングだ。ことは急を要する。友として、当てにさせてもらっていいね？」

レヴは立ちあがり、相手の頭上高くそびえたった。ジャケットの袖口をさっと引っ張り、〈トム・フォード〉の崩れを直すと、杖(つえ)に手を伸ばす。全身の感覚がまったくない。衣服の感触も、体重が尻から足裏に移った感覚も、火傷した手のひらに握りが当たる痛みも。この感覚麻痺(まひ)は薬の副作用だ。闇の部分が表に出てきて、まともな部分と混じりあうのを防ぐために必要な薬――それが檻(おり)となって、社会病質者(ソシオパス)の衝動を封じ込めている。

しかし、生来の姿に立ち戻るには、たった一回薬を打ちそこなうだけでいい。一時間後には身内の悪が元気いっぱい目を覚まし、準備体操を終えているだろう。

「あなたの答えは？」モントラグが催促する。

それが問題だ。

人生ではときとして、なにを食べ、どこで眠り、なにを着るかといった無数のつまらない選択のなかに、ほんとうの分かれ道が現われることがある。そんなとき——大した意味のない事象からなる霧が晴れて、運命が自由意志による選択を求める声を轟(とどろ)かせるとき、そんなときには右か左かしかない。二本の道のあいだの下生えに四輪駆動で突っ込むという選択肢はなく、迫られる選択について交渉する余地もない。

運命の呼び声に応えて進む道を選ばなくてはならない。いったん選んだらもう引き返せない。

言うまでもないが、ことはそう簡単ではない。善悪を判断する能力は、彼にとって生まれつき備わったものではなく、ヴァンパイア社会でやっていくためにしかたなく自力で学んできたものだ。おかげで教訓は身についている——が、それにも限界がある。

しかもいま、薬はまあまあ、なんとか効いているという程度なのだ。

だしぬけに、モントラグの白い顔がパステルピンクの色調を帯び、黒っぽい髪は赤紫に、スモーキングジャケットはケチャップの色に変わった。赤い塗料がすべてを染めていくにつれ、視界は平面的になり、世界が映画のスクリーンに変わっていく。

〝シンパス〟が他人を利用するのに抵抗を感じないのは、たぶんこのためだろう。身内の闇の部分が頭をもたげてくると、世界にはチェス盤ほどの奥行きしかなくなり、人々はポーンと化して、全知の彼が自在に操れる存在になる。だれもかれもだ。敵も……味方も。

「引き受けた」レヴは宣言した。「あなたの言うとおり、どうすればいいかはわかっている」

「誓ってくれるね」モントラグはなめらかな手のひらを差し出した。「秘密裏に、沈黙のうちに実行されると」

差し出された手は宙ぶらりんのままに、レヴはそれでも笑顔を作り、また牙を閃かせた。「大丈夫だ」

2

ラスの子ラスは、コールドウェルの都市部の裏道を急いでいた。身体の二か所から出血している。左肩には鋸歯状のナイフで切られた傷が口をあけているし、太腿の肉は大きくえぐれている。こちらは錆びた大型ごみ収集容器の角にやられた。前方の〝レッサー〟の野郎、すぐに魚のようにはらわたを抜いてやるつもりだが、このふたつの傷はどっちもあいつのせいではない。あんちくしょうの二匹の仲間、薄い色の髪と女みたいなにおいのやつらの仕業だ。

そしてその仕業の直後には、二匹ともそろいの堆肥袋に変わっていた。三百メートル前、三分前のことだ。

だが、この前方の野郎こそが真のターゲットだった。

殺し屋は逃げようとしているが、ラスのほうが速い——それは脚が長いからだけではない。こちらは腐食したタンクのように水漏れしているが、それでもこの三匹めはかならず死ぬことになる。

これは意志の問題だ。

この〝レッサー〟は今夜、まちがった道を選択した――といっても、いま走っているこの裏道のことではない。この裏道を選んだのは、正しいまっとうな行動だ。たぶんこの数十年で、この不死の化物はこれ以上にまともな行動をとったことはなかっただろう。なぜなら、戦闘では人目につかないことが重要だからだ。〈兄弟団〉にしても〈殲滅協会〉にしても、人間の警察がこの戦争に関わってくるのは、たとえそれが鼻紙程度であっても願い下げだ。

こんちくしょうが「残念でした、不正解です」をやらかしたのは、十五分ほど前に男の一般ヴァンパイアを殺したときだ。顔に笑みを浮かべて。ラスの面前で。

王がこの殺し屋トリオを最初に見つけたのは、ヴァンパイアの鮮血のにおいのせいだった。三匹は彼の臣民を誘拐しようとしていたが、こちらが少なくとも〈兄弟団〉のメンバーであることは明らかに察知していた。いま前方を走っているこの〝レッサー〟が、男性ヴァンパイアを殺したのはそのせいだった。邪魔な荷物は始末して、戦闘に完全に集中しようというわけだ。

連中にとっては残念な話だった。ラスの出現のせいで、〈ソサエティ〉の拷問キャンプで時間をかけてゆっくり一般ヴァンパイアを責め殺すことができなかったのだから。だがそうは言っても、なんの罪もないおびえた市民が容赦なく切り裂かれ、からのランチボックスさながら、氷のように冷たいひび割れた路面に投げ捨てられたのだ。そんなさまを見せつけられては、とうてい冷静ではいられなかった。

どうあっても、あの外道を倒さなくてはならない。

目には目をで終わらせるものか。

道は行き止まりになり、そこで〝レッサー〟は「転回と準備」をやった。くるりとふり向き、両足を踏ん張ってナイフを構えたのだ。ラスは足をゆるめなかった。前進しながら平手裏剣を一枚抜き、手首を返してこれ見よがしに放ってやった。なにが襲ってくるか、敵に見せてやりたいときもある。

〝レッサー〟は完璧に振り付けどおりに動き、体重移動で戦闘体勢が崩れる。距離を詰めながら、ラスはさらに一枚、また一枚と手裏剣を放る。たまらず〝レッサー〟が腰を落とした。

盲目の王は非実体化して襲いかかり、剝き出しの牙で外道のうなじを上からがしっと押さえ込んだ。〝レッサー〟の血が甘ったるく舌を刺す。勝利の味だ。勝利の凱歌もすぐに始まる。ラスは外道の両の上腕をつかんだ。

ぽきんと報復の音。正確に言えばぽきんぽきんぽきんだ。

両腕の骨が関節からはずれて、化物は絶叫した。しかしその咆哮が遠くへ届く前にラスの手のひらが口をふさぐ。

「これはただの準備運動だ」ラスは歯のあいだから唸った。「鍛練の前に身体を柔らかくしておかんとな」

王は殺し屋を裏返して見おろした。ラップアラウンドのサングラスの陰で、よく見えない目がふだんより鋭くなる。アドレナリンが血管というハイウェイを駆けめぐり、いっとき視力が高まったのだ。ありがたい。殺す相手を見ておきたい——もっとも、見えなくてもとどめの一撃を正確に繰り出すのに困るというわけではない。

〝レッサー〟が呼吸をしようとあえぎ、顔の皮膚が作り物めいたてらてらした光沢を帯びる。穀物袋に使えそうな化繊の袋を、骨格にかぶせて詰め物でもしてあるかのようだ。目は飛び出しそうに見開かれ、甘ったるい異臭が鼻を突く。暑い夜の道路でぺしゃんこになった死骸を思わせるにおい。

ラスはバイカージャケットのクリップをはずし、輪に巻いた輝く鋼鉄のチェーンをほどいて腕の下から引き出した。ずっしりと重いそれを右手に持ち、こぶしに巻きつけて指関節の幅を広げ、ごつい外形をいっそうごつくする。

「はい、チーズ」

そいつの目玉にこぶしを叩き込んだ。一度。二度。三度。破城槌と化したこぶしの攻撃を受け、眼窩があっさりつぶれる。これでは城門というよりただの裏木戸だ。ぐしゃりと骨のつぶれる衝撃とともに、黒い血が噴き出し飛び散り、ラスの顔にもジャケットにもサングラスにもかかる。全身をレザーに包まれていても、浴びるしぶきはすべて感じられる。まだだ、まだ足りない。

この手の肉はいくら食っても食い飽きることがない。

酷薄な笑みを浮かべ、ラスはこぶしのチェーンをほどいた。薄汚れたアスファルトに当たって、沸き立つような金属の哄笑が響く。まるで彼に負けず劣らず楽しんでいたかのように。足もとの〝レッサー〟は死んではいない。まちがいなく脳の前部と後部に大きな硬膜下血腫ができているだろうが、それでもまだ生きている。こいつらを殺す方法はふたつしかないのだ。

ひとつは、〈兄弟〉が胸にストラップ留めしている黒い短剣を、やつらの胸に突き立てることだ。これでろくでなしどもは創造主たる〈オメガ〉のもとへ送り返される。しかしこれは一時的な解決にすぎない。あの悪の化身は、その精を使ってべつの人間を殺戮マシンに変えるだけだからだ。死ではなく、ただの先送りでしかない。

もうひとつは永続的な解決法だ。

ラスは携帯を取り出して電話をかけた。ボストン訛りのある低い男声が応じると、ラスは言った。「八番街と〈トレード通り〉の角、三つめの裏道だ」

ブッチ・オニールこと破壊者、ラスの子ラスの末裔は、いかにも彼らしい冷静沈着な返答をしてきた。まさに中道、ものにこだわらず、決めつけない。彼の言葉はどうとでも解釈できる。

「やれやれ、勘弁してくれよ、冗談きついぜ。ラス、こんなアルバイトごっこいつまで続けんだよ。あんたはいまじゃ王なんだぜ。もう〈兄弟〉じゃない——」

ラスは電話を切った。

これでよし。このくされ野郎どもを厄介払いするもうひとつの方法、永続的な解決法が五分ほどでやって来る。ただ助手席のショットガンみたいに、口もくっついてくるのが面倒だ。

座ったまま上体を起こしてかかとに体重をのせ、肩にチェーンを巻きなおすと、ラスは夜空を見あげた。建物の屋根に囲まれて、スクワットボックスほどの大きさしかない。アドレナリン濃度が低下してまた目が見えにくくなり、平面的な星空を背景に、そびえる建物の黒い外形がやっと見分けられる程度だ。力いっぱい目を細めた。

もう〈兄弟〉じゃない。

それがどうした。法がどうなっていようが関係ない。一族に必要とされているときに、ただの役人のまねをしていられるものか。

〈古語〉で悪態をつきながら規定の手順に戻り、殺し屋のジャケットやズボンをあさってIDを探した。尻ポケットに薄い札入れが入っていて、なかに運転免許証と二ドルが――

「あいつを……仲間だと……思ってたんだろ……」

殺し屋の声はか細いと同時に悪意に満ちていた。そのホラー映画ばりの声に、ラスの闘争本能のスイッチがまた入った。たちまち視力が鋭くなり、敵の顔にある程度は焦点が合う。

「なんだと」

〝レッサー〟はかすかににやりとした。顔の半分が半熟のオムレツなみにぶよぶよになっているが、それには気づいてもいないかのようだ。「あいつはずっと……こっちの一員だったんだ」

「いったいなんの話をしてるんだ」

「どうして……おれたちが」〝レッサー〟は苦しげに息を吸った。「この夏……いくつも屋敷を……見つけられたと――」

　そこへ車がやって来て、〝レッサー〟の言葉はかき消された。ラスははじかれたようにふり向いた。助かった、待っていた黒の〈エスカレード〉だ。携帯電話の撃鉄を起こして911を装塡した人間でなくてよかった。

　ブッチ・オニールが運転席から降りてきた。さっそくやかましい口を全開にしている。「頭大丈夫か？　いったいどうしろってんだよ、このままじゃ……」

　刑事（デカ）が非難ごうごうハイウェイを突っ走っているのをよそに、ラスは殺し屋にまた目を向けた。「どうして見つけられたんだ、屋敷を」

　殺し屋は笑いだした。いかにも狂人が発しそうな弱々しいあえぎ声だ。「全部、あいつの知ってるとこだった……だからさ」

　それだけ言って気を失い、それきり目を覚まさなかった。揺さぶっても、ひとつふたつ横っつらを張っても。

　ラスは立ちあがった。苛立ちのあまりじっとしていられない。「デカ、あとは任せた。となりのブロックにあと二匹いる。ダンプスターの陰だ」

　デカは答えず、ひたと視線を当ててきた。「あんたは戦っちゃいけないんだぜ」

「おれは王だ。なんでも好きなようにやる」

ラスは歩き去ろうとしたが、ブッチに腕をつかまれた。「ベスは知ってるのか、あんたがどこにいて、なにをやってるか。ベスには言ってるんだろうな。それとも、内緒にしとけって言われてるのはおれだけなのか」

「あっちの心配をしろ」ラスは殺し屋を指さした。「おれと〝シェラン〟のことに首を突っ込むな」

腕をふり払うと、ブッチが吠えた。「どこに行くんだ」

ラスはずいとデカの鼻先に顔を寄せた。「市民の遺体を拾って〈エスカレード〉に運んでこようと思ったんだ。小僧、なんか問題でもあるか」

ブッチは退かなかった。ふたりの血がつながっているもうひとつのしるしだ。「王のあんたになんかあったら、一族みんながえれえことになるんだぞ」

「すると戦場には〈兄弟〉が四人しか残らん。簡単な算数だ。これをどうする」

「だからって――」

「ブッチ、仕事をしろ。こっちのことに口を出すな」

ラスは三百メートルほど引き返し、戦闘の始まった場所に戻った。叩きのめされた殺し屋どもは、彼が捨てておいた場所にそのまま倒れている。倒れたまままうめき、手足はおかしな角度に曲がり、身体の下には黒い血が染みだしてべとつくぬかるみができていた。しかし、この二匹はもうどうでもいい。ダンプスターの向こう側へまわり、彼の臣民の遺体を見おろした。息ができない。

王はひざまずき、めった打ちにされた男性の顔から髪をそっと払った。どうやらずいぶん抵抗したようで、最後に心臓をひと突きされる前にしたたかに殴られている。勇敢なやつだ。

ラスは男性のうなじに手をまわし、もういっぽうの腕を膝下に入れて、ゆっくりと立ちあがった。遺体は、実際の重さよりずっと重く感じられる。ダンプスターを離れて〈エスカレード〉のほうへ歩きだしながら、ラスは一族全体の重みを両腕に支えているように感じた。サングラスは弱い目を保護するために必要なのだが、いまはそれがありがたい。

このラップアラウンドのおかげで、涙ぐんでいるのを見られずにすむ。

ブッチとすれちがった。デカは小走りに、倒れた殺し屋二匹を始末しに行こうとしている。足音が止まったあと、長く深く息を吸う音が聞こえてきた。ゆっくりとしぼんでいく風船の音のようだ。そのあとにもっと大きな音がするのは嘔吐(おうと)しているのだ。吸い込み、吐く音がまたくりかえされる。ラスは遺体を〈エスカレード〉の後部に横たえ、ポケットのなかを探った。なにもなかった。札入れも携帯電話も、ガムの包み紙すら。

「しまった」ラスはくるりと向きを変え、SUV後部のバンパーに腰をおろした。〝レッサー〟の一匹が、戦闘の途中ですでにポケットの中身を抜いていたのか……ということは、殺し屋どもはもう三匹とも吸い込まれているから、この市民のIDもいっしょに灰になってしまったわけだ。

ブッチがよろよろと、路地を〈エスカレード〉に向かって歩いてくる。まるで疲れ果てたアル中のようだ。もう〈アクア・ディィ・パルマ〉みたいなにおいもしない。〝レッサー〟の悪臭がしみついているのだ。〈ダウニー〉のドライヤーシートを服に裏張りして、バニラの香料のカーフレッシュナーを腋の下にテープ留めしてから、死んだ魚のうえに寝ころんで背中をすりつけてきたようなにおいだ。

ラスは立ちあがり、〈エスカレード〉のバックドアを閉じた。

「ほんとに運転できるのか」と、ハンドルの前にそろりと腰をおろしたブッチに尋ねた。いまにも吐きそうな顔をしている。

「ああ、大丈夫だ」

そのひどいしゃがれ声にラスは首をふり、路地に視線を走らせた。そびえる建物に窓は見えないし、ヴィシャスをすぐに呼べばデカの治療に大して時間はかからないだろう。しかしこの三十分ほど、戦闘とその後始末のあいだにここではいろいろあったから、いつまでもぐずぐずしていてはまずい。

もともとは、携帯のカメラで殺し屋のＩＤの写真を撮り、この目でも見えるぐらい拡大して住所を読んで、やつの壺を取りに行こうという腹づもりだった。しかし、この状態でブッチをひとり放っていくわけにはいかない。

ラスが〈エスカレード〉の助手席に乗り込むと、デカは驚いた顔をした。「いったい――」

「遺体を病院へ運ぶ。Ｖも呼んでおまえを治療させよう」

「ラス――」

「喧嘩は道中でもできるさ。なあ、わが親類」

ブッチはＳＵＶのギアを入れ、バックして路地を出て、最初の角に来たところで曲がった。〈トレード通り〉に差しかかると左に折れ、ハドソン川にかかる橋に向かう。運転しながら、こぶしが白くなるほどハンドルを握りしめていた。こわいからではなく、胃の腑から込みあげる苦いものを抑えつけているせいだ。

「いつまでも嘘はつけないぜ」コールドウェルの川向こうへ入ったとき、ブッチがぼそりと言った。吐き気を抑えたのを咳でごまかす。

「つけるとも」

デカはそれを聞き流した。「気がとがめるんだよ。ベスに黙ってるなんて」

「あいつに心配させたくない」

「そりゃわかるけど——」ブッチはのどを絞められたような音を立てた。「ちょっと待って」

氷の張った路肩に車を停め、さっとドアをあけると、結腸から肝臓に緊急避難命令が出たかのように空吐き(から)を始めた。

ラスは頭を背もたれに預けた。両目の裏側に痛みが居すわっている。もう驚きでもなんでもない。アレルギー患者がくしゃみをするのと同じぐらい、近ごろでは偏頭痛がおなじみになっている。

ブッチが手をなかに入れて、センターコンソールのあたりを探りはじめた。上体はいまも〈エスカレード〉の外に乗り出している。

「水を探してるのか」ラスは尋ねた。

「あ——」空吐きで返事は途切れた。

ラスは〈ポーランド・スプリング〉のボトルを取り、蓋をねじってあけ、ブッチの手に握らせた。

吐き気が途切れたとき、デカは水をごくりと飲んだものの、いまいましいことに胃に長くはとどまっていなかった。

ラスは携帯を取り出した。「いますぐVを呼ぼう」

「一分待ってくれ」

一分どころか十分近くかかったが、しまいにデカは座席にちゃんと腰をすえ、また車を道路に戻した。三、四キロほど走るあいだ、どちらも口を開かなかった。ラスは頭のなかがぐるぐるしていて、頭痛がいよいよひどくなってくる。

もう〈兄弟〉じゃない。

もう〈兄弟〉じゃない。

しかし〈兄弟〉でなくてはならないのだ。一族がそれを求めている。

咳払いをして言った。「遺体安置所にVが来たら、おまえが市民の遺体を見つけて〝レッサー〟と戦ったと言うんだぞ」

「なんであんたがそこにいたんだって訊いてくるぜ」

「となりのブロックの〈ゼロサム〉でリヴェンジと会っていて、おまえに手伝いが必要なのを感じたと言うさ」ラスは運転席のほうに身を寄せて、ブッチの前腕をつかんだ。「だれにも言うな、いいな」

「こんなの賛成できねえよ。ぜったい賛成できん」

「知るか」

ふたりして黙り込んだとき、大通りの反対車線を走る車のライトにラスはたじろいだ。まぶたは閉じているし、ラップアラウンドもかけているというのに……まぶしい光を避けようと横を向くと、こちら側の窓から外を眺める格好になる。

「Vは勘づいてるぜ、なんかあるって」ややあって、ブッチがまたぼそりと言った。

「そのまま疑わせておけばいい。おれは戦場に出なきゃならんのだ」

「あんたになにかあったらどうすんだ」

いまいましいヘッドライトを遮ろうと、ラスは顔の前に前腕をあげた。くそ、今度はこっちが吐きそうだ。

「なにもないさ。心配要らん」

3

「お父さま、そろそろジュースを召しあがる？」

返事がない。アラインの血を引く娘エレーナは、制服のボタンをかける途中で手を止めた。

「お父さま？」

廊下の向こうから、ショパンの甘美な旋律が流れてくる。その合間に、剝き出しの床板を踏むスリッパの音がし、たえまなくあふれ出る言葉の奔流もかすかに聞きとれる。まるでトランプをシャッフルしている音のよう。

よかった。自分で起きられたのだ。

エレーナは髪を後ろでまとめ、ねじってから白いシュシュでシニョンを固定した。勤務時間のなかばごろには、またまとめなおさなくてはならないだろう。一族の医師のハヴァーズは、看護師にはぴしっとした身なりを求める。糊をきかせてプレスしたばかりのような。彼の病院ではすべてがそうなのだ。

規律がなにより大事だ、と彼は口癖のように言っている。

寝室から出る途中で、黒いショルダーバッグを手にとった。〈ターゲット〉で十九ドル、格安品だ。なかには短めのスカートとまがいものの〈ポロ〉のセーターが入っている。夜明けの二時間ほど前にこれに着替えるつもりだ。デートなのだ。ほんとうにデートに出かけるのだ。

上階のキッチンへ行くには、階段をたった一階ぶんのぼるだけだった。この地下からあがって真っ先にやることは、古めかしい〈フリジデア〉の冷蔵庫をあけること。なかには〈オーシャンスプレー・クランラズベリー〉の小壜（こびん）が十八本、六本ずつ三列に並んで入っている。前列から一本とってから、ほかの壜をずらしていってきちんと並べる。

錠剤は、埃（ほこり）をかぶった料理本の山の裏にある。トリフルオペラジンを一錠、ロキサピンを二錠（どちらも主として統合失調症の治療に用いる抗精神病薬）取り出し、白いマグに入れた。ステンレスのスプーンは、錠剤を砕くのに使うせいで少し曲がっている。だがほかのスプーンもそれはみな同じだ。

こんなふうに錠剤を砕きつづけて、もう二年近くになる。

〈クランラズベリー〉を細かい白い粉にかけ、かき混ぜて溶かす。味をうまくごまかせるように、マグに角氷をふたつ入れた。冷たければ冷たいほどいいのだ。

「お父さま、ジュースの用意ができましたよ」マグを小さなテーブルに置く。マグを置くべき場所には、テープを貼って丸く目印がつけてある。

向かい側には戸棚が六つ、冷蔵庫と同じように整然と、ほとんどからっぽのまま並んでいる。そのひとつから〈ウィーティーズ（シリアル食品のブランド）〉の箱を取り出し、べつの棚からボウルを取り出した。自分のためにフレークをボウルに流し込み、牛乳のカートンをとり、使い終わるとすぐにもとあった場所に戻した。その横には同じものがさらにふたつ、〈フッド（牛乳のブランド）〉のラベルをこちらに向けて並んでいる。

腕時計に目をやり、〈古語〉に変えて言った。「**お父さま？　わたし、もう出かける時間なのですが**」

太陽はすでに沈んでいるから、そろそろ勤務時間だ。暗くなってから十五分で始まることになっているから。

キッチンの流しの上の窓をちらと見やる。といっても、それでどれぐらい暗くなったかわかるわけではない。窓ガラスは何枚も重ねたアルミホイルで覆われているし、そのアルミホイルはダクトテープで飾り縁に留めてある。

彼女と父がヴァンパイアでなくて、日光に耐えられる身体だったとしても、やはり〈レイノルズ・ラップ〉のアルミホイル製ブラインドで、家じゅうの窓という窓はふさがれていただろう。これは外界に対する蓋なのだ。外の世界を閉め出し、封じ込めて、この古ぼけた小さな借家を保護し、隔離する……父にしか感じとれない脅威から。

チャンピオンたちの朝食(〈ウィーティーズ〉のスローガン)をすませると、ボウルを洗ってペーパータオルで拭いた。スポンジや布巾は父が許さないのだ。それから使ったスプーンといっしょにもとの場所に戻す。

「お父さま?」

欠けたフォーマイカのカウンターに腰を寄せかけて待ちながら、室内をあまりしげしげ見つめないように努める。壁紙は色あせているし、リノリウムの床はすり切れた跡だらけだ。

この家はみすぼらしい納屋も同然のありさまだが、彼女の収入ではこれが精いっぱいだった。父の往診と薬と訪問看護の費用を払うと、あとにはいくらも残らない。わずかに残った家族の貯金も、銀器や骨董や宝石も、とっくに使い果たしたあとだった。もういつ沈んでもおかしくない状態だ。

それでも、父が地下室のドアに姿を現わせば、彼女は思わず笑顔になる。細い白髪が放射状に突き出して、ふさふさの後光がベートーヴェンのようだ。あまりに目ざとく、いささか狂気じみた目つきも、あの狂った天才の面影を彷彿(ほうふつ)させる。とはいえ、久しくなかったほど今日は調子がよいようだ。なにしろ、くたびれたサテンのローブとシルクのパジャマをちゃんと着ている。どれも裏返しになっていないし、上下はそろっているし、サッシュベルトも結んである。それに清潔だ。風呂を使ったばかりで、ベーラム(香料の一種で主にひげそり後の化粧水に用いる)のアフターシェーブローションのようなにおいをさせている。

なんという矛盾。身のまわりの状態については、あくまでも清潔で整然としていなければ気がすまないのに、自分自身の衛生状態や着ているものにはまったく無頓着だ。とはいえ、たぶんこれは矛盾ではないのだろう。もつれた思考にからめとられ、妄想に気をとられすぎて、自分のことにまで気がまわらないのだ。

それでも薬は効いている。父が目と目を合わせてきて、まともに彼女を見ていることからもわかる。

「娘よ」と〈古語〉で言った。「今夜のご機嫌はいかがかな」

エレーナは、父の好みに合わせて母国語で答えた。「おかげさまで。お父さまは?」

父は、貴族――血統的にも、かつての地位としてもそのとおりなのだ――らしく優雅にお辞儀をした。「いつもながら、あなたの挨拶にはほれぼれするよ。ああ、〝ドゲン〟がもうジュースを用意してくれたのだな。ありがたいことだ」

ローブの衣ずれの音をさせて父は腰をおろし、英国の磁器かなにかのように陶製のマグを手にとった。

「どこへ行くのだね」

「お仕事よ。お仕事に行くんです」

父はジュースを飲みながら眉をひそめた。「わかっているだろうが、館の外で仕事に従事するのは感心しないね。あなたのような生まれの貴婦人が、そんなことに時間を費やすのは好ましいことではない」

「おっしゃるとおりですけれど、でも楽しいんですもの」

父の顔がやわらいだ。「なるほど、それなら話はべつだ。残念ながら、わたしには若い世代は理解できないね。あなたの母上は、家内のことや召使の差配や庭の手入れで、もう夜の仕事は手いっぱいだったものだが」

エレーナはうつむき、母がこんな状態のふたりを見たら泣くにちがいないと思った。

「そうですね」

「しかし、好きなようにするがいい。わたしは変わらずあなたを愛しているよ」

彼女は微笑んだ。生まれてからずっと聞いてきた言葉。そしてその響き……「お父さま……」

父はマグをおろした。「なにかな」

「今夜は少し帰りが遅くなると思います」

「ほう、なぜだね」

「男のかたとお茶を――」

「なんだ、あれは？」

父の声音の変化に、彼女は顔をあげて周囲に目をやった。いったい――ああ、しまった……

「なんでもないのよ、お父さま、ほんとうに、なんでもないんです」錠剤を砕くのに使ったスプーンを急いで取りあげ、あわてて流しに走った。火傷をしてすぐに冷水をかけなくてはならないかのように。

父の声が震えている。「なぜ……なぜあんなものが出ていたのだ？　いつも――」

エレーナは手早くスプーンを拭いて引出しに滑り込ませた。「ほら、もうありませんわ。ほらね？」と、スプーンがあった場所を指さした。「カウンターはきれいでしょう。なんにものっていませんわ」

「あったじゃないか……わたしは見た。金属製のものを出したままにしては……危ないのだ……いったいだれが……だれがスプーンを出したまま——」

「メイドですわ」

「またあのメイドか！　あれは馘首にしなくてはいかん。前から言っているのに——金属製のものを出したままにしてはいかん金属製のものを出したままにしてはいかん金属製のものは見ているのだ罰しなくてはいかん言いつけに従わない者はやつらは思うよりずっと近くに来ていて——」

最初のころ、父が初めて発作を起こしたとき、エレーナは興奮する父に手を差し伸べたものだった。肩をやさしく叩いたり、手を握ってなだめたりすれば役に立つかと思ったのだ。いまはそんなことはしない。脳への感覚刺激は少なければ少ないほど、ヒステリーの奔流は早く収まる。訪問看護師の忠告に従って、エレーナはいったん事実を指摘したら、あとはなにもせずなにも言わないことにしている。

しかし、なにもできないまま、父が苦しんでいるのをただ見ているのはつらかった。自分に非があるときはなおさらだ。

父の頭が前後にがくがく揺れ、その振動で髪が逆立ち、まるで滅茶苦茶に乱れた恐ろしいかつらのようだ。手が震えているせいで、マグのジュースが飛び出し、血管の浮いた手からローブの袖から、傷だらけのフォーマイカのテーブルまでしぶきが飛び散っている。震える唇からは音節のスタッカートがいよいよ激しく噴き出し、父の脳内のレコードの回転数はいよいよ高まって、狂気の奔流がのどくびの柱を噴きあがり、頬を紅潮させる。

エレーナは、重い発作にならないことを祈っていた。発作の強度や持続時間は始まるたびごとにさまざまだが、薬のおかげでそのどちらも軽減してきている。しかし、ときには薬物でも病気を抑えきれないこともある。

父の言葉が聞きとれないほど早口になり、手にしたマグが床に落ちたとき、エレーナにできることはただ待つこと、早く終わるようにと〈書の聖母〉に祈ることだけだった。汚らしいリノリウムにしっかり足を踏ん張り、目を閉じ、腕を自分の胸郭に巻きつける。

あのスプーンを忘れずにちゃんと片づけておけば。忘れずにちゃんと——

父の椅子が音を立てて床をこすり、後ろ向きに引っくり返った。仕事に遅刻することになりそうだ。今日もまた。

まさに家畜だ、ゼックスはそう思いながら、〈ゼロサム〉の一般客向けバーカウンターのあたりを見渡した。頭と肩がぎっしりひしめいている。たったいま飼い葉桶に餌が流し込まれたところのようだ。乳牛たちが、鼻面を突っ込むすきまを求めて殺到してくる。

といっても、こういう牛の群れのようなホモ・サピエンスの性格に文句があるわけではない。セキュリティの観点からすれば、家畜の群れ的な精神態度には管理しやすいという利点があるし、またある意味で、牛と同じようにかれらはメシの種になる。酒場に殺到するその勢いで財布の中身は押し出され、その流れは一方通行で金庫に向かうというわけだ。

酒の売上は上々だが、薬物やセックスのほうが利益率はさらに高い。

ゼックスはバーカウンターの外周をゆっくりと歩きながら、異性愛者の男たちと同性愛者の女たちの熱い期待に、冷たいひと睨みで水をぶっかけていった。まったく理解できない。以前からずっとだ。袖なしTシャツとレザーの上下だけを身に着け、歩兵のように髪を切り詰めている、そんな格好の彼女は、VIPエリアにいる半裸の売春婦たちと同じぐらい人目を惹いている。

しかも最近では、荒っぽいセックスが流行りと来ている。自己発情窒息だの鞭打ちだの手錠を使った三つ巴だのが、コールドウェルの下水道のねずみのように増殖している。どこでも、そして夜には外でもやっている。そんなプレイが、毎月の利益の三分の一以上を占めているのだ。

やれやれ。

しかし、売春婦(ワーキングガール)たちとはちがって、彼女は金をとってセックスしたことはない。というより、セックスなどまったくやっていないのだ。例外はあのブッチ・オニールという刑事だけ。というか、あの刑事と……

ゼックスはVIPエリアのベルベットのロープに近づき、クラブの特別区画のなかにちらと目をやった。

ちっ。また来てる。

今夜はカンベンしてほしかった。

彼女のリビドーお気に入りの目の毒が、〈兄弟団〉のテーブルのいちばん奥に座っていた。そのバンケット席（ソファでテーブルを囲む形の座席）には女も三人座っていてぎゅう詰めだが、彼は仲間ふたりに両脇を固められてガードされている。まったく、あの席が小さく見えるぐらい大きい。〈アフリクション〉のTシャツに、黒のレザージャケット――バイカージャケットと防弾チョッキを足して二で割ったような――でめかし込んでいる。あのなかには武器を隠している。銃とナイフを。

ほんとうになんといろいろ変わったことだろう。初めてここへ現われたとき、あの子はバースツールぐらいの身長しかなくて、カクテルスティックでやっとベンチプレスできるぐらいの筋肉しかついていなかった。だがいまは違う。

用心棒にうなずきかけ、三段の浅い階段をのぼっていると、ジョン・マシューが〈コロナ〉の壜から目をあげた。薄暗い店内でも、濃青色の目が彼女を見ると光る。二個のサファイアのようにきらめく。

まったく、宝石みたいにつまんでとれそうだ。あれは遷移を終えたばかりの鼻たれ小僧で、王が〝後見(ウォード)〟についていて、〈兄弟団〉の館で暮らしている。おまけに口がきけない。

くそ。それで、マーダーはまずかったと思っていたって？　あの〈兄弟〉とのことで二十年前に教訓を学んでもよかったんじゃないの。それなのに……

問題は、あの小僧を目にすると、ベッドに裸で寝そべる姿ばかりが頭に浮かぶことだ。大きなペニスを握って、手のひらを上下に動かして……声なきうめき声で彼女の名を唇にのぼらせ、くっきりした腹筋じゅうにほとばしらせる。

最悪……なにしろ、頭に浮かぶその光景はただの空想ではないのだ。あのこぶしのピストン運動は実際にあったことだ。それも何度も。なぜ知っているかといえば、まるでのぞき魔のように彼の心を読んで、その記憶を、生中継のような光景をまざまざと見てしまったからだ。

　自分で自分がいやになり、ゼックスは彼から遠いＶＩＰエリアの奥深くに入り込んだ。フロアマネージャーとともにワーキングガールたちの様子を観察する。マリー＝テレーズはみごとな脚と高級そうな顔のブルネットだ。稼ぎ頭（ＨＢＩＣ）のひとりだし、あくまでプロに徹しているから、まさにまとめ役として望ましいタイプだった。くだらないいじめに走ることはないし、勤務時間に遅刻したこともなく、個人の問題をなんであれ仕事に持ち込んだこともない。ひどい仕事をしていてもちゃんとした女で、がっつり稼いでいるのにもちゃんとした理由がある。

「調子はどう」ゼックスは尋ねた。「あたしや男衆がやることはある？」

　マリー＝テレーズはほかのワーキングガールたちに目をやった。高い頬骨にぼんやりした照明が反射して、たんに性的魅力があるというだけでなく、正真正銘美しく見えた。「いまのとこ大丈夫。いまふたり奥に入ってる。仕事はふだんどおりだけど、ただ女の子がひとり来てないんだよね」

　ゼックスはぎゅっと眉を寄せた。「またクリッシー？」

　マリー＝テレーズが首を傾げると、長く美しい黒髪が流れる。「なんとかしなくちゃね、あの子のいい人」

「なんとかはしたよ、ただ足りなかったみたいだけど。あいつがいい人なら、あたしなんかエスティ・ローダーだよ」ゼックスは両手をこぶしに握った。「あのろくでなしが――」

「ボス？」

ゼックスは肩越しにふり向いた。呼びかけてきた小山のような用心棒の向こうに、またジョン・マシューがばっちり見えた。あいかわらずこっちを見つめている。

「ボス？」

ゼックスは視線を戻した。「うん」

「刑事が来てるぜ、ボスに会いたいって」

用心棒にひたと目を当てたまま彼女は言った。「マリー＝テレーズ、女の子たちに十分休憩って言っといて」

「わかった」

まとめ役の彼女は即座に動きだした。はた目にはスティレットヒールでゆうゆうと歩いているようにしか見えないが、女の子ひとりひとりに近づいて左肩を軽く叩き、また右側の暗い廊下の奥、プライベート・トイレのドアを一度ずつノックしていった。

娼婦がひとりもいなくなったところで、ゼックスは言った。「だれ。なんの用だって」

「殺人課の刑事」用心棒が名刺を渡してよこす。「ホセ・デ・ラ・クルスだってさ」

ゼックスは名刺を受け取った。刑事が来た理由はわかった。そしてクリッシーが来ていない理由も。「あたしのオフィスに通しといて。二分で行く」

「了解」

ゼックスは腕時計を口もとにもっていった。「トレズ、アイアム、警察が来てる。賭け屋に目立つなって、ラリーには秤（はかり）を隠せって言っといて」

イヤホンから確認の返事が来るのを待って、女たちがフロアから全員姿を消しているか再度チェックし、それからクラブの一般エリアに戻りはじめた。

VIPエリアを離れるとき、ジョン・マシューの視線を感じた。二日前の夜明けのことを考えまいとする。帰宅して自分のやったこと……そして今夜の終わり、ひとりになったらきっとまたやってしまうことを。

いまいましいジョン・マシュー。彼の頭のなかに忍び込み、彼女のことを考えながらなにをしているか見てしまってからというもの……彼女も同じことをしているのだ。

いまいましい。ジョン・マシュー。

こんなことにかかずらってる場合じゃない。

人間の群れをかき分けて進みながら、ゼックスは気を遣う気分ではなく、踊っているふたりを容赦なく押しのけて通った。だれかに文句を言われたいぐらいだ。そうすれば店から蹴り出してやれるのに。

彼女のオフィスは奥の中二階にある。賃貸しのセックスからも、またリヴェンジの私室でおこなわれる値切り交渉や売買からも、店内ではいちばん遠い場所だ。警備部門の責任者として、警察に対応するのはおもに彼女の役目だから、イヌどもを必要以上にそういう活動に近づけることはない。

人間の記憶をこそぎ落とすのは便利な方法だが、いろいろ面倒なことになりがちだ。

オフィスのドアは開いていて、彼女は刑事を背後から値踏みした。さほど背は高くないが、がっちりした体格はなかなか悪くない。スポーツジャケットは〈メンズ・ウェアハウス〉、靴は〈フローシャイム〉。袖口からのぞく時計は〈セイコー〉だ。

ふり返ってこちらを見た。濃い茶色の目はシャーロック・ホームズ張りに鋭い。それほど稼いではいないかもしれないが、けっして無能ではない。

「どうも、刑事さん」彼女は言ってドアを閉じ、刑事のわきを通り抜けてデスクの向こうの席に着いた。

彼女のオフィスはまさにがらがらだった。写真も鉢植えもない。電話やパソコンすら置いていない。鍵のかかったファイリング・キャビネット三台に収めた書類には、店の合法的な活動の部分しか記録されていないし、シュレッダーがくずかご代わりだ。

というわけだから、デ・ラ・クルス刑事はなにひとつ情報は得られなかっただろう。ここでひとり待たされた百二十秒間に、どんなことについても。

デ・ラ・クルスはバッジを取り出してちらと見せた。「こちらの従業員のことで来たんですが」

ゼックスは身を乗り出して盾形のバッジを見るふりをしたが、ほんとうはIDなど必要なかった。彼女のなかの〝シンパス〟が知るべきことはすべて伝えてくる。刑事の感情には、疑惑と懸念と決意、それに怒りが同量ずつ混じりあっている。真剣に自分の仕事に取り組んでいて、ここに来たのも仕事のためだ。

「従業員というと?」彼女は尋ねた。

「クリッシー・アンドルーズ」

ゼックスは身を起こし、椅子に身体を預けた。「いつ殺されたんですか」

「どうして殺されたとわかるんです」

「刑事さん、お遊びはやめましょうよ。殺人課の刑事さんが訊きに来てるんだから、そうに決まってるでしょう」

「失礼、つい尋問の癖が出て」バッジを胸の内ポケットに戻し、彼女の向かいの固い背もたれの椅子に腰をおろした。「アパートの階下の住人が、目を覚ましたら天井に血の染みができていて、それで警察に通報してきましてね。アパートにはミズ・アンドルーズを知っているという者がひとりもいないし、近親者も見つけられなかった。しかし、部屋を捜索するうちに税金の還付書類が見つかって、そこにこちらが雇用主として書いてあったので。結論を言えば、どなたかに遺体の確認を――」

ゼックスは立ちあがった。頭のなかを〈くそったれ〉の語が跳ねまわっている。

「わたしが確認します。その前に、部下たちに留守中の指示を出してきますから」

デ・ラ・クルスは目をぱちくりさせた。彼女の対応のすばやさに驚いたようだ。

「それは……ええとその、遺体安置所にはわたしの車でお送りしますか」

「〈聖フランシス〉ですか」

「そうです」

「道はわかります。二十分後にあちらで会いましょう」

デ・ラ・クルスはおもむろに立ちあがった。彼女の顔を探るように見る。恐怖の色を探してでもいるのだろうか。「待ちあわせということですね」

「ご心配なく。遺体を見ても気絶したりしませんから」

刑事は彼女を頭のてっぺんから足先まで見た。「その……なんというか、そっちのほうは心配してませんよ」

4

リヴェンジはコールドウェルの市境のうちに車を進めながら、まっすぐ〈ゼロサム〉に向かいたくてたまらなかった。しかし無理なのはわかっている。やばいことになっているのだ。

モントラグのコネティカットの隠れ家をあとにしてから、〈ベントレー〉を二度路肩に駐めてドーパミンを注射していた。しかし、この魔法の薬はまたしても効果を失いつつあった。車内にあればもう一本打つところだが、そんな予備はない。

麻薬の密売人ともあろう者が、全速力で売人のもとへ駆けつけなくてはならないとはなんたる皮肉。闇市場（ブラック・マーケット）に、神経伝達物質の需要があまりないのはまったく残念なことだ。現状、合法的な手段で手に入れるしかないのだが、これはいずれなんとか手を打たなくてはならない。所有する二軒のクラブを通じて、Xでもコカイン（コーク）でも、草（マリファナ）、覚醒剤（メス）、オキシC（アヘン製剤のオキシコドンのこと）、そしてヘロインまで手に入れられるほど抜け目のない彼が、自分用のドーパミンのバイアルぐらい入手する手段を見つけられないわけがあろうか。

「くそったれ、さっさと動けよ。出口を探すだけだろう。前にも見てるはずじゃないか」

ここまで高速を順調に走ってきたのだが、市内に入ってからは車が増えて思うように進めなくなっていた。たんに渋滞のせいだけではない。奥行きの感覚がなくて前の車との距離感がつかみにくいから、ふだんよりはるかに神経を使わなくてはならないのだ。

そこへ持ってきて、千二百年前から走っていそうなおんぼろ自動車がちんたら走っていて、おまけにめったやたらにブレーキを踏む癖があると来ている。

「いや、勘弁してくれ……そこでどうして車線変更なんかするんだ。見えないのか、なんのためにバックミラーが——」

レヴはブレーキを踏み込んだ。ミスターちんたらがまさかの追い越し車線に入ろうとしていて、そのためには完全にストップするのがよいと思っているらしいのだ。

ふだんのレヴは運転が好きだ。非実体化より好きなほどだ。薬が効いているあいだは、運転中だけが自分に戻ったように感じられる時間なのだ——速く、俊敏で、力強い。〈ベントレー〉に乗っているのも、たんに垢(あか)抜けているからとか、買えるだけの財力があるからというだけではなくて、ボンネットの下の六百馬力のためでもあった。感覚が麻痺していて、杖がなくてはバランスがとれない。まるで年老いて身体の自由をなくした男のようにずっと感じているのだから、短時間でも、そう……正常に戻れるのはいい気分だった。

もちろん、感覚がないのにはありがたい面もある。たとえば、さらに二、三分ハンドルにひたいを打ちつけたとしても、目から星が飛ぶだけだろう。頭痛の心配などする必要はない。

車は橋に差しかかった。ヴァンパイア一族の当座しのぎの病院は、この橋を渡って十五分ほどのところにあるが、患者のニーズにじゅうぶん応えられるほどの設備は整っていない。なにしろただの隠れ家を野戦病院に当ててあるだけだ。それでも、試合終了直前のロングパスみたいなこの対策が、いまのところ一族にとっての命綱だった。クォーターバックの脚がぽっきり折れて、急遽(きゅうきょ)投入された補欠選手みたいなものだ。

この夏の襲撃のあと、ラスは一族の医師と協力して新しい永続的な病院を作ろうと動いているが、なんでもそうだがどうしても時間がかかる。〈殲滅協会(レスニング・ソサエティ)〉によって多くの館が荒らされて、現在一族のだれかが所有している不動産を用いるのは賢明でないとだれもが考えている。ほかにどれぐらいの場所が敵に知られているかわかったものではないからだ。王はべつの場所を買おうと探しているが、目立たない場所でなくてはならないし……

レヴはモントラグのことを考えた。

この戦争はほんとうに、ラスを殺すところまで来ているのか。

その修辞疑問は母方のヴァンパイアの血が引き起こし、胸にさざ波のように広がっていったが、感情らしい感情は湧いてこない。彼の思考をもたらすのは計算であり、計算は倫理観に足をとられることはない。モントラグのもとを去ったときに達した結論は揺らがなかった。むしろ決意が強まっただけだ。

「やれやれ、助かった」彼はつぶやいた。前をふさいでいたぽんこつが離れていき、まるで天恵のように高速の降り口が見えてくる。緑の反射標識は彼の名札さながらだ。

緑……？

レヴはあたりに目をやった。視界から赤味が薄れはじめている。二次元的なもやを通して、ほかの色彩がまた世界に戻ってきていた。深々と安堵の息をつく。ラリったような状態で病院には行きたくない。

待ってましたとばかりに寒けがしてきた。〈ベントレー〉の車内はさわやかな二十一、二度に保たれているはずだが、手を伸ばしてヒーターのスイッチを入れた。この寒けもまたよい徴候だ。不便ではあるものの、薬が効いてきた証拠だから。

生きているかぎり、自分の正体は秘密にしておかなくてはならない。彼のような罪業喰らい（シン・イーター）には選択肢はふたつしかない。正常者を装って生きるか、さもなくば北部の居留地（コロニー）に送られるか。まさに有害廃棄物のように社会から追放されるのだ。半分はヴァンパイアであろうと関係ない。その素質が少しでもあれば、〝シンパス〟の一員と見なされる。それも無理はない。問題なのは、〝シンパス〟は自分のなかの邪悪な部分を好んでいる、ということだ。それが度を越しているから信用できないのである。だいたい、今夜のことを考えてみるがいい。なにをする気でいるか考えてみるがいい。ただ一度の会話で、彼は引金を引こうとしている――その必要があるからですらなく、たんにそうしたいからだ。というより、そうせずにいられないのだ。権謀術数は彼の邪悪な側面にとって酸素のようなもの、拒否できないどころか存在の糧だ。またその選択の動機が典型的な〝シンパス〟のそれで、自分にとって好都合だからだ。ほかのだれのためでもない、一種の友人である王のためですらない。だからこそ、一般市民のなかにシン・イーターが紛れ込んでいるのを知ったら、通報して追放させなくてはならないと法で定められているのだ。たとえ一般的なふつうのヴァンパイアであっても、それを怠れば罪に問われる。社会病質者(ソシオパス)の居場所を規制し、道徳と法を遵守する一般市民から遠ざけておくのは、どんな社会にとっても健全な生存本能だ。

二十分後、レヴは鉄の門の前で車を停めた。まるで工場の門のようだ。形がどうこういうより実用一点ばりなのだ。美しさなどはかけらもなく、頑丈な鉄の棒をボルト留めしたうえに、有刺鉄線のコイルが巻きつけてあるのが、まるでもじゃもじゃのかつらをのせているようだ。左側にインターホンがあり、車の窓をおろして呼び出しボタンを押すと、セキュリティカメラが車のグリルとフロントガラスと運転席側のドアに焦点を合わせてきた。

そんなわけで驚きはしなかったが、やがて緊張した女の声がこう応じてきた。

「貴いかた(サイア)……ご予約はなかったかと存じますが」

「ああ」

間があった。「急患のかたはべつですが、外来のかたですとかなり長くお待ちいただくかもしれません。よろしければご予約を――」

手近のカメラを睨みつけた。「入れろ、いますぐ。ハヴァーズに診てもらわなくてはならんのだ。言っておくが急患だ」

クラブに戻って点検しなくてはならない。今夜はすでに四時間もむだにしているし、〈ゼロサム〉と〈鉄仮面〉のような店を経営するとなったら、四時間の留守は命とりになりかねない。ああいう店では、やばいことはたんに起こるというのでなく、むしろ起こるのが平常運転なのだ。彼のこぶしは、その指関節に「全責任はこれがとる」と刺青されているようなものだった。

ややあって、醜くも巌のように頑丈な門がスライドして開いた。一刻もむだにせず、彼は一キロ半ほどもある私道を走りだした。

最後のカーブを曲がると、前方に農家が見えてきた。少なくとも額面どおりに見れば、あのような警戒措置は必要なさそうに思える。下見板張りの二階建て、コロニアル式と言えば言えなくもない建物だが、きれいさっぱりなんの飾りけもない。ポーチもなければ鎧戸も煙突もなく、木の一本も植わっていない。物置小屋の貧しい親戚といったハヴァーズの病院つきのもとの屋敷にくらべたら、物置小屋の貧しい親戚といったところだった。

家屋から離れてガレージが並んでおり、救急車が収容されている。その向かいに車を駐めて降りた。十二月の寒い夜に震えが来たが、これもまたよい徴候だった。〈ベントレー〉のバックシートに手を差し入れて杖をとり、何枚もあるセーブルのロングコートの一枚も取り出した。薬物の仮面には、感覚麻痺だけでなく内臓温度が低下するという欠点もあり、おかげで彼の血管は冷房装置のコイルさながらだ。感覚がなく温もりもない身体で夜も昼も過ごすのは楽なことではないが、ほかに選択肢はない。

母と妹が正常者でなかったら、ダース・ベイダーのように暗黒面(ダークサイド)を受け入れ、戦友ならぬ惨友どもの心をいたぶって生きていたかもしれない。しかし、彼は家長としての責任を引き受け、そのためにこちらでもあちらでもない宙ぶらりんの場所にとどまっているのだ。

レヴはコロニアル様式の家屋の側面をまわりながら、コートの襟をかきあわせた。なんのへんてつもないドアに近づき、アルミニウムの羽目板にひっそり取り付けてあるボタンを押し、電子の眼をのぞき込んだ。ややあって、空気の漏れる音とともにエアロックが開き、それを押して入ったところはウォークイン・クロゼットほどの白い部屋。またカメラをのぞき込むと、今度も密封された空気の漏れる音がし、隠しパネルが引っ込んで、あとに階段が現われた。それを降りていくとまた認証がなされ、またドアがある。彼はそこを抜けてなかへ入った。

待合室はどこの病院にもありそうな患者と家族の「駐車場」で、椅子が何列か並び、小さなテーブルには雑誌とテレビがのっていた。鉢植えもある。以前の病院よりは狭いが、衛生的できちんと整っている。女性がふたり座っていたが、彼を目にしてふたりともはっと身を硬くしていた。

「サイア、どうぞこちらへ」

受付デスクをまわって出てきた看護師に、レヴは笑顔を向けた。彼が「長くお待ちいただく」のはつねに診察室のなかだった。椅子の列で待つ患者たちは、レヴが近くにいると不安がる。それは看護師たちも同じだから、そんなこんなで診察室に放り込まれるというわけだ。

そのほうが助かる。彼は社交的なほうではない。

案内された診察室は病院の救急ではない側にあり、以前にも来たことのある部屋だった。どの診察室にも一度は来たことがあるのだ。

「先生はいま手術中ですし、ほかの者もいま手があいておりませんが、なるべく早くバイタルチェックのできる者を来させるようにいたします」そう言うなり、看護師はそそくさと出ていった。廊下の先でだれかが死にかけていて、除細動器のパドルを持っているのが彼女ひとりだとでもいうように。

レヴは診察台にのった。コートは着たまま、杖は握ったままだ。時間つぶしに目を閉じて、院内の感情が自分のなかにしみこんでくるに任せる。四方八方から寄せてくる感情が、三百六十度のパノラマのようだ。地下の壁が溶け去り、ひとりひとりの感情の格子が暗闇のなかから現われる。数々のさまざまな心もとなさ、不安、弱点が、彼の内なる〝シンパス〟の眼にあらわになる。

すべてリモコンで見ることができる。本能的にどのボタンを押せばいいか知っている。たとえば隣室の女性看護師は、〝ヘルレン〟を惹きつける魅力がなくなったのを気に病んでいる……が、それでも初餐(ファーストミール)に大食いするのはやめられない。彼女がいま手当てしている男性は、階段から落ちて腕を切っていた……大酒をくらっていたせいだ。また廊下をはさんで向かいの部屋にいる薬剤師は、つい最近まで〈ザナックス(抗鬱薬)〉をくすねて自分で使っていた……やめたのは、窃盗現場を押さえるために隠しカメラが設置されたと知ったからだ。

他者の内に潜む自己破壊は、〝シンパス〟好みのリアリティ・ショーであり、自分がプロデューサーならとくに愉快だ。彼の視野はいまでは「正常」に戻っていて、肉体の感覚は麻痺して寒さに震えているが、彼の核心にある自己はたんに一時停止されているだけで、燃え尽きたわけではない。

彼に製作できるたぐいの番組(ショー)なら、発想と資金の源は無尽蔵にある。

「くそ」

ブッチが〈エスカレード〉を病院のガレージの前に駐めたとき、ラスの口はまた悪態の鉄棒で懸垂を始めた。SUVのヘッドライトのなか、スポットライトを浴びたカバーガールかなにかのようにヴィシャスの姿が浮きあがっている。いやになるほど見慣れた〈ベントレー〉のボンネットのうえに寝そべって。

ラスはシートベルトをはずしてこちら側のドアをあけた。

「驚きもの木ですな、わが君（マイ・ロード）」Vは身を起こし、セダンのボンネットをノックするように叩いた。「仲良しのリヴェンジくんとダウンタウンでちょっくらおデートだったんじゃないのか。あいつなら同時に二か所に存在する方法ぐらい知ってるかもしれんが、どっちにしても秘密を突き止めんといかんよなあ」

この。くそったれが。

ラスはSUVから降りた。ここは挑発に乗らず、無視するのが一番だ。嘘をついた理由を言い訳するという手もあるが、うまく行くとは思えない。Vに欠点はいろいろあるが、どれも知的能力の分野とは関係がない。あるいは殴りあいに誘い込むという手もある。しかしこれは一時しのぎにしかならないし、どうせふたりとも覆水を盆に返さなくてはならなくなって時間のむだだ。

〈エスカレード〉をまわっていき、ラスは後部ドアをあけた。「相棒を治してやれ。おれは遺体を運ぶから」

生命を失くした市民の身体はずしりと重い。持ちあげてふり向くと、Vの目は遺体の顔にひたと向けられていた。さんざん殴られて、原形もとどめないほどの顔。

「ちくしょう」Vが荒い息をつく。

そのとき、ブッチが運転席からよろよろと降りてきた。見るも無惨なありさまだ。ベビーパウダーのにおいが一気に噴きあがったかと思うと、膝が崩れそうになり、危ういところでドアをつかんで身体を支えた。

ヴィシャスは閃光(せんこう)のように駆け寄り、デカを両腕で支え、しっかり抱き寄せた。

「くそ、どうだ調子は」

「絶好調さ……ただ」ブッチは親友にしがみついた。「ちょっとばかし赤外線ランプに当たらせてもらえば」

「治してやれ」ラスは言い、病院に向かって歩きだした。「先に行ってるぞ」

歩きながら、〈エスカレード〉のドアが一度、二度と閉じる音を背後に聞き、やがて光も見えた。雲が切れて月が顔を出したかのようだ。SUVのなかでなにが起こっているかはわかっている。一度か二度見たことがあるからだ。ふたりはしっかり抱きあい、Vの手が発する白光がふたりをともに満たす。するとブッチが吸い込んだ悪の成分が濾過（ろか）されてVに吸収されるのだ。

やばいものをデカから浄化する手段があって助かった。それに、治療者を演じるのはVにとってもよいことだ。

ラスは病院の一階に近づき、黙ってセキュリティカメラを見あげた。ただちにブーンと音を立ててドアが開き、なかに入ったとたんにエアロックがまた閉じ、隠しパネルがぱっと開いて階段が現われる。あっという間に地下の病院のなかだった。一族の王が腕に死者を抱えて現われたとなれば、ただの一瞬も待たせるわけにはいかない。

踊り場でいったん立ち止まると、すぐに最後のドアのロックがはずれた。カメラをのぞき込み、ラスは言った。「まず車輪つき担架（ガーニイ）とシーツを用意してくれ」

「はいわが君（マイ・ロード）、ただいま」金属的な声が応じた。

一秒とたたずに、ふたりの看護師がドアをあけた。ひとりがシーツを広げて隠しカーテン代わりにし、もうひとりは階段の手前までガーニイを転がしてくる。強くもやさしい腕で、ラスは市民の遺体をおろした。いまも生きていて、全身の骨が折れているかのように慎重に。ガーニイを押してきた看護師が、畳んであったべつのシーツを広げる。それを遺体にかけようとするのをラスは止めた。

「おれがやる」と言って手を差し出す。

看護師は深々と頭を下げながらシーツを渡した。

〈古語〉で聖言を唱え、ラスは質素な綿の覆いをしかるべき屍衣に変えていった。男の魂が自由にやすやすと〈冥界〉へ渡れるようにと祈りを捧げ終わると、看護師ふたりとともにしばし黙禱してから遺体を覆った。

「IDが見つからなかった」ラスは、シーツの端をなでつけながら静かに言った。

「この服装に見憶えはないか。あるいは時計かなにかでも」

看護師はふたりとも首をふり、ひとりがつぶやくように言った。「遺体安置所にお運びして、あとは待つしかありません。ご家族が探しに見えるでしょう」

ラスは一歩さがり、遺体が運ばれていくのを見送った。これといった理由もなく、ガーニイの右側の前輪がふらふら揺れているのが気になった。まるでこの仕事についたばかりで、うまくこなせるか自信がないというように……もっともはっきり見えたわけではなく、かすかな笛の音のように不調が聞きとれただけだ。

調子はずれ。まともに役目が果たせていない。

まるで自分のことのようだ。

〈殲滅協会（レスニング・ソサエティ）〉とのくそいまいましい戦争はあまりに長く続いている。この身に備わる力のすべて、この胸に宿る決意のすべてを注いで戦っているのに、一族の勝利は見えてこない。敵の前で足を踏ん張って持ちこたえていても、それはたんに一寸刻みの敗北でしかない。無辜（むこ）の民が生命を落としつづけているのだから。

階段のほうに向きなおったとき、恐怖と畏怖のにおいがした。待合室のプラスティックの椅子に女がふたり座っている。あわてふためいて立ちあがり、そろってこちらにお辞儀をしてきた。その敬意のしぐさが、股間を蹴りあげられたかのようにはらわたにこたえる。いま彼は、いちばん新しい――しかし最後にはほど遠い――戦闘犠牲者を運んできたところなのに、それでもこの女たちは敬意を表してくれる。

彼はふたりに会釈を返したが、言葉はひとことも出てこなかった。いまのボキャブラリーはジョージ・カーリン（毒舌と放送禁止用語連発のジョークで有名な米国のコメディアン）の最高傑作だらけなのだ。どれも対象は自分自身だが。

衝立役を務めていた看護師が、そのために使っていたシーツを畳み終えて言った。

「マイ・ロード、よろしければ院長にお会いになりませんか。十五分ほどで手術を終えて出てまいりますが。おけがをなさっているようですし」

「いや、すぐにまた――」と言いかけて口をつぐんだ。**戦場へ戻らねば**と口を滑らせそうになったのだ。「もう行かなくてはならん。あの男の家族がわかったら知らせてもらえるか。会って悔やみを言いたいから」

看護師は腰から身体を折り曲げて、そのまま待っている。王の右手中指に嵌まっている巨大な黒ダイヤにキスをしようとしているのだ。

ラスはよく見えない目をぎゅっとつぶり、敬意を示したいという看護師の求めに応じて手を差し出した。

手に触れる彼女の指は冷たく軽く、息と唇は微風のようにかすかだった。それでも鞭打たれたように感じる。

身を起こしながら、看護師はうやうやしく言った。「マイ・ロード、どうぞよい夜をお過ごしくださいませ」

「そなたもよい時をな」

くるりと向きを変え、階段を駆けあがった。息が苦しい、この病院のなかは酸素が足りない。最後のドアにたどり着いたとき、出ていく彼と同じぐらい急いで入ってくる看護師とぶつかった。はずみで黒いショルダーバッグが落ち、いっしょに倒れそうになる彼女を危ういところで支えた。

「ああ、くそ」彼は毒づき、両膝を曲げて彼女の所持品を拾おうとした。「すまん」

「マイ・ロード！」看護師は深々とお辞儀をし、そこで彼女のものを王が拾っているのに気がついたようだ。「いけません、どうぞわたくしに――」

「いや、悪いのはおれだから」

どうやらスカートとセーターらしきものをバッグのなかに押し込み、勢いよく立ちあがろうとして、後頭部で危うく彼女を突き倒しそうになる。

今度もあわてて腕をつかんだ。「いや、すまん。また――」

「いえ、大丈夫です――ほんとうに」

彼女のバッグはあたふたと手から手へ渡された。急いで立ち去ろうとする者から、うろたえた者へ。

「大丈夫か」外へ出たくてそわそわしながら彼は言った。

「はい、でも……」かしこまった口調が医療者のそれに変わった。「マイ・ロード、出血してらっしゃいますね」

その言葉を無視して、彼女を支える手をためしに放してみた。ちゃんと立っているのにほっとして、おやすみと声をかけ、さらに〈古語〉で別れのあいさつをした。

「マイ・ロード、院長に――」

「ぶつかって悪かった」肩越しに声をかけた。

最後のドアを手荒くあけ、新鮮な空気がしみこんできてほっと肩の力を抜く。深呼吸をすると頭がすっきりし、病院のアルミニウムの羽目板にいまだけ寄りかかることにした。

また目の奥で頭痛が始まって、ラップアラウンドを持ちあげ、鼻梁(びりょう)をさすった。よし。さて次は……〝レッサー〟の偽造ＩＤにあった住所だ。

壺を取りに行かねばならない。

サングラスをもとの位置に戻し、まっすぐ立って――

「マイ・ロード、そう急ぎなさんなって」Ｖが言った。真ん前に実体化してきたのだ。

「話がある。ふたりだけで」

ラスは牙を剝いた。「Ｖ、おれはいま、会話を楽しむなんて気分じゃないんだ」

「そうかい、お気の毒」

5

エレーナが見守る前で、一族の王は向きを変え、ドアを真っぷたつにしそうな勢いで出ていった。

まあ、なんて大きくて恐ろしげなのだろう。そんな王に踏みつぶされかけたのは、踏んだり蹴ったりのドラマというケーキに、最後の仕上げのろうそくを立てるようなものだった。

髪を整え、ショルダーバッグをかつぎなおして、屋内のチェックポイントを抜けて階段を降りはじめた。一時間の遅刻ですんだのは――奇跡中の奇跡だ――訪問看護師の手があいていて、早めに来てもらえたからだった。ルーシーにはほんとうに感謝している。

重い発作が起こったにしては、覚悟していたほどには父はひどいことにならなかった。発作が起こる直前に、薬をもう飲みくだしていたのかもしれない。あの薬を出してもらう以前は、最悪の発作がひと晩じゅう続くこともあった。だからある意味では、今夜の発作は改善のきざしと言えないことはない。

それでも、やはり胸が痛む。

最後のカメラの前に来たとき、エレーナはバッグがさらに重くなったような気がした。デートの約束をキャンセルして、着替えは置いてくるつもりになりかけていたのだが、ルーシーに説得されて気を変えたのだ。訪問看護師の問いかけは、胸に深く突き刺さった。**仕事以外のことで、この家から外へ出たことあるの？**

エレーナは答えなかった。自分のことはあまり話さないたちだし……それに、答えのくじを引いたら空白だったからだ。

それこそルーシーの言いたいことではないか。介護者は自分の世話もしなくてはならない。そしてそのためには、病人のために引き受けている役割以外の人生を生きることも必要だ。エレーナ自身、慢性疾患の患者の家族に口を酸っぱくして言っているし、それは健全というだけでなく現実的にも必要なことだ。

少なくとも他者に言っているときは、ほんとうにそうだと思っている。それなのに翻って自分のこととなると、身勝手なようで気が引ける。

そんなわけで……デートについては言葉を濁している。勤務時間が終わるのは夜明け近くだから、先に帰宅して父の様子を確認する時間があるはずはない。そこに目をつぶって誘ってくれた男性と会うとしても、忍び寄る朝日で打ち切りになる前に、終夜営業のレストランで一時間おしゃべりができたら運がいいほうだろう。

それなのに外出するのが楽しみでたまらず、それがまた罪の意識に拍車をかける。もう……いつもこうなんだから。良心にはこちらに、寂しさにはあちらに引っ張られる。

受付エリアに入ると、看護師長のもとへ直行した。受付デスクでPCに向かっていたのだ。「すみません、遅れて——」

カーチャは作業をいったん止めて、手を差し伸べてきた。「お父さん、具合どう?」

ほんの一瞬、エレーナはまばたきしかできなかった。職場の同僚がみんな、父の問題を知っているのがいやでたまらない。しかも数人には最悪の状態のところを見られている。

病気のせいで父の体面はもう失われているが、娘としてはまだ多少はかばいたい思いもある。

上司の手にさっと触れ、すぐにその手の届く範囲から逃れた。「どうも、心配していただいて。いまは落ち着いてるし、担当の看護師さんがついててくれてます。ちょうど薬を服ませたところだったの」

「ちょっと休む？」

「いえ、大丈夫。いまどんな感じですか」

カーチャの笑みは笑みというより渋面に近かった。言いたいことが言えずにいるかのように。いつものことだ。「たまには弱音を吐いてもいいのよ」

「そんな、弱音なんて」エレーナはあたりを見まわし、たじろぎそうになるのをこらえた。廊下の向こうから同僚たちが近づいてくる。十人構成の武装隊に護衛されて、そういう目的の積荷を満載したトラックが驀進してくるの図だ。「いま人手が足りないのはどこですか」

急いでこの場を――と思ったが、もう遅かった。

ハヴァーズと手術室に入っている看護師たちはべつだが、それ以外の全員にあっという間に取り囲まれた。大丈夫かという同僚たちの善意の合唱に、エレーナは息が詰まりそうだった。まったく、閉所恐怖症になりそうだ。暑いエレベーターに閉じ込められた妊婦になった気分だった。

「みんなありがとう、大丈夫だから――」

最後のひとりが近づいてきた。同情の言葉をかけたあと、彼女は首をふった。「仕事の話を持ち出すつもりじゃないんだけど……」

「いえ、持ち出してくださいな」エレーナはすかさず言った。「それ看護師は賛嘆の笑みを浮かべた。エレーナの闘志に感心したというように。が……また彼が診察室に来てるの。二十五セント玉を出しましょうか」

全員がうめき声をあげた。病院に来るおおぜいの男性患者のうち、彼と言えばひとりしかいない。だれが彼に対応するか、たいていコインの鋳造年当てで決めることになっていた。いちばん遠かった者が負けだ。

一般的に言って、看護師はみな患者に対してはプロとして距離を置いている。そうでないと燃え尽きてしまうからだ。しかし彼の場合、だれも近づきたがらないのはそういう職業的理由のせいばかりではない。女性はたいてい、彼の近くでは落ち着かなくなる――どんなに剛毅な女性でもだ。

エレーナはといえば、さほどのこととも感じなかった。たしかにゴッドファーザー的なところはある。黒いピンストライプのスーツとか、切り詰めたモヒカンとか、それにあの紫水晶の目は、死にたくなければ近づくなと言わんばかりの波動を発しているし。またたしかに、閉め切った診察室でふたりきりになると、いざというときのために出口のほうについつい目を向けてしまう。おまけに胸には刺青がびっしり入っていて……それに杖を肌身離さず持っているのが、たんに歩行の補助のためというより武器を持っているようだし、それに……

まあなんというか、やはりエレーナもあの人物は苦手ということだ。

それでも、一九七七年を当てたのはだれだったかという議論に割って入った。「わたしがやるわ。遅刻したぶんの埋め合わせに」

「ほんとに大丈夫？」だれかが尋ねた。「今夜はもうじゅうぶん大変だったんじゃないの？」

「コーヒーを飲ませてもらえれば大丈夫よ。何番の部屋？」

「三番に案内したわ」さっきの看護師が言った。

「さすが！」という声援のなか、エレーナは控室に向かった。ロッカーに荷物を置き、湯気の立つ熱い〝景気づけ〟をマグについだ。コーヒーは燃焼加速剤と呼ぶにふさわしい濃さで、みごと期待に応えて気持ちの淀みを一掃してくれた。

一掃と言ってはちょっと大げさだが。

コーヒーを飲みながら、黄褐色のロッカーの列を眺め、あちこちに突っ込まれている靴を、掛け具に掛かっている冬のコートを見まわした。昼食用の区画を見ると、カウンターには各自のお気に入りのマグ、棚には好みのスナック菓子が置かれていて、円いテーブルにのったボウルには……今夜はなにかと見ると、〈スキトルズ（フルーツ味のキャンデー）〉の小袋がいくつか入っていた。テーブルの上方の掲示板は、イベントのちらしやクーポン、他愛ない四コマ漫画、いかす男性の写真で埋まっている。勤務時間表はそのとなりのホワイトボードにあり、今後二週間ぶんの格子が引かれ、べつべつの色で当番の名前が記入されていた。

正常な生活の堆積物。そのどれひとつ、とくに意味があることとも思えない。けれども、この世界には職のない人もいるし、自分の面倒を自分で見る力もなく、日常からのささやかな逸脱——たとえばそう、〈コットネル〉のトイレットペーパーが、ダブルロールの十二個入りを買えば五十セント値引きになるとか——に気をまわす余力などない人もいるのだと、そう考えるとまるでちがってくる。

そんなふうに考えるうちに、また思い出してしまった。現実世界に出ていけるのは、宝くじに当たったような幸運なのだ。けっして権利などではない。父のことを考えると胸が痛む。あの粗末な小さい家に閉じこもり、自分の頭のなかにしかいない悪魔と闘っているのだから。

以前はちゃんと生きていたのだ、胸を張って。貴族の一員で、評議会のメンバーでもあって、学者としても名高かった。愛する〝シェラン〟を得て、娘が生まれたときは鼻高々で、そのお祝いに屋敷を改築したりもした。それがいま、父に残っているのは妄想だけで、それに苦しめられている。頭のなかにあるばかりで現実ではないけれど、幻聴の声は牢獄(ろうごく)だ。ほかのだれにも鉄格子は見えず、番人の声は聞こえないのに、それでもけっして逃げることのできない牢獄なのだ。

マグをすすぎながら、なにもかも不公平だと思わずにはいられなかった。でも、それはいいことなのだろう。仕事で何度も目にしていても、エレーナは苦しみに慣れることはできなかったし、自分がそうならないことを祈っていた。

ロッカールームを出る前に、ドアわきの姿見でざっと自分の格好を点検した。白衣はしわひとつなくプレスされているし、滅菌ガーゼのように清潔だ。ストッキングは伝線していない。クレープゴム底の靴にもしみやすり切れは見えない。

ただ、心のなかと同じく髪の毛が乱れに乱れている。

手早くほどき、ねじりなおしてシュシュでまとめてから、三番の診察室に向かった。

患者のカルテは、ドアそばの壁に取りつけた透明プラスティックのホルダーに入っている。深呼吸をひとつ、それから取り出して開いた。しょっちゅう見かけるわりに男性のカルテは薄く、表紙にはほとんどなにも書かれていない。ただ名前と、携帯電話の番号と、近親者の女性の名があるだけ。

ノックしてからなかに入った。内心では縮こまっていても、頭はあげ、背筋はしゃんと伸ばし、その姿勢とプロ意識の組み合わせで、不安を覆い隠すのだ。

「こんばんは、いかがですか」そう言いながら、患者の目をまっすぐに見た。

彼のアメジストの目と目が合ったとたん、自分の口からいまどんな言葉が出たのか、彼が返事をしたのかどうかすらわからなくなっていた。レンプーンの子リヴェンジは、彼女の頭からじかに思考を吸いとったのだ。脳の発電機のタンクから燃料が抜きとられ、精神の火花の引火する先がなくなったも同然だった。

それから彼は微笑んだ。

コブラだ、この男はまちがいなく……恐ろしく危険で美しく、つい心を奪われる。あのモヒカンの髪、知的な顔だち、大きな肉体は、セックスとパワーの権化だし、なにをするか予想もつかない危うさをすっぽり包むのは……まあ、あの黒いピンストライプのスーツは明らかに特別あつらえだった。

「おかげさまで」リヴェンジは言い、彼女がなにを尋ねたのだったかという謎は解けた。「それであなたは？」

エレーナが口ごもっていると、彼はまた薄く微笑んだ。看護師はみな、この狭い空間に彼とふたりきりになるのを嫌っているが、彼はまちがいなくそれをよく知っている。そして、どう見ても面白がっている。少なくとも、男の抑制され謎めいた表情から、彼女に読みとれるかぎりでは。

「あなたはご機嫌いかがか、と尋ねたんだが」ねっとりと言う。

エレーナはカルテをデスクに置き、ポケットから聴診器を取り出した。「おかげさまで元気です」

「ほんとに?」

「はい、百パーセントほんとうです」彼に向きなおって言った。「それじゃ、血圧と心拍だけ測らせていただきますね」

「体温もだろう」

「はい」

「いますぐ口をあけたほうがいいかな?」

エレーナは肌がほてったが、いや違う、と自分に言い聞かせた。あのよく響く低い声のせいで、その問いかけがエロティックに——あらわな乳房をものうげに愛撫されるのに劣らず——思えたせいではない。「その……いいえ」

「なんだ、残念」

「上着を脱いでください」

「それはすばらしい。さっきの『残念』は百パーセント撤回だ」

うまく切り抜けたわ、と彼女は思った。へたをしていたら、彼に向かってこっちが「残念」と言いかねないところだった、体温計を差し出しながら。

リヴェンジは肩をまわして彼女の言うとおりにし、無造作に手を返して、見るからにメンズウェアの芸術品であるそれを放った。椅子にきちんと掛けてあったセーブルのコートにそれがかぶさる。不思議だ。どうしてこのひとは、季節に関係なくこういう毛皮のコートを着てくるのだろう。

あれはきっと、エレーナが借りている家よりずっと高価にちがいない。

長い指で、右手首のダイヤモンドのカフリンクを外そうとする。それを見て彼女は言った。

「左側の袖をめくっていただけますか」とうなずきかけて、彼の向こう側の壁を指し示す。「そちら側は狭いので」

ややためらってから、反対側の袖をめくりにかかった。黒いシルクの下からまず肘が、続いて太い二頭筋が現われるが、そのあいだずっと腕を胴から離さなかった。

エレーナは引出しから血圧計を取り出し、カフを開きながら近づいていった。彼に触れるときはいつも緊張するから、あらかじめ腰のあたりで手のひらを拭っておいたが、あまり役に立たなかった。彼の手首に触れたとたん、いつものように電流が腕をなめるがごとくさかのぼり、心臓に、このいまいましいものに流れ込んでくる。胸の揺さぶられるような動揺に、危なくあえぎそうになるのを呑み込んだ。

早くすみますようにと祈りながら、カフを巻こうと適当な位置に彼の腕を動かしたら——「まあ……大変」

肘の内側を走る血管は、酷使のせいで悲惨なことになっていた。腫れあがり、どす黒い青に変わっている。自分で注射していたというより、爪で引っかきつづけていたかのように傷だらけだ。

さっと顔をあげて目を合わせた。「これではとてもつらいでしょう」

彼は手首を返して彼女の手をほどいた。「いや、なんともない」

なるほど、弱みは見せないと。驚かせて喜んでいるのだろうか。「先生に診てもらいたいとおっしゃるのも無理はありませんね」

当てつけがましく手を伸ばし、彼の腕をまた裏返してやった。二頭筋を伝いのぼって心臓に向かう赤い線に、指先でそっと触れてみる。

「感染症の徴候が出てますよ」

「大丈夫だ」

こちらとしては眉をあげるぐらいしかできることはない。「敗血症(セプシス)ってご存じですか」

「独立系のバンドだろう。もちろん知っているよ。ただ、あなたが知っているとは思わなかった」

彼女はきっとにらんだ。「血液の感染症のほうです」

「うーん、あっちのデスクにちょっとかがみ込んで、絵に描いて教えてもらえないかな」そう言いながら、彼女の脚に視線を流した。「そうすれば……とても勉強になると思うんだが」

こんなせりふを吐いたのがほかの男だったら、目から火花が飛ぶほど顔面を張り飛ばしていただろう。だがあいにく、その言葉を運んできたのはうっとりするような低音で、脚に散歩してきたのはアメジストのまなざしと来ているのだから、すけべ男にからまれたと本気で腹を立てる気にはなれなかった。

まるで恋人に愛撫(あいぶ)されているようだった。

エレーナは、自分のひたいをぴしゃりとやりたい衝動をこらえた。いったいなにをやっているんだろう、今夜デートするのに——やさしい、きちんとした市民(シヴィリアン)の男性と。あくまでもやさしくてきちんとしていて、とても礼儀正しい(シヴィル)男性と。

「絵を描いてさしあげる必要はありません」とうなずいて、彼の腕のほうを指し示した。「そこを見ればご自分でわかります。治療なさらないと全身に広がってしまいますよ」

仕立師の夢のマネキンのように、彼は高級な服をみごとに着こなしてはいるけれども、死神の冷たい灰色のマントはさすがに似合うまい。

彼は引き締まった腹部に腕を引き寄せた。「その件はあとで相談しよう」

エレーナは首をふった。白衣を身にまとっていて、名前の最後にRN（正看護師）の文字が入っているというだけでは、他者を自分自身の愚かさから救うことはできない。それにあれだけ派手にひどい状態なのだから、あとで診察するときにハヴァーズが気がつくはずだ。

「わかりました。でも血圧はもういっぽうの腕でお測りしましょう。それからシャツを脱いでいただかなくちゃなりません。感染症がどこまで進んでいるか、先生が診察なさるでしょうから」

リヴェンジは口の端を笑みの形に持ちあげて、いちばん上のボタンに手をかけた。

「このまま続けると、わたしは素っ裸にされそうだな」

エレーナはすばやく顔をそむけた。低俗なやつだと本気で見下せない自分が情けない。義憤を起こす注射でも打って、手厳しくはねつけてやりたい。

「わたしは恥ずかしがり屋ではないから」と例の低音で言う。「べつに見てもかまわないよ」

「いえ、けっこうです」

「それは残念」やや意地の悪い調子で付け加える。「あなたになら見られてもいいと思ったのに」

シルクが肌にこすれる音が診察台から聞こえてくる。そのあいだ、エレーナはカルテに記入するので忙しいふりをし、まちがうはずのない項目まで見直しをしたりしていた。

どうしてだろう。ほかの看護師からは、彼にこんなふうにきわどい言葉でからかわれたとは聞いたことがない。それどころかろくに口をきかないという話で、それがそばにいると落ち着かない理由のひとつになっているほどなのだ。こんな大柄な男性に、黙っていられると恐ろしい。それは世の定めというものだ。しかもそれに刺青やらモヒカンまで追い打ちをかけてくる。

「脱いだよ」彼は言った。

エレーナはくるりと向きを変えたが、目は彼の頭の横、壁にまっすぐ向けたまま動かさなかった。しかし周辺視野はちゃんと仕事をしていて、それに感謝せずにいるのはむずかしかった。リヴェンジの胸はみごとだった。肌は暖かい金褐色、身体に力は入れていないのに筋肉がくっきり浮き出ている。両胸に赤い五芒星（ごぼうせい）がひとつずつ、これは高い位置に刺青されているが、刺青はほかにもあるのを彼女は知っていた。

腹部に。

見たわけではない。

これはほんとうだ。あれは「見た」とは言わない、「ぽかんと見とれていた」のだ。

「腕を診察してくれないのかな」ささやくように言う。

「いいえ、それは先生のお仕事ですから」そう言いながら、また「残念」と言われるのだろうなと思った。

「今日はもう、あの言葉は使い切ってしまったみたいだ」

さすがに目を合わせた。同じヴァンパイアの心を読める者はまれだが、この男性がそんな少数の選良のひとりだと知っても、なぜか意外とは思わなかった。

「失礼だわ」彼女は言った。「そういうことは二度としないでください」

「悪かった」

エレーナはカフを二頭筋に巻きつけ、聴診器を耳に挿して、血圧を測った。プシュ、

プシュ、プシュとかすかな音を立てて風船が膨らみ、カフがきつく締まっていくにつれ、彼の鋭い気が、張りつめたパワーが伝わってくる。心臓がとんぼ返りを打ちそうだ。今夜の彼はとくべつぴりぴりしている。なぜだろう。

もっとも、それは彼女の知ったことではないわけだが。

バルブを放すと、カフがほっとしたように長くゆっくりと息を吐く。彼女は一歩さがって離れた。彼はその……過剰なのだ、あらゆる面で。とくにいまは。

「わたしはこわい男じゃないよ」彼がぽつりと言った。

「こわいなんて思ってません」

「ほんとに？」

「百パーセント、ほんとうです」それは嘘だった。

6

嘘をついている、とレヴは思った。こわがっているのは明らかだ。これが残念でなくてなんだろう。

ここに来るたびに、この看護師ならいいのだがとレヴは思う。彼女のおかげで、病院へ来るのもいくらか耐えやすくなる。彼のエレーナのおかげで。

わかっている、彼のエレーナではない。まったくちがう。名前を知っているのも、たんに白衣に青と白の名札が留めてあるからだ。顔を見るのも治療を受けに来たときだけだし、これっぽっちも好意を持たれているわけではない。

それでも彼のエレーナと思ってしまうのはしかたがない。重要なのは共通点があることだ。種の違いを超え、社会階層を無意味にし、彼女は認めないだろうが、それがふたりを結びつけている。

彼女はまた孤独でもある。それも彼と同じ意味で。

彼女の感情の格子には、彼の、ゼックスの、そしてトレズとアイアムのそれと同じ足跡が見える。仲間から切り離された者の寄る辺ない虚無に、感情が取り囲まれている。他者に交じって、しかし本質的にはその全員から孤立して生きている。いわば隠者であり、漂流者であり、追放された者なのだ。

その理由はわからないが、彼女の生がどんなものかはいやというほどわかる。初めて会ったとき、彼の注意を惹いたのはそこだった。その次が目と声とにおいだ。最後は頭のよさと鋭い切り返しで決まりだった。

「上が百六十八、下が九十五。高いですね」そう言いながら、彼女はカフのへりを手早く引き剝がした。剝がれたのが彼の皮膚ならよかったと思っているのはまちがいない。「身体が、腕の感染症と闘って追い払おうとしているんでしょうね」

たしかに、彼の身体は闘って追い払おうとしているが、それは注射の傷痕で暴れているものとはなんの関係もない。彼のなかの〝シンパス〟はドーパミンに抵抗している。薬が完全に効いていれば、彼はふだん性的不能の状態で過ごしているのだが、それがまだ仕事をしに出てきていない。

その結果がこれだ。

ズボンのなかで、あれがバットのように固くなっている。一般的に言われるのとはちがって、これは実際にはよい徴候ではない――今夜はとくにそうだ。モントラグとあんな会話をしたあとだし、いまは飢えていて、居ても立っても……身内の苛立ちのせいで、少しおかしくなっている。

おまけにエレーナはじつに……美しい。

とは言っても、店のワーキングガールたちとは別種の美しさだ。あんなあからさまな、度を越した、注射やインプラントまみれの人工的な美ではない。エレーナはさりげなくきれいだ。整った小作りの顔だち、ストロベリーブロンドの髪、長くすんなりと伸びた手足。唇がピンクなのはほんとうにピンクだからだ――十八時間落ちない、光沢があったり艶消しだったりの、脂べったりのピンクではない。飴色の目は冷たく輝いているが、それは黄色と赤と黄金色が渾然一体となっているからで、番号つきのきらきらするアイシャドウやべったり塗ったマスカラのせいではない。そして頰が紅潮しているのは、彼のせいでいらついているからだ。

そうは言っても、今夜が彼女にとって大変な夜だったのは感じとれるものの、彼女がいらついているのはまったく気にならなかった。

だが、それが〝シンパス〟のしるしだ、と彼は自嘲気味に考えた。

おかしな話だ。ふだんの彼は、自分がなんであろうと気にしたことはない。憶えているかぎり、彼の生は絶えず揺れ動く嘘とごまかしの蜃気楼だったが、生きるというのはそういうことではないか。ところが彼女がそばにいると、自分が正常でないのが恨めしくなってくる。

「それじゃ、体温を測りましょう」そう言うと、彼女はデスクから電子体温計をとってきた。

「ちょっと熱があるんだ」

琥珀色の目がぱっとあがり、目と目が合った。「腕のせいですね」

「いや、あなたの目のせいだ」

彼女は目をぱちくりさせたが、すぐに自分で打ち消したようだった。「まさか」

「自分の魅力を過小評価しているね」

首をふりながら、銀の棒のプラスティックカバーのいっぽうをぱちりと開いたとき、ふわりと彼女の香りが立ちのぼった。

彼のほうは牙が伸びてきた。

「はい、あけて」と、体温計を持ちあげた。「はい？」

彼女のみごとな三色の目をのぞき込みながら、レヴは口をあけた。いつものとおりあくまでも事務的に、彼女は身を乗り出してきて、そこでぎょっと凍りついた。彼の牙を見るや、彼女の香りに濃厚でエロティックなものが混じる。

血管を勝利に焼きながら、彼は唸るように言った。「しよう」

長い間があった。そのあいだに、ふたりは目に見えない熱と欲望の糸で結びつけられていた。が、ややあって彼女はぎゅっと口を結んだ。

「とんでもない。でもお熱は測らせてもらいます、仕事ですから」

彼女が体温計を上下の唇のあいだに突っ込んできて、急いで歯ではさまなかったら扁桃腺に突き刺さりそうだった。

とはいえ、それも悪くない。たとえすることはなくとも、彼女を興奮させることはできた。それだけでも身に余る光栄というものだ。

ピーと音がした。間があって、もう一度。

「四十二度五分」と言って彼女は一歩さがり、プラスティックのカバーを生物学的危険物のごみ箱に入れた。「先生は手があいたらすぐにいらっしゃいます」

彼女は出ていった。ドアが勢いよく閉じたその音は、悪態の言葉をはっきりくっきり発音したも同然だった。

くそ、そそられる女だ。

レヴは眉をひそめた。この性的興奮のひと幕に、思い出したくないことを思い出してしまった。

いや、ことではなく者だな。

今日が月曜なのを思い出したとたん、昂(たかぶ)っていたものがたちまち萎えた。明日は火曜日。今年最後の月の第一火曜日だ。

ポケットのなかに詰まった蜘蛛(くも)のように、彼のなかの〝シンパス〟がじりじりうずきだす。全身の皮膚をきつく縛っていたのが、いま急にほどかれたかのようだ。

明日の夜には、また恐喝者との密会が待っている。くそったれ、まさかもう一か月も過ぎたというのか。まるでふり向くたびにまた第一火曜日になっていて、州北部に向かって車を走らせているようだ。そしてあの忌まわしい山小屋で、また御前演技が始まる。

女衒(ぜげん)が売春夫に早変わりときた。

権謀術数、丁々発止、そして無慈悲なセックスは、恐喝者とやりとりされる通貨であり、ここ二十五年間彼の「愛情」生活の基盤だった。汚穢(おわい)と邪悪と堕落のすべてが詰まっているそれを、くりかえしやりつづけてきた。秘密を守るためだ。

そしてまた、暗黒面がそれで発散されるからでもあった。*Love, American Style*（アメリカのテレビドラマ。邦題『恋愛専科』。一九六九～七四）ならぬ *Love, Symphath Style*（〝シンパス〟版愛情生活）というわけだ。なんの縛りもなく自分自身でいられる唯一の時間、おぞましい自由のひとかけら。結局のところ、みずからを薬漬けにしてどんなに周囲に合わせようとしても、亡き父の遺産に——血管を流れる悪しき血にとらわれていることに変わりはない。DNAと取引はできないし、半分だけとはいえ、罪業喰らい（シン・イーター）の側面のほうが彼のなかでは優勢だ。

つまり、エレーナのようにちゃんとした女性が相手のときは、彼はいつもガラスの向こう側にしかいられない。鼻を強く押しつけ、欲望に手のひらを広げても、触れられるほど近づくことはできないのだ。そしてそれは正しいことだ。彼の差し出すものは侮辱でしかない——彼女はあの恐喝者とはちがうのだ。

自分で自分に教え込んだ倫理観からすれば、少なくともそこまでは真実だった。

そうだ、いいぞ、がんばれわたし。

次に彫るのは、頭上にかかるくされ後光の刺青になりそうだ。

左腕を這（は）いのぼる醜いものを見おろすと、そこをなにが腐らせているのか、一点の曇りもなくはっきりと見てとれた。たんなる細菌感染ではない。彼はわざと滅菌されていない針を使い、皮膚をアルコール綿で消毒もせずに薬を注射している。ゆるやかな自殺だ。医師にこれを見られては困るのもそれが理由だった。毒が血流深く入り込んだらどうなるかよく知っているし、それが早く始まって終わりが訪れるのを願っている。

ドアが大きく開き、彼は顔をあげた。ハヴァーズとダンスを踊るつもりで——ただ、医師ではなかった。レヴの看護師が戻ってきたのだ。しかしうれしそうではなかった。というより、疲れきった顔をしている。彼女の城にはそれでなくても厄介ごとが山積しているのに、彼女といるときの彼はやたらうるさくつきまとってくる。そんなものに対処する気力はもう残っていないとでも言いたげだった。

「先生にお伝えしてきたんですけど」彼女は言った。「いま手術の締めくくりにかかっていらして、それがしばらくかかりそうなんです。それで、先に血液サンプルを——」

「申し訳ない」レヴはぽつりと漏らした。

エレーナは白衣の胸もとに手を持っていき、左右の襟をかきあわせた。「はい？」

「からかったりして申し訳ない。患者からあんなことをされればいい気持ちはしないだろう。とくに今夜のような夜には」

彼女は眉をひそめた。「わたしは大丈夫ですけど」

「いいや、大丈夫じゃない。言っておくが、あなたの心を読んでいるわけではないよ。

ただ疲れた顔をしているから」ふいに彼女の気持ちがわかった。「できれば埋めあわせをしたい」

「そんな必要は――」

「夕食をごちそうさせてくれないか」

なんともはや、こんなことを言うつもりはなかったのだが。たったいま、礼儀正しく距離を保とうと思って自己満足に浸っていたのに、今度はさらに偽善者にまでなろうというのか。

どう考えても、次に彫るのは後光どころか、ばか者のしるしでなくてはなるまい。いまやっているのは明らかにそっちのほうだから。

こんな誘いのあとではまったく当然のことだが、こちらを見るエレーナの目は気はたしかかと言っていた。常識で考えて、さっきのような態度を男性にとられて、その男ともっといっしょに過ごしたいと思う女性がいるわけがない。

「せっかくですけど」看護師の義務として（患者さんとはつきあうことができない）の方向に舵を切ろうともしなかった。

「そう、しかたがない」

彼女が血液採取用の物品をそろえ、ゴム手袋をはめているあいだに、レヴはジャケットに手を伸ばして名刺を取り出し、大きな手のひらに隠した。

彼女は手早く処置を進め、よいほうの腕に針を刺し、アルミニウムのバイアルをたちまちいっぱいにしていく。ガラスのバイアルでなくてよかった。検査はハヴァーズが自分でやってくれるのも助かる。ヴァンパイアの血は赤いが、〝シンパス〟の血は青い。彼の血はそれを足して二で割ったような色だが、ハヴァーズとのあいだでは話がついている。もっとも、どう話がついているのか医師のほうはまったく気づいていない。しかし、一族の医師を巻き込まずに治療を受けるにはこれしか方法がないのだ。

処置が終わると、エレーナはバイアルに白いプラスティックのふたをし、ゴム手袋をはずし、悪臭のもとから逃げるかのようにそそくさとドアに向かった。

「ちょっと待って」彼は言った。

「腕に痛み止めが要ります？」

「いや、これを受け取ってもらいたいんだ」と名刺を差し出した。「電話してきて。いつか、親切にしてやってもいいという気分になったら」

「看護師としてこんなことを言ってはいけないかもしれませんが、そんな気分になるときは来ないと思います。どんな状況であっても」

あいた。とはいえこれもしかたがない。「親切というのは、わたしを赦すという意味だよ。デートとかそういうことではなく」

彼女は名刺を見おろしたが、首をふって言った。「むだになるだけですから。それを役に立てられるかたにお渡しください」

ドアが閉じ、彼は名刺を握りつぶした。

くそ。いやとにかく、いったいなにを考えていたのだろう。彼女はきっと、愛情深い両親とともに、きちんとした家でささやかでも幸福に暮らしているのにちがいない。きっと恋人もいて、その男がいずれ〝ヘルレン〟になるのだろう。

そうとも。あなたの近所の愛想のいい麻薬の売人にして女衒、暴力団のボスである彼なら、ノーマン・ロックウェル（二十世紀初め～なかばに活躍したアメリカの画家。愛すべき日常のひとこまを切り取ったような画風で知られる）的日常にさぞかしぴったりはまることだろうさ。くそ、まったく。

デスクのそばのくずかごに名刺を放り込んだ。縁に当たって円を描きかけ、ティッシュや丸めた紙やコーラの空き缶のなかに落ちるのを見守る。

医師が来るのを待ちながら、その捨てられたごみを見つめていた。彼にとって、この地上に生きる者の大半はあれと同じだと思う。使い終わったら、なんのためらいもなく捨て去るもの。身内の暗黒面と手がけているビジネスのおかげで、いままで数えきれないほど多くの骨をへし折り、頭を割り、薬物の過量摂取の原因になってきた。

いっぽうエレーナは、毎夜毎夜他者を救って過ごしている。

なるほど、たしかに共通点はある。

彼の仕事が彼女の仕事を生み出しているのだ。

じつに。カンペキではないか。


病院の外、凍てつく空気のなかでラスはヴィシャスと鼻を突きあわせていた。

「そこをどけ、V」

もちろん、ヴィシャスには譲る気配などさらさらなかった。それも不思議はない。

〈書の聖母〉が母親だというささやかなニュース速報の前ですら、こんちくしょうは完全なフリーランスだったのだ。

岩に命令するほうがまだ見込みがあるぐらいだ。

「ラス――」

「V、よせ。こんなところで、こんなときに――」

「あんたを見たんだ。今日の午後、夢で」その暗い声の響きは、ふつうは葬式で聞かれるたぐいの痛ましさだった。「まぼろしを見たんだ」

ラスは不本意ながら口を開いた。「なにを見た」

「あんたが暗い野にひとりで立ってるんだ。おれたちはみんなまわりにいるんだが、だれもあんたに手が届かない。あんたはおれたちから去っていき、おれたちはあんたから去っていく」〈兄弟〉は手を伸ばし、ラスをがっちりつかんだ。「ブッチに聞いてたから、あんたがひとりで戦場に出てるのは知ってた。これまでは口をつぐんでたが、もう黙っちゃおられん。あんたが死んだら一族は滅茶苦茶だ。〈兄弟団〉がどうなるかは言わずもがなだし」

ラスはVの顔に焦点を合わせようと目を凝らしたが、ドアのうえの常夜灯が蛍光灯で、光が目に突き刺さってくる。「その夢の意味はわからんのだろう」

「あんたにはわかるのか」

ラスは腕に抱えた遺体の重みのことを思った。「意味があるとしても、せいぜい――」

「初めてこのまぼろしを見たのはいつだと思う」

「――おまえの不安が表われているだけだろう」

「なあ、初めて見たのはいつだと思う」

「いつだ」

「一九〇九年だよ。初めて見てから百年たってる。それで、この一か月に何度見たと思う」

「聞きたくない」

「七度だぞ、ラス。今日の午後でもう限界だ。

ラスは〈兄弟〉の手をふりほどいた。「おれはもう行く。ついてくるなよ。ついてきたら殴りあいになるぞ」

「ひとりで戦場に出ちゃだめだ。危険だ」

「ふざけるのもたいがいにしろ」ラスはラップアラウンド越しに睨みつけた。「一族が滅びかけているときに、敵を追っているからって説教しようっていうのか。笑わせるんじゃない。おれはくされデスクに縛りつけられて、書類に埋もれて過ごすつもりはないぞ、〈兄弟〉たちが戦場でほんとうの仕事を──」

「だが、あんたは王なんだ。おれたちより重要──」

「王がなんだ！　おれは〈兄弟団〉のひとりだぞ！　入団儀礼を受けて、〈兄弟〉の血を飲み、〈兄弟〉に血を飲ませたんだ。おれは戦いたい！」

「なあ、ラス……」Vの口調はあくまでも理性的で、聞いていると歯を一本残らず叩き折ってやりたくなる。斧で。「自分の生まれつきを呪いたくなる気持ちは、すごくよくわかる。こんなくそいまいましい夢を見られて、おれが喜んでるとでも思うか。

こんなライトセーバーを持ってうれしいとでも？」と、手袋をはめた手を持ちあげてみせた。挿絵つきならこの「議論」の付加価値があがるとでもいうように。「生まれつきは変えようがない。どんな両親から生まれたって、それをなかったことにはできないんだ。あんたは王だ。だからおれたちとは違う規則に縛られる。そういうものなんだ」

ラスは精いっぱい、Vの落ち着きはらった冷静な態度に対抗しようとした。「言わせてもらうが、おれは三百年以上も戦ってきたんだぞ。戦場を知ったばかりの新米といっしょにするな。もうひとつ指摘するなら、王だからといって選択する権利が――」

「あんたには世継ぎがいない。それにおれの〝ジェラン〟から聞いたとこじゃ、最初の欲求期が来たら子供を作りたいとベスが言ったら、あんたはぴしゃりと断わったそうじゃないか。大変な剣幕だったと聞いたぞ。なんと言ってたかな。ええと……そうだ、『子供は未来永劫作る気はない……たぶん永劫の先もな』」

ラスは音を立てて息を吐いた。「おまえがそこまで言うとは思わなかった」

「結論を言ってほしいか。あんたがくたばったら、一族の社会構造はがたがたになるだろうし、それがこの戦争のためになると思ってんなら、頭のねじが残らずぶっ飛んじまってカラカラ鳴ってるぜ。現実を見ろよ、ラス。あんたはおれたちみんなの脈打つ心臓なんだ……だからな、いくら戦いたいからって、ひとりで出てって戦うなんてことはやっちゃいかんのだ。くそ、あんな仕事ぶりは無茶苦茶だ、あんたは——」

ラスはVの襟をわしづかみにし、病院の壁に彼を叩きつけた。「V、いい加減にしとけよ。そろそろ不敬の域に足を突っ込むぞ」

「おれを痛い目にあわせて、それでなにか変わると思うならやったらいいさ。だがな、殴りあいが終わって、ふたりそろってぶっ倒れて血を流したって、状況はこれっぽっちも変わりゃしねえぞ。生まれを変えることなんかできないんだよ」

背後でブッチが〈エスカレード〉から降りてきた。殴りあいの勃発に備えるかのように、ズボンのウエストを引っ張りあげている。

「一族には生きたあんたが必要なんだよ、このくそったれ」Vが言った。「おれに引金を引かせるな。本気で撃つぞ」

ラスはよく見えない目をVの顔に戻した。「おれに生きてぴんぴんしててほしいんじゃなかったのか。それにおれを撃ったら大逆罪で死刑だぞ。きさまがだれの息子だろうが関係ない」

「なあラス、おれは戦うなって言ってるわけじゃ——」

「黙れ。たまにはその口を閉じたらどうだ」

ラスは〈兄弟〉のレザージャケットの襟から手を離し、一歩さがった。ちくしょうめ、さっさとこの場を離れなくてはならない。このままエスカレートすれば、ブッチの用心がむだな用心で終わらなくなってしまう。

ラスはVの顔に指を突きつけた。「ついてくるな。いいな。ついてくるんじゃないぞ」

「あんたはどうしようもないばかだ」Vは完全にさじを投げた口調で言った。「あんたは王なんだ。おれたちはみんなあんたについてかなきゃならないんだよ」

ラスは悪態とともに非実体化した。彼の分子が街を抜けて飛んでいく。そうやって移動しつつ、信じられないという気分だった――まさかVが、ベスと赤ん坊の話を盾に持ち出してくるとは。あるいはそんな立ち入ったことを、ベスがジェイン先生(ドク・ジェイン)に話していたとは。

頭のねじが飛んでいるといえば、しかしVこそ頭がおかしい。愛する者の生命を、ラスが危険にさらすとでも思っているのか。これから一年ほどでベスは欲求期に入るだろうが、妊娠させるつもりはなかった。女はしょっちゅう分娩(ぶんべん)台で死んでいるのだ。

必要とあれば、一族のために自分の生命を差し出す覚悟はある。しかし、〝シェラン〟の生命となったら話はべつだ。

それに、たとえ彼女が確実に生き延びるとわかっていたとしても、自分の息子にこんな思いはさせたくない。こんな……身動きもとれず、選択の余地もない。守るべき彼の民が、戦争のなかでひとりまたひとりと死んでいく、それを重く沈む心で見ているしかない。しかもその戦争を終わらせるために、彼にできることなどないも同然なのだ。

7

〈聖フランシス病院〉の敷地内は、ひとつの特殊な街だった。さまざまな時代に建設された建物が交じりあい、それぞれが独自の小街区を形作っている。そしてそれが、曲がりくねった車寄せや歩道につながれてひとつの全体をなしているのだ。大量生産型の団地住宅的な管理区画もあれば、簡素な農家ふうの平屋の外来棟があり、はめ殺しの窓の並ぶ高層アパートメント式の入院病棟もある。この一エーカーほどの敷地で統一感をかもし出しているのは、これぞまさしく天の恵み、赤と白の方向表示だけだった。矢印が左とか右とか直進とか、人がどこへ行きたいかによってさまざまな方向を指し示している。

しかし、ゼックスの目的地は明らかだった。

救急部はこの病院にいちばん新しく付け加わった部分で、最新式のガラスとスチールの建物だ。まぶしい照明、たえまない活動、まるで流行りのナイトクラブのよう。

まちがいようがない。見失いようがない。

ベンチを囲んで円く植えられた木々の陰で、ゼックスは実体化した。回転ドアの並ぶ救急部に向かって歩きながら、この環境に存在すると同時に完全に距離を置いてもいた。ほかの歩行者をよけて歩き、屋根つきの喫煙エリアの煙草のにおいを嗅ぎ、顔に冷たい夜気を感じながらも、身内の闘いに気をとられてほとんど意識していなかった。

建物に入ったときには、両手はじっとり湿り、ひたいには冷たい汗が噴き出していた。蛍光灯の光と白いリノリウムの床、手術着姿で歩きまわる医療スタッフ。彼女はしびれたように立ち尽くした。

「どうしました?」

ゼックスはくるりとふり向き、両手をあげて、とっさに戦闘体勢をとった。話しかけてきた医師は、あとじさりはしなかったものの、さすがに驚いたようだった。

「おっと、勘弁してくださいよ」

「すみません」両手をおろし、医師の白衣の襟の折り返しに目をやった。「医師 マニュエル・マネロ、外科部長」とあった。奇異なものを感じて彼女は眉をひそめ、相手のにおいを嗅いでみた。

「大丈夫ですか」

まあいい、彼女には関係ない。「遺体安置所に行きたいんですが」

医師は眉ひとつ動かさなかった。ああいう体勢をとる人間なら、足指に名札のついた遺体のふたつ三つ知っていておかしくないというように。「そうですか、あっちに廊下が見えるでしょう。あれをずっと奥まで行くと、ドアに遺体安置所と標示がありますから。そこから矢印をたどっていけばわかります。地下ですよ」

「どうも」

「いえいえ」

彼女が入ってきた回転ドアを抜けて医師は出ていき、医師がたったいま通った金属探知機を彼女は通った。音は鳴らない。こちらをざっと値踏みしている警備員に、口をあけずに微笑って（わら）みせる。

腰のくびれに差したナイフはセラミック製だし、金属製の苦行具は皮革と石のやつに替えてきた。問題なしだ。

「こんばんは」彼女は声をかけた。

警備員は会釈してきたが、手は銃把（じゅうは）にかけたままだ。

廊下の突き当たりに、捜していたドアはあった。力まかせに押し通ると階段に出る。

医師から教わったとおりに赤い矢印をたどっていくと、漆喰塗りの長いコンクリートの壁に出くわした。目的地は近そうだ。思ったとおり、デ・ラ・クルス刑事が廊下の奥に立っていた。そばにはステンレスの両開きドアがあり、「遺体安置所」と「関係者以外立入禁止」の標示がある。

近づいていくと、「わざわざすみません」と刑事は言った。「奥に面会室があるんです。あなたが来たのを伝えてきますから」

刑事はドアのいっぽうを押しあけ、そのすきまから見えたのは、ずらりと並ぶ金属の寝台だった。枕の代わりに死者の頭をのせるブロックが置かれている。

一瞬心臓が止まり、次いで早鐘を打ちはじめた。おまえのどこかが悪いわけではないのだ、と自分で自分に何度も言い聞かせているのに。ここに入るわけではない。あれはもう過ぎたことだ。ここにはいないのだ、覆いかぶさるように立ちはだかり、「科学の名のもとに」手出しをしてくる白衣の連中は。

それにだいたい、みんなすでに乗り越えてきたではないか……そう、十年くらい前に――

かすかな音が聞こえてきた。それがしだいに大きくなる。背後から反響が近づいてくる。くるりとふり向いて凍りついた。強烈な恐怖に襲われ、足から根が生えたように……

しかし、角をまわって現われたのはただの用務員だった。車ほどの大きさの洗濯物入れを押してきたのだ。縁にかがみ込み、腰に力を入れて押していき、わきを通ったときも顔もあげなかった。

いったん目をしばたたいていると、もう一台のカートが近づいてくるのに気づいた。からまりあう動かない四肢でいっぱいだった。死体の手足が焚きつけのように重なりあっている。

ゼックスは目をこすった。たしかに、過去にあったことは乗り越えた……診療所や病院に足を踏み入れないかぎりは。

ちくしょう……早くここから出ていきたい。

「大丈夫ですか」デ・ラ・クルスがすぐそばから声をかけてきた。

ごくりとつばを呑み、彼女は気合を入れなおした。この刑事に理解できようはずもないが、いま怖じけづいていたのはカートに山と積まれたシーツのせいだった。これから対面する遺体のせいではない。「ええ、もう入れます？」

刑事がしばし目を当ててきた。「よかったらちょっと休みますか。コーヒーでも？」

「いえ」刑事が動こうとしないので、ゼックスは自分から「面会室」と標示のあるドアに向かった。

デ・ラ・クルスはあわてて彼女の前にまわり、ドアをあけた。入ったところは前室になっていて、黒いプラスティック製の椅子が三脚置かれ、ドアがふたつあり、イチゴの人工香料のようなにおいがしていた。ホルムアルデヒドに〈グレード・プラグイン（芳香剤）〉の混ざったにおいだ。奥の隅、椅子からかなり遠いところに短いテーブルが置かれ、紙コップがふたつのっていた。どろどろに煮詰まったコーヒーらしきものが半分入っている。

どうやら歩きまわる番と座る番があって、座る番がまわってきた者は、自動販売機のカフェインは膝にのせるしかないらしい。

見まわすと、この空間にいた者の経験した感情の名残が漂っていた。腐った水のあとに残ったかびのようだ。あのドアを通ってきた人々には、ここではろくなことが起こらない。胸は破れ、人生は粉々になり、世界は二度ともとに戻らない。

ここに来る人々にコーヒーは向いてない。なんのために来てここでなにを待っているのか考えれば、それでなくても神経が立っているはずだ。

「こっちです」

デ・ラ・クルスに案内されて狭い部屋に入った。彼女の見るかぎり、毛羽立った閉所恐怖症を生み出す壁紙が貼られたような部屋だ。狭いし換気は悪いし、蛍光灯はたまにみょうな音を立ててちらつくし、ひとつしかない窓からは、野花の茂る原っぱが見渡せるわけでもない。

その窓の向こう側にはカーテンが下がっていて、視界を遮っている。

「大丈夫ですか」刑事がまた尋ねる。

「さっさと済ませましょうよ」

デ・ラ・クルスは左側に身を寄せ、ドアベルのボタンを押した。そのブザーの音で、ゆっくりと衣ずれのような音を立ててカーテンが分かれ、遺体が現われた。さっきの洗濯物入れに入っていたのと同じような白いシーツがかかっている。薄緑の手術着をつけた人間の男が枕もとに立っていて、刑事がうなずきかけるとその屍衣をめくった。

クリッシー・アンドルーズの目は閉じていた。まつげが影を落とす頬は、十二月の雲のような薄墨色だ。永遠の眠りについていても安らかには見えなかった。口は青い裂け目のようで、唇は割れていた。げんこつかフライパンか、それともドア枠にでも叩きつけられたか。

折り返したシーツのひだがのどもとにかかり、首を絞められた痕はほとんど隠されていた。

「よくもこんなことを」ゼックスは言った。

「念のため、この人はまちがいなくクリッシー・アンドルーズですか」

「ええ、それにだれの仕業かもわかってます」

刑事がうなずきかけると、病院のスタッフはクリッシーの顔を覆い、またカーテンを閉めた。「交際相手？」

「ええ」

「何度も家庭内暴力で通報されてます」

「何度もどころじゃないよ。もちろん、それももう終わりだけどね。あのくず野郎、とうとう最後までやりきったわけよ」

ゼックスはドアから前室に出ていった。刑事が遅れまいとあわててついてくる。

「ちょっと待って――」

「もう仕事に戻らないと」

地下の廊下に飛び出したとき、デ・ラ・クルスは彼女を押しとどめた。

「〈コールドウェル警察署(CPD)〉はしっかり殺人事件の捜査をやってますから。容疑者はみな適切に合法的に取り調べます」

「でしょうね」

「あなたの出番はここまでなんですよ。このあとは警察が捜査してちゃんと始末をつけます。その男は警察がつかまえますから、いいですね。自力救済になど走らないでくださいよ」

クリッシーの髪が目に浮かんだ。あの子、いつも髪形のことを気にしていた。しょっちゅう逆立てては髪をなでつけてスプレーで固めて、てっぺんがチェスのポーンみたいにならないうちは気に入らなかった。

完全に『メルローズ・プレイス（一九九二〜二〇一〇年に放映された恋愛ドラマ）』の再放送、ヘザー・ロックリアの黄金（きん）のヘルメット時代だ。

あの屍衣の下で、その髪がまな板のようにぺたんこになっていた。両側からつぶされて……まちがいなく遺体袋（ボディバッグ）で運ばれたせいだ。

「あなたの出番はここまでなんです」デ・ラ・クルスが言った。

とんでもない。

「おやすみなさい、刑事さん。早くグレイディをつかまえてね」

彼は眉をひそめたが、この（いい子にしてるわ）のポーズを信じることにしたようだ。「よかったら車で送りますよ」

「いえ、大丈夫。それとほんとに心配しないで」と口をあけずに笑みを作った。「ばかなまねはしないから」

そう、ばかなまねなどするはずがない。彼女はとくべつ腕利きの暗殺者だから。なにしろ最高の師匠に鍛えられたのだ。

「目には目を」は、たんに気の利いたキャッチコピーなどではない。

ホセ・デ・ラ・クルスはロケット科学者でも〈メンサ（知能テスト上位二パーセントの人が入会できるクラブ）〉のメンバーでも分子遺伝学者でもない。また賭け事もしなかったが、それはたんにカトリック教徒だからというだけではなかった。

いちかばちかやる必要がない。占い師の水晶球のような直感をもっているからだ。

自分の仕事はちゃんとわきまえている。というわけで、ミズ・アレックス・ヘスが病院を出ていくのを、用心深く距離を置いて尾行しはじめた。回転ドアを抜けたあと、彼女は左の駐車場には向かわず、また入り口の右側に駐まっている三台のタクシーのほうへも行かなかった。まっすぐに進んで、患者を乗せたり降ろしたりしている車のあいだを抜け、客待ちのタクシーをよけて歩いていく。縁石を乗り越え、凍った芝生を踏んでそのまま進み、道路を渡り、二、三年前にダウンタウンの緑化のために市が植えた木々のなかに入っていった。

まばたきのあいだに、彼女は消えた。まるで最初からそこにいなかったかのように。もちろんそんなはずはない。暗かったし、午前四時からずっと起きて仕事をしているのだ。目のよく見えることときたら、水中にいるも同然だ。

あの女は今後も見張らなくてはならない。仕事仲間を失うのがどんなにつらいか、彼は実体験として身にしみているし、彼女があの死んだ女を悼んでいるのは明らかだった。それでも、この事件の証人となる民間人に法を侵されては困る。へたをすると、警察の重要な容疑者が殺されることになりかねない。

ホセは覆面パトカーに向かった。病院の裏側、救急車が清掃されたり、待機中のインターンが時間をつぶしたりしているあたりに駐めてある。

クリッシー・アンドルーズの交際相手ロバート・グレイディ、通称ボビー・Gは、この夏彼女に追い出されてから、月決めでアパートメントを借りていた。そのぼろアパートは、今日の午後一時ごろにホセがドアをノックしたときはもぬけのからだった。この半年、クリッシーが交際相手のことで何度も911に通報していたため、それを根拠に捜索令状をとっていたおかげで、家主に鍵をあけるよう命令することができたのだ。

キッチンでは残り物が盛大に腐っているし、リビングルームには汚れた食器、寝室は一面に汚れた衣類が投げ散らしてあった。

それにセロハンの袋が多数残されていて、なかに入っていた白い粉は――信じられん！――ヘロインだった。カンベンしてくれ。

交際相手の姿はなかった。最後にこのアパートメントで目撃されたのは前夜の十時ごろ。また、隣室の住人がボビー・Gの怒鳴り声も聞いている。続いて力まかせにドアを閉じる音も。

携帯電話のサービス・プロバイダーからすでに記録も取得してあったが、それによれば九時三十六分にクリッシーに電話をかけている。

私服の監視がただちに手配され、刑事たちは定期的に確認を続けたが、なんの情報も得られなかった。しかしホセはもともと、こういう正攻法でなにかわかるとは思っていなかった。十中八九、あの部屋はゴーストタウンのままだろう。

彼のレーダーに引っかかっているものはふたつ。まず交際相手を見つける。それから〈ゼロサム〉の警備責任者から目を離さないことだ。

ホセは直感的に悟っていた――アレックス・ヘスより先にボビー・Gを見つけられれば、それがだれにとっても最善の結果になるだろう。

8

ハヴァーズがリヴェンジの診察にかかっているとき、エレーナは備品保管庫で補充作業をしていた。この保管庫は三番の診察室を出てすぐのところにあるが、これはもちろんたまたまだ。〈エース〉の包帯を追加する。ポリ袋入りの巻いたガーゼの塔を作る。〈クリネックス〉や〈バンドエイド〉や体温計カバーの箱を長細く配置する。

そろそろ整えようにも整えるものがなくなってきたころ、診察室のドアがかちりと音を立てて開いた。廊下のほうにひょいと顔を出してみる。

ハヴァーズは医師を絵に描いたような人物だ。鼈甲縁の眼鏡、きちんと分けた茶色の髪、蝶ネクタイに白衣。それに物腰もまさに医師らしく、病院のスタッフや設備に、そしてなによりもまず患者に、いつも冷静にていねいに対処している。

ところが、いま廊下に立っている姿はいつものハヴァーズらしくなかった。当惑げに眉をひそめ、頭痛でもするかのようにこめかみをさすっている。

「先生、どうかなさいました？」彼女は尋ねた。

こちらに目を向けてきたが、レンズの奥の目もいつになくぼんやりしている。「その……ああ、なんでもないんだ」首をふりながら、リヴェンジの記録のいちばん上にある処方箋を手渡してよこした。「えーと……その……この患者さんにドーパミンを持っていってあげてください。それとサソリの解毒薬を二回ぶん。自分でやるつもりだったんだが、なにか食べてきたほうがよさそうだから。どうも低血糖みたいだ」

「はい、いますぐ持っていきます」

ハヴァーズはうなずき、患者のファイルをまたドアわきのホルダーに戻した。「ありがとう、よろしく」

まるで半分夢を見ているように、医師はぼんやりして離れていった。

気の毒に、お疲れなんだわ。この二日、昼も夜も手術室にいっづけだった。お産があって、交通事故の男性がいて、沸騰している鍋にさわって大火傷した子供もいた。それになにより、彼女がハヴァーズの下で働きだして二年になるが、そのあいだ一度も休みをとっていないのだ。呼び出しがあればいつも応えるし、病院に来ればいつもいる。

なんだか父と彼女の関係のようだ。

だから、そう、彼がどれだけ疲れているかよくわかる。薬局で処方箋を出すと、薬剤師はよけいなことはいっさい口にしなかった。こちらは今日もいつもどおりだ。奥に引っ込み、壜入りのドーパミンを六箱に、なにかの解毒剤を持って戻ってきた。

それを渡してよこすと、「十五分で戻ります」という札を表に返し、カウンターのドアをあけて出ていこうとする。

「ちょっと待って」彼女は荷物をあわてて抱えながら言った。「これ、なにかのまちがいじゃないかしら」

薬剤師はもう煙草とライターを手に持っていた。「まちがってない」

「いいえ、だって……処方箋はどこ？」ようやく休みを手に入れた喫煙者に立ちはだかるとは、ほとんど神をも恐れぬ行為だ。しかし、彼女は譲らなかった。

「処方箋を見せて」

薬剤師は嚙(か)みつきそうな顔でカウンターのなかに引き返した。紙をかき分ける音が尋常でなく高い。処方箋をこすり合わせて火でもおこすつもりなのか。

「ドーパミン六箱」処方箋を彼女の顔の前に突き出してみせる。「書いてあるだろ」

身を乗り出してみる。たしかに六箱だ、バイアル六本ではなく。

「この患者にはいつもこうなんだよ。それと解毒薬」

「いつも？」

薬剤師は、もういい加減にしてくれよおねえさん的な顔をして、英語のよくできない相手に話すかのように、噛んで含めるごとくに言った。「いつもだよ。ふだんは、先生が自分でオーダーしに来るんだ。これで気がすんだ？　それとも先生に確かめに行く？」

「いえ……わかったわ、どうもありがとう」

「どーういたしまして」処方箋を紙の山に放り込むと、彼はそそくさと出ていった。

彼女がまたいいことを思いついて、新たな調査プロジェクトに乗り出しでもしたら大変だというように。

それにしても、ドーパミンが百四十四回ぶんも必要とは、いったいどんな病気なのだろう。それに解毒薬？

リヴェンジが遠い遠い場所へ旅行にでも行くのなら話はべつだが。それもすごく危険な場所、たとえば映画『ハムナプトラ』みたいにサソリのうじゃうじゃいるところとか。

診察室に向かって廊下を歩きながら、エレーナは箱で皿まわしをしていた。滑って落ちそうになる箱をつかまえるたびに、すぐにべつのが逃げていく。足でドアをノックして、ノブをまわしたときは箱がドミノ倒しを始めそうになった。

「それで全部？」リヴェンジがきつい口調で言った。

トラック一台ぶん欲しいとでも？「そうです」

滑り落ちる箱をやっとデスクに置き、手早く重ねなおす。「袋をとってきますね」

「いや、必要ない」

「注射器は要ります？」

「いや、売るほどあるから」と口もとを歪める。

慎重に診察台から降り、毛皮のコートをはおった。驚くほど広い肩にセーブルをまとうと、まるで部屋の幅いっぱいに広がったようだ。彼女と目を合わせつつ、杖をとり、ゆっくり近づいてきた。不安がっているかのようだ――バランスを崩さないか……彼女が逃げ出さないかと。

「ありがとう」彼は言った。

いやになる……単純なひとこと、それもごくさりげなく口に出されたひとことなのに、彼の口から出ると、その意味あいに胸が騒ぎだしそうだった。

だが実際には、言葉よりはるかに雄弁に語っていたのはその表情だ。見つめるアメジストの瞳には寄る辺なさが見えた。その奥深くに。

それとも気のせいだろうか。

たぶん寄る辺なく感じているのは彼女のほうで、そんな状態に彼女を追い込んだ男性に、憐れみを求めているのだろう。たしかにいま彼女はとても弱い立場にいる。リヴェンジがすぐそばに立っていて、デスクから箱をひとつひとつ取りあげ、たっぷりした毛皮のひだに隠れたポケットに入れていく。それを見守りながら、白衣を着ているのに裸で立っているよう、顔を隠す理由もないのに仮面をはがれたかのようだ。

顔をそむけると、あの目がこちらを見つめていた。

「身体に気をつけて……」深く響く声。「さっきも言ったが、どうもありがとう。いろいろと」

「いえ、とんでもない」彼女は診察台に向かって言った。「必要なものはそれで全部ですね」

「まあ……そうかな」

エレーナはふり向かなかった。やがてドアが閉じてかちりと音がすると、彼女は悪態をつきながらデスクの椅子に腰をおろし、今夜のデートに行くのが適当かどうかとまた考えた。たんに父のせいだけではなく……

あきれた、なにを考えているんだか。ええ、感じのいいちゃんとした男性をふったらいいわ、まるで不釣り合いな相手にちょっと心を惹かれたってだけで。だいたい住む世界が違いすぎる。あの男性の住む世界では、ひとは車より高価な服を着ているのだ。まるで話にならない。

このまま続けていたら、ノーベル大ばか者賞がもらえる。ぜひとも達成したい一生の目標ってわけね。

現実を見なさい、と自分で自分に応援演説をしながら、なんとなくあたりを見まわしていた……ら、くずかごに目が留まった。コークの空き缶のうえ、ほぐした綿球に交じって、クリーム色の名刺が落ちていた。

レンプーンの子　リヴェンジ

その下に番号が書いてあるだけ、住所はなし。

かがんでそれを拾いあげ、デスクのうえでしわを伸ばした。二度か三度手のひらでなでつけると、なめらかな表面にはエンボス加工の盛り上がりはなく、ただわずかにへこみがあるだけだった。彫版か。さもありなんだわね。

ああ、レンプーンといえば。その名前は知っている。これでリヴェンジの近親者がわかる。マダリーナ、記録にあるひと、還俗した〈巫女〉で、人々のスピリチュアル・カウンセラーをしていて、立派な女性として愛されていると聞いている――じかに会ったことはないけれど。連れあいのレンプーンも、古くから続く由緒正しい血統の男性だ。母親も父親も。

つまりあのセーブルのコートは、たんに新興成金が札びらを切ったというわけではない。リヴェンジは、エレーナの家族がかつて属していた〝グライメラ〟の一員だ。ヴァンパイアの市民社会の最上層、趣味の判定者、文化の砦(とりで)……にして、この地上で最も無慈悲な独善のたまり場、マンハッタンの強盗のほうがディナーに招くのにふさわしいと見えるほどの連中。

ああいう集まりのなかで、彼はうまくやっていけるのだろうか。彼女の家族はいい思いをしなかった。父は裏切られて蹴り出され、もっと有力な血統の一派が経済的・社会的に延命するために犠牲にされたのだ。しかもそれは没落の始まりでしかなかった。

診察室を出るとき、名刺をまたくずかごに放り込み、ホルダーからカルテを取り出した。カーチャに断わってから、エレーナは登録ページを開き、休憩中看護師として名前を書き入れ、リヴェンジのカルテにあったハヴァーズの短いメモと、薬局に出した処方を入力した。

原因疾患についてはなんの言及もないが、たぶんずいぶん長いこと治療が続いているから、以前の記録に書いてあるのだろう。

ハヴァーズはコンピュータを信用しておらず、仕事には頑固に紙を使っている。しかし幸いなことに、三年前にカーチャが強く主張したおかげで、データはすべて電子的にもコピーされていた。また現在の患者の診療ファイルは、〝ドゲン〟のチームを使って、全員ぶんそっくりそのままサーバーに転送させてある。ほんとうにありがたい。襲撃のあとにこの新しい施設に移ってきたときには、患者のデータは電子ファイルしか存在しなかったのだから。

なんの気なしに、画面をスクロールしてリヴェンジの記録の最新の部分を見ていった。ドーパミンの用量は、この二年間に増えてきている。解毒薬も。

ログアウトして、オフィスの椅子に背中を預け、胸もとで腕を組みながらモニターをにらんだ。スクリーンセーバーが動きだすと、〈ファルコン号〉ばりの超光速ですべてが動きだし、モニターの深奥からまき散らされるように星々が飛んでくる。

やっぱりデートに行こう。

「エレーナ」

顔をあげてカーチャに目をやった。「はい？」

「急患が運ばれてくるの。到着予定時刻(ETA)は二分後。不明薬物の過量摂取。挿管のうえ人工呼吸。補佐はあなたとわたし」

受付を引き継ぐためにべつのスタッフが現われると、エレーナは椅子からさっと立ちあがり、カーチャのあとから小走りに廊下を進んで救急区画に向かった。すでにハヴァーズは来ていて、ライ麦パンのハムサンドイッチらしきものを急いで食べ終えようとしていた。

彼がきれいな皿を〝ドゲン〟に渡すと同時に、救急車用ガレージから続く地下トンネルを通って患者が運ばれてきた。救急救命士はふたりの男性ヴァンパイアで、人間の同業者と同じ格好をしている。目立たないことが必須条件なのだ。

患者は意識がなく、まだ生きているのはひとえに救命士のおかげだった。患者の枕もとで、ゆっくり一定の速度で人工呼吸用のバッグを押しているのだ。

「友人に呼ばれたんですが」救命士が言った。「その友人はすぐに立ち去ったようで、患者は〈ゼロサム〉わきの裏道に意識を失ったまま放置されてました。瞳孔の対光反射消失、血圧は上が六十二で下が三十八。心拍は三十二です」

仕事にかかりながら、なんというむだだろう、とエレーナは思っていた。

麻薬はほんとうに赦せない悪だ。

街の反対側、ミニモール・スプロールポリスと呼ばれるコールドウェル市の一角。ラスはここで、死んだ〝レッサー〟のアパートメントをあっさり見つけていた。その住宅団地はハンターブレッド牧場(ファームズ)といい、二階建ての建物の配置にも馬牧場ふうが取り入れられてはいたものの、それが本物らしいことと言ったら、安いイタリア料理店のビニールのテーブルクロスそこのけだった。

ハンターブレッドの馬なんてものはいないし、こんな場所に「ファーム」なんて名前は似つかわしくない。なにしろワン・ベッドルームの部屋百戸の敷地が、〈フォード／マーキュリー〉のカーディーラーとスーパーマーケットにはさまれているのだ。牧場ふう？　ああ、そうだろうとも。芝生の部分は四対一でアスファルトとの土地争いに敗退しつつあるし、池はどう見ても人工だった。

プールのように縁はセメントで固めてあるうえ、水面を覆う薄い氷は小便色で、いままさに化学反応が起こっているかと思わせる。

ここに人間が何人住んでいるか考えると、〈殲滅協会(レスニング・ソサエティ)〉がこんな目立つ場所に兵士を住まわせているのは驚きだ。しかし、たぶん一時的な処置なのだろう。あるいはこのアパートメントの住民全員が殺し屋なのか。

どの建物にもアパートメントが四戸、共同の階段を取り巻くように配置されており、外壁に取り付けられた番号は地面からスポットライトで照らされている。目がよく見えないという問題は、触れて解読という実証済の頼れる方法で対処した。筆記体で８１２と書いてあるらしい盛りあがった数字の列を見つけて、ラスは意志の力で常夜灯を消し、非実体化して階段の最上段まで移動した。

８１２号室の鍵はちゃちなもので、心の力で簡単に操作できたが、どんなときも油断は禁物だ。壁にぴったり身を寄せて立ち、馬蹄(ばてい)形のノブをまわしてドアをほんの少しあけた。

役に立たない目を閉じて、耳を澄ました。なんの気配もしない。ただ冷蔵庫の低いうなりが聞こえるだけだ。彼の聴覚は、ねずみの鼻呼吸の音すら聞こえるほど鋭い。これなら安全(クリア)と考えてよいだろう。手裏剣を手のひらに隠してするりとなかに入った。敷地内のどこかで警報システムがまたたいている可能性は高いが、敵とダンスをするほど長くここにとどまるつもりはなかった。それに、やつらが現われたとしてもここで戦闘はできない。人間がうようよしている。

要は壺さえ見つかればそれでいいのだ。なんにしても、脚が濡れているのはここに来る途中で水たまりに飛び込んだせいではない。裏道での戦闘で出血してブーツのなかに血が溜まってきているのだ。そう、安物のシャンプーをふりかけたココナックリーム・パイのにおいのやつが現われたら、すぐに立ち去るだけだ。

少なくとも……いまは自分にそう言い聞かせている。

ドアを閉じ、ラスはゆっくり長々と息を吸い……鼻のなかとのどの奥を強力洗浄したくなった。嘔吐反射が渦巻きだしたが、とはいえこれはよい徴候だ。すえた空気のなかに、甘ったるいにおいが三種類、ない交ぜになっているのが嗅ぎ分けられた。三匹の〝レッサー〟がここにいたということだ。

奥に向かうと、胸の悪くなる悪臭が濃密になってくる。それを嗅ぎながら、いったいなにが起こっているのかといぶかっていた。〝レッサー〟が集団で暮らすことはめったにない。殺しあいが始まるからだ——殺人マニアばかりリクルートしてくるのだから無理もない。〈ソサエティ〉が必要経費の家賃を節約したいからといって、〈オメガ〉の選んだ連中が、それぐらいのことで内なるマイケル・マイヤーズ（映画『ハロウィン』に登場する殺人鬼）を抑えておけるわけがない。

ひょっとして強力な〝筆頭殲滅者（フォアレッサー）〟でも登場したのか。

今夏の襲撃のあとで〝レッサー〟どもが金欠とは信じがたいが、兵隊をまとめておく理由がほかにあるだろうか。だがそれを言うなら、〈兄弟〉たち、そしてラスもこっそりとだが、やつらのホルスターに高度とは言いがたい武器が入っているのを目にしている。かつてあの殺し屋どもと戦うときは、それがどんな武器であっても、いま出まわっているものに特殊な改造がなされているのを覚悟しなくてはならなかったものだ。それが最近では、昔ながらの飛び出しナイフとか、メリケンサックとか、なんと——げっ——先週はくされ警棒まで使っていやがった。どれも安い武器で、銃弾(たま)代も維持費もかからないものばかりだ。それで今度は、このハンターもどきファームズで『わが家は十一人（アメリカのテレビドラマ。一九七二～八一）』と来た。これはいったいどういうことだ。最初に出くわした寝室には、二種類の「香水」のにおいがついていて、シーツも毛布もかかっていないツインベッドの横に壺がふたつ置かれていた。次の寝室も同様に、別種の老婦人のにおい……いや、ほかのにおいもする。さっと嗅いでみてわかった。げっ、〈オールドスパイス〉じゃないか。カンベンしてくれ。あんなにおいをぷんぷんさせてるくせに、そのうえにべつのにおいを——

まさか。

ラスは思いきり息を吸った。脳がとうてい甘いとは言えないものを濾(こ)しとった。火薬のにおい。

鼻を突く金属的なにおいをたどり、クロゼットに歩み寄った。人形の家にありそうな薄っぺらの扉をあけると、弾薬の香り(オー・デ・アンモ)が待ってましたと噴き出してきた。身をかがめ、両手であたりを探ってみる。

木枠の箱が四つ。すべて釘(くぎ)付けされている。

なかの銃器はまちがいなく発射されているが、しかし最近のことではない。ということは、認定中古車(CPO)購入としゃれこんだわけか。

認定中古はいいが、問題はだれから買ったのかということだ。

まあともかく、ここに残していくつもりはない。置いていけば、敵に使われて彼の臣民や〈兄弟〉たちを害することになるのだ。この武器が戦争で使われる前に、アパートメントごと吹っ飛ばしてやる。

しかし、このことを〈兄弟団〉に連絡したらどうだろう——彼の秘密が露見してしまう。ただ厄介なのは、この木箱をひとりで持ち出そうとすれば、嘘くさいコメディにしかならないということだ。なにしろ車がないし、こんな重いものを担いで非実体化もできない。たとえいくつかに小分けしたとしてもだ。

ラスはクロゼットから出て、目よりも手探りに頼って寝室の状況を確かめた。よし、左側に窓がある。

ぶつぶつ悪態をつきながら携帯電話を取り出し、開いて――

だれかが階段をのぼってくる。

はっと凍りつき、目を閉じてさらに集中した。人間か、〝レッサー〟か。

問題はそれだけだ。

ラスは身体を横に傾け、先に見つけた壺二個をタンスのうえに置き、そしてもちろん、三つめの壺と〈オールドスパイス〉の壜を見つけた。四〇口径を手に持ち、ブーツを履いた足を踏ん張って立ち、短い廊下の先、この部屋の玄関にまっすぐ銃口を向けた。

鍵のちゃらちゃら鳴る音、と思ったらがちゃんと大きな音。手から滑り落ちたらしい。

聞こえた悪態は女の声だった。

全身の力をゆるめ、銃を腿まで下げた。〈兄弟団〉と同じく、〈ソサエティ〉は男しか兵隊にとらない。だからあれは、殺し屋があの鍵を使ってピックアップ・スティック（竹串状の棒を多数ぶちまけて一本ずつ拾っていく遊び）をしようとしているわけではない。

離れたアパートメントのドアが閉じる音がしたと思ったら、いきなりサラウンドサウンドのテレビが轟きだした。あまりの大音響に、『ジ・オフィス（英国のテレビドラマを米国でリメイクしたもの。

二〇〇五〜一三)』の再放送だとわかるほどだった。

　しかも彼の好きな回だった。コウモリが逃げて——

　そのドラマで叫ぶ何人かの悲鳴が、さざ波のように伝わってくる。

　やっぱり。コウモリがいま飛びまわっているのだ。

　テレビに夢中ならさっきの女性は心配要らない。彼はまた室内に意識を集中させたが、その場を動こうとはしなかった。あの女性の帰宅というテーマソングを、敵が引き継いで続けてくれればいいがと祈る。しかし、ここで彫像になって浅く息をしていても、この場所の〝レッサー〟率が向上するわけではない。十五分、ひょっとしたら二十分ほど経ってからも、あいかわらず敵は一匹も現われていなかった。

　しかし、これは完全なむだではなかった。コメディを漏れ聞いて、副流煙的に楽しむことができた——例のオフィスのキッチンで、人の頭に止まったコウモリにドワイトが袋をかぶせてつかまえる場面とか。

　そろそろなんとかしなくてはならない。

　ブッチに電話をかけ、住所を伝えて、車で来いと指示した。足が石に変わったような気分だ。だれも来ないうちにあの銃を運び出したいのはたしかだが、木箱をふたりで手早く運び出すことができ、それを積んだ車でブッチがさっさと消えてくれれば、もう一時間ぐらいはこのあたりで粘って、敵の帰りを待つこともできるかもしれない。

時間つぶしに、アパートメントじゅうをあさり、手のひらで触れてまわって、パソコンとか予備の携帯電話とか、罰当たりな銃がないか確かめた。ちょうどふたつめの寝室に戻ってきたとき、なにかが窓に当たって跳ね返った。

ラスは四〇口径をまた抜き、窓の横の壁に背中をぴったりつけて隠れた。片手で鍵をはずし、ガラス窓をほんの少し押しあける。

デカのボストン訛りのかすかなこととときたら、拡声器もそこのけだった。「いようラプンツェル、おまえのくそなげえ髪をおろしてくれよ」

「声がでかい。近所迷惑だろうが」

「聞こえるもんか、あんなにでかい音でテレビが鳴ってんのに。おい、ありゃコウモリの……」

ラスはブッチにひとりごとを言わせておき、銃を腰に戻すと、窓を大きく開いてからクロゼットに向かった。二百ポンド（約九十キロ）の木箱をまずひとつ投げおろすとき、デカに与えた警告は「さあ行くぞ、エフィー」だけだった。

「このくそ（ジーザス・クラ）——」うなり声で悪態は途切れた。

ラスは窓から頭を突き出してささやいた。「おまえはよきカトリック教徒なんだろ。

いまのは神聖冒瀆じゃないのか」

やり返すブッチの口調は、ベッドについた火に小便をかけて消した人のそれだった。

「自動車半台ぶんの荷物を投げおろしといて、なんの断わりもなしかよ。『ミセス・ダウト』のせりふでじゅうぶんってか」

「ねんねみたいなこと言ってないで、しゃんとしろよ」

デカは悪態をつきながら、目立たないように松並木の陰に駐めた〈エスカレード〉に向かう。それを尻目に、ラスはまたクロゼットに引き返した。

ブッチが戻ってくると、ラスはまた投げおろした。「あとふたつだ」

またうなり声、それに派手な金属音。「くそ喰らえ」

「お断わりだ」

「それじゃくそして死ね」

最後の木箱が眠る赤ん坊のようにブッチの腕に抱かれると、ラスは身を乗り出して言った。「じゃあな」

「館まで乗ってかないのか」

「ああ」

間があった。残りわずかな夜の数時間に、ラスがなにをする気なのか説明を待っているようだ。

「帰れ」ラスはブッチに言った。

「みんなになんて言えばいいんだ」

「おまえがすごい天才的な閃きを発揮して、狩りに出てるあいだに銃の箱を見つけたとでも言っとけよ」

「血が出てるぜ」

「もうそのせりふは聞き飽きた」

「それじゃ言いなおすか。ばかなまねはやめて、ドク・ジェインに診てもらえよ」

「もう別れのあいさつはすんだよな」

「ラス――」

ラスは窓を閉じ、タンスに歩いていくと、三個の壺をジャケットのポケットに入れた。

〈殲滅協会〉(レスニング・ソサエティ)は、〈兄弟団〉に劣らず死者の心臓を確保したがる。だから仲間が斃(たお)れたと知ったらすぐに調べてその〝レッサー〟の住居に向かう。今夜彼の仕留めたやつの一匹は、まちがいなく途中で応援を呼んでいた。だからわかっているはずだ。かならずここに戻ってくる。

ラスは最も守りやすい位置を選んだ。奥の寝室だ。そしてななめ前方の玄関のドアにカチカチバンバンを向ける。

ぎりぎり最後というときまで、立ち去るつもりはなかった。

9

コールドウェルの郊外は農場か森林に分かれる。そして農場もやはり二種類に分かれる。酪農場か穀物畑――だが、酪農場のほうが多いのは、作物の育つ時期が短いからだ。森林のほうも二種類に分かれていて、山麓に連なる松林か、ハドソン川の副産物である沼沢地に続くオークの林だ。

自然の景観だろうが人工のそれだろうが、どちらにしてもめったに人の通らない道はあり、最寄りの人家から何マイルも離れた家もある。そして人間嫌いですぐに銃をぶっ放す人種でもちょっとどうかと思うぐらい、その最寄りの人家の住人も、人間嫌いですぐに銃をぶっ放す人種だったりするのだ。

森のなかに建つひと間きりの狩猟小屋で、傷だらけのキッチンテーブルを前に、〈オメガ〉の子ラッシュは腰をおろしていた。目の前のすり減った松材のテーブルに、〈殲滅協会（レスニング・ソサエティ）〉の財政記録を広げている。見つけられたもの、出力できたもの、ノートパソコンに呼び出せたもの、そのすべてだ。

まったくくそいまいましい。

手を伸ばし、〈エヴァーグリーン銀行〉の口座通知書を取りあげた。もう十回は見なおしている。〈ソサエティ〉の最大の口座だが、残高は十二万七千五百四十二ドル十五セント。ほかには、〈グレンズ・フォールズ・ナショナル銀行〉や〈ファレル信託銀号〉など六行にも口座はあるが、残高は二十ドルから二万ドルほど。

これが〈ソサエティ〉の全財産なら、破産という崖の岩だなでぐらぐらしていて、しかもその岩だなが崩れかけているというところだ。

この夏の襲撃では、骨董品や銀器の掠奪という形でけっこう転売できる財産を生んだものの、それを現金に替えるのは思ったほど簡単ではなかった。人間との接触がやたらに必要だからだ。銀行口座も奪ってはあるものの、同じく人間の銀行から金を吸いあげるのは厄介このうえない――さんざん苦い思いをして、いやというほど思い知らされた。

「まちっとコーヒーどうすか」

ラッシュは自分の副官を見あげ、ミスターDがいまも生きているのは奇跡だと思った。この世界に初めて足を踏み入れたとき、つまり真の父〈オメガ〉の手で再生させられたとき、ラッシュは混乱していた。なにしろ、敵がいままでは彼の家族だというのだ。ミスターDは道案内だった。もっとも、新たな地形をすっかり呑み込んだら観光地図がごみ箱行きになるように、こいつもお役御免になるだろうとラッシュは思っていた。

ところがそうはならなかった。ただの入口にすぎなかったちびのテキサス人が、いまではラッシュの信者だった。

「ああ」ラッシュは言った。「それで食いもんはどうなった」

「うん、いい背脂肪のベーコンが手に入ったんで、それと旦那の好きなチーズもあるし」

コーヒーがラッシュのマグにゆっくり注がれ、次は砂糖。それとスプーンでかき混ぜるとかすかにかちかちと音がする。頼めばラッシュのケツも喜んで拭くだろうが、ミスターDはなよなよした腰抜けではない。小柄だが、殺しの腕はだれにも負けない。まるで殺し屋のチャッキー人形（米国のホラー映画シリーズ『チャイルド・プレイ』（第一作は一九八八年公開）に出てくる殺人人形）だ。それに即席料理の腕も大したものだった。パンケーキを作らせたら、一マイルも厚さがあって、枕のようにふわふわのを出してくる。

ラッシュは腕時計に目をやった。全面にダイヤモンドをちりばめた〈ジェイコブ〉

で、パソコン画面のぼんやりした明かりを受けて無数の光点がちかちかしている。しかし、これは〈イーベイ〉で手に入れたイミテーションだった。本物のやつがまた欲しいが、ただ……ちくしょう……その金がない。もちろん、彼をわが子として育てていたヴァンパイアの夫婦を殺したあと、その「両親」の口座はすべて押さえてある。あのバスケットにはどっさり緑の紙が詰まってはいるものの、くだらない贅沢品に散財するなどもったいなくてできない。

勘定を払わなくてはならないのだ。住宅ローン、武器弾薬、衣服代や家賃やカーリースもある。〝レッサー〟はものは食べないが、資源はどっさり消費するし、〈オメガ〉は現金にはまるで頓着しない。だがなにしろ〈オメガ〉は地獄に生きているうえに、なんでも無から生み出す力があるのだ――熱々の食事から、黒い影の肉体を好んで包むリベラーチェ（米国のピアニスト。派手なコスチュームで知られた。一九一九～八七）みたいなマントまで。ラッシュとしては認めたくはなかったが、彼の実父はローファーを履いた小さな光ではないかという気がする。あんなぴかぴかの格好のところ、本物の男だったら死んでも見られたくないだろう。

そう思いながらマグを持ちあげて、きんきらきんの時計に気づいて顔をしかめる。

まあいい、これはステータス・シンボルだ。

「おまえの手下ども、遅いな」彼は不機嫌に言った。

「おっつけ来ますって」ミスターDは歩いていき、七〇年代製の冷蔵庫をあけた。ドアがキーキー鳴るし、腐ったオリーヴみたいな色だし、おまけに犬みたいによだれを垂らすというしろものだ。

まったくくそばかげてる。もっとましなねぐらが必要だ。全員ぶんは無理でも、少なくともこの本部の建物ぐらいは。

しかし、このコーヒーは文句のつけようがない。もっともそれを口に出したことはなかった。「待たされるといらいらする」

「すぐ来ますとも、心配いりやせん。オムレツは卵三つで？」

「四つだ」

殻を割る音、かき混ぜる音が狭い小屋じゅうに響きわたるなか、ラッシュは〈エヴァーグリーン銀行〉の口座通知書を〈ウォーターマン〉の万年筆の先でつついていた。〈ソサエティ〉の経費は、携帯電話料金、インターネット接続料、家賃やローン、武器、衣料費、それに自動車代で、月に五万は軽く超える。

自分の新しい役割になじんできた最初のころは、ぜったいに兵隊のだれかがくすねているのだと思っていた。しかし何か月か目を光らせてきたが、どうもケネス・レイ

（巨額の不正会計などで倒産した〈エンロン〉の会長）が見つかることはなさそうだった。会計は単純明快で、帳簿の改竄やら粉飾やらの話ではなかった。収入より支出が多い。それだけだ。

部下たちを武装させるために精いっぱいのことをしてきた。見栄も外聞もなく、この夏に留置場で知りあったバイク屋から、木箱四つぶんの銃を買うことまでした。しかしじゅうぶんではない。改造モデルガンよりもっとましな武器がなかったら、〈兄弟団〉を片づけられるわけがない。

欲しいものリストもあれだが、もっと兵士も必要だ。例のバイク屋はいい草刈り場だと思ったのだが、想像よりずっと結束の固い連中だった。何度か取引してみた感じでは、全員引き込むかいっさい手出ししないか、どちらかにするしかなさそうだ。よさそうなのを選んでスカウトしたら、その選ばれたやつが部室に戻って、ヴァンパイア殺しという愉快な新しい仕事のことを仲間に吹聴するのは目に見えている。しかし全員引き入れれば、命令に耳を貸さずに連中だけで勝手にやりだす恐れがある。

ひとりずつスカウトしていくのが最善の戦略だが、そんなことをしている時間はなさそうだった。父から受ける訓練――あの親父の衣装については言いたいこともあるが、これは思っていたよりはるかに有益だった――やら、拷問キャンプの監視やら金蔵の掠奪やらがあるし、手下どもの尻を叩いてまじめに働かせなくてはならないしで、自由時間など一日に一時間も残らない。

そんなわけで状況は危機的だった。軍隊の指揮官として成功するには、三つ必要なものがある。そのうちふたつは資源と新兵徴募だ。そして〈オメガ〉の息子として強みは山ほどあるものの、時間は時間、止めることはできない。人間でもヴァンパイアでも、そして悪神の子でもそれは同じだ。

銀行口座の状態から考えて、まずは資源から手をつけなくてはならないのは明らかだ。ほかのふたつはそのあとで手をつければいい。

近づいてくる車の音に、彼は四〇口径を手にとり、ミスターDは三五七マグナムに手を伸ばした。ラッシュはテーブルの下に武器を隠しているが、ミスターDは武器についてはタイムズ・スクエアも顔負けのこれ見よがしぶりで、肩からまっすぐ伸ばした腕でまともに構えている。

ノックの音がしたとき、ラッシュは鋭く言い放った。「待ち人でないなら帰ったほうが身のためだぞ」

〝レッサー〟は適切な答えを返してきた。「おれとミスターAです。連れてきました」

「入ってきな」ミスターDが言った。いつも愛想のいい男なのだ。もっとも、三五七はすぐに撃てるように構えたままだった。

ドアから入ってきたふたりの殺し屋は、色の抜けた最後の〝レッサー〟だった。古くから〈ソサエティ〉に属してきたたったふたりの生き残りで、もともとの髪や目の色がすっかり抜けてしまっている。

ふたりに引きずられてきた人間は、とくに見るべきところもない百八十センチ長のブツだった。二十代の白人の男。ごく平凡な顔で、髪の生え際はあと二、三年もすれば見る影もなくなるだろう。ワンダーブレッド（家庭で広く食べられていたスライス食パンのブランド）がなんだってんだ的な目つきから、あんな格好をしている理由は一目瞭然だ。背中に鷲(わし)の図柄を浮き出しにした革ジャン、〈フェンダー〉の〈ロックンロール教(レリジョン)〉のシャツ、ジーンズからはチェーンが下がり、靴は〈エド・ハーディ〉ときた。

イタい。まったくもってイタい。〈トヨタ・カムリ〉に二百四十インチのタイヤを履かせるぐらいイタい。武器を持っているとしてもアーミーナイフがせいぜいだろうし、どうせ爪楊枝(つまようじ)代わりにしか使ってないだろう。

しかし、戦えないから使えないとはかぎらない。兵隊ならほかにいる。この売場(POS)で買いたいものはそれではない。

ミスターDの歓迎のマグナムを見ると、男はドアのほうをふり向いた。銃弾より速く逃げられるとでも思っているのか。その問題はミスターAが一挙に解決した。ドアを閉じて、出口の前に立ちはだかったのだ。

人間はラッシュを見て眉をひそめた。「あれ……会ったことあるよな。留置場で」

「ああ、会ったな」ラッシュは座ったままで薄く笑った。「それじゃ、再会してよかったことと悪かったことを聞かせてやろうか」

人間はごくりとつばを呑み、またミスターDの銃口に目を戻した。「ああ。そうだな」

「おまえを見つけるのは簡単だったよ。うちの連中が〈スクリーマーズ〉に行ってそのへんを見まわしたら……もうそこにいたんだってな」ラッシュが背もたれに寄りかかると、籐製の座面がきしんだ。人間の目がさっとこっちに向いたので、こんな音を気にしてる場合かと言ってやりたい衝動に駆られた。テーブルの下からおまえの睾丸を狙ってる四〇口径のことでも心配しやがれ。「留置場で会ってから、おとなしくしてたのか」

人間は首を横にふりながら、「ああ」と言った。

ラッシュは笑った。「もいっぺんやってみろ。いったいどっちなんだよ」

「つまり、いまもずっと仕事はしてるけど、つかまっちゃいねえってことさ」

「なるほどな」人間の目がまたミスターDのほうへ向き、ラッシュはまた笑った。

「おれだったら、なんでこんなとこへ連れてこられたのか訊くとこだがな」

「そりゃ……ああ、教えてくれよ」

「おれの兵隊はずっとおまえを見張ってたんだ」

「兵隊？」

「ダウンタウンで安定して仕事してるな」

「まあまあ儲かってるよ」

「もっと儲けたくないか」

そう聞いて、人間はまともにラッシュに目を向けてきた。目を細め、へつらうような欲深な表情を浮かべる。「もっとって、どれぐらい」

金ってのはまったくいいモチベーションだよな。

「おまえは小売りとしてはよくやってるが、いまんとこは三流だ。ところが運のいいことに、おれはいまおまえみたいなやつに投資したい気分なんだよ。後ろ盾があれば、そろそろ次のレベルが狙えるだろ。ただの小売りじゃなく、大物と取引できる仲介屋になりたくないか」

人間は片手をあごにあげ、そこから首へなでおろしていく。のどをマッサージして脳に活を入れようとするかのように。しばしの沈黙のなか、ラッシュは眉をひそめた。

人間の手は関節の皮膚がすりむけていた。それに、安物のコールドウェル高校のスクールリングをはめているが、その石がなくなっている。

「そりゃ面白そうな話だけど」人間はぼそぼそと言った。「ただ……おれいま、あんま動けねえんだ」

「どういうことだ」くそ、もし交渉戦術のつもりなら、いつでも思い知らせてやる。こんな提案をされれば、一も二もなく飛びつく小銭稼ぎの売人はごまんといるのだ。それからミスターDにうなずきかけてやれば、あの後退しかけた生え際の真下に一発ぶち込んで、この鷲の革ジャンをぶち殺してくれるだろう。

「おれ、その、コールディで目立つわけにゃいかねえんだ。ちょっとの間」

「なぜだ」

「ヤクの取引には関係ねえんだけど」

「こぶしが傷だらけなのと関係があるのか」人間は腕をさっと背後にまわした。「だろうと思ったよ。それじゃ訊くが、目立つとやばいのに、今夜〈スクリーマーズ〉でなにをしてたんだ」

「自分の買物がしたかったっていうかな」

「ばかのすることだぞ、自分の商品を使うとか」それに、ラッシュの考えていた候補としても適当でない。ジャンキーと仕事しようとは思えなかった。

「ヤクじゃねえよ」

「新しいＩＤか」

「かもな」

「それで手に入ったのか。あのクラブで」

「いや」

「それなら力になってもいいぞ」〈ソサエティ〉には独自のラミネート機がある。やれやれだぜ。「それで、こっちの提案はこうだ。うちの連中、おまえの左と後ろにいるのがおまえといっしょに仕事する。おまえが街で前面に立てないなら、おまえは商品を受け取るだけにして、動かすのはそいつらに任せろ。やりかたを教えてやってくれ」ラッシュはミスターＤに目をやった。「おれの朝食は？」

ミスターＤは、屋内にいるときだけとるカウボーイハットの横に銃をおろすと、フライパンをのせた小さなコンロに火をつけた。

「いくらぐらいの商売の話をしてるんだ」人間が尋ねた。

「初期投資に十万」

人間の目が、三つそろったスロットマシンのようにぎらぎらしはじめた。「なるほど……そんだけありゃ試合開始にはじゅうぶんだけど……でも、おれにどんな得があるんだ」

「利益の一部だな。おれが七十、おまえが三十。全売上の」

「あんたが信用できるってどうしてわかる」

「わからないな」

ミスターDがベーコンを焼きはじめ、じゅうじゅうという音が部屋じゅうに響く。

ラッシュはそれを聞いてにっと笑った。

人間はあたりに目をやった。なにを考えているか目に見えるようだ。人里離れた森のなかの小屋、相手は四人で、少なくともひとりは牛を吹っ飛ばしてハンバーガーのパティにできるぐらいの銃を持っている。

「オーケイ、わかった。よろしく」

そう答える以外に道はない。

ラッシュは銃に安全装置をかけ、その自動装填銃（オートローダー）をテーブルに置いた。人間の目が飛び出しそうになる。「まさか、おれが狙ってないとでも思ってたのか。冗談だろ」

「ああ、うん、そうだな」

ラッシュは立ちあがり、テーブルをまわって人間に近づいていった。手を差し出しながら、「鷲の革ジャン、名前はなんていうんだ」

「ニック・カーターだ」

ラッシュは声をあげて笑った。「ばかも休み休み言えよ。本名はなんだ」

「ボブ・グレイディ。ボビー・Gって呼ばれてる」

握手をするとき、打ち身のできた指関節のあたりがつぶれんばかりに、ラッシュは力いっぱい握ってやった。「ボビー、いっしょに仕事ができてうれしいぜ。おれはラッシュだが、神（ゴッド）と呼んでくれ」


ジョン・マシューーは〈ゼロサム〉のVIPエリアの客を見まわしていたが、クインと違って女の品定めのためではないし、またブレイと違って、クインがだれとよろしくやりたがっているのかと気をもんでいるわけでもない。

ジョンにはジョンの執着対象がある。

ゼックスはふだんなら三十分ごとにまわってくる。だが用心棒に寄ってこられて、しばらく前に急いで出ていったきり姿が見えない。

赤毛がぶらぶらとそばを通り過ぎ、クインはバンケット席に座ったまま体勢を変え、コンバットブーツがテーブルの下でこつこつ鳴りだした。その人間の女は身長が百八十センチぐらいあり、ガゼルのようにすんなり長いぐっと来る脚をしていた。それにプロではなかった——ビジネスマンふうの男に腕をとられている。だからといって金に釣られたのでないとはかぎらないが、もっと合法的な、いわゆる交際という形のようだった。

「ちっ」クインはぼやいた。左右色違いの目は獲物を狙う肉食獣の目だ。

ジョンは相棒の脚を指でとんとんやって、米式手話言語（ASL）で言った。だれかと奥に行ってこいよ。ずっとそわそわされてると、こっちの頭がおかしくなる。

クインは、自分の目の下に刺青された涙を指さした。「おまえのそばを離れないことになってんだよ。いつでもな。でなかったら〝アーストルクス・ノーストルム〟のいる意味がないだろ」

だけど、早くセックスしてこないと、それじゃなんの役にも立たないぞ。

クインの視線の先では、赤毛が短いスカートのすそを整えている。腰をおろすときにちら見えしないように——なにもつけてないのはまちがいない、ブラジリアン・ワックスはべつだが。

女はあたりを見まわした。なんの気なしに……だが、そこでクインに目が留まる。とたんにその目がぱっと輝いた。〈ニーマン・マーカス〉でお買い得品を見つけたときのように。べつに驚くようなことではない。人間でもヴァンパイアでも、女はたいてい同じ反応を示すし、それも無理はない。クインの服装はとくに凝ってはいないが、強烈にオスのにおいを発散している。黒のボタンダウンのシャツを濃紺の〈ジーブランド〉のパンツにたくし込み、足もとは黒のコンバットブーツ。片耳には金属のスタッドを縁にずらりと並べている。髪は黒のスパイク。おまけに最近下唇のまんなかにピアスをあけて、黒い輪っかをはめていた。

レザージャケットをいつも膝に置いているのは、なかに銃を隠しているから——クインはそういう種類の男に見える。

そして実際そのとおりだ。

「いや、やめとく」クインはぼそりと言って、〈コロナ〉を飲み干した。「赤毛には興味がないんだ」

ブレイはさっと顔をそむけ、急にブルネットの女に興味を惹かれたふりをしはじめた。実際のところ、彼はたったひとりにしか興味がなく、そのたったひとりに断わられたのだ。親友として、できるだけやさしく、かつきっぱりと。

クインはたしかに、まちがいなく、赤毛とそういうことはしなくなっていた。

最後に女とつきあったのはいつだよ、とジョンが手話で尋ねた。

「いつだったかな」クインはビールをもう一本ずつと合図した。「しばらく前だな」

ジョンは思い返してみて、はたと気づいた。信じられない、夏に〈アバクロンビー&フィッチ〉の女として以来じゃないか。クインはふつうひと晩に三人は軽いことを思えば、恐ろしく長い日照り続きだ。たえず片手の発散法を続けているぐらいで、そんな男が我慢できるとは想像しにくい。ったく、〈巫女〉から養っているときでも、両手で股間を押さえているのだ、固く起きあがって冷や汗が出るほどになっているのに。だがそれを言うなら、三人は同じ女性から同時に養っているのだが、クインは観客がいてもいっこう気にしないくせに、ブレイやジョンに合わせてズボンをはいたままにしている。

クイン、まじめな話、おれになにが起こるっていうんだよ。ブレイもいるんだぜ。

「いつもおまえについてろってラスに言われたんだ。だからなにがあったって、いつも、おまえに、ついてるんだよ」

そこまで額面どおりに受け取ることないだろ。極端すぎだよ。

VIPエリアの向こう、赤毛のガゼルは座席で向きを変え、ウエストより下の売りを見せつけてきた。テーブルに隠れていたなめらかな脚があらわになり、クインの目の前に完全公開されていた。

次にクインが体勢を変えたときには、脚のあいだの固いものの位置を変えたのは見え見えだった。といっても武器のことではない。

聞けよクイン、べつにあの女じゃなくたっていいさ。ただ、おまえがそんなふうじゃ——

「ほっといてやれよ」ブレイが口をはさんだ。「こいつがいいって言ってんだから」

「ひとつ方法がある」クインの色違いの目がジョンに移ってきた。「おまえもいっしょに来るんだ。いっしょにやれって言ってるわけじゃないぞ、おまえがそういうことをしないのはわかってる。だけど、おまえもだれかとやったらいいじゃないか、やりたければだけどな。いっしょにプライベート・バスルームに入って、おまえはそこの個室に入ってりゃいい。そうすりゃおれからは見えないしな。さあ言えよ、わかった、もう二度とこの話は持ち出さないって」

クインはなんでもなさそうにあっちを向いた。こういうときのクインはとても嫌いになれない。いろいろな形の無礼があるように、思いやりにもさまざまなバリエーションがある。さらりとダブルセックスの提案を持ち出したのは一種のやさしさだ。遷移から八か月過ぎてもジョンが女性としていない理由を、クインもブレイも知っている。知っていて、それでも進んでつきあってくれる。

ジョンの隠していた爆弾――死の直前、ラッシュはそれをふざけたあいさつがわりに落としていったのだ。

クインがラッシュを殺したのはそのせいだ。

ウェイトレスがお代わりを持ってきたとき、ジョンはさっきの赤毛に目をやった。驚いたことに、彼の視線に気づいて彼女はにっこり笑いかけてきた。

クインが声を殺して笑った。「おれだけじゃないみたいだな、お目当ては」

ジョンは〈コロナ〉を口に運び、ぐいと飲んで赤くなったのをごまかした。彼とてセックスがしたくないわけではない。ただブレイと同じで、したい相手がひとりだけなのだ。しかし、全裸で待っている女性を前に一度萎えてしまった身としては、急いでまたやりたいという気分ではなかった。とくに、まったく興味のない相手とは。

いいや、話にならない。ゼックスの前で、スパイシーチキンをのどに詰まらせたりしたくない。ふにゃふにゃだったらどうするんだ、臆病のせいでできなくなって、そうなったら二度と立ち直れ――

フロアの人込みで騒ぎが起こり、ジョンはかわいそうなぼくをかなぐり捨ててバンケット席で身を起こした。

目を血走らせた男が、巨漢のムーア人ふたりに付き添われてＶＩＰエリアを通り抜けていく。両の上腕をそれぞれムーア人につかまれて、高価な靴でタップダンスをやっている。足はほとんど床に触れておらず、口でもフレッド・アステアの一種をやっていたが、音楽がうるさくてなにを言っているのか聞きとれなかった。

三人は奥のプライベート・オフィスに姿を消した。ジョンは〈コロナ〉の壜を傾け、閉じるドアを見つめた。あそこに連れていかれるのは凶兆だ。あの専属用心棒ふたりに持ちあげられて、ホバークラフト状態で連れていかれたときはとくにそうだ。だしぬけにVIPエリアじゅうで話し声がやみ、音楽がいっそうけたたましく聞こえはじめた。

ふり向きはしたが、だれが入ってきたのか見なくてもわかっている。リヴェンジが側面のドアから入ってきた。黙って入ってきただけなのに、その目立つことといったら、手榴弾(しゅりゅうだん)が爆発したかと思うほどだ。美形を連れたしゃれた服の客たち、売り物の肉体を見せびらかす売春婦たち、トレーを運ぶウェイトレスたちのさなか、彼がいるだけで空間が狭くなる。セーブルのロングコートをはおった大男だというだけでなく、周囲を睥睨(へいげい)するその目つきのせいでもあった。

アメジストの光を放つその目は、あらゆる者を見ていながら、徹底して無関心だ。

レヴ――人間の客たちには尊者(レヴァレンド)と呼ばれている――は麻薬王にして売春の元締めであり、大半の客たちなど虫ケラぐらいにしか思っていない。だからやりたければどんな無慈悲なこともできる。そして実際にしょっちゅうやっている。

あのタップダンサーみたいな連中に対してはとくに。

やれやれ、あの男にとって今夜はいい一夜にはなるまい。

そばを通り過ぎるとき、レヴは軽くうなずきかけてきた。ジョンたち三人はみな会釈を返しつつ、敬意を表して〈コロナ〉の壜をあげた。なにせレヴは〈兄弟団〉の同盟者のようなものだし、しかもあの襲撃のあと、〝グライメラ〟の評議会の〝大立者(レアダイア)〟に選ばれている――肝の据わりかたが違うというか、コールドウェルに踏みとどまった貴族は彼ひとりだったのだ。

つまり、なにについてもほとんど無頓着なあの人物が、いまでは大変な重責を任されているわけだ。

ジョンは、さりげなさを装うことすら忘れて、ベルベットのロープのほうへ向きなおった。これならきっとゼックスも……

VIPエリアの端に現われた彼女は、ジョンの目には十億ドルの輝きを放っていた。

用心棒のひとりに身を寄せて耳打ちをされているとき、その身体はみごとに引き締まって、第二の皮膚のような袖なしTシャツから腹筋が浮いて見えるほどだった。

体勢を変えると言えば、今度はジョンが股間をなおす番だった。

しかし、レヴのプライベート・オフィスに入っていく彼女を見て、彼のリビドーはたちまち凍りついた。あまり笑顔を見せるほうでないのはたしかだが、通り過ぎていく彼女の顔はそれにしても厳しかった。レヴに負けず劣らず。

明らかになにか起こっている。たちまち、胸に白馬の騎士的衝動がむくむくと頭をもたげてくる。しかし、ゼックスには救いの手など必要ない。というより、真っ先に自分で馬にまたがってドラゴン退治に乗り出すほうだ。

「おまえこそ、なんか窮屈そうだな」ゼックスがオフィスに消えるのを見ながら、クインが小声で言った。「ジョン、さっきの話考えとけよ。うずうずしてんのはおれだけじゃないだろ」

「ちょっと失礼」ブレイは言って立ちあがり、赤い〈ダンヒル〉の箱と金のライターを取り出した。「ひと息入れてくる」

ブレイが煙草を吸いはじめたのは最近のことだ。クインは嫌っているが、ヴァンパイアは癌(がん)にはならないし、気持ちはわかるとジョンは思っている。欲求不満は解消しなくてはならないが、寝室でひとりでできること、トレーニングルームで仲間とできることにはかぎりがある。

とはいえ、三人ともこの三か月でずいぶん筋肉がついてきて、肩や腕や太腿が服からはみ出そうになっている。格闘技の試合前にセックスは御法度というが、それも一理あると思わざるをえない。このまま行くとどんどん体重が増えて、そのうちプロレスラー集団にまちがわれそうだ。

クインは〈コロナ〉をじっと見おろしている。「そろそろ出ようか。なあ、そろそろ出ようって言ってくれよ」

ジョンはレヴのオフィスのほうにちらと目をやった。

「それはまだってことだな」クインはぼそりと言った。合図をすると、すぐにウェイトレスが近づいてくる。「こりゃもう一本要るよな。なんならもう一ケースかも」

10

リヴェンジはオフィスのドアを閉じ、牙があらわにならないように口を閉じたままにやりとした。しかし牙を見せずとも、トレズとアイアムに吊りあげられた賭屋もばかではない。のっぴきならない破目に陥ったのはわかっているだろう。

「レヴァレンド、こりゃいったいどういうことだよ。こんなご招待を受けるいわれはねえぞ」男はつばを飛ばしてまくしたてた。「あんたのために仕事してたら、いきなりこの――」

「おまえのことで面白い話を聞いたんでな」レヴは言いながら、デスクの奥に歩いていった。

彼が腰をおろしたとき、ゼックスがオフィスに入ってきた。灰色の目を鋭く光らせ、閉じたドアに背中を預けた。あがりをごまかす賭屋を閉じ込め、好奇の目を締め出すことにかけては、どんな〈マスターロック〉製品より完璧だ。

「嘘だ、まったくの――」

「歌を歌いたくないのか」レヴは椅子の背もたれに身体を預けた。感覚の麻痺した肉体が、黒いデスクの奥でなじみの体勢に落ち着く。「このあいだの夜、〈サルズ〉の聴衆の前でトニーB（アメリカの有名な歌手トニー・ベネットのこと）をやってみせたのはおまえじゃなかったのか」

賭屋は眉をひそめた。「いや、そりゃ……歌はまあまあ歌えるけどよ」

レヴはアイアムにうなずきかけた。アイアムのほうはいつものとおり無表情だった。けっして感情を顔に出さない――ただし、完璧なカプチーノとなると話はべつで、少しばかり喜色を拝ませてもらえたりもする。「ここにいるわたしのパートナーだが……おまえはじつに歌がうまいと言っていた。聴衆を沸かせる力があるそうじゃないか。なにを歌ったんだ、アイアム」

アイアムの声は完全にジェームズ・アール・ジョーンズ（美声で知られる米国の俳優・声優。ダース・ベイダーの声が有名）だった。豊かな低音だ。「『スリー・コインズ・イン・ザ・ファウンテン』」

賭屋は、まあそのなんだとばかりにズボンを引っ張りあげた。「おれぁ音域が広いんだ。リズム感も悪かねえし」

「つまり、ミスター・ベネットみたいなテノールなのか」レヴは肩をゆすってセーブルのコートを脱いだ。「テノールはいいな」

「まあな」賭屋はちらとムーア人たちに目をやった。「なあ、説明してくんねえかな、いったいなにが目当てなんだ」

「歌を歌ってもらいたいのさ」

「てことは、パーティでもやるのかい。なんでもするよ、あんたの頼みなら。ひとこと言ってくれさえすりゃ……つまりその、こんなこた必要ないだろ」

「パーティではないが、ここの四人全員が楽しませてもらうことになるだろう。先月、おまえがくすねたぶんを返してもらうんだからな」

賭屋の顔が曇った。「くすねてや――」

「いいや、くすねたとも。いいか、アイアムは敏腕会計士なんだ。毎週、おまえはアイアムに報告してるだろう、どのチームがいくら売って、値幅はいくらか。だれも検算をしていないとでも思ってるのか。先月の売上からして、ほんとうなら――いくらだったかな、アイアム」

「十七万八千四百八十二」

「だそうだ」レヴは礼の代わりにアイアムに軽くうなずきかけた。「ところが、おまえがよこしたのは……いくらだったっけ」

「十三万とんで九百八十二」

賭屋はあわてて口をはさんだ。「そんなばかな、計算違い――」

レヴは首をふった。「差額はいくらだったかな――アイアム、答えはわかってるんだろう」

「四万七千五百」

「九十パーセントの歩合に、ちょうど二万五千上乗せした額だな。そうだろう、アイアム?」ムーア人が一度うなずくのを確認し、レヴは杖を床について立ちあがった。

「そしてこれは、コールディのギャングが要求するサービス料だ。トレズが少しばかり調査をしてくれたんだが、それでなにがわかった?」

「マイクが言うには、〈ローズボウル〉の直前に、二万五千をこいつに貸したそうだ」

レヴは杖を椅子に残し、片手をデスクに置いて身体を支えながらこちらにまわってきた。ムーア人ふたりは一歩さがって定位置についた。賭屋の両側に立ってまた上腕をつかむ。

レヴは賭屋の真ん前まで来て立ち止まった。「さて、もう一度訊こう。だれも検算して答え合わせをしていないとでも思ったのか」

「レヴァレンド……頼むよ、ちゃんと返すつもりで――」

「ああ、埋め合わせはしてもらうとも。わたしをこけにしようとするノータリンに代わって歩合を払ってもらうさ。今月末までに百五十パーセント支払うか、さもなければ細君のもとに郵送されることになるぞ、ばらばらになってな。ああ、言っておくがおまえは馘首だ」

賭屋は泣きだした。空涙ではなく本物だった。鼻水が流れて目が腫れるたぐいの本格的な大泣きだった。「悪かったよ、けど、半殺しにされるとこだったんで——」

レヴはすばやく手を伸ばし、賭屋の股間を絞めあげた。甲高い悲鳴があがり、レヴ自身はなにも感じなくとも、向こうはしっかり感触があるのはよくわかった。ちょうど狙ったところに圧をかけられたようだ。

「わたしは盗まれるのは嫌いでね」レヴは相手の耳もとでささやいた。「へどが出る。それに、ギャングにどんなひどい目にあわされるにしても、これは保証してもいいが、わたしのほうがもっとひどいことができるんだぞ。さて……そろそろ歌ってもらおうか」

レヴが力いっぱいひねりあげると、賭屋はのども裂けよと絶叫をあげ、耳をつんざく悲鳴が天井の低い部屋いっぱいに反響した。息が切れたせいで悲鳴が途切れだすと、レヴは力をゆるめて、何度かあえがせてやった。そろそろのどの調子が戻ったところで、ふたたび——

二度めの絶叫は、最初よりずっと声量も音高もまさっていた。多少のウォーミングアップのおかげというところだろう。

ムーア人ふたりに吊るされたまま、賭屋は激しくもがき、身をよじったが、レヴは手をゆるめなかった。抜群に面白いテレビ番組ででもあるかのように、身内の〝シンパス〟が魅入られたようにそのさまを見つめている。

九分ほどで、賭屋は気を失った。

相手がブラックアウトしたのを見て、レヴは手を離して椅子に戻った。ひとつうなずいてみせると、トレズとアイアムが男を裏口へ運んでいった。路地に放り出しておけば、いずれ寒さで正気づくだろう。

かれらが出ていったとき、ふいに脳裏にエレーナの姿が閃いた。両腕にドーパミンの箱を危なっかしく抱えて、診察室に入ってくる……この店を切りまわすためにどんなことをしているか知ったら、彼女にどう思われるだろう。盗んだ金を返さなければ、血のしたたる包みを宅配便で妻に送りつけるぞと言い含めたとき、それがただの脅しではなかったと知ったら、彼女はなんと言うだろうか。賭屋を自分で切り刻むか、ゼックスやトレズやアイアムに命令してやらせるか、いずれにしても本気でそうするつもりだと知ったら、いったい彼女はどうするだろう。

想像するまでもない、答えは最初からわかりきっている。

エレーナの声、あの澄んだ美しい声が、また頭のなかで再生される――むだになるだけですから。それを役に立てられるかたにお渡しください。

そう、くわしいことは知らなくとも、賢い彼女は名刺を受け取ろうとはしなかったのだ。

レヴはゼックスに目を向けた。いまも正面のドアに寄りかかった体勢のままだ。長引く沈黙のなか、毛足の短い黒いカーペットを見おろし、ブーツのかかとで自分のまわりに円を描いている。

「どうした」彼は言った。ゼックスは顔をあげようとせず、無理に自分を抑えて落ち着こうとしているのが感じられる。「なにがあった」

トレズとアイアムがオフィスに戻ってきて、レヴのデスクに向かいあう黒い壁のそばに陣取った。隆々たる胸もとで腕を組み、口は固く結んだままだ。

沈黙は〈シャドウ〉族の特徴だ……が、ゼックスのこわばった表情、延々とブーツで円を描いているしぐさにそれが重なったとなれば、これはもう放ってはおけない。

「言え。さっさと」

ゼックスが顔をあげ、目を合わせてきた。「クリッシー・アンドルーズが死んだ」

「死因は」訊かなくても答えはわかっていた。

「自分のアパートメントで、殴られたあげくに絞殺だよ。遺体安置所に行って身元確認してきた」

「あのくそったれ」

「あとの処理はあたしに任せてもらう」ゼックスは許可を求めているのではなかった。彼がなんと言おうと、例の愛人こと人間のくずを処分するつもりなのだ。「手早く片づけてくる」

ふつうなら決めるのはレヴだが、この件に関しては口出しするつもりはなかった。店のワーキングガールたちは彼にとってただの商品ではない……雇用主として責任があるだけでなく、ひとりひとりと親しくつきあってもいる。けがでもさせられれば、それが客のせいでも恋人や夫のせいであっても、報復しなければ彼のメンツに関わる。売春婦だからと軽んじていいわけはない。彼のもとで働く売春婦ならなおのことだ。

「とっくり思い知らせてからにしろよ」レヴは唸るように言った。

「心配ご無用」

「くそ……わたしの落ち度だ」レヴはぽつりと言い、手を伸ばしてペーパーナイフを取りあげた。短剣の形をしているだけでなく、鋭さも本物に劣らない。「さっさと殺してもおけばよかった」

「あの子、うまくやってきてるみたいだったのに」

「隠すのがうまくなってきてたのかもな」

四人ともしばらく黙りこくっていた。こういう商売をしていれば、人的損失は日常茶飯事だ。関係者の死など珍しくもなんともない——が、たいていの方程式では、こちらはマイナス記号の側だった。かれらは奪うほうなのだ。身内が奪われたとあっては話が違う。

「今夜の報告を聞きたい？」ゼックスが尋ねた。

「まだいい。先にわたしから話したいことがある」無理に頭を切り換えて、トレズとアイアムに目を向けた。「かなりやばい話だから、おまえたちふたりはいますぐ出ていってくれていい。ゼックス、すまないがおまえはそうはいかん」

トレズとアイアムは動かなかったが、これはまあ予想どおりだった。トレズはおまけに中指を立ててみせた。これまた想定の範囲内だ。

「コネティカットに行ってきた」レヴは言った。

「病院にも行ったよね」ゼックスが口をはさむ。「なんで？」

こういうときはＧＰＳが恨めしい。もはやプライバシーもへったくれもない。「病院のことはどうでもいい。いいか、おまえたちに頼みたい仕事がある」

「どんな……？」

「クリッシーの愛人の件なんぞ、これにくらべたら前菜だ」

ゼックスが冷たい笑みを浮かべた。「へえ」

ペーパナイフの切尖を見つめながら、ラスといっしょに笑ったのを思い出した。ふたりとも同じものを持っていると言って――この夏の襲撃のあと、評議会のことを話しあうために王は訪ねてきて、これがデスクにのっているのに目を留めた。そして、いまは手にペンを持ってはいるが、どちらも一日の仕事は刃物で始めるのだな、とジョークを飛ばしたのだ。

まったくそのとおりではないか。もっとも、ラスのほうには正義があり、レヴのほうには損得勘定しかない。

つまり、レヴの決断と選択には人道も正義も関係ないのだ。いつものとおり、重要なのはなにがいちばん得かということだ。

「楽な仕事じゃない」つぶやくように言った。

「楽だったら面白くないよ」

レヴはペーパナイフの鋭い切尖を見つめた。「これは……面白い仕事でもない」

夜明けが近づき、勤務時間の終わりも近づいて、エレーナはそわそわしていた。デートの時刻、決断の時刻。二十分後には、この病院までお相手が迎えに来てくれることになっている。

それなのに、またぞろ迷いが出はじめていた。

お相手の名はステファン。テームの子ステファン、とはいえ本人のこともその家族のこともよく知らない。一般市民で、貴族ではなく、この病院へやって来たのは、薪の破片で手を切ったいとこの付添いだった。彼女は退院する患者の書類を作成しながら、ステファンとおしゃべりをした。独身の男女なら話しそうなこと――彼は〈レディオヘッド（英国のロックバンド）〉が好きで、彼女も好き。彼女はインドネシア料理が好きで、彼も好き。在宅勤務制度のおかげで、ステファンは人間の会社でコンピュータ・プログラマーをしているという。彼女はもちろん看護師だ。彼はひとり息子で、両親とともに暮らしていて、ちゃんとした一般市民家庭の――少なくともちゃんとした一般市民のようだった。父親はヴァンパイアの建設会社で建設の仕事をしており、母親はフリーランスで〈古語〉を教えているとか。信頼のおけるきちんとした、まっとうな家庭。

貴族社会が父の心にどんな影響を与えたかを思えば、悪くない相手のように思えた。だから、コーヒーでもいっしょにと言われて誘いを受けた。それで今夜の約束をして、携帯電話の番号を交換したのだ。

でも、どうしたらいいのだろう。電話をかけて、家族の都合で会えなくなったと言うか。ともかく会って、父のことで気をもみつづけるのか。

しかし、ロッカールームからルーシーに急いで電話してみたら、わが家のほうは問題なさそうだった。父はあのあと長時間眠って、いまは落ち着いてデスクで書きものをしているらしい。

終夜営業の食堂で三十分。スコーンを分けあったりして。なんの害があるというの？

よし行こう、とふんぎりがついたとき、ありがたいとは言えないイメージが脳裏に閃いた。レヴの裸の胸、赤い星の刺青。べつの男性とデートすると決めたときに、こんなことを思い出すなんてどうかしている。

いまは白衣を脱いで、たとえお義理程度にでもおしゃれすることだけ考えなくてはいけないのに。

日中勤務の看護師たちが入ってきて、入れ違いに夜間勤務のスタッフが出ていくなか、エレーナは白衣を脱いで、持ってきたスカートとセーターに着替え――

靴を忘れてきた。

まあすてき。クレープゴム底の白い靴なんてさぞかしセクシーでしょうとも。

「どうかした？」カーチャが言った。

ふり向いて尋ねた。「この格好、どう思います？　白いどた靴のせいで、完全に台無しになってるかしら」

「えーと……正直なところ、そこまでひどくないわよ」

「嘘がへたですね」

「努力したんだけど」

エレーナは白衣をバッグに詰め込み、髪を整え、化粧の具合を確認する。案の定アイライナーとマスカラも忘れてきていた。いわばこちらの前線でも、騎兵隊が馬を切らしているというわけだ。

「よかった、元気にお帰りね」カーチャは言いながら、ホワイトボードに書かれた夜間の当番表を消した。

「それが上司のお言葉かと思うと不安になっちゃう。帰るときじゃなくて、来たときに元気だって喜んでほしいわ」

「仕事のことならそうだけど、今夜はべつよ。デートなんでしょ」

エレーナは眉をひそめてあたりに目をやった。なんの奇跡か、ほかにはだれもいなかった。「だれから聞いたんですか、デートだなんて」

「家に帰るだけなら、ここで着替えてくわけないじゃない。それに、靴がスカートと合うかどうかなんて気にしないでしょ。お相手がだれかは訊かないであげる」

「よかった」

「言いたいなら聞くわよ」

エレーナは声を立てて笑った。「だめ、内緒にしときます。でも、もしうまく行くようなら……そのときは言いますから」

「約束よ」カーチャは自分のロッカーに向かったが、その前でふと動きを止めた。

「どうか?」エレーナは尋ねた。

「うんざりだわ、この戦争。遺体が運ばれてくるのももう見たくない。どれだけ苦しんだか顔を見ればわかるんだもの」カーチャはロッカーをあけ、パーカをせっせと出すふりをしはじめた。「ごめんね、雰囲気を暗くしたいわけじゃないんだけど」

エレーナは寄っていき、カーチャの肩に手を置いた。「気持ちはわかります」やがてカーチャせつな目と目が合って、ふたりのあいだに通いあうものがあった。

は咳払いをして言った。

「ほら、もう行って。彼氏が待ってるんでしょ」

「迎えに来てくれるんです」

「ああら、それじゃちょっとそのへんでぐずぐずして、煙草でも吸ってようかしら」

「吸わないくせに」

「いやあね、また一本とられちゃった」

出口に向かう途中、受付デスクに寄って、次の当番に引き継ぐ前にやり残したことがないか確認した。万端整っていると満足すると、ドアをいくつも抜けて階段をのぼり、ようやく病院の外に出た。

夜気は涼しいの域を超えて、ひんやりの領域に入っていた。空気に青の香りがする——色ににおいがあればの話だが。ただなんというか、さわやかでひんやりしていて、澄みきったものを感じるのだ。深々と息を吸って白い雲を吐き出す。そのひと息ごとに、頭上に広がる空からサファイアのかけらを肺に取り込んでいるよう、輝く星くずに全身を洗われているようだった。

最後の看護師たちが去っていく。このあとの予定に応じて、非実体化する者もいれば運転していく者もいる。やがてカーチャが出てきて帰っていった。

エレーナは足踏みしながら腕時計に目をやった。約束を十分過ぎている。まだ大した遅刻ではない。

アルミの羽目板に背中を預け、血液が全身をめぐるのを感じていると、胸に不思議な解放感が込みあげてきた。男性とふたりで気ままに出かけることを思うと――

血。血管。

リヴェンジは腕の治療を受けていなかった。

その言葉が脳天に打ち込まれ、轟音(ごうおん)の反響のようにいつまでも消え残った。あの腕は手当てされていなかった。カルテには感染症についての記載はなかった。ハヴァーズは記録についてはやかましいのに――看護師の白衣や病室の衛生状態、医療品保管庫の管理についてやかましいのと同じぐらいに。

薬を持って薬局から戻ってきたとき、リヴェンジはシャツを着てカフスも留めていたが、それは診察が終わったからだと彼女は思い込んでいた。いまなら賭けてもいいが、血液の採取が終わった直後にリヴェンジはシャツを着てしまったのだろう。

ただ……彼女には関係のない話ではないか。リヴェンジは成人男性で、自分の健康をおろそかにしたとしてもそれは本人の自由だ。麻薬を過量摂取して、生きて明日を迎えられそうにない患者もいれば、医者の前では神妙な顔でうなずきながら、家に帰ると処方やアフターケアに従わない患者もたくさんいる。同じことだ。

救われたがらない者を救おうとしても、できることはなにもない。まったくなにも。それが、この仕事にまつわる最大の悲劇のひとつだ。できることと言えば、選択肢とその結果を提示して、患者が賢い選択をしてくれるよう祈ることだけ。

風が吹きつけてきて、スカートが巻きあげられる。リヴェンジの毛皮のコートが羨ましい。病院の壁から身を起こし、ヘッドライトが見えないかと車寄せの向こうに目をこらした。

十分後、また腕時計を確かめる。

さらにその十分後、また腕をあげて時刻を見た。

すっぽかされた。

不思議でもなんでもない。その場の成り行きで急いで決めたことだし、互いに相手のことはろくに知らないのだから。

また冷たい風が吹きつけてくる。携帯電話を取り出し、テキストメッセージを送った。**こんにちは、ステファン――今夜は会えなくて残念でした。また今度ね。E**

携帯をポケットに戻し、非実体化して帰宅した。すぐにはなかに入らず、布のコートの襟をかきあわせ、家のわきを伸びて裏口に通じる歩道を行ったり来たりした。身も凍る風がまたもやわき起こり、突風に顔を打たれた。

目がひりひりする。

強風に背を向けると、寒気から逃げようとするかのように髪の房が顔の前に流れ、彼女は身震いした。

上等じゃないの。目の前がうるんで見えたが、今回は強風のせいにはできない。いやだ、わたしったら泣いてるの？　いったいなにを誤解したというのか。ろくに知らない男性ではないか、なにがそんなに悲しいというのだろう。

でも、ほんとうは彼のことではないのだ。問題は自分自身だ。夕方に家を出たときと、いまもまったく同じ状況なのがつらい——ひとりぼっちなのが。

文字どおり支えが欲しくて、手を伸ばして裏口のドアの把手をつかんだが、なかに入る気にはなれなかった。みすぼらしい、片づきすぎたキッチンのイメージ、地下にくだる階段のきしむ音、父の部屋のほこりっぽい書類のにおい、どれも鏡に映る自分の顔のようにおなじみだ。今夜はそれがあまりに鮮明で、両目に打ち込まれる強烈な閃光のよう、耳のなかで唸りをあげる轟音のよう、鼻孔で爆発する圧倒的な悪臭のようだった。

手をおろす。今夜のデートは、牢獄から脱出する切り札だったのだ。孤島を逃げ出す筏(いかだ)、崖から宙吊りになっているところへ差し伸べられた手。

はっとわれに返ったのは、まさにその絶望感のおかげだった。こんな気持ちでいたのでは、だれとつきあうのもお門違いだ。相手にとっては失礼、自分にとっては不健全でしかない。次があるかどうかはわからないが、またステファンに誘われたときには、忙しくて無理だと——

「エレーナ？ どうしたの？」

エレーナはあわてて飛びすさった。ドアが大きくあいている。どうやらたったいま内側から開かれたらしい。「ルーシー！ ごめんなさい、ちょっと……考えごとしてたの。お父さまの調子は？」

「いいわよ、ほんとに。いまはまた眠ってらっしゃるけど」

ルーシーは家から出て、キッチンの暖気を逃がさないようドアを閉じた。本来はつらいことだが、この二年で彼女はすっかりおなじみになった。変わった服装や、白髪交じりの長い髪を見るとほっとする。いつものとおり片手に介護用バッグを持ち、反対側の肩には大きなショルダーバッグをさげている。介護用バッグに入っているのは、標準の血圧測定カフに聴診器、一般医薬品——そのどれも、使われているのを見たことがある。ショルダーバッグに入っているのは、『ニューヨーク・タイムズ』のクロスワードパズル、よく嚙んでいる〈リグリー〉のスペアミントガム、財布、ときどき塗りなおしているピーチカラーの口紅だ。クロスワードパズルのことを知っているのは、エレーナの父といっしょにやっているのを見たことがあるからだし、ガムはくずかごに包み紙が捨ててあるからで、口紅はもちろんしょっちゅう目にしているからだ。財布だけはただの推測だが。

「大丈夫？」ルーシーは返事を待った。灰色の目はまっすぐで澄んでいる。「帰りが少し早いみたいだけど」

「すっぽかされたの」

ルーシーが肩に手を置いてくれた。それだけで、この女性が抜群の看護師なのはわかる。触れた手から慰めと温もりと思いやりが伝わってきて、そのすべてがあいまって、血圧と心拍と緊張を鎮めてくれた。

おかげで頭がすっきりしてきた。

「つらかったわね」ルーシーは言った。

「ううん、これでよかったのよ。嘘じゃないわ。あんまり期待しすぎだから」

「ほんとに？　この話をしたときの口ぶりだと、逆にずいぶん冷めてるなって思ったけど。コーヒーを飲みに行くだけだって――」

どういうわけか、エレーナは本心を口にしていた。「ううん、ほんとは逃げ道が見つかるかと期待してたの。そんなことありっこないのに。だって、見捨てることなんかできないんだから」エレーナは首をふった。「ともかくほんとにありがとう、わざわざ来てもらって──」

「どちらかを選ぶって話とはかぎらないでしょう。お父さんとあなたは──」

「今夜は早く来てくれてほんとに助かったわ。ご親切に、ありがとう」

ルーシーの笑みはさっきのカーチャの笑みと同じ、小さく、悲しげだった。「わかったわ、この話はやめとく。でも、これはほんとのことよ。男性とつきあうことと、お父さんにとっていい娘でいることと、両立できないわけじゃないんだから」ルーシーはドアのほうに目をやった。「それはそうと、お父さんの脚の傷に気をつけてあげて。爪で引っかいたのかしら。包帯を替えといたけど、ちょっと心配ね。感染症を起こしかけてるみたい」

「ありがとう、気をつけるわ」

ルーシーが非実体化して去ったあと、エレーナはキッチンに入った。ドアに鍵と閂をかけ、地下に降りていく。

父は自室で眠っていた。巨大なヴィクトリア朝様式のベッドは、どっしりした彫刻入りのヘッドボードがまるで霊廟入口のアーチのようだ。白いシルクの枕の山に頭を預け、血赤の上掛けはきちんと胸もとで折り返されている。

まるで眠れる王の図だ。

精神疾患に完全にとらわれたとき、父は髪もひげも真っ白に変わってしまい、末期変化が始まったかとエレーナは恐れたものだ。しかし、それから五十年後のいまも父の容貌はそのままだ。顔にはしわひとつなく、手は強いまま震えることもない。

なんとつらい。父なしで生きるなど想像もできないが、父とともに生きる未来もまた想像できない。

エレーナは父の部屋のドアをなかば閉じ、自分の部屋に入った。シャワーを浴びて着替え、ベッドに身体を伸ばした。ただのシングルベッドでヘッドボードもないが、贅沢な寝具に興味はない。必要なのは、一日の終わりに疲れた身体を休められる場所、それだけだ。

いつもは眠りにつく前に少し本を読むのだが、今日はやめておいた。それだけの気力がない。サイドボードに手を伸ばし、ランプを消して、足首で脚を交差させ、両腕を広げる。

おかしくなって笑みが浮かんだ。気がつけば、父とまったく同じ姿勢で横になっている。

暗がりのなか、ルーシーが父の傷についてぬかりなく配慮してくれたのを思い出した。それが看護師の条件だ、職場を離れるときでも、患者の健康につねに気を配ること。どんなアフターケアが必要か家族に教え、困ったときの助けになること。

勤務時間が終わったら、きれいさっぱり忘れていいような仕事ではない。

ふと思い立って、またランプのスイッチを入れた。

起きあがり、デスクトップパソコンに歩いていった。病院のＩＴシステムが更新されたとき、無料で払い下げてもらったものだ。例によってネットにつなげるのに時間はかかったが、しまいに病院の診療記録のデータベースにアクセスできた。

パスワードを入力してサインインし、検索を実行し……次にべつのワードでまた検索した。最初の検索は必須、二度めのは好奇心だ。

両方とも保存して、パソコンの電源を落とし、電話を取りあげた。

11

剃刀(かみそり)の刃のような曙光(しょこう)の筋が現われ、東の空に陽光が強まりはじめる直前、ラスは〈兄弟団〉の山の北側、鬱蒼(うっそう)たる森のなかで実体化した。ハンターブレッドにはだれも姿を現わさず、陽光の気配に追い立てられてやむなく戻ってきたのだ。

ごついブーツの下で、細い枯れ枝が折れて大きな音がする。細い松の葉が寒気でもろくなっている。音をくぐもらせる雪はまだ積もっていないが、空気においがする。冷気が鼻孔に深々と突き刺さってくる。

〈黒き剣兄弟団(ブラック・ダガー・ブラザーフッド)〉の至聖所に通じる隠し扉は、奥深い洞窟の突き当たりにある。両手で探って石扉の開閉機構を作動させると、重い扉が岩壁にスライドして呑まれていく。なめらかな黒大理石の敷石に足をのせ、それをたどって進みだした。その背後でまた扉が閉じていく。

意志の力で、両側のたいまつを燃えあがらせる。炎の列はどこまでもどこまでも続き、はるかかなたの巨大な鉄の門扉を照らし出している。十八世紀後半、〈兄弟団〉がこの洞窟を〈廟〉に改造したさいに取り付けられたものだ。

近づくにつれ、ラスのかすんだ目には、門扉の分厚い張り石が整列した武装守備兵のように見えてくる。揺れるたいまつの火明かりが、動かないはずの石に偽りの生命を与えているのだ。意志の力で両開き扉を開かせ、なかに踏み込んでいく。その先の長い廊下の壁は、床から高さ十二メートルの天井まで届く棚に埋もれていた。

〝レッサー〟の壺が、形も種類もとりどりにところ狭しと並んでいる。数世代にわたって〈兄弟団〉が退治してきた成果が展示されているというわけだ。最も古い壺はただの粗末な手作りの土器で、〈古国〉から運ばれてきたものだった。一メートル進むごとに壺は新しくなり、次の門扉にたどり着くころには、中国で大量生産されて〈ターゲット〉で売られた安物になっている。

棚にはもう隙間はあまり残っていない。それを見ると暗澹(あんたん)たる気分になる。敵の遺骸を収めるこの保管庫は、ラスも手ずから建造に参加したものだ。ダライアスやトールメントやヴィシャスとともに、力を合わせて一カ月ぶっ通しで働いた。一日じゅう働き、大理石の敷石のうえで眠った。どこまで深く掘り進めるか、決めたのはラス自身だ。棚の廊下は何メートルも何メートルも伸びていき、最初に必要だと思っていた長さをゆうに超えてしまった。兄弟たちとともにすべてを完成させ、古い壺を並べたときには、これほどの保管場所は必要になるまいと決め込んでいた。四分の三も埋まるころには、戦争は終わっているにちがいないと。

それがどうだ。あれから何百年も経ったいま、その棚にあきを探そうと苦労している。

不吉な予感を覚えつつ、ラスはよく見えない目で目測しようとした——最初に作り付けにされたこの棚に、あとどれぐらい空間は残っているだろう。これをもって、戦争が終わりに近づいている証拠とどうしても考えてしまう。粗削りの石壁に刻まれた、限りあるマヤ暦ヴァンパイア版というわけだ。

ほかの壺のとなりに、最後のひとつを並べるさまが目に浮かぶ。だがそれは、輝かしい勝利と成功のしるしではない。

守るべき一族が死に絶えるのが先か、守りとなる〈兄弟〉が死に絶えるのが早いか。

ラスはジャケットから三つの壺を取り出し、小さくまとめて並べると、一歩さがった。

彼自身の力で、ここに並べられた壺も数多い。王になる前の話だ。

「おまえが戦闘に出ているのはわかっていました」

ラスははっとふり向いた。この威厳に満ちた声、〈書の聖母〉だ。鉄の門扉のすぐ内側に浮いている。黒い長衣(ローブ)は石の床から三十センチほどうえに垂れ下がり、すその下からは光が漏れていた。

かつてはまばゆさに目がつぶれそうだったものだ。しかしいまでは、やっと影を落とすかどうかの淡い光に変わっている。

ラスはまた壺に顔を向けた。「Vが言ってたのはこういうことでしたか。本気で撃つと言っていたのは」

「たしかに、話をしに来ました」

「でもとっくにご存じだった。ちなみにこれは質問ではありません」

「ああ、〈聖母〉に質問は御法度だからな」

ふり返ると、Vが扉のなかに入ってくるところだった。

「なんと、まさにぴったりじゃないか」ラスは言った。「母と子の再会は……ほんの一瞬先（一九七二年のポール・サイモンの歌「母と子の絆（The Mother and Child Reunion）」のもじり）」少し替えた歌詞が洞窟に響く。「違うか」

〈書の聖母〉は、壺の列の前をゆっくり進んでくる。昔——いや、ほんの一年前のことだ——なら会話の主導権をたちまち握っていただろうに、いまの〈聖母〉はただふわふわ浮いているだけだ。

Vが不快げな音を立てた。親愛なるマミー（マミー・ディアレスト）が王に対して「ノーモア・ワイヤハンガー」をやるのを待っていたが、母にその気がないのにがっかりしたというように（『マミー・ディアレスト』はハリウッド女優ジョーン・クロフォードの養女が一九七八年に出した暴露本、およびその映画化作品（一九八一年）のタイトル。ジョーンが逆上して養女をワイヤハンガーで打ちすえる場面が有名）。「ラス、あんときおれに最後まで言わせなかっただろう」

「いまなら言わせると思うのか」ラスは手をあげ、壺の縁に触れた。先ほど、みずからコレクションに加えた三つのうちのひとつだ。

「最後まで言わせてやりなさい」〈書の聖母〉が淡々と言った。

ヴィシャスが近づいてきた。彼自身も石を敷くのに手を貸した床を、ごついブーツで踏みしめる。「おれが言いたいのは、戦闘に出るならひとりで行くなってことだ。それからベスに話せ。黙ってるのは裏切りだ……へたしたら、ベスは未亡人になりかねないんだからな。くそったれ、おれのまぼろしを無視するのはいいさ。だが、少なくとも現実から目をそむけるな」

ラスは行ったり来たりしながら、この話しあいの舞台があまりにぴったりなのにむかむかしていた。戦争の証拠に取り囲まれている。

しまいに、今夜奪ってきた三つの壺の前で足を止めた。「ベスには、フュアリーと話をしに北部に行くと言ってある。つまり〈巫女〉たちのことでな。たしかに裏切りはよくないさ。だが考えてみろ、戦場に〈兄弟〉がたった四人しかいないんだぞ。こっちのほうがなお悪い」

沈黙が長く尾を引く。聞こえるのは、たいまつが揺れてはぜる音だけだ。

Vが口を開いた。「〈兄弟団〉で話しあいを持つべきだと思う。ベスにも打ち明けんといかん。何度も言うが、戦いたいなら戦えばいい。だが、やるならやると言ってやれよ、な？　そうすりゃひとりで戦わなくてすむ。その点はほかのみんなもおんなじだ。いまはローテーションの関係で、だれかがパートナーなしで戦う破目になってる。あんたがレギュラーに加わればその問題は解決する」

ラスは苦笑した。「なんてことだ、おまえが賛成してくれるとわかってたら、もう少し早く言ってただろうに」〈書の聖母〉に目を向ける。「ただ、法はどうなります。しきたりは」

一族の母はラスに顔を向け、気のない声で言った。「これだけいろいろ変化があったのですから、もうひとつ変わるぐらいどうということはないでしょう。ではごきげんよう、ラスの子ラス。そしてわが胎の子ヴィシャス」

〈書の聖母〉は消えた。寒い夜に溶けていく白い息のように薄く散じて、まるで最初からいなかったかのように。頭がずきずきしはじめ、サングラスをひょいとあげて役に立たない目をこすった。その手を止めると、まぶたを閉じて、周囲の石と区別がつかないほどじっと立ち尽くす。

「疲れてるんだろ」Vがぽつりと言った。

ああ、そのとおりだとも。まったくやりきれないぜ。

麻薬取引はじつに実入りのいい商売だ。

〈ゼロサム〉のプライベート・オフィスで、リヴェンジはデスクについて今夜の売上を調べ、一セント単位まで細かく計算していた。アイアムは〈サルズ・レストラン〉で同じことをしていて、毎日夕方にはまずここに集まり、計算結果を照合することになっている。

たいてい合計は同じになる。ならなかったときはアイアムに従うことにしていた。

アルコールと麻薬と売春で、〈ゼロサム〉単体で売上は二十九万を超える。クラブの正社員は二十二名。内訳は用心棒十名、バーテン三名、売春婦六名、それにトレズとアイアムとゼックスだ。人件費は、ひと晩あたり合計七万五千ほど。賭屋、店公認の売人——つまり彼の所有地で薬を売ることを許可している麻薬の小売屋——は歩合制で、その売上からかれらの取り分を引いた残りはすべてリヴェンジの収入になる。また、だいたい週に一度の割合で、ムーア人ふたりとともに彼またはゼックスが、厳選された卸売業者との大規模な取引もおこなっている。この業者たちは、コールドウェルかマンハッタンに独自の販売網を持っている連中だ。

すべて合計すれば、彼個人の経費はべつとして、ひと晩に経費はだいたい二十万ドルかかっている。販売する薬物とアルコールの仕入れ値、光熱費、設備改良費、それに午前五時にやって来る七人ひと組の清掃員たちへの支払いもある。

事業の純益は年に五千万ほどにもなる。破廉恥な額に聞こえるし、実際そのとおりだ。とくに、そのごく一部についてしか税を納めていないことを思えば。ただ、麻薬と売春は大きな危険のともなう事業だ——だからこそ莫大な利益が見込めるのだ。金が必要なのだ、どうしても。母にいままでどおりの、彼女にふさわしい暮らしをさせるには、何百万ドルもの金がかかる。そのうえ彼自身も住宅を複数持っているし、毎年新型が出るたびに〈ベントレー〉を買い換えている。

しかし、そのどれより飛び抜けて高額な個人支出がひとつある。それが、黒いベルベットの小袋の中身だった。

レヴは精算表の向こうに手を伸ばし、その小袋を手にとった。ビッグアップルのダイヤモンド街から運ばれてきたものだ。いまは月曜日に届く——かつては月末の金曜日だったが、〈アイアンマスク〉を開店してから、〈ゼロサム〉の閉店日が日曜に変わったからだ。

サテンの紐(ひも)をゆるめ、袋の口を開き、中身をあける。まぶしく輝くルビーが手のひらいっぱいに落ちてくる。二十五万ドルの血赤の石。袋のなかに戻し入れ、紐をしっかり結んで、腕時計に目をやる。あと十六時間ほどしたら北部に向かわなくてはならない。

月の第一火曜日が身代金の日であり、彼は〈王女(プリンセス)〉にふた通りの方法で支払いをしている。ひとつは宝石、もうひとつは彼の肉体だ。

しかし、向こうにも犠牲は払わせている。

どこへ行き、なにをすることになるか考えると、うなじがぞわぞわしてきた。驚きはしないが、目の前の景色も変化してくる。白と黒のオフィスが濃いピンクと血赤に変じはじめ、ブルドーザーの勢いで視野が平坦にならされていく。

急いで引出しをあけ、愛しいドーパミンの新しい箱をひとつ取り出し、注射器を手にとった。このオフィスで注射するさいに、もう二回ほど使ったやつだ。左腕のシャツをまくりあげ、上腕のなかほどに駆血帯を巻く。必要というより習慣になっているからだ。彼の血管はひどく腫れあがり、皮膚の下にもぐらがトンネルを掘ったかと思うほどだ。その無惨な状態に、突き刺すような満足感を覚える。

注射針の先端にキャップは嵌まっていない。連用者の慣れた手つきで、シリンジに薬液を満たした。使える静脈を探すのにやや手間どり、なにも感じないまま、ちっぽけな鋼鉄の柱を何度もわが身に突き立てた。なんとか適当な場所を探しあてたとわかると、プランジャーを引き戻し、透明な薬液に血液が混じるのを見届ける。

駆血帯をほどき、親指を押し込みにかかる。腕の惨憺たる状態を見て、エレーナを思った。彼のことを信用していないし、彼に魅力を感じるのをいやがっているし、天が裂け地が割れても彼とつきあおうとはしないだろうが、それでも救いたいとは思っている。彼と彼の健康にとって最善の手を尽くしたいと望んでいる。

それこそ女性の鑑というものだ。

半量ほど注入したところで携帯電話が鳴りだした。ちらと画面を見ると、表示されていた番号に心当たりがなかったので、とらずに放っておいた。この電話番号を知っているのは彼が話したいと思う相手ばかりで、その人数はかなり少ない。妹、母、ゼックス、トレズ、アイアム。それと〈兄弟〉のザディスト――妹の〝ヘルレン〟だ。

それで終わりだった。

細菌の巣のような静脈から針を抜きながら、悪態をついた。ボイスメールが残されたらしく、その合図の音が鳴ったのだ。ときどきあるのだ、ほかのだれかのものだと思い込んで、彼の小さなテクノ空間の片隅に、どこかのだれかが人生のかけらを残していく。かけなおしたことはないし、番号違いですのようなテキストメッセージを送ったこともない。だれにかけたつもりにしても、折り返しがなかったらまちがいに気づくだろう。

目を閉じて、椅子にゆったりと背を預け、注射器を精算表のうえに放り出した。薬が効いてこようがどうしようが知ったことではない。

店のスタッフがみな帰ったあと、清掃チームがやって来る前のこの静かな時間、この非道の巣窟にひとり座っているいま、平板な視野がまた三次元に戻ろうが戻るまいが気にならなかった。色のスペクトルの全域がまた現われようが知ったことではない。一秒ごとに「正常」に戻っていくのにも無関心だった。

いつもと違う、と気がついた。いままでは、薬が効くかどうかとつねにはらはらしていたのに。

なぜ流れが変わったのだろう。

その疑問を宙ぶらりんにしたまま、携帯電話を取りあげ、杖を握った。うめき声をあげつつそろそろと立ちあがり、寝室にしている隠し部屋に歩いていった。麻痺は脚から先に戻ってくる。コネティカットから車で戻る道中より早い。だがあのときは話がべつだ。〝シンパス〟的衝動への刺激が弱ければ弱いほど、薬は早く効く。そして滑稽なことに、王から実権を奪うのに白羽の矢を立てられて、あのときの彼はいらいらしていたのだ。

いっぽう、ひとりでわが家（いわば）に座っているいまはいらいらする理由もない。オフィスの警報装置はすでにセットしてあるから、プライベート区画用の警報装置のスイッチを入れ、窓のない寝室に入ってドアを閉じた。ときどきここで眠ることもある。バスルームは奥にあるから、セーブルのロングコートをベッドに放り、入っていってシャワーの栓をひねった。動きまわるうちに、骨の髄から寒さがしみ入ってきた。冷媒（フレオン）でも注射したかのように、内側から冷気が全身に広がっていく。

これを恐れているのだ。いつも寒さに震えているのにはうんざりだった。くそ、自分自身を解放してもいいのではないだろうか。いまからだれかと関わろうというわけでもなし。

ただ、注射を打つのを遅らせれば遅らせるほど、あとで薬を効かせるのに苦労することになる。

シャワーブースのガラス扉の向こうから、湯気がもうもうと噴き出してくる。服を脱ぎ、スーツとネクタイとシャツを、大理石のカウンターのシンクふたつのあいだに置く。シャワーの下に入ったときは、全身がひどく震えて歯がかちかち鳴っていた。

四つのシャワーヘッドの中央で、なめらかな大理石の壁にしばしぐったり背中を預けた。感触はないものの、熱い湯の滝が胸から腹へ流れ落ちていくに任せる。明日の夜のことを考えまいとしたが、無理な相談だった。

ちくしょう……またあれをやる気力があるだろうか。北部へ出かけていき、自分で自分の肉体をあの女に売るのか。

ただ、それを拒めば……彼が〝シンパス〟だと評議会に報告され、コロニーに放逐されることになる。

どちらを選ぶかは明白だ。

くそったれめ、最初から選択の余地などないのだ。彼の正体をベラは知らない。家族のこの秘密を知ったらきっと生きていけないだろう。生きていけないのはベラだけではない。母も正気ではいられないだろうし、ゼックスは怒り狂い、彼を救おうとして殺されるだろう。トレズとアイアムとてそれは同じだ。

カードの家は総崩れになる。

強迫観念に駆られ、壁に取り付けた陶製のホルダーから明るい金色の石けんをとり、両の手のひらで泡を立たせた。自分で使っているこいつは、高級な化粧石けんのたぐいではない。滅菌作用のある安物の〈ダイアル（石けんや洗剤などのブランド）〉、皮膚に地ならし機をかけているみたいなやつだ。

店の売春婦たちも同じのを使っている。彼女たちの要望で、シャワー室に備えつけてあるのだ。

三回洗うことに決めている。腕と脚を三度上下に、それから胸と腹、首と肩。股間にも三度手を入れ、ペニスと陰嚢（いんのう）を石けんの泡で洗う。ばかげた儀式だが、強迫観念とはそういうものだ。〈ダイアル〉石けんを三十個使いきっても、まだ汚穢がとれない気がする。

おかしなことに、売春婦たちはかならずこの店の待遇に驚く。入ってくる新顔はみな、雇用条件のひとつとして彼と寝なくてはならないと思い、とうぜん殴られるものと覚悟している。ところが蓋をあけてみれば、シャワーつきの専用ドレッシングルームを与えられるし、時間外の仕事を強要されたりしないし、用心棒はぜったいに手を出してこないし、彼女たちの気持ちをその、なんというか「尊重」してもらえる。つまり、自分で客を選べるということ。そして、金を払って彼女とやる権利を買ったやつが、図に乗ってちょっとでもふざけたまねをすれば、ひとこと言うだけでそいつには山のような厄介ごとが降りかかる、ということだ。

一度や二度ではないが、女たちのひとりがオフィスにやって来て、ふたりで話がしたいと言ってくることがある。たいてい雇われて一か月ぐらい経つころだ。口に出す内容はいつも同じだし、いつも同じ当惑の表情——彼が正常だったら胸がつぶれるだろうと思うような——を浮かべて言うことは……

ありがとう。

彼はハグが好きというわけではないが、そんなときは彼女たちを両腕に抱き寄せて、息ができないほど強く抱きしめる。女たちはだれも知らないが、それは彼が善人だからではなく、彼女たちの仲間だからなのだ。現実の厳しさから、彼女たちはみな生きるためにやりたくないことをする破目になっている。望まない相手に脚を開かなくてはならないということだ。たしかに、それが気にならないという者もいる。しかしだれでもそうだが、そんな女たちでも気分が乗らないときもある。それでも客はかならずやって来る。

彼の恐喝者のように。

シャワーを出るのは地獄だ。純然たる生のままの地獄だ。凍てつく寒さをできるだけ先延ばししたくて、何度も出ようと自分に言い聞かせながらシャワーの下でぐずぐずしていた。自分を説得しきれないうちに、大理石に当たる水音がささやかになり、真鍮の排水口がごぼごぼ言いだすのが聞こえたが、麻痺した肉体はなにも感じなかった。ただ身内のアラスカが少しやわらいだというだけだ。熱い湯が止まったとき、それと気づいたのは震えがひどくなり、薄い灰色だった手指の爪床が濃青色に変わったからだった。

タオルで身体を拭きながらベッドに向かい、大急ぎでミンクの上掛けの下に飛び込んだ。

のどもとまで上掛けを引っ張りあげたとき、電話が鳴った。またボイスメールだ。今夜はどうしたんだ、この電話はグランドセントラル駅にでもなったのか。出損ねた電話をチェックすると、最後の電話は母からだった。がばと上体を起こした。いきなり垂直になって裸の胸が剥き出しになったが、かまっていられない。なにしろ奥ゆかしい女性だから、母が自分から電話をかけてくることはない。「お仕事の邪魔」をしたくないからと言って。

いくつかキーを押してパスワードを入力し、最初に出てくるまちがい電話の無意味なメッセージを消去しようと身構えた。

「五一八の××の××の××からの……」シャープキーを押して面倒なIDをすっ飛ばし、七のキーを押して消去しようとした。

指がキーにかかったとき、女性の声が言った。「もしもし、あの――」

この声……この声は……エレーナか？

「くそ！」

しかしボイスメールは無情であり、彼女からのメッセージなら死んでも消したくないという気持ちにはおかまいなしだった。悪態をつく彼をよそに電話は仕事を進め、母の物静かな声が〈古語〉で話すのが聞こえてきた。

「ごきげんよう、お健やかにお過ごしでしょうか。お邪魔をして申し訳ないのですけれど、二、三日中に少しお時間を割いて訪ねてきてはいただけないかしら。お話ししなくてはならないことがあるの。それではね、お身体に気をつけて」

レヴは眉をひそめた。格式高いことこのうえない。流麗な手書き文字で書かれた丁重な短信の音声版だが、向こうから要求してくるのは母らしくないし、それが切羽詰まったものを感じさせる。ただ、いまは身体があいて――いや、その表現はよくない。明日の夜は「デート」だから無理だ。となれば明後日の夜しかないが、それも体調が戻ればの話だ。

館に電話をかけると〝ドゲン〟のひとりが出た。そのメイドに、水曜日の夜に太陽が沈んだらすぐに行くと伝えた。

「かしこまりました」メイドは言った。「旦那さま、心よりお待ち申しております」

「なにかあったのか」長い間があって、身内の冷気がいっそう悪化した。「なぜ黙っているんだ」

「奥さまが……」電話の向こうの声がかすれた。「奥さまはお変わりございませんが、旦那さまがおいでくださされば、みなとてもうれしゅうございます。よろしければ、お言葉をお伝えしてまいります」

電話は切れた。心の奥では、これはまちがいないと直感があったが、なんとかその確信を打ち消そうとした。そんなことがあるはずはない。絶対にあってはならない。

それに、大したことではないのかもしれない。なにしろ妄想性障害(パラノイア)はドーパミンの摂りすぎの副作用であり、適正量よりずっと多く摂っているのはまちがいない。なるべく早く隠れ家に行こう、きっと母は元気で――待てよ、そうだ冬至だ。その話にちがいない。ベラとZと赤ん坊のために、祝いの計画を立てたがっているのだ。なにしろナーラの初めての冬至だから。こういう行事を母はとても大切にしている。こちら側で生きてはいても、〈巫女〉に生まれついたひとだからしきたりをおろそかにはできないのだろう。

そうだ、それにちがいない。

ほっとして、エレーナの番号をアドレス帳に登録し、電話をかけなおした。

呼び出し音を聞きながら、出てくれ、頼む、出てくれのほかに、考えていたのは彼女になにかあったのではないかという不安だった。ばかげている。困ったことがあったら、彼に助けを求めてくるとでも思うのか。

しかし、それならどうして——

「はい？」

その声を耳にしたら、熱いシャワーにもミンクの上掛けにも心地よい二十七度の室温にもできないことが起こった。胸に温もりが広がり、麻痺も冷気も押し戻されて、生気が満ちてきたのだ。

彼女の声に全神経を集中したくて、明かりを消した。

「もしもし？」ややあって彼女が言った。

枕に背中を預け、暗闇のなかで微笑んだ。「やあ」

12

「シャツに血が……それに──まあ、なんてこと──ズボンにも。ラス、なにがあったの」

〈兄弟団〉の館の書斎に立ち、愛する〝シェラン〟を前にして、ラスはレザージャケットの前を胸の前でしっかり合わせた。少なくとも、手についた〝レッサー〟の血は洗い流してある。

ベスの声が低くなった。「どれぐらいがあなたの血なの」

いつものとおり彼女は美しい。彼の求める唯一の女性、彼女以外に連れあいなど考えられない。ジーンズに黒のタートルネックという服装で、ダークヘアを肩に垂らしているその姿は、かつて見たどんなものより美しい。いまでも。

「ラス」

「全部じゃない」肩の切り傷の血が、袖なしTシャツを全体に濡らしているのはまちがいないが、一般市民の男性を胸に抱えていたから、あの男の血が混じっているのもまたまちがいない。

じっとしていられなくて、書斎じゅう歩きまわった。デスクから窓ぎわへ歩き、またデスクに戻る。ごついブーツで踏むじゅうたんは、青と灰色とクリーム色のオービュソンで、その色合いは淡青色の壁とよく合っているし、曲線を描く模様は繊細なルイ十四世様式の家具や建具や渦巻き模様の刳形(くりかた)に調和している。

これまで本気でこの装飾を鑑賞したことはないし、これからもないだろう。

「ラス……どうしてそんなことになったの」ベスの固い口調から、答えはもう察しているのがわかる。それでもべつの説明があればと期待しているのだ。

意を決して、華麗な装飾の空間越しに一生の恋人と正対した。「戦闘だ」

「なんですって」

「戦闘だよ」

ベスが黙り込み、書斎のドアが閉じていてよかったとラスは思った。頭のなかで彼女がどんな計算をしているか目に見えるようだ。あれやこれやをまとめた合計が、たったひとつの答えに行き着くのはわかっている。フュアリーと〈巫女〉たちに会うと言って「北」に向かった夜のこと。「寒け」がすると言って、打ち身を隠すために長袖のシャツを着てベッドに入ったこと。「足を引きずっているのは、ちょっと筋トレをしすぎたからだ」といつも言い訳していたこと。

「戦闘って」両手をジーンズのポケットに突っ込んだ。ラスは目がそれほどよく見えないが、それでも彼女の目が黒いタートルネックによく映えるのはちゃんとわかっている。「念のために訊くけど、それはつまり、これからまた戦闘に出るっていうこと？　それとももう出てるってこと？」

修辞疑問なのはわかっている。どれだけ嘘をついていたか、きちんと言わせようとしているのだ。「もう出てる。二か月ぐらい前から」

怒りと悲しみが彼女からわきあがり、こちらに流れ出してくる。焦げた木材と焼けたプラスティックのようなにおい。

「ベス、わかってくれ。ほかにしかたが――」

「嘘ついてたらわかりようがないでしょ」ぴしゃりと言い返された。「どうして言ってくれなかったの」

「すぐにやめるつもりだったんだ、一か月か二か月――」

「一か月か二か月ですって！　いったいいつから――」咳払いをして、声を抑えた。

「いつからやってたの」

その問いに答えると、彼女はまた黙り込んだ。ややあって、「八月？　八月から？」癇癪を起こしてくれればいいと思った。怒鳴りつけ、罵ってほしかった。「すまない。その……くそ、ほんとに悪かった」

彼女はもうなにも言わなかった。感情のにおいは漂い流れ、床吹出口から吹きあがる温風に吹き散らされていく。外の廊下に〝ドゲン〟が掃除機をかけている。カーペット用アタッチメントのブーンという音が行ったり来たり、行ったり来たり。ふたりのあいだに流れる沈黙のなか、その日常的な当たり前の音に彼はしがみついていた──しじゅう耳にしていて、めったに気づかない音。ふだんは忙しく書類仕事をしていたり、小腹がすいているというようなことに気をとられたり、休憩するのにテレビを観ようか、それともジムに行こうかと考えたりしているから……安心安全な音。

そして連れあいとのこの絶体絶命の瞬間、彼はその〈ダイソン〉の子守歌に生命がけでしがみつき、二度とこの音を無視できる日は来ないのではないかと思った。

「思いもしなかった……」と言いかけて、ベスはまた咳払いをした。「思いもしなかったわ、あなたがわたしに隠しごとをするなんて。なんでも話してくれると思ってたのに……言葉にできることならなんでも」

彼女が口をつぐんだとき、ラスは骨も凍りそうな気がした。いまでは、まるでまちがい電話に対応するときのような声になっている。見知らぬ他人に対するような、温もりも特別の関心もない声。

「なあベス、出ないわけにはいかないんだ。どうしても――」

彼女は首をふり、片手をあげて止めた。「戦闘の話なんかしてないわ」

鼓動一拍ぶんほど、ベスは彼をじっと見あげていた。それから背を向けて両開きドアに向かう。

「ベス」のどをふり絞るような、これがおれの声なのか。

「放っておいて。ひとりになりたいの」

「ベス、聞いてくれ。いま戦場には戦士が足りなくて――」

「戦闘は関係ないわ！」くるりとふり向き、まともに睨みつけてきた。「あなたは嘘をついたのよ。わたしに嘘を。それも一度や二度じゃないわ、四か月間もずっとよ」

ラスは反論したかった、弁解したかった。月日の経つのがあっという間で、この百二十回の夜と昼は光の速さで飛び過ぎていき、彼はただ片足の前に片足を出しをくりかえし、ただ一分一分、一時間一時間をやり過ごし、滅びに沈みそうな一族を浮かしつづけようとし、〝レッサー〟を近づけまいとしていた。これほど長く続けるつもりはなかった。これほど長く隠しつづけるつもりはなかったのだ。

「ひとつだけ答えて」彼女は言った。「ひとつだけ。今度は嘘はつかないことね、だってもし嘘だったら、わたし……」手を口に当て、そのやさしい手でかすかな嗚咽を抑える。「ラス、ほんとに……ほんとにやめるつもりだった？ 心の底から、やめようと本気で思ってたって――」

　ベスが言葉に詰まったとき、ラスはごくりとつばを呑んだ。

大きく息を吸った。これまで生きてきて、何度負傷したかしれない。しかし、ただの一度も、どんな痛み苦しみを味わったときでも、これほど深く傷つきはしなかった。いま、彼女に答えるのがそれほどつらい。

「いや」また息を吸った。「いや、やめるつもりは……なかったと思う」

「だれに言われたの。今夜はだれに言われて、わたしに話そうって決めたの」

「ヴィシャスだ」

「考えてみれば当然ね。ほかにはいないものね、トールをべつにすれば……」ベスは身体に腕を巻きつけた。いまなら右手を切り落としても惜しくない、残った手で彼女を抱きしめることができるなら。「あなたが戦闘に出ていくのはこわくてしょうがないけど、でもあなたはひとつ忘れてるわ……あなたと誓ったとき、王は戦場に出ないことになっているって、わたし知らなかったのよ。どんなにこわくても支えていこうって思ってた……だって戦うのはあなたの生まれつきだもの。戦士の血が流れてるんだもの。ばかなひとね――」声がかすれた。「ほんとにばかよ。言ってくれたら反対なんかしなかったのに。それなのに――」

「ベス――」

彼女はそれを遮った。「憶えてる？　夏の初めのころ、出かけた夜があったでしょう。Zを助けるために出ていって、ダウンタウンでほかのひとたちと戦ったじゃない」

忘れるわけがない。戻ってきたとき、ベスを追いかけて階段をのぼり、二階のラグのうえでセックスをした。何度も。彼女の腰からはぎとったショートパンツを、記念にとっておいたものだ。

なんてことだ……考えてみれば……あれっきり身体を重ねていない。

「あのとき、今夜だけだって言ったでしょ。今夜かぎりだって。そう約束したじゃない。信じてたのに」

「くそ……すまない」

「四か月」ベスが首をふると、豊かなダークヘアが肩のまわりで揺れ、明かりを受けて美しく輝いた。彼の弱い目でもわかるほどに。「なにがいちばんこたえたかわかる？〈兄弟〉たちは知ってたのに、わたしは知らなかったってことよ。前からわかってたわ、秘密結社みたいなものだってことは。わたしには知りようのないこともあるんだって——」

「あいつらも知らなかったんだ」いや、ブッチだけは知っていたが、なにも巻き込むことはない。「Vも今夜初めて知ったんだ」

ベスはよろめき、淡青色の壁に手をついて身体を支えた。「それじゃ、ひとりで戦ってたの？」

「ああ」ラスは手を差し伸べたが、彼女は腕を引っ込めた。「ベス——」

力任せにドアをあけた。「さわらないで」

ドアがぴしゃりと閉まり、彼女は出ていった。

自分で自分に激怒して、ラスはくるりとデスクのほうへふり向いた。書類の山が、その要望だの苦情だの問題だのが目に入った瞬間、まるで肩甲骨のあいだにブースターコードを差し込まれて電気を流されたようだった。デスクに突進し、両腕でそのうえを払うと、いまいましい紙切れが部屋じゅうに舞い散った。

紙片が雪のように降り積もるなか、サングラスをはずして目をこすった。前頭葉に頭痛が突き刺さってくる。息ができず、足がふらつき、手探りで椅子を見つけて崩れ落ちるように座り込んだ。切れ切れの唸り声をあげて頭をのけぞらせる。このストレス性の頭痛が最近では毎日のように起こり、彼を叩きのめしてくれる。そして、しつこく治らない風邪のように取り憑いて離れないのだ。

ベス。おれのベス……

ノックの音がした。悪態をつくのもひと苦労だ。

またノックの音がする。

「なんだ」怒鳴った。

レイジがひょいと首を突っ込んできて、はたと凍りついた。「ええと……」

「なんだ」

「いや、その……ええと、さっきドアのばたんって音がしたし――それにこいつは、どうやらデスクまわりを強風が吹き荒れたみたいだな――それで、ミーティングだけど、やっぱりやる?」

ああ、ちくしょう……ああいう会話を、またくりかえさなくてはならないのか。

だがそれを言うなら、あらかじめちゃんと考えておくべきだったのだろう――最も近しい愛する者たちに嘘をつくと決める前に。

「マイ・ロード……」レイジの声がやさしくなった。「〈兄弟団〉のミーティング、始めていいかな」

無理だ。「ああ」

「フュアリーもスピーカーフォンで呼んだほうがいい？」

「ああ。それからな、このミーティングには若いのは呼ばなくていい。ブレイとジョンとクインは……あいつらはいいから」

「わかった。なあ、片づけ手伝おうか」

ラスは書類の散乱するじゅうたんを見おろした。

「自分で片づける」

ハリウッドは脳みそが半分はあるところを見せ、手伝いをしつこく申し出ることも、ほんとかと疑う顔をすることもなく、ただ首を引っ込めてドアを閉めた。

部屋の反対隅で、グランドファーザー時計が時を打った。これもまた、ふだんなら気にも留めないおなじみの音だ。しかし、書斎にひとり座っているいまでは、コンサートホールのスピーカーで放送しているかのように高く響きわたる。

ほっそりした華奢（きゃしゃ）な椅子の肘掛けに両手を置くと、その支えがいかにもか細い。夜の終わりに女性がちょっと腰をおろして靴下を脱ぐ、そんな用途のほうがふさわしいようなサイズだった。

玉座ではない。だから使っているのだ。

多くの理由で、彼は王冠をいただくことを望んでいなかった。生まれによって王ではあったが、三百年間その気もなく、名のみで実はなかった。しかしそこへベスが現われたことで状況が変化し、ついに〈書の聖母〉のもとへ向かったのだ。

それが二年前のことだ。二度の春と二度の夏、二度の秋と二度の冬。

当時は壮大な計画があった、最初のうちは。壮大ですばらしい計画だった。〈兄弟団〉を一か所に集め、全員がひとつ屋根の下に暮らし、戦力を統合し、強化して〈殲滅協会（レスニング・ソサエティ）〉に立ち向かう。そして勝利する。

救済する。

復活するのだ。

だが実際には〝グライメラ〟は虐殺され、多くの一般市民が生命を落とした。〈兄弟〉たちの数はさらに減っている。

前進するどころか、地歩を失ってきた。

レイジがまた首を突っ込んでくる。「みんなまだ外で待ってるんだけど」

「うるさいな、少し待てと――」

グランドファーザー時計がまた時を打ち、その回数を聞いて、一時間もひとりで座っていたことに気がついた。

痛む目をこすった。「あと一分待ってくれ」

「急がなくていいよ、マイ・ロード。すむまで待つから」

13

リヴェンジの「やあ」が電話から聞こえたとき、エレーナは上体を預けていた枕から身を起こし、かんべんしてよと言いそうになるのを呑み込んだ……が、なぜそんなに驚いたのか自分でわからなかった。こちらから電話をかけたのだから、そういうときの教科書的な対応は……それはもちろん、折り返し電話をかけてくることだ。わあすごい。

「ああ、はい」彼女は言った。

「さっき電話に出なかったのは、あなたの番号に憶えがなかったものだから」

まあ、なんてぞくぞくする声。よく響く、低い声。ほんとうに男らしい。

その後の沈黙のなか、彼女は頭をひねっていた。なぜ、彼に電話をかけたのだったろうか。ああ、思い出した。「次のご予約のことを確かめたかったんです。診療記録を作成していて気がついたんですけど、腕の治療を受けてらっしゃらなかったので」

そこで間があったが、こちらから口を開くのがためらわれた。出すぎたまねだと気を悪くされたのではないだろうか。「ちょっと気になったものですから」

「ああ」

「いつも患者相手にこんなことをするのかな」

「はい」それは嘘だった。

「ハヴァーズは知ってるのかね、自分の診療をあなたがチェックしていると」

「静脈を先生にお見せになったんですか」

リヴェンジが低く笑った。「あなたはべつの理由で電話してきたんだと思うけどね」

「おっしゃる意味がわかりません」きつい声で言った。

「そうかな？　仕事以外のことで、関わりを持ちたいと思うこともあるんじゃないのかな。あなたはちゃんとものの見えるひとだ。鏡で自分の顔を見てきてるはずだし、自分が賢いのもわかってるはずだ。ただのきれいなウィンドウ・ディスプレイじゃないってことも」

少なくとも彼女に言わせれば、彼は外国語を話しているも同然だった。「わたしはただ、あなたがどうしてお身体を大事にしないのかわからないだけです」

「ふーむ」彼は低く笑った。笑い声が聞こえるだけでなく、のどを鳴らす振動も伝わってくる。「ははあ……たぶん、これを理由にまたあなたに会えるからかもしれないよ」

「あの、わたしが電話したのはただ——」

「口実が必要だったからだろう。診察室では肘鉄を食わしたが、ほんとうは話がしたかったんだ。だから腕のことで電話をしてきて、電話口に呼び出した。ほら、お望みどおりになったよ」声がさらに低くなる。「今度はわたしが選ぶ番でいいのかな」

彼女は答えなかった。やがて彼のほうが口を開いた。「もしもし?」

「もうお気はすみました? それともまだ堂々巡りを続けるおつもりかしら、わたしがなぜ電話したかってことで」

いったん間があったかと思うと、豊かなバリトンの笑い声がはじけた。腹を抱えて笑っている。「思ったとおり、あなたを好きになる理由はひとつじゃなかったね」

釣られそうになるのを抑えつけたが、しまいには頬がゆるんでしまった。「腕のおけがのことで電話したんです。それだけ。父の看護師さんがさっき帰ったところで、そのとき話したのが父の……」

うっかり口を滑らせたことに気づき、彼女は口をつぐんだ。めくれたカーペットの会話版よろしく、その縁に足を引っかけてしまったような気分だ。

「お父さんの？」彼がまじめに尋ねた。「お父さんがどうしたのかな」

「エレーナ？　エレーナ……」

「エレーナ、なぜ黙ってる？」

あとになって――ずいぶんあとになって、このエレーナ、なぜ黙ってる？　が崖っぷちだったのだと彼女は思うことになる。

まちがいなく、そのあとに起こったことすべての発端はここだった。単純な質問の顔をして、じつは苦難の旅のスタートラインだったのだ。

どこへ連れていかれることになるか、知らなくてよかったと思う。深くのめり込みすぎて引き返せなくなり、だからこそ耐え抜くことができた――そんなときもあるのだから。

返事を待つあいだ、レヴは携帯電話をきつく握りしめていた。頬に強く押しつけられて、キーのひとつが音を立てた。ちょっとちょっと、力を抜けよと言うように。

その電子の悪態に、ふたりともはっとして魔法が解けたようだった。

「失礼」彼はつぶやいた。

「いえ、そんな。あの、わたし……」

「お父さんがどうか？」

返事が来るとは期待していなかったが、やがて……彼女は口を開いた。「父の看護師さんと、父の傷がよくないという話をしていて、それであなたの腕のことを思い出したんです」

「お父さんはご病気？」

「はい」

レヴは話の続きを待った。催促すると逆に口をつぐませてしまうのではと迷っていると、彼女のほうが問題を解決してくれた。

「服んでいる薬のせいでふらつくことがあって、なにかにぶつかってけがをしても気がつかなかったりするんです。それで困っていて」

「それはいけないね。お父さんのお世話をするのは大変だろう」

「わたしは看護師ですもの」

「お父さんにとっては娘さんだ」

「ともかく、それでわたし電話したんです。看護師として」

レヴは笑みを浮かべた。「ひとつ訊いてもいいかな」

「わたしが先です。どうして腕をお見せにならないの。先生に静脈を見せてらっしゃるはずがないわ。もし見せてれば抗生剤を処方されてるはずだし、あなたがそれを断わったのなら、AMA（Against Medical Adviceの略。医療者の勧めに従わないの意）とカルテにメモが残ってるはずですもの。ねえ、錠剤をいくつか服むだけで治るんですよ。医薬品恐怖症ってわけではないんでしょう、だってあんなにドーパミンを摂ってらっしゃるんだから」

「わたしの腕がそんなに心配なら、病院で言ってくれればよかったのに」

「言ったじゃありませんか」

「こんなふうには言ってくれなかった」レヴは暗がりのなかで笑みを浮かべ、ミンクの上掛けを手でなでた。なんの感触もないが、彼女の髪の毛と同じぐらい柔らかだろうと想像する。「やっぱり、あなたはわたしの声を聞きたかったんだと思うな」

その後の沈黙に、彼女が電話を切ってしまうつもりではないかと不安になった。

上体を起こした。起きあがれば、彼女が「切」ボタンを押すのを防げるというわけでもあるまいに。「わたしが言いたいのは……つまりその、あなたから電話が来てうれしいということだよ。理由はともかく」

「病院であれ以上この話をしなかったのは、あなたがもうお帰りになってたからです。あとで先生のメモをコンピュータに入力して、それで状況がわかったんですもの」

そう言われても、やはり完全に看護師として電話してきただけとは思えなかった。

電子メールを送ることもできるし、医師に話してもいい。日勤の看護師に引き継いでフォローさせることもできる。

「それじゃ、少しは気の毒に思ってくれたわけじゃないのかな。あのときこっぴどく断わりすぎたって」

彼女は咳払いをした。「ごめんなさい」

「いいんだよ、ぜんぜん気にしていない。今夜はあまり楽しい夜ではなかったみたいだし」

ため息を聞けば、疲れているのは明白だった。「ええ、そうなんです」

「なにがあったの」

また長い間。「電話だと、ずっとよいかたなのね」

彼は笑った。「どんなふうに?」

「お話ししやすいわ。ほんとに……とてもお話ししやすい」

ふいに彼は眉をひそめた。オフィスで締めあげた賭屋のことを思い出したのだ。この年月、ぶちのめして口を割らせてきた麻薬の売人やヴェガスのおべっか使いやバーテンやポン引きは数知れない。告白は魂のためになる、というのが昔から彼の哲学だった。こちらをだまして気づかれないと思っている、そんなろくでなしの場合はとくにそうだ。彼のこういう経営スタイルは、業界に向けて重要なメッセージを発することにもなっていた。なにしろ弱みを見せれば死に直結する業界だ。裏街の商売には強い手が必要であり、それが自分の生きる現実だと彼は以前から思っていた。

だがいま、この静かな時間、こうしてエレーナを身近に感じていると、自分の「個別面談」が申し訳なく、隠さなくてはならないことのような気がしてくる。

「それで、今夜が楽しくなかったというのはどうして?」その危険な考えを締め出そうと、あわてて尋ねた。

「父がちょっと。それに……約束をすっぽかされて」

レヴは眉をひそめた。力いっぱい眉根を寄せすぎて、目と目のあいだに軽い痛みが走ったほどだ。「デートの?」

「ええ」

彼女がべつの男とつきあうと思うと穏やかではいられない。しかし、だれだか知らないが妬ましいやつだ。「くされ野郎だな。汚い言葉ですまないが、くされ野郎はくされ野郎だ」

エレーナは笑った。その声のすべてが愛しかった。それに反応して、身体がさらに少し暖かくなったからなおさらだ。熱いシャワーなどくそでもくらえ。この柔らかく物静かな笑い声こそ、レヴに足りないものだったのだ。

「いま微笑んでるね」彼はささやくように言った。

「ええ。その、たぶんね。どうしてわかったの？」

「そうであってほしいと思っただけだよ」

「なんだか、可愛いところもあるかたなのね」褒めたのを打ち消そうとするかのように、エレーナは急いで続けた。「でも、デートなんてそんな大げさなものじゃなかったんですよ。よく知らないひとだし、ただコーヒーでもいっしょにって」

「だが、夜の締めくくりにわたしと電話することになった。こっちのほうがずっとよかっただろう」

彼女はまた笑った。「でも、結局わかる時は来ないでしょうね、あのひととつきあったらどうだったかなんて」

「どうして？」

「それは……その、考えてみたんだけど、うまく行かないだろうと思うの、いまは」込みあげてきた歓喜はすぐにしぼんだ。彼女がこう付け加えたのだ。「だれとつきあっても」

「ふうむ」

「ふうむって、それどういう意味かしら」

「いまわたしは、あなたの電話番号を知ってるって意味だよ」

「あら、それはそうですけど――」彼が身じろぎすると、エレーナは言葉を切った。

「ちょっとあの、いま……ベッドに入ってらっしゃるの」

「そうだよ。その先を続ける前に言っておくが、訊かないほうがいい」

「なにを訊かないほうがいいんですか？」

「わたしがどれぐらいなにも着てないかってこと」

「まあ……」ちょっとためらった。また微笑んでいるのがわかる。たぶん頬も染めているにちがいない。「それじゃ、訊かないことにします」

「賢明だな。上掛けの下にはわたしとシーツしか――おっと、いま言ってしまったかな」

「ええ。ええ、おっしゃったわ」その声が少しハスキーになった。全裸の彼を想像しているかのように。そして頭のなかのピンナップがけっこう気に入ったというように。

「エレーナ……」自分にブレーキをかけた。彼のなかの〝シンパス〟にせっつかれて、自制心がゆるみそうになったのだ。たしかに、彼女にも同じく裸になってほしい。しかしそれ以上に、電話を切らずにいてほしかった。

「はい?」エレーナは言った。

「お父さんだが……ご病気は長いの」

「ああ、その……ええ、だいぶ前から。統合失調症なんです。いまはお薬をもらってるので、ずいぶんよくなったんですけどね」

「それは……お気の毒に。ほんとうにつらいだろうね。そこにいるのに、いなくなってしまわれたみたいなものだから」

「ええ……ほんとうにそんな感じで」

彼自身も多少はそんなふうに生きてきた。毎夜毎夜正常人としてやっていこうとしているのに、そんな彼に〝シンパス〟の部分がつねにもうひとつの現実としてつきまとってくるのだ。

「それで、お訊きしてもいいかしら」彼女が言葉を選ぶように言った。「なぜドーパミンを摂ってらっしゃるの。カルテには、じかに必要になるような病名が書いてなくて……」

「それはたぶん、ずっと昔から治療を受けているからだろう」

エレーナはきまり悪そうに笑った。「ああ、それででしょうね」

ばか、彼女になにを言ってるんだ。

レヴのなかの〝シンパス〟が気にするな、嘘をついてごまかせと言っている。ただ困ったことに、どこからともなく頭のなかにべつの声が割り込んできたのだ。聞き憶えのないかすかな声だが、しつこく聞こえている。しかし、それがなんなのか見当もつかなかったので、いつもの習慣に従った。

「パーキンソン病なんだ。というか、いわばそのヴァンパイア版だな」

「まあ……大変ですね。それで杖を使ってらっしゃるのね」

「平衡感覚がつかめなくてね」

「でも、ドーパミンがよく効いてるんでしょうね、ほとんど震えはわかりませんもの」

頭のなかの小さな声が、胸のまんなかの奇妙な痛みに変化した。ふとごまかすのをやめて、彼は本心を口にしていた。「あの薬がなかったら、どうしていたかわからない」

「父のお薬も、奇跡を起こしてくれましたわ」

「ひとりでお世話をしているの」彼女が言葉を濁すので、重ねて尋ねた。「ほかのご家族はどこに？」

「父とふたりきりなんです」

「では、ひとりで大変な責任を引き受けているんだね」

「でも、大事な父ですもの。立場が逆だったら、父も同じことをしてくれたと思います。親と子ってそんなものですよね」

「みんながそうじゃない。あなたはいいご家族に恵まれたんだよ」思いとどまるひまもなく、彼は言葉を継いでいた。「でも、そのせいであなたは寂しいんだね。ほんの一時間でも、お父さんのそばを離れると後ろめたい気がする。なのに家にいると、自分の人生がむだに過ぎていくという事実を無視できない。身動きがとれなくて悲鳴をあげているのに、状況はなにひとつ変わらない」

「もう切らないと」

レヴはぎゅっと目をつぶった。胸の痛みが全身に広がっていく——枯れ草の野をたちまち焼き尽くす火事のように。意志の力で照明をつけた。いまは闇が耐えがたかった。まるで自分自身の存在を象徴しているようで。

「ただ……エレーナ、どんな感じかわたしもわかるんだ。あなたと理由は違うが……その疎外感はわかるんだよ。つまり、ほかのみんなはどんどん先へ進んでいくのに、自分はただ見ているだけという……いや、ばかなことを言った。それじゃ、ゆっくり休んで——」

「わたしも、よくそんなふうに感じてます」声がやさしくなっていた。彼の表現力ときたら野良猫なみだったのに、それでも言いたいことをわかってくれてうれしかった。

今度はこっちがきまり悪くなる番だった。こんな話をするのには慣れていない……こんなふうに感じるのも。「その、いつまでもあなたを起こしていてはいけないね。電話してきてくれてうれしかった」

「その……わたしもです」

「それと、エレーナ」

「はい？」

「さっき、あなたの言ったとおりだと思う。いまはだれともつきあわないほうがいいよ」

「ほんとに？」

「そうとも。それじゃ、おやすみ」

間があった。「おやすみなさ……あ、そうだ——」

「なに？」

「あなたの腕のこと。どうなさるおつもり？」

「心配しないで、すぐによくなる。でも、気にかけてくれてありがとう。うれしかった」

レヴは先に切り、電話をミンクの上掛けのうえにおろした。目を閉じたが、明かりはつけたままにしておいた。一睡もできなかった。

14

そのころ〈兄弟団〉の館では、ラスがあきらめをつけていた。ベスとの状況はとうぶん改善されることはなさそうだ。くそ、来月じゅうこの華奢な椅子に座って気をもみつづけることもできるだろうが、そんなことをしても尻がしびれるだけだ。

そのあいだも、外の廊下で待つ転石(ローリング・ストーンズ)どもは苔(こけ)むして不機嫌になってきている。

意志力で両開きドアを大きくあけると、〈兄弟〉たちはそろって気をつけをした。書斎の淡青色の空間越しに、バルコニーのそばに居並ぶたくましい巨体に目をやる。顔も服装も表情もわからないが、ひとりひとりのこだまを血流のうちに感じる。〈廟〉での儀式で全員が結びついており、何年経とうとその共鳴は消えないのだ。

「なにを突っ立ってるんだ」ラスは、こちらを見返す〈兄弟〉たちに声をかけた。「くされドアをあけたのは、動物園の見世物になるためじゃないんだぞ」

〈兄弟〉たちはごついブーツで床を踏んで入ってきた——ただレイジだけはべつで、

ビーチサンダルを突っかけている。一年じゅう屋内ではいつもこれなのだ。全員が室内の定位置に陣取る。Zは暖炉のそばに立ち、VとブッチＺは最近補強された細い脚のソファに座った。レイジはぺたぺたと音を立ててデスクに近づき、電話のスピーカーボタンを押した。指に散歩をさせてフュアリーを呼び出しにかかる。

床に散乱した書類のことはだれもひとことも口にしなかった。拾おうとする者もいない。まるで見えていないかのようで、ラスはそれがありがたかった。

意志の力でドアを閉じながら、トールのことを考えた。この同じ屋根の下、彫像の廊下を少し行ったところ、ほんの数部屋先にいるのだが、べつの大陸にいるも同然だ。呼ぶのは問題外だった——残酷と言ってもいい。彼の頭がどこにあるかを考えれば。

「おれだ」フュアリーの声が電話から聞こえてきた。

「全員集合」レイジは言って、〈トゥーツィ・ポップ〉の包み紙をむきながら、不細工な緑色の肘掛け椅子にぺたぺたと歩いていった。

この椅子のお化けはトールのものだったが、ウェルシーが殺され、トールメントが行方をくらましたあとオフィスからここへ移されて、しばらくこの椅子でジョン・マシューは眠っていた。レイジがこいつを使いたがるのは体重のためだ。スチールボルトで補強されたソファも含めて、ほんとうに安全な選択肢と言えるのはこの椅子だけだった。

全員が落ち着いたところで、室内は静まり返った。聞こえるのは、ハリウッドが口に突っ込んだチェリー味のやつを、奥歯で嚙み砕く音だけだ。

「ったく、もう」レイジがしまいにキャンデーをくわえたまま唸った。「なんだよいったい。話があるなら言ってくれよ。でないとおれ、そろそろ暴れるぞ。だれか死んだのか」

死んではいないが、なにかをぶち壊しにしたような気分なのはたしかだ。

ラスはレイジのほうに顔を向け、それからひとりひとりに目を向けた。「ハリウッド、今後おまえのパートナーはおれだ」

「パートナー？　それはつまり……」レイジは室内を見まわした。いま聞こえた言葉を、ほかの者もみな聞いているか確かめるかのように。「まさかジンラミーの話じゃないよな」

「まさか」Zが低い声で言った。「んなわけあるかよ」

「冗談きついぜ」レイジは、黒いフリースのポケットから新しい棒つきキャンデーを取り出した。「違法じゃないのか、それ」

「もう違法じゃない」Vがぼそりと言った。

フュアリーが電話から声をあげる。「ちょっと、ちょっと待て……それは、おれの代わりってことなのか」

フュアリーからは見えないのだが、ラスは首をふった。「失った多大な戦力の代わりということだ」

たったいまあけたコーク缶のように、たちまち話し声が噴きあがってきた。ブッチもVもZもレイジも、全員が一度にしゃべりだす。しまいに、その騒ぎを貫いて金属的な声が響いた。

「それじゃ、おれも戻りたい」

全員が電話に目をやった――ただ、ラスが見ていたのはZの顔だった。反応を見極めたかったのだ。ザディストは怒りならすぐにあらわにする。いつでもだ。しかし不安や懸念は隠す。ばらで札を持っているときに強盗に取り囲まれた人のように。双児の弟の言葉が響きわたったとき、Zは完全な自己防衛モードに入り、表情を引き締め、感情らしきものはいっさい漏らさなくなった。

そうか、とラスは思った。このこわもて野郎、心底びびっているんだな。

「やめたほうがいいんじゃないか」ラスは考え考え言った。「兄弟、いま戦闘に出るのはどうなんだ」

「もう四か月近くもモクには手をつけてない」フュアリーがスピーカー越しに言った。

「二度と薬物に手を出すつもりはないし」

「ストレスがかかると誘惑が大きくなるぞ」

「あんたが戦闘に出てるのに、ひとりでのらくらしてて誘惑が小さくなるとでも？」

上等じゃないか。王と〈プライメール〉がそろって戦場に出るなど前代未聞だ。だがそれもこれも、〈兄弟団〉がいまわの際にあるからではないか。

偉大な記録が破られようとしている。負けリンピックの五十メートルくそ泳ぎで金メダルか。

ちくしょう。

だがそのとき、ラスの頭に亡くなった一般市民の顔が浮かんだ。あっちのほうがましだというのか。とんでもない。

華奢な椅子に背を預けて、ラスはZの顔にひたと視線を当てた。

視線を感じたかのように、ザディストはマントルピースのそばを離れ、書斎をうろうろしはじめた。なにを考えているか全員わかっている。バスルームの床に倒れていたフュアリー。かたわらのタイルのうえに、からになったヘロインの注射器が転がっていた――

「Z……」フュアリーが電話の向こうから呼びかける。「Z、受話器をとってくれ」

双児の弟と話しはじめたとき、ぎざぎざの傷痕の残るザディストの顔は険悪に歪み、ぎらつく目の光がラスにすら見えるほどだった。その表情を少しもやわらげないままに、彼は言った。「ああ、うん。ああ、わかった。そうか」長い間があった。「ああ、聞いてるさ。オーケイ、わかった」

また間があく。「誓え。おれの娘の生命にかけて誓え」

ややあって、Zはまたスピーカーボタンを押し、受話器をもとどおり置くと、暖炉のそばに戻った。

「おれも戻る」フュアリーは言った。

ラスは瀟洒（しょうしゃ）な椅子のうえで身じろぎした。どうしてこう多くのことが思うに任せないのか。「なあ、こんなときでなかったら、引っ込んでろと言うところだ。だが、いまはこう言うしかない……いつ戻れる？」

「夜になったら。戦場に出てるあいだは、〈巫女〉たちのことはコーミアに託すつもりだ」

「おまえの連れあいは承知してくれるか」

間があった。「彼女は、どんな男と誓ったかわかってる。正直に話せば承知してくれると思う」

あいた。

「ところで、ひとつ訊きてえことがある」Zが低い声で言った。「ラス、シャツに乾いた血がついてるけど」

ラスは咳払いをした。「じつを言うと、しばらく前から戻ってた。戦闘に」

室内の温度が急に下がった。知らされていなかったことに、Zとレイジが腹を立てている。

そのとき、だしぬけにハリウッドが怒声をあげた。「おい待て……待てよ、てめえら……ふたりとも、先に知ってやがったな。どっちも驚いてないじゃないか」

ブッチは睨まれたかのように咳払いをした。「後片づけにおれの手が必要だったからさ。Vはやめさせようとしてたんだ」

「ラス、いつからやってた」レイジが嚙みついた。

「フュアリーが戦闘をやめてからだ」

「ふざけんなよ」

Zは、床から天井まで届く窓のそばに歩いていき、シャッターがおりているにもかかわらず、その向こうの景色が見えるかのように睨みつけた。「くそったれが、勝手にくたばってりゃよかったんだ」

ラスは牙を剝いた。「いまこのデスクの奥に座ってるからって、おれの腕がなまったとでも思うか」

フュアリーの声が電話から響いた。「まあ、みんな落ち着けよ。これでみんな知ったわけだし、これからは状況も違ってくるだろう。ひとりで戦うやつはいなくなるんだ、三人で組むことはあってもさ。ただひとつ訊きたいんだが、これは共通認識になるのか。明後日の評議会で発表するのか」

やれやれ、楽しく角突きあわせることを思うと、とうてい愉快な気分にはなれなかった。「いまのところは黙っておくほうがよかろう」

「ああ」Zが嚙みつく。「そうとも、正直に言う必要なんかねえさ」

ラスはそれには乗らなかった。「ただ、リヴェンジには言っておくつもりだ。〝グライメラ〟のなかには、襲撃のことで不満を抱えている者もいるからな。それが募ってくるようなら、この情報でリヴェンジが治めてくれるだろう」

「これで話は終わりか」レイジがそっけない声で言った。

「ああ。そういうことだ」

「それじゃ、おれはこれで」

ハリウッドが肩をそびやかして部屋から出ていき、Zがそれに続く。ラスの落とした爆弾が、さらにふたりの犠牲者を生んだというわけだ。

「それで、ベスはなんて？」Vが尋ねた。

「訊かなくてもわかるだろう」ラスは立ちあがり、先ほどのふたりの例にならった。そろそろジェイン先生（ドク・ジェイン）を探して縫合してもらわねばなるまい。どうやら切られた傷がまだふさがっていないようだ。

明日の夜、また戦闘に出られるように体調を整えておかなくては。

冷たく冴え冴え（さざ）とした朝の光のなか、ゼックスは非実体化して高い塀をすり抜けた。どっしりしたカエデの木がそびえており、その裸の枝のあいだで実体化する。目をやると、美しく整備された広々とした庭に屋敷が鎮座するさまは、金銀細工にはめ込んだ灰色の真珠のようだった。屋敷は古い石造りで、冬枯れの木々が天に向かって伸ばす針金のような枝に囲まれている。それがなだらかに起伏する芝生に屋敷をつなぎとめ、浮きあがるのを防いでいるかのようだった。

十二月の弱々しい陽光が降り注ぐいま、夜なら陰鬱な眺めだろうが、屋敷はたんに由緒正しい立派な建物としか見えなかった。

ゼックスのサングラスはほぼ真っ黒だった。ヴァンパイアの部分を守るために、日中に出歩くさいにはこれが必要なのだ。そんなレンズの奥でも視力が損なわれることはなく、動作感知器や防犯灯はただのひとつも見逃さず、またシャッターで覆われた鉛ガラスの窓も一枚たりと見落としはしなかった。

潜入には骨が折れそうだ。こういう屋敷の窓枠はまちがいなく鋼鉄で補強されているから、たとえシャッターがあがっていても非実体化して入り込むことはできない。それに〝シンパス〟の部分によって、なかにはおおぜいひとがいるのが感じられた。キッチンに使用人。上階で眠っている者。それ以外は動きまわっている。幸福な家ではない。住人たちの残す感情の格子は、暗く重苦しい気分に満ちていた。

ゼックスは非実体化して母屋部分の屋根に移動し、〝幻惑（ミス）〟の〝シンパス〟版を広げた。完全に姿が消せるわけではなく、煙突や空調設備の落とす影のなかの影に変化するのに近い。しかし、動作感知器をごまかすにはそれでじゅうぶんだった。

換気ダクトをのぞいてみたが、定規ほどの厚みのある鋼鉄の網が、金属の側壁にボルト留めされていた。煙突もご同様で、頑丈な鋼鉄で蓋をされている。

驚きはしない。この屋敷の防犯対策は万全だ。

侵入するなら夜だ。小型の電池式ノコギリを使って窓をこじあけるのがいちばん有望だろう。裏の使用人居住区から入るのがよさそうだ。使用人たちは仕事をしているだろうから、そのあたりは人けが少ないだろう。

潜入し、標的を見つけ、抹消する。

レヴからは、これ見よがしに死体を残してこいと指示されている。つまり、隠したり処分したりする手間はかけなくてよいわけだ。

細かい石の撒(ま)かれた屋根のうえを歩くと、太腿に巻いたシリス（内側にとげのついた金属製のベルトまたはチェーン）がひと足ごとに筋肉に食い込む。その痛みにかなりの体力が奪われると同時に、必要な集中力がもたらされる――その両方が、彼女の〝シンパス〟的衝動を脳の裏庭につなぎとめておくのに役立っていた。

いつもの有刺鉄線は、仕事に出るときは着けないことにしている。

足を止め、空を見あげた。身を切るような乾燥した風は雪の前触れだ。それも近い。本格的な凍てつく寒気がコールドウェルに訪れようとしている。

もっとも、ゼックスの心臓にはずっと昔から居すわっているが。

下のほう、足の下から、またひとびとの気配を感じる。感情を読み、味わう。そうしろと言われれば全員を殺すだろう。迷いもためらいもなく皆殺しだ。ベッドのなかにいる者も、使用人の務めを果たしている者も、真昼の軽食をつまんでいる者も、トイレに起き出してまた寝なおそうとしている者も。

大量殺戮後のぐちゃぐちゃべとべとも、全面の血の海も、まるで気にならない。〈ヘッケラー&コッホ〉や〈グロック〉が、カーペットのしみやタイルの汚れや切れた動脈など歯牙にもかけないのと同じだ。仕事にかかっているときは、目に見えるのは赤色だけだ。それにだいたい、飛び出しそうに見開かれた目も、断末魔にあえぐ口も、しばらくすればどれも似たり寄ったりに見えてくる。

大いなる皮肉だ。生きているときは、だれもが別個の、美しい比率を持つ雪のひらのようなのに、死が訪れてその爪にがっちりつかまれると、あとに残るのは名もない皮膚と筋肉と骨だけで、すべて予測可能な速さで冷えて腐敗していく。

彼女は、ボスの人さし指に取り付けられた銃だ。引金を引かれれば弾丸が飛び出し、標的は倒れる。そしてだれかの人生はそれきりもとには戻らないのに、世界中の他の人々——彼女も含めて——にとっては翌日もまたいつもと同じ一日で、同じ太陽が昇っては沈んでいくのだ。

自分の仕事兼義務はそういうものだ、彼女はそう思っていた。半分は賃仕事、半分は義務だ——レヴがふたりを守るためにやっていることに対する。

日暮れに戻ってきたときは、ここにやりに来たことをやって立ち去るだけだ。鉄壁の良心は銀行の地下金庫さながら、かすり傷ひとつ残ることもないだろう。

入って出て、二度と思い出すことはない。

それが暗殺者の道であり生（せい）だ。

15

同盟は戦争という歯車をまわす第三の爪だ。

資源と徴募兵は戦術的なエンジンとなり、敵軍に対抗し、交戦し、相手の戦力を減らし弱めるのに役立つ。対して同盟は戦略的な優位性をもたらす。同盟相手の利害は、こちらのそれと抵触しない——たとえこちらの思想や究極の目標と衝突するとしてもだ。同盟は、勝利を収めるためには先のふたつと同じぐらい重要だが、ただいささか制御がむずかしい面がある。

もっとも、交渉のしかたがわかっていればべつだ。

「もうずいぶん走ってやすがね」運転席のミスターDが言った。車はラッシュの亡き養父の〈メルセデス〉だ。

「まだもう少し先だ」ラッシュは腕時計に目をやった。

「行先は教えちゃもらえねえんで？」

「ああ。だから言ってないだろ」

ラッシュはセダンの窓の外を眺めた。ノースウェイ（ニューヨーク州の南北を結ぶ州間高速道の通称）の両側の木々は、葉っぱを描き入れる前の鉛筆画のようだ。冬枯れのオークとひょろひょろのカエデと折れそうな樺（かば）の木しか見えない。緑を残しているのはずんぐりした針葉樹の大木だけで、アディロンダック・パーク（ニューヨーク州北東部の森林保護区）の奥に進むにつれてその数は増えてきていた。

灰色の空。灰色の道路。灰色の木々。まるでニューヨーク州の景色がインフルエンザかなにかでダウンしているというか、あらかじめ肺炎のワクチンを打っておかなかった人のようなありさまだ。

いま副官を連れてどこへ向かおうとしているのか、ラッシュが黙っているのには理由がふたつあった。ひとつはまったくもって意気地のない理由で、自分でもまともに認められずにいるのだが、じつは会う約束はしたものの、うまくやり抜けるか自信がないのだ。

なにしろ、この同盟者は厄介な相手だった。ただ近づくだけで、スズメバチの巣を棒でつつくも同然なのはわかっている。たしかに同盟を組めれば千人力の可能性はある。しかし、兵士にとって忠誠が望ましい属性だとすれば、同盟相手においては必須条件（ミッション・クリティカル）であって、ところがいま向かっている場所では、忠誠などは恐怖と同じぐらい未知の概念と来ているのだ。そんなわけで、ラッシュはいまいささかびびっていて、秘密にしているのはそのせいだった。この会合がうまく行かなかったら、というかちょっとにおいを嗅いでやばそうだとなったら、そこで中止してまわれ右することになるだろうし、それを考えれば、だれに会ってなにをするつもりだったか、そういう事情をミスターDに知らせておく必要はないだろう。

ラッシュの口が重いもうひとつの理由は、向こうが会合場所に現われるかどうかわからないことだった。その場合も、やはりなにを目論んでいたかひとに知られたくはないわけだ。

道路脇に小さな緑の看板があり、光を反射する文字でこう書かれていた――国境まで38。

三十八マイル（約六十キロ）で国外か……〝シンパス〟のコロニーが、はるか北のこのあたりに置かれたのもそのためだった。頭のおかしい外道どもを、まっとうなヴァンパイアからできるだけ遠くへ追い払うことが目的であり、その目的は達せられたと言えるだろう。カナダにこれ以上近づけば、**失せろ**、**くたばれ**をフランス語で言わなくてはならない。

連絡がとれたのは、養父の古い住所録のおかげだ。この車と同様、住所録は大いに役に立ってくれた。評議会のもと〝大立者〟として、アイビクスは〝シンパス〟との連絡方法を知っていた。一般市民に〝シンパス〟が潜んでいるのを見つけたら、あちらへ追放しなくてはならないからだ。言うまでもなく、種族間で外交がおこなわれていたとは思えない。連続殺人犯にのどくびをさらすだけでなく、切ってくださいと刃物まで差し出すようなものだ。

〝シンパス〟の王に、簡単ながら丁重な電子メールを出した。その短くまとめた文章のなかで、ラッシュはかつてそう思って育てられていた身分ではなく、いまのほんとうの身分を名乗った。名はラッシュ、〈殲滅協会〉の指導者にして〈オメガ〉の子だと。〝シンパス〟を差別し、追い払ったヴァンパイアを滅ぼすために同盟を組みたいと。

臣民への侮辱に対し、王は報復を望んでおられるはずでは？

向こうから来た返信はやたらに仰々しく、危うく吐き気を催しそうになったが、そこで訓練のさいに教わったことを思い出した。〝シンパス〟はどんなことでもチェスの試合のように扱う——敵の王をとらえ、女王を売春婦にし、城に火をかける瞬間まで。コロニーの指導者からの返信には、相互の利益に関する公平な議論なら歓迎するとあり、できるならラッシュに北部へご足労願いたい、流浪の王はその身分からして移動が制限されているから、と書かれていた。

ラッシュが車での移動を選んだのは、こちらから出した条件のせいだった。その条件とはつまり、ミスターDを同席させることだ。正直な話、そんな要求をする必要はなかった。たんに、向こうの要求を呑むばかりでは釣り合わないと思っただけだ。あっちが来いと言うのだから、こっちは部下を連れていく。〝レッサー〟は非実体化ができないから、車で行くしかないというわけだ。

五分後、ミスターDは高速を降り、繁華街をゆっくり突っ切りはじめた。繁華街といっても、コールドウェルに七つある市立公園のひとつほどの広さしかない。摩天楼などは影もなく、四階建てか五階建てのレンガの建物がせいぜいだ。厳しい冬の数か月のせいで、樹木のみならず建築物の成長まで抑えつけられているかのようだった。ラッシュの指示で車は西に向かった。葉を落としたリンゴの果樹園や、柵で囲った牛の牧場のわきを抜けて走っていく。

それまでは高速だったから、ラッシュはむさぼるように景色を眺めた。乳白色の十二月の陽光が、歩道や屋根や冬枯れた木々の下の褐色の地面に影を落としている。いまだにいくら見ても見飽きることはない。死からよみがえったとき、真の父親から新たな目的を与えられ、それとともにこの日光というプレゼントも贈られたのだ。彼はどちらも大いに堪能している。

二、三分後、〈メルセデス〉のGPSがおかしくなった。表示が完全にでたらめなのだ。これはコロニーに近づいているしるしだろうと思ったら、やはりと言うべきか、探していた道路が現われた。ちっぽけな道路標識にアイリーン通りとあったが、これのどこが「通り」なんだ。とうもろこし畑を横切る、舗装もされていない農道じゃないか。

セダンはでこぼこの細道で精いっぱいがんばった。水たまりでできた穴もショックアブソーバーで乗り切ったが、四駆で来ればもっと楽に走れただろう。とはいえ、とうとう密に生い茂る木立が遠くに現われた。その木々の襟に囲まれた頭部のような農家（ファームハウス）は、まるで新築のようにぴかぴかだった。まばゆいほど真っ白な外壁に暗緑色の鎧戸、同じく暗緑色の屋根。まるで人間の作るクリスマスカードから抜け出てきたようだ。四つある煙突のふたつからは薄く煙が立ちのぼり、ポーチには揺り椅子が置かれ、常緑樹のトピアリーで飾られている。

近づいていくと、白と暗緑色の目立たない看板があり、「老荘修道会　一九八二年設立」とあった。

ミスターDは〈メルセデス〉を停め、エンジンを切り、胸もとで十字を切った。なにをやってる、ばかじゃないのか。「なんかいやな感じがするもんで」

ただ、この小柄なテキサス人の言うことももっともだった。玄関のドアは開いていて、温もりのある桜材の床板に陽光が降り注いでいるのに、その居心地のよさそうな正面(ファサード)の裏に、なにか禍々しいものが潜んでいる。あまりに完璧すぎる。人を安心させ、防衛本能をゆるめようという意図が見え見えすぎる。

可愛い顔して性病もちの女だ、そうラッシュは思った。

「行くぞ」

ふたりは車を降りた。ミスターDはいつもの〈マグナム〉を手にしていたが、ラッシュは銃をとろうとはしなかった。父から数々の技を伝授されているし、人間相手だったいままでの例と違って、〝シンパス〟の前なら特殊能力を披露しても問題はない。なにはともあれ、そういう技を見せつけてやれば、それほど侮(あなど)られることもあるまい。

ミスターDがカウボーイハットをかぶりなおした。「いやな感じがしてしょうがねえ」

ラッシュは目を細めた。どの窓にも手前にレースのカーテンがかかっているが、それが漂白剤のCMかと思うほど真っ白で、みょうに気味が……待て、動いてないか？

そのとき、それがレースでないのに気がついた。蜘蛛の巣だ。白い蜘蛛がびっしり。

「ありゃ……蜘蛛かね」

「だな」どう考えてもラッシュなら選ばない装飾だが、ここに住むわけではない。

ふたりは玄関ポーチに至る三段の階段の一段めで立ち止まった。くそ、ドアが開いているから入りやすいとはかぎらないが、ここのドアはまさしくそっちだ――やあ調子はどうではなく、さあ入れ、生皮ひん剝いてスーパーヒーローのマントにしてハンニバル・レクターの患者に着せてやるのほうだ。

ラッシュはにやりとした。この家に住んでいるやつは、まさしく彼の同類だ。

「あがってってドアベルを押してきやしょうか」ミスターDが言った。「ベルがあればだけんど」

「いや、待とう。迎えに出てくるはずだ」

すると思ったとおり、玄関ホールの奥の突き当たりに人影が現われた。

そこから近づいてくる。人影は頭と肩からローブを垂らしていた。ブロードウェイの舞台にも張りあえそうなやつで、不思議なちらちら輝く白い布でできており、光をとらえては分厚いひだのあいだに溜めている。ローブの重量はすべて、かっちりしたブロケードの白いベルトで支えられていた。

じつに印象的だ。神官王みたいなものに興味があればだが。

「ようこそ、友よ」低い魅惑的な声だった。「わたしがお探しの相手、追放者たちの指導者だ」

Sの音が強く耳につき、まるでべつの言葉を話しているようだった。ガラガラヘビが尻尾を振って立てる警告音に似ている。

ラッシュの全身にぞくぞくと戦慄が走り、それがぞわぞわと股間に降りていく。なんといっても、権力は〈エクスタシー〉より刺激的だ。そして玄関に出てきてドア枠のあいだに立ったそれは、全身これ権威の塊(かたまり)だった。

長くしなやかな両手をあげて、白いフードを押しやった。〝シンパス〟の聖別された指導者は、そのあっと驚くローブに負けず劣らずなめらかな顔をしていた。頬とあごの作る平面が上品で柔らかい角度をなしている。この豪華で頽廃的な捕食者を生み出した遺伝子プールは、高度に洗練されて性差はすでにほとんどなくなっていた。男女の特徴が混じりあってはいるが、どちらかと言えば女性的な特徴のほうが勝っているようだ。

しかし、その微笑は石のように冷たい。赤い目が放つ光は、計算高いというよりほとんど悪意の域に達している。

「どうぞ、お入りなさい」

ガラガラヘビの美しい声が、単語を互いにつなげて流れるように発音する。ふと気づけば、ラッシュはその響きを快いと感じていた。

「ああ」その場で腹を決めた。「入らせてもらおう」

足を一歩前に出したところで、王が手のひらをあげた。

「すまないが、ひとつだけ。あなたのお仲間に、恐れることはないと伝えてもらいたい。ここであなたがたが害されることはないから」表面的には穏やかなせりふだが、口調は断固としていた——ミスターDに銃を持たせたままでは、迎え入れるわけにいかないという意味だろう。

「銃はしまっとけ」ラッシュは低声で言った。「なんかあってもおれがなんとかする」

ミスターDは三五七をホルスターに収めた。声に出さない彼なりの「了解（イエッサー）」だ。

〝シンパス〟はわきへどいて通り道をあけた。

階段をのぼりながら、ラッシュは眉をひそめて足もとを見おろした。ごついコンバットブーツを履いているのに、木造の階段はなんの音も立てない。板張りのポーチを歩いてドアに近づくときも同じだった。

「静かなのが好きなのでね」〝シンパス〟が微笑むと、きれいにそろった歯並びがあらわになった。これは驚きだ。かつてはヴァンパイアとかなり近い種だったはずなのに、どうやら世代を重ねるうちに牙を失ったらしい。いまも養っているとしても、あまり頻繁ではないのだろう。刃物がよほど好きというならべつだが。

王が左のほうへ腕を広げた。「居間で休もうか」

そこは「居間」というより、「揺り椅子のあるボウリング・レーン」と呼んだほうが近いような部屋だった。つやつやの床板が敷いてあるばかりで、真っ白に塗られた壁にはなにもかかっていない。奥の暖炉に火が入っており、そのまわりにシェーカーチェア（機能美を追求したシンプルな椅子）が四脚、半円形に並べてある。それがまるで、空っぽの空間におびえて肩を寄せ合っているように見えた。

「どうぞ、掛けて」王は腕をふってローブを払い、華奢な椅子のひとつに腰をおろした。

「おまえは立ってろ」ラッシュが言うと、ミスターDは言われたとおり、ラッシュの座った椅子の背後に陣取った。

暖炉の炎は、それを生み出し支えている薪を食みつつも、陽気にぱちぱちとはぜることはなかった。また揺り椅子も、王とラッシュの体重を受けてきしんでも物音ひとつ立てない。蜘蛛たちも静まり返り、それぞれの巣の中心に控えてことの成り行きを見守っているかのようだった。

「あなたとおれには共通の大義がある」ラッシュは言った。

「あなたはそう思っておられるようだね」

「あなたたちは報復を好む一族かと思っていたんだが」

王が微笑むと、奇妙な戦慄がラッシュの股間に駆け下ってきた。「どうやら誤解されているようだ。受けた無礼に報復するのは、粗野で感情的な防衛機制にすぎない」

「つまり、沽券(こけん)に関わると言いたいのか」ラッシュは背もたれに身体を預けて、椅子を前後に揺らした。「ふうん……あんたら一族を見損なってたのかもな」

「そう、そこまで落ちぶれていないということだね」

「というより、ドレスを引きずった女々しい集団ってだけじゃないのか」

王の顔から笑みが消えた。「わたしたちをここへ追い払ったと思っている輩より、わたしたちははるかにすぐれているのだ。実際のところ、わたしたちは異種の輩と交わりたいとは思っていない。いまの状況にわたしたちの意志が働いていないとでも思うなら、あなたは愚か者だね。ヴァンパイアは、わたしたちの進化の土台となった原始的な種だ。わたしたちの高い知性から見れば類人猿も同然だよ。同種の生物と文明的な暮らしができるときに、わざわざけだもののもとに留まる者がいようか。そんなはずはない。類は類を見いだす。類は類を求める。共通のすぐれた精神を持つ者は、同等の立場の者から養われたいと望むものだよ」王の唇があがった。「わたしの言うとおりだとおわかりのはずだ。あなたもかつての場所に留まってはいないわけだからね」

「ああ、そのとおりだ」ラッシュは牙を閃かせた。悪の焼印を持つ自分は、罪業喰らい(シン・イーター)以上にヴァンパイア社会に適合できなかったことを思う。「おれはいま、自分のいるべき場所にいる」

「ではおわかりだろう。この居留地で得た最終結果は、そもそもわたしたちが望んで得たものだったのだ。そうでなければ復讐(ふくしゅう)のために行動を起こしていただろうし、われらにとって有利な運命をもたらすべく手を打っていただろう」

ラッシュは椅子を揺らすのをやめた。「同盟に関心がないのなら、くされ電子メールでそう言ってくれればよかったじゃないか」

王の目に奇妙な光が閃き、ラッシュはさらにぞくぞくするものを感じたが、同時に嫌悪感も覚えた。同性愛のあれで興奮するたちではないが、ただ……まあその、彼の父親は男が好きだし、彼にも多少はその気(け)があるのかもしれない。

とすれば、ミスターDはわが身のために祈ったほうがいいということだろうか。

「しかしメールでそう書いていたら、あなたとお近づきになることはできなかっただろう」ルビーレッドの目がラッシュの身体をすばやくねめまわした。「そして、わが目の喜びも奪われることになっていただろうね」

小柄なテキサス人が、危うく吐きそうになったかのように咳払いをした。

その不興げな咳き込みが収まると、王の椅子が音もなく前後に揺れはじめた。「しかし、あなたにお願いしたいことがないわけではない……そしてその場合、返礼としてとうぜん、あなたの求めるものをこちらからご提供することになるだろう。そしてそれは、ヴァンパイアの居場所を突き止めることではないかな。〈殲滅協会（レスニング・ソサエティ）〉は以前からそれで苦労していた。隠れ家にこもっているヴァンパイアは見つけにくいから」

まさに図星だった。この夏、どこを襲えばいいかわかっていたのは、殺した連中の屋敷を知っていたからだ。友人の誕生日パーティや、親戚の結婚式や、〝グライメラ〟の館で催された舞踏会に出席してきたおかげである。だがいまでは、生き残った高位のヴァンパイアたちは、地方とか州外の隠れ家とかに分散してしまい、そこの住所まではわからない。それに一般市民については、どこから始めてよいのか手がかりすらなかった。平民とはつきあったことがなかったのだ。

しかし、〝シンパス〟なら他者の存在を感じとることができる。人間だろうがヴァンパイアだろうが関係ない。分厚い壁でも地中の基礎でも、難なく透視してしまえるからだ。その手の能力があれば、作戦を先に進めることができるだろう。父からさまざまな技を授かったものの、ラッシュはその能力には欠けていた。

またコンバットブーツで床を蹴った。揺れはじめた椅子が、王のそれと同じリズムを刻む。

「それで、具体的にはおれになにをさせたいんだ」ラッシュは乙に澄まして言ってやった。

王は微笑んだ。「男女関係はひとのつながりの基礎だ、そうではないかね。男性と女性がひとつになる。だがしかし、この秘めやかな関係には不和が生じやすい。約束がなされ、しかし守られない。誓いが立てられ、しかし破られる。このような信義違反に対してはなんらかの手を打たなくてはならない」

「なんだか報復の話みたいに聞こえるけどな、大将」

なめらかな顔が自己満足の表情に変わる。「報復ではないよ、それは違う。粛正行為だ。死が関わってくるかどうか……それは状況によって決まることでしかない」

「死がね、ふうん。つまり〝シンパス〟は離婚には意味がないと思ってるわけだ」

ルビーの目に軽蔑の色が閃いた。「不貞な連れあいの閨房外での行動が、ふたりの関係の核心部分を損なうなら、死以外の離婚はありえない」

ラッシュはうなずいた。「その理屈はわかる。で、標的はだれだ」

「引き受けると確約してもらえるのかな」

「いますぐには答えられない」どこまで関わってよいかまだわからない。コロニー内で手を汚すというのは、もともとの計画にはなかったことだ。

王は椅子を揺らすのをやめて立ちあがった。「では考えて、心を決めてもらいたい。戦争に必要なものを受け取る決心がついたら、また連絡をいただければありがたい。どのようにことを進めるか説明しよう」

ラッシュも立ちあがった。「自分で連れあいを殺しちまえばいいんじゃないのか」

王の顔にじわじわと広がった笑みは、死屍のそれのように冷たくこわばっていた。

「友よ、わたしが最も忌み嫌う侮辱は不義ではない。それぐらいなら予想の範囲だ。ただ、その裏切りに気づかれないと不遜にも思い込んでいるなら話は違う。前者はささいなこと、後者は赦しがたいことだ。さて……車までお送りしようか」

「けっこう。案内なしでも出口はわかる」

「お好きなように」王は六本指の手を差し出してきた。「お目にかかれて……」

ラッシュも手を差し出した。手のひらと手のひらが触れた瞬間、腕になめるように電気が走った。「ああ、ともかく、また連絡させてもらうよ」

16

やっと……戻ってきた。ああ、やっと彼女が戻ってきてくれた。

ハールムの子トールメントは、愛する女の身体に裸のわが身を押し当て、サテンの肌に触れた。乳房に手を持っていくとあえぎ声が応える。赤い髪……枕じゅうに赤い髪が広がる。彼女を転がして仰向けにすれば、レモンの香りのする白いシーツにも……赤い髪が彼の太い前腕を包み込む。

親指で転がすと乳首が固く起きあがり、柔らかい唇に唇を押し当てて、深く長くキスをする。求めに応えて覆いかぶさって上から攻め、激しく突き立て、身動きできないほどしっかり組み敷く。

彼女は彼の重みを受け止めるのが好きだ。のしかかられるのが。ともに生きていてもウェルシーは独立不羈(ふき)で、強靭(きょうじん)な精神をもち、頑固なことはブルドッグそこのけだったが、ベッドでは上に乗られるのが好きだった。

乳房に口を寄せ、乳首を含み、舌のうえで転がし、キスをする。

「トール……」

「どうした、〝リーラン〟？　もっとか？　もう少しじらしてやろうか……」

だができなかった。乳首を吸い、腹部や腰を愛撫する。彼女がもだえると、首筋をなめあげ、牙で頸静脈をなぞる。身を養うときが待ちきれない。なぜか血に餓えている。おおぜいの敵と戦いでもしたのだろうか。

彼女の指に髪をまさぐられる。「血をとって……」

「まだだ」待ちの苦痛は快感を強める――欲しければ欲しいほど血は甘やかになるのだ。

身体をうえにずらして唇をとらえ、先ほどより激しくキスをした。舌で彼女を貫きながら、わざとペニスを腿に押しつける。下からもう一度、さらに深く押し入ろうという前触れだ。彼女は全身で感じていて、昴りの香りはシーツのレモンの香りを圧倒するほどに高まり、それに応えるように口のなかで牙が脈打ちはじめ、ペニスの先端がしずくに濡れる。

彼の知っている女はこの〝シェラン〟ひとりだ。ふたりはどちらも、誓いの夜が初体験だった――いまでもほかの女が欲しいとは思わない。

「トール……」

ああ、彼女の低い声が愛しい。彼女のすべてが愛しい。ふたりは生まれる前から互いに約束されていて、初めて会った瞬間にお互いにひと目惚ぼれだった。運命はふたりにそれほどやさしかったのだ。

手のひらを彼女の腰にすべらせ、そして……

手を止めた。なにかがおかしい。なにか……

「腹……腹が膨らんでない」

「トール……」

「子供はどうした」彼はうろたえて身を起こした。「お腹に子供がいたじゃないか。あの子はどうした。ぶじか？　おまえ、いったいどうした……おまえは大丈夫なのか」

「トール……」

目が開き、その瞳が、百年以上も日々見つめてきた瞳が、彼の顔にひたと向けられた。悲しみ。生まれてこなければよかったと思わせるような悲しみに、美しい顔から官能の火照りが冷めていく。

手を伸ばしてきて、彼の頬に触れた。「トール……」

「なにがあったんだ」

「トール……」

うるんだ目、震える愛しい声に、身体がまっぷたつに折られたようだった。やがて彼女は薄れていった。彼の手の下で身体が消えていく。赤い髪、美しい顔、絶望に曇る目が色あせていき、気がつけば目の前にあるのは枕だけだ。とどめにシーツのレモンの香りも、彼女の生まれもったさわやかな香りも鼻孔から消え、あとにはなにも残らず――

トールはマットレスからがばと身を起こした。目からは涙がこぼれている。胸に釘を打ち込まれたように心臓が痛む。荒い息をつき、胸骨のあたりをわしづかみにして、悲鳴をあげようと口をあけた。

声は出てこない。そんな体力がないのだ。

また仰向けに倒れて枕に身を任せた。ようやく呼吸が収まってくると、彼は眉をひそめた。胸郭のなかで心臓の脈が飛んでいる。規則正しく脈打っているというより、でたらめにどきどきしている。そして明らかにその痙攣(けいれん)的な鼓動のせいで、頭がひどくくらくらして目まいがした。

Tシャツを頭から脱いで、しぼんだ胸筋と縮んだ胴体を見おろし、この肉体が衰弱しつづけるようにと念じた。こういう発作はいよいよ定期的に、かつ強烈に襲ってくるようになったが、この攻撃がもっと組織化されて、目が覚めたら死んでいたという結果を引き寄せてくれることを熱望していた。自殺するわけにはいかない。自殺者は〈冥界〉（フェード）に入れず、先に逝った愛する者に再会できなくなるからだ。しかし、自分で自分の世話を放棄して死に至るのなら、とくに問題はないだろう。厳密には自殺には当たらない。銃口をくわえて発砲したり、首に縄目をかけたり、手首の切り裂き（止血なし）（スペシャル）をやったりするのとはわけが違う。

外の廊下から食事のにおいがしてきて、彼は時計に目をやった。午後四時。それとも午前だろうか。カーテンが閉まっていて、シャッターが上がっているのかおりているのかわからない。

聞こえてきたノックの音は静かだった。

ありがたい、ということはラシターではない。ラシターなら好きなときに勝手に入ってくる。どうやら堕天使は礼儀作法を知らないらしい。それを言うなら対人距離（パーソナル・スペース）もおかまいなしだし、というよりどんな意味でも境界線など知ったことではないようだ。天国から放り出されたのも無理はない。あんな途方もないきんきらきんの悪夢とは、神だっていっしょに暮らしたくはないだろう。

また静かなノックの音がした。ジョンにちがいない。

「どうぞ」トールは言い、Tシャツをおろした。上体を起こして枕に背中を預ける。かつてはクレーンのように強力だった腕が、しおれた肩の重みを支えかねている。

もう子供ではなくなったあの子が入ってきた。料理でずっしり重いトレーを持って、根拠のない楽観主義に満ちた表情で。

ベッドサイド・テーブルに置かれた重荷に、トールはちらと目をやった。チキンの香草焼きにサフランライスにサヤインゲンに焼きたてのロールパン。

彼にしてみれば、車に轢(ひ)かれた動物の死骸の鉄条網包みでも大差ないのだが、それでも皿をとり、ナプキンを広げ、フォークとナイフを手にして使いはじめた。

嚙み砕いて、嚙み砕いて、呑み込む。さらに嚙み砕き、また呑み込む。水を飲み、また嚙み砕く。食事は、呼吸と同じく機械的で自動的な行為だった。ほとんど意識せずにおこなうもの、たんなる必要であって喜びではない。

喜びは過去のもの……そして夢のなかの拷問だ。身体に押しつけられる〝シェラン〟の肌を思い出す。レモンの香りのシーツに横たわる裸身。そのはかないまぼろしが内側から肉体を輝かせ、彼は生き返る——ただ息をしているだけでなく。しかし、こうして肉体のマッチがすられても、支える芯がなければ炎はたちまち弱っていく。

嚙み砕く。嚙み切る。また嚙み砕く。呑み込み、また水を飲む。

彼が食事をするかたわらで、あの子は閉じたカーテンのそばの椅子に座っている。膝に肘をつき、あごをこぶしで支えている。生きて呼吸するロダンの『考える人』だ。ジョンは最近ではいつもああしている。いつもなにか考えている。

なにを考えているのか、トールメントにはいやというほどよくわかっていた。しかしそれを解消する一手は、その悲しい物思いを終わらせるより先に、まずはジョンをひどく苦しめるだろう。

それを思うとつらい。身を切られるようにつらい。

ちくしょう、ラシターはなぜ、森で倒れた彼を放っておいてくれなかったのか。無視して通り過ぎることもできたはずなのに……だがそうはいかなかった。あのハロゲン閣下には救い主(ヒーロー)になるしかない事情があったのだ。

トールはジョンのほうに目をやり、そのこぶしに視線が釘付けになった。とてつもなく大きい。そして、それが支えているあごはがっちりしてたくましい。なんとも美丈夫に成長したものだ。とはいえ、なにしろダライアスの息子なのだから、もともとすぐれた遺伝子を受け継いでいるのだ。最高級のを。

考えてみれば……ほんとうにDに生き写しだ。というより、ほとんどそのままだ。

違うのはブルージーンズだけだった。ダライアスなら、死んでもブルージーンズなどはかなかっただろう。いまジョンがはいているような、高級なデザイナーズブランドのダメージ加工品であっても。

実際問題……Dはいろいろ悩んでいるとき、あれと同じ姿勢をよくとっていた。ロダンそっくりに、眉をひそめて考え込んで――

ジョンのあいたほうの手から銀色の光が閃いた。二十五セント貨だ。指のすきまから甲側にまわしたり手のひらに握り込んだり、べつの指へ渡したりしている。神経性の痙攣みたいなものか。

ジョンが黙って座っているのはいつものことだが、今夜はなにか違う。なにかあったのだ。

「どうした?」トールは尋ねた。声がしわがれている。「大丈夫か」

ジョンが驚いたように目をあげた。

視線を避けようとトールは顔を伏せた。チキンにフォークを突き立て、口に運ぶ。噛み砕き、噛み砕いて呑み下す。

身じろぎする気配から推して、焚き火のお守り(も)みたいな体勢から、ジョンはゆっくり身体を伸ばしているらしい。急に身体を動かすと、いまふたりのあいだにぶら下がっている質問がびっくりして、逃げていってしまうと恐れているかのように。

トールはまたそちらに目をやった。待っていると、ジョンは硬貨をポケットに入れて、手話で話しはじめた。上品でむだのない手の動き。ラスがまた戦闘に出ることになった。さっきVからぼくたちに話があったんだ。

トールの米式手話言語(ASL)は錆びつきかけてはいたものの、そこまで錆びついてはいなかった。驚いてフォークをおろした。「そんな……ラスはいまも王なんだろう?」

うん、でも今夜、ローテーションに戻るって〈兄弟〉たちに話したんだって。というか、たぶんもう戻ってたのに、黙ってたんだと思う。それで〈兄弟〉たちは怒ってるみたいだった。

「ローテーションに?　ばかな。王は戦っちゃいけないんだ」

でも戦ってるんだ。フュアリーも戻ってくるって。

「なんだって?　〈プライメール〉は戦っちゃ……」トールは眉をひそめた。「戦争になにか変化があったのか。なにか起こってるのか」

どうかな。ジョンは肩をすくめ、また椅子に腰を落ち着けて、膝で脚を組んだ。あれもダライアスがよくやっていたしぐさだ。

そんな姿勢をとっていると、父親と同じぐらい老成して見える。もっとも、それはジョンの手足の位置のせいというより、青い目に見える疲労のせいが大きかった。

「違法じゃないか」トールは言った。

もう違法じゃないよ。ラスが〈書の聖母〉と話しあって決めたんだ。

トールの頭に疑問がふつふつ湧いてきた。慣れない重荷に脳が四苦八苦している。でたらめに渦を巻く思考のなかで、筋道を立ててものを考えるのはむずかしく、テニスボールを百個も腕に抱えようとしているような気がした。どんなにがんばっても、何個かはこぼれ落ちてそのへんを跳ねまわり、収拾がつかなくなってしまう。

考えをまとめようとするのをあきらめた。「そうか、でかい変化だな……うまく行くといいな」

ジョンが低い音を立てて息を吐き、それでだいたい話は終わったかのように、トールは外界との接続を切って食事に戻った。食べ終わると、ナプキンをきちんと畳み、最後にひと口コップの水を飲んだ。

テレビをつけてCNNにチャンネルを合わせる。なにも考えたくないし、この沈黙には耐えられない。ジョンは三十分ほど座っていたが、それ以上じっとしていられなくなったようで、立ちあがって伸びをした。

夜が終わるころにまた来るよ。

そうか、ではいまは午後だったのか。「ああ、待ってる」

ジョンはトレーを取りあげると、手も止めず、ためらいもせずにすぐに出ていった。最初のころはこうではなかった。ドアに手を伸ばすたびに、トールに呼び止められるのを、そしてもう大丈夫だ、おれはまた戦うぞ。おまえのことなんか気にかけてる場合じゃないんだ、と言われるのを待っているかのようだった。

しかし、希望はいつかは涸れる。

ドアが閉じたとき、トールは棒きれのような脚を上掛けから抜き、マットレスの縁から不器用に足をおろした。

大丈夫なのはたしかだが、それは生きる意欲が湧いてきたという意味ではない。うめき声を漏らし、脚をふらふらさせ、よろめきながらバスルームに入り、トイレに向かった。陶製の玉座の蓋をあけ、身をかがめる。命令を発すると、いま食べたものが胃袋から苦もなく吐き出される。

最初はのどに指を突っ込まなくてはならなかったものだが、もうそんな必要はない。横隔膜をこぶしで押さえればすぐに飛び出してくるのだ。あふれた下水道から逃げ出してくるねずみのように。

「そういうくだんねえことはやめろよ」

ラシターの声がトイレを流す音とハモっている。さもありなんだ。

「この野郎、ノックぐらいしろ」

「おれはラシターだぞ。ラ・シ・タ・アなんだ。どういうことだよ、まだほかのだれかと区別がつかねえのか。名札でもつけとけってか」

「ああ、その口に貼っとけ」トールは大理石の床にくずおれ、両手に顔をうずめた。

「なあ、もう帰ってくれよ。いつでも帰っていいんだぞ」

「それじゃ、そのぺったんこのケツをあげて仕事にかかれ。そしたら帰ってやる」

「そうか、生きる理由ができたぜ」

かすかにかちりと音がした。悲劇も悲劇、天使がカウンターのうえに飛びあがったということだ。「それで、今夜はなにをする？　いや待て、当ててみせるから。むっつり不機嫌に座ってるんだろ。いや、待てよ……それを滅茶苦茶にする気だな。ぐっと来るぐらい熱烈にくよくよ考えごとするんだ、そうだろ。ったく、なんてやんちゃなガキなんだ、おまえは。まいったまいった。そのうちあれだ、〈スリップノット（アメリカ出身のヘヴィーメタルバンド）〉の前座でもやってんじゃないのか」

悪態をつきながらトールは立ちあがり、歩いていってシャワーの栓をひねった。このおしゃべり野郎のほうを見ないでいれば、そのほうが早くラシターも飽きてくれるのではないか。そして、ほかのだれかの午後を台無しにしに行ってくれるかもしれない。

「ちょっと訊くが」天使が言った。「おまえの頭から生えてるそのもじゃもじゃ、いつ切るんだ。ったく、それ以上伸びるとまぐさみたいに鎌で刈らなきゃなんねえぞ」

Tシャツとボクサーパンツを脱ぎながら、トールはささやかな慰めを得ていた。ラシターと暮らす苦役のなかで、これが唯一の慰め——こんちくしょうに見苦しいものを見せつけてやるのだ。

「やれやれ、ほんとにぺったんこのケツだな」ラシターはつぶやいた。「空気の抜けたバスケットボールがふたつぶら下がってるぞ。ひょっとして……なあ、フリッツはきっと自転車用の空気ポンプ持ってるよな。今度言っとこう」

「見るに堪えないってか？　だったらドアはそっちだ、おまえが絶対ノックしないやつ」

トールは水が温まるまで待とうとしなかった。なにも考えずにシャワーの下に入り、身体を洗ったが、その理由は自分でもよくわからない。最低限のプライドも失ったいま、だれに不潔と思われようが知ったことではないのに。

嘔吐には目的がある。シャワーは……たぶんただの習慣だろう。

目を閉じ、唇をあけて、ノズルに顔を向けて立った。湯が口のなかに入ってきて苦い味を洗い流していく。舌のひりひりが収まるにつれ、思考が歩いて脳に入ってきた。

ラスは戦闘に出ていた。ひとりで。

「よう、トール」

トールは眉をひそめた。天使にちゃんと名前を呼ばれたのは初めてだったのだ。

「なんだ」

「今夜はべつだぞ」

「そうとも、おまえが放っといてくれさえすればな。それともこのバスルームで首でも吊るか。ここにはシャワーヘッドが六つもある。より取りみどりだ」

トールは石けんをとり、泡を身体に塗りつけはじめた。固い突き出した骨、薄い皮膚から浮き出た関節が手に当たる。

ラスはひとりで出ていた。

シャンプー。リンス。またシャワーをひねる。口をあける。

出ていた。ひとりで。

シャワーを終えると、天使がタオルを持って真ん前に立っていた。くされ召使か。

「今夜はべつだぞ」ラシターが静かに言った。

トールは天使をまともに見た。四か月もいっしょに暮らしていながら、ちゃんと見るのは初めてだった。黒と黄金色の髪をラスと同じぐらい長く伸ばしているが、その格好には女性的なところはまるでない——もっとも、背中に流れる長髪は、シェール（米国の歌手。セクシーなコスチュームで有名）のフリンジドレスみたいだが。彼の服装はど直球の陸軍とか海軍ふうで、黒のシャツに迷彩ズボンにコンバットブーツだ。といっても、全身これ軍隊ふうというわけではない。まるで針山のようにピアスだらけ、宝石箱のようにアクセサリーだらけだ。耳や手首や眉の穴から黄金の輪っかやチェーンが下がっている。まちがいなく胸とか腰の下とかもそうなのだろう——トールとしては、そっちはぜひとも考えたくないところだ。おかげさまで、その手の協力がなくても吐き気を起こすのに支障はない。

タオルを手渡しながら、天使が重々しく言った。「お目覚めの時間だぞ、シンデレラ」

それを言うなら眠り姫だろう、と指摘しそうになったが、そのとき急に記憶が戻ってきた。まるで前頭葉に注入されたかのようだった。それは一九五八年のある夜、トールがラスの生命を救ったときのことだ。まるでいま経験しているかのように、映像がくっきりとよみがえってきた。

王は戦闘に出ていた。ひとりで。ダウンタウンに。

死にかけていて、大量の血が下水に流れ込んでいた。

〈エドセル（フォード社製の大型車）〉にはねられたのだ。くされ〈エドセル〉のコンバーチブルで、安食堂のウェイトレスのつけるアイシャドウみたいな真っ青のやつ。

トールがあとで推測できたかぎりでは、ラスは徒歩で〝レッサー〟を追っていたらしい。角を猛然と曲がったときに、このばかでかい車がちょうど突っ込んできたのだ。そのときトールは二ブロック先にいて、ブレーキの悲鳴となにかの衝突音を耳にした。だが、だからなんとかしようとなどとはまるで思っていなかった。

人間の交通事故など、彼には関係ない。

だがそのとき、ふたりの〝レッサー〟が彼の立っていた裏小路を走り過ぎていったのだ。まるで追いかけられているかのように、秋のこぬか雨を突いて狂ったように走っていた。ただ、その後ろにはだれの姿もなかった。〈兄弟〉のひとりがやって来るだろうと思って待っていたが、重い足音が聞こえてくることはなかった。

どうもおかしい。仲間といっしょのときに〝レッサー〟が車にはねられたのなら、やつらがその現場を離れるはずはない。人間の運転手も近くを歩いていた目撃者も殺して、瀕死の仲間をトランクに積んで現場から逃げていくだろう。戦闘不能になったい〝レッサー〟が通りで黒い血を流しているなど、〈殲滅協会〉としてはとうてい放っておけないはずだ。

あたぶんただの偶然だったのだろう。人間の歩行者とか、自転車に乗ったやつか。あるいは車二台の衝突か。

ただ、ブレーキ音は一種類しか聞こえなかった。それに、さっき走り過ぎていった、色の薄いふたり組の必死の逃走の説明がつかない。あれはまるで、放火魔が火をつけた現場から逃げるような勢いだった。

トールは小走りに〈トレード通り〉に出て、角を曲がったところで人間の男の姿が目に入った。帽子をかぶり、トレンチコートを着て、自分の二倍はありそうな倒れた人物にかがみ込んでいる。その男の妻だろう、五十年代に流行った薄いぺらぺらのペチコート・ドレスを着た女が、ヘッドライトのすぐ向こうに立って毛皮にくるまっていた。

女の真紅のスカートは、歩道に流れる筋と同じ色だった。だが、流れる血のにおいは人間のものではなかった。ヴァンパイアだ。倒れている男は、長い黒髪の……

女が金切り声をあげる。「病院に連れていかないと――」

トールは進み出て、女の言葉を遮った。「おれに任せてくれ」

男が顔をあげた。「お知りあいですか……見えなかったんですよ……黒い服で――いきなり飛び出してきて――」

「おれがなんとかするから」トールはその時点で説明するのをやめて、意志の力でふたりの人間の頭を一時停止させた。すばやく思考を誘導して車に戻らせ、大きなごみ容器に突っ込んでしまったという印象を与え、そのまま先に進むよう仕向けた。車の前部についた血は雨が洗い流してくれるだろうし、へこみは人間たちが自分で修理するだろう。

一族の玉座を受け継ぐ世嗣(せいし)の身体にかがみ込んだとき、トールの心臓は削岩ドリルの勢いで早鐘を打ちはじめた。一面血の海だ。頭にぱっくりあいた傷口から見る見る血が漏れ出していく。トールはジャケットを脱ぎ、袖に歯を立ててレザーを帯状にはぎ取った。世嗣のこめかみにそれを巻き、間に合わせの包帯をできるだけきつく縛ってから、通りかかったトラックを止まらせ、ハンドルを握っていたメキシコ人を銃で脅し、その人間の運転でハヴァーズの病院のそばまで急いだ。

ラスとともにトラックの荷台に乗り、トールはラスの頭の傷を押さえていた。雨が冷たかった。十一月末、いや、十二月だったかもしれない。ただ、夏でなくてよかった。あの寒さのおかげで、ラスの心臓の鼓動が遅くなり、出血の速度もゆるんだのだろう。

ハヴァーズの病院から四百メートルほど、コールドウェルの高級な地域に入ると、トールは人間に車を止めるよう指示し、ついでに洗脳もしてやった。

病院まで歩いて数分だったが、あんな長い数分間はトールの人生でもそうはなかった。それでもラスを病院まで運び、ハヴァーズが傷――側頭動脈が切れていることがわかった――を縫合した。

翌日はきわどい状況だった。マリッサが呼ばれて養ったものの、それでもラスは大量の血を失っており、期待に反してすぐには回復しなかった。トールはそのあいだずっとそばを離れず、ベッドサイドの椅子に座っていた。ラスがぴくりともせず横たわっているのを見ながら、一族全体が生きるか死ぬかの瀬戸際にあるように感じていた。玉座に登れる唯一の世嗣が昏睡状態にある――ニューロンの発火がほんのいくつか消えるだけで、永久に植物状態に閉じ込められてしまうのだ。

うわさが広まり、みなが絶望に襲われた。看護師も医師も。ほかの患者たちも足を止め、玉座に登ることなく終わりそうな王のために祈った。〈兄弟〉たちは十五分おきに電話をかけてきた（当時はダイヤル式だったが）。

一族全体が、ラスを失うことを恐れていた。ラスがいなければ希望もない。未来もチャンスも失われる。

しかしラスは生き延びた。目を覚ましたときはいささか不機嫌で、それでみんなが安堵の吐息をついた……腹を立てられるほど元気があれば、きっと回復するだろうから。

翌日の日暮れ、二十四時間ずっと昏睡状態で、周囲をさんざん心配させたのが嘘のように、ラスは勝手に点滴の管を抜き、服を着て出ていった。

だれにもひとこともなく。

トールはなんだか……物足りなかった。礼を期待していたわけではないが、ひとことというか……なにかあってもと。まあなんだ、ラスはいまでも剣呑で扱いづらい男だが、それでも当時にくらべたら雲泥の差だ。あのころは、とうていつきあいきれない最低野郎だった。ただ、それでも……ひとこともなしか。生命の恩人だぞこっちは。

それでふと気が咎めた。ジョンに対する彼の態度はどうだ。兄弟たちに対しては？

トールは腰にタオルを巻き、この記憶のもっと重要な点について考えた。ラスはひとりで戦闘に出ていた。一九五八年当時、あれはまったくの僥倖だった——トールがたまたまあそこにいて、手遅れになる前に王を見つけられたのは。

「お目覚めの時間だぞ」ラシターが言った。

17

夜闇がじゅうぶん降りきったころ、今夜は仕事に遅刻せずにすみますようにとエレーナは祈っていた。時計の針の音を聞きながら、上階のキッチンで砕いた錠剤を〈クランラズベリー〉に溶かして待つ。細心の注意を払って掃除をすませた。スプーンも片づけたし、あらゆるものの表面を二度も点検した。リビングルームまできちんと片づいているか確かめた。

「お父さま？」地下に声をかける。

足を引きずる音、意味のないかすかな話し声が聞こえてくるのを待ちながら、昼に見たおかしな夢のことを思い出していた。どうやら遠い暗がりに、レヴが両手をわきに垂らして立っているようだった。堂々たる裸身が、まるで展示品のようにスポットライトを浴び、発達した筋肉がひとつにまとまってみごとな作品を構成している。暖かい金褐色の肌も美しい。頭をななめにうつむけ、目を閉じて眠っているかのようだった。

目を奪われ、見えない糸に引かれて、彼女は冷たい石の床を歩いて近づいていった。何度も何度も彼の名を呼びながら。

返事はなかった。頭もあげないし、目もあけなかった。

恐怖が口笛の音をたてて血管を流れ、心臓が早鐘を打ちはじめる。彼に向かって走りだしたが、いくら走っても遠いまま、ゴールにはいつまでもたどり着けず、目標に達することはできなかった。

目が覚めたときは、涙が頬を濡らし、全身が震えていた。息詰まる衝撃が鎮まるにつれ、夢の意味がはっきりしてくる。しかし、潜在意識に教えてもらわなくても、それはとっくにわかっていたことだった。

はっとわれに返り、また階下に声をかける。「お父さま?」

返事がない。エレーナは父のマグをとり、地下室に降りていった。ゆっくり歩を進めているのは、血のように赤いジュースで白衣を汚すのを心配しているからではない。ときどき父が自分で起きてこず、彼女がこんなふうに降りていくことがある。そのたびにこうして歩を進めながら、とうとうその時が来たのではないか、ついに父が〈冥界(フェード)〉に召されたのではないかと恐れるのだ。

父を失ったらどうしていいかわからない。いまはまだ、どんなに日々がつらかろうとも。

部屋の戸口からなかをのぞき込むと、父は手彫りのデスクに向かっていた。不揃いな書類の山と火のついていないろうそくに囲まれて。

よかった。〈書の聖母〉さま、感謝します。

暗がりに目が慣れてくると、明かりのない部屋で父が目を悪くしないかと心配になった。しかし、ろうそくをつけないままにしてあるのは、この家にはマッチもライターもないからだ。最後に父がマッチを手にしたのは、まだ以前の家に住んでいたときだった——声に命じられたからと、アパートメントに火をつけてしまったのだ。

それは二年前のことで、父が薬を服みはじめたのはそのためだった。

「お父さま？」

父は散らかったデスクから顔をあげ、驚いた顔をした。「娘よ、今夜のご機嫌はいかがかな」

いつも同じ問いかけ。彼女もいつも〈古語〉で同じ返事をする。「おかげさまで。お父さまは？」

「いつもながら、あなたのあいさつには心が明るくなるよ。ああそうか、〝ドゲン〟

がジュースを用意してくれたのだな。あれはいつもよくやってくれる」父はマグを受け取った。「それで、あなたはどこへ行くのだね」

ここから始まるのは言葉のパ・ド・ドゥだ。娘が仕事をするのを父がよく思わず、好きだからやっているのだと娘が説明し、父は肩をすくめて若いひとたちの考えることはよくわからないと応じる。

「じつは、これから出かけるところなんです」彼女は言った。「でも、ルーシーがもうすぐ来てくれますから」

「そうか、それはよかった。じつを言うと、わたしは本の執筆で忙しいのだがね、しばらくは相手をしてあげなくてはな、礼儀だからね。とはいうものの、仕事も進めなくてはならないし」と手であたりを指し示す。父の混沌とした精神状態が、そのまま物理的に反映されているかのようだ。父の優雅なしぐさは、無意味な文字で埋まった不揃いな紙の山にはあまりに不釣り合いだった。「これをなんとかせんとな」

「そうですわね、お父さま」

からになった〈クランラズベリー〉のマグを受け取ろうとすると、父は眉をひそめた。「片づけるのはメイドの仕事ではないのかね」

「手伝ってあげたいの。あの子には仕事がたくさんありますから」まったくそのとおりだ。どこになにを置くかという規則が山ほどあるうえに、買物をしたり、お金を稼いできたり、勘定を払ったり、父の安全に気を配ったり。〃ドゲン〃は疲れている。もうへとへとだ。

それでも、マグはどうしてもキッチンに持っていかなくてはならない。

「お父さまのお邪魔にならないかと気をもんでるんですよ。メイドは、お父さまのお邪魔になりはしないかと気をもんでるんですよ。わたしが持ってあがりますから。だから、そんな心配をしなくていいようにしてあげたいの」

そのときふと、父が昔と同じ澄んだ目でこちらを見つめてきた。「あなたは優しい、美しい心の持主だ。あなたのような娘をもてて鼻が高いよ」

エレーナはしきりにまばたきをし、かすれた声で言った。「そう言っていただけて、こんなにうれしいことはありません」

父は手を伸ばし、エレーナの手をぎゅっと握った。「では行っておいで、そのあなたの『仕事』とやらに。帰ってきたら、今夜どんなことがあったか話しておくれ」

ああ……神さま。

それは父が昔よく言っていた言葉だった。エレーナが私立学校に通っていて、母が元気で生きていて、地位のある人々と同じように家族や〃グライメラ〃のあいだで暮らしていたころ。

帰ってくるころには、かつてのようにやさしい言葉をかけたことを、父はまず憶えていないだろう。それはわかっていたが、それでも彼女は微笑んで、懐かしい日々のかけらをあまさず味わった。

「はい、お父さま。いつものとおり、聞いてくださいね」

エレーナは部屋をあとにした。紙をめくる音、羽ペンのペン先がクリスタルのインク壜の縁に当たるカチ、カチ、カチという音を聞きながら。

上階に戻ると、マグを洗い、きれいに拭いて食器棚にしまった。冷蔵庫のなかのものが、すべてあるべき場所にあることを確かめる。ルーシーからもうすぐ着くというテキストメッセージを受け取って、ドアから飛び出し、鍵をかけ、非実体化して病院へ向かった。

こうして仕事に出てくると、ほかのみんなと同じだと感じてほっとする。時間どおりに職場に着いて、私物をロッカーに入れ、勤務時間が始まるまでとりとめのないおしゃべりをする。

ただ、コーヒーポットのそばでカーチャにつかまってしまった。満面の笑みを浮かべている。「それで……昨夜は……？　ねえ、話してよ」

エレーナはマグにコーヒーをつぎ終え、舌を焼く最初のひと口を盛大に飲んでしまい、それで動揺を隠しつつ言った。「まあ、『不戦敗』ってとこかしら」

「不戦敗ですって？」

「そう。彼、来なかったんです」

カーチャは首をふった。「なにそれ、ひどいじゃない」

「いえ、よかったんですよ、ほんとに。だって、大して期待してたわけじゃないし」

そうでしょうとも、未来の夢が全部かかっていただけよ。たとえば〝ヘルレン〟とか、自分の子供を持つとか、生きる価値のある人生とか。どれも大した問題じゃないわ。

「べつにいいの」

「ねえ、昨夜考えてたんだけど、わたしのいとこが――」

「ご親切に、でもいいんです。父があんなだから、いまはだれともつきあえないし」

エレーナは眉をひそめた。同じことを言ったとき、レヴがあっさり同意したのを思い出す。まったく大した紳士だと切って捨てればいいだけにしても、少し不愉快になるのはどうしようもない。

「お父さんのお世話があるからって――」

「さて、シフト交代のあいだに受付に入っておこうかしら」

カーチャは口をつぐんだが、その明るい色の目が大量のメッセージを送ってくる。そのほとんどが分類される標題は、「この子ったらいつ目を覚ますのかしら」だ。

「それじゃ、出てきますね」エレーナは言ってカーチャに背を向けた。

「いつまでもってわけじゃないでしょ」

「あら、もちろんですよ。シフトのメンバーはもうほとんどそろってるし」

カーチャは首をふった。「そういう意味で言ったんじゃないわ、わかってるくせに。人生はいつまでも続くわけじゃないのよ。お父さんの精神状態がよくないのはわかるし、あなたがお父さんをとても大切に思ってるのもわかるけど、あと百年はいまのままってこともあるでしょう」

「それだって、人生はあと七百年も残ってますよ。それじゃ、受付に出ますから、これで」

受付に入り、パソコンの前に腰をおろしてログインした。日が沈んだばかりだから待合室はまだがらんとしているが、患者は間もなくやって来るだろうし、いますぐ気を紛らしたかったのだ。

ハヴァーズのスケジュールをチェックしたが、見たところふだんどおりだった。健康診断。診察。術後の再検診……

外のドアベルが鳴り、防犯モニターに目をやった。外来の患者がコートにくるまって冷たい風を避けている。

インターホンのボタンを押した。「こんばんは、どうなさいました？」

カメラを見あげた顔には見憶えがあった。三晩前。ステファンのいとこだ。

「アリックスさん？」彼女は言った。「エレーナです。どうなさ――」

「あいつが運ばれてきてないかと思って来てみたんだ」

「どなたのことですか」

「ステファン」

「それはないと思いますけど、降りていらっしゃるあいだに確認してみます」エレーナはロック解除のボタンを押し、コンピュータで入院患者のリストを呼び出した。アリックスのために一連のドアを解除しつつ、ひとりひとり名前を調べていく。

入院患者にステファンの名はなかった。

アリックスが待合室に入ってきた。その顔を見たとたん、全身の血液が冷えた。灰色の目の下には派手にくまが浮いている。これはたんなる睡眠不足ではない。

「ステファンが、昨夜帰ってこなかったんだ」彼は言った。

レヴはいまが十二月なのを嘆いた。たんに寒いからというだけではない——ニューヨーク州北部の寒さは厳しく、暖まれるなら爆発場面のスタントマンでもやりたいと思うほどではあるが。

十二月は夜が早く来る。太陽のあんちくしょう、あきれた仕事嫌いで、骨の髄まで怠け癖がしみついていやがって、午後四時半にはもう仕事する気をなくしてしまう。つまり、月の第一火曜日の悪夢のデートが早く始まるということだ。

コールドウェルから北へ車で二時間、ブラックスネーク州立公園に入ったときはちょうど十時だった。トレズはいつも非実体化してやって来るから、すでにキャビンの周囲で配置についているだろう。自分の存在を希薄にして、ボディガードを務める用意を整えているのだ。

ついでに目撃者にもなる。

一番の親友（と言っていいと思う、たぶん）に一部始終を見られるというのは、厄介ごとの大荷物ばかり流れてくる回転式コンベア（カルーセル）の一部であり、さらなる性欲減退装置だ。ただ厄介なのは、ことが終わったあとのレヴはひとりで家に戻れないということで、トレズはその種のくそいまいましい手助けに慣れているのだ。

もちろんゼックスは自分がやりたいと言っているが、あいつには任せられない。王女に近寄らせるわけにはいかないのだ。レヴがいっときでも背を向けたら、キャビンの壁はたちまちペンキ塗り立てになってしまうだろう——それもスプラッタのたぐいの。

いつものとおり山の暗い側をまわり、未舗装の駐車場に車を駐めた。ほかに駐まっている車はなく、この駐車場の奥から広がる山道も、やはりすべて無人にちがいない。フロントガラスから外を眺めると、彼の目にはすべてが赤く平板に見える。腹違いの姉妹を忌み嫌い、その顔も見たくないし、この忌まわしい取引をやめにできたらどんなによいかと思ってはいるものの、肉体は麻痺と寒さから解放され、生気に満ちて低く唸りをあげている。ズボンのなかでは、これから起こることを予感して、ペニスが固く起きあがっている。

あとは、この車から降りる気力を奮い起こすだけだ。

ドアのロック解除に手を置いたが、そのレバーを引くことができなかった。

静かだ。〈ベントレー〉の冷えていくエンジンがかすかな音を立てているが、ほかにはなんの音もしない。

これといった理由もなく、耳に快いエレーナの笑い声を思い出した。それでふんぎりがついてドアをあけられた。勢いよく頭を車外に突き出したとたん、胃袋がぎゅっとこぶしを握ったように縮みあがり、危うく嘔吐しそうになる。冷気に吐きけが収まると、エレーナのことを頭から追い払おうとした。あんなに浄らかでまじめでやさしい女性が、頭のなかだけであってもこの場にいるなど耐えられない——こんなことをしようとしているときに。

これは驚きだった。

この無慈悲な世界、死と危険に満ち、穢らわしく卑猥でおぞましい、そんな世界からだれかを守るというのは、彼の脳に組み込まれたプログラムには入っていない。ただ、この世でたった三人の正常な女性に関しては、そういう行動をとるよう自分で自分を訓練してきた。ひとりは彼を産んでくれた女性、ひとりは彼がわが子のように育ててきた女性、そしてもうひとりは、その妹が最近産んだ赤ん坊だ。この三人のためなら、どんな危険があろうと叩き伏せ、傷つけるものは素手で息の根を止め、ほんの少しでも安全を脅かすものは殲滅するつもりだった。

それがどういうわけか、明けがたに交わした親密な会話のおかげで、その限りなく短いリストにエレーナも加わっていたらしい。

ということは、彼女も頭から締め出さなくてはならない。ほかの三人といっしょに。男娼として生きるのはべつにかまわない。相手からは高価な報酬を得ているからだ。

それに、売春は彼の生まれを考えれば当然とも言える。なにしろ、実の父親は母親をむりやり妊娠させたのだ。とはいえ、ここでの責任は彼が引き受けるしかない。キャビンにひとり入っていき、この肉体にやるべきことをやらせるだけだ。

彼の人生に関わる少数の正常なひとびとを、こういうことに近づけてはいけない。はるか遠くに置いておかなくては。だから、ここにやって来るときには頭からも心からも消しておく。あとで、回復してシャワーを浴びて眠ったあとなら、またエレーナの飴色の目や、シナモンの香りがすることや、電話中に抑えきれずにこぼした笑い声を思い出すこともできるだろう。だがいまは、彼女のことも母や妹や可愛い姪のことも前頭葉から遮断し、すべての記憶を脳の隔離された部分にしまい込んで鍵をかけねばならない。

王女はいつもこちらの頭のなかにもぐり込もうとするが、彼の愛する者、気にかけている者のことはなにひとつ彼女には知られたくない。

嚙みつくような強風に、危うくドアに頭をぶつけそうになった。レヴはセーブルをゆるく身体に巻きつけて車を降り、〈ベントレー〉のドアをロックした。遊歩道の起点へ歩きだしてみると、〈コールハーン〉の下の地面は凍りついていた。かちかちに硬くなった土は、踏んでもなかなか砕けない。

この季節のこの時刻、公園は厳密には閉鎖されており、広い道——山の地図を描いた掲示板と貸しキャビンの前を通り、さらに山奥に通じる——にはチェーンが渡してあった。とはいえ、人がいないのはこの気候のせいで、〈アディロンダック公園事務所〉のせいではあるまい。チェーンを乗り越えると、入山者名記入用紙をはさんだクリップボードがあったが、いまごろこの道をたどる者などいないだろう。レヴ自身名前を書いたことはない。

人間の森林管理者たちも、ここのキャビンに〝シンパス〟ふたりがやって来て、なにをやっているのかそりゃあぜひとも知りたいだろうさ。

十二月のよい点をひとつあげるとすれば、冬のあいだは森林の閉塞感が少し薄れることだ。オークやカエデは細い幹と枝だけになって、夜空の星がよく見える。その周囲一面では常緑樹が大はしゃぎしており、柔毛に覆われた枝で、いまは丸裸の兄弟に向かって樹木なりにざまあみろをやっている。ほかの木々が見せびらかしていた派手な落葉への意趣返しというわけだ。

高木限界を越えると、彼のたどる主要な遊歩道もしだいに細くなってきた。左右に枝分かれする細い道には、粗削りの板の看板に「談話の歩道」「稲妻道」「サミット・ロング」「サミット・ショート」などと書かれている。彼はまっすぐ進みつづけた。

吐く息が唇を離れて雲になり、凍った地面を踏むローファーの音がやけに大きく聞こえる。頭上に輝くのは利鎌の月。〝シンパス〟の衝動を抑えないようにしているせいで、その月がルビー色に見える。恐喝者の目の色と同じだ。

トレズが、遊歩道を吹きくだる冷たい風の形をとって現われた。

「やあ、相棒」レヴは低い声で言った。

トレズの声がふわりと頭に入ってくる。〈シャドウ〉の形が凝集してちらちら輝く波になる。サッサトスマセロヨ。アトデ必要ニナルヤツ、早クトレバトルホドイインダカラナ。

「なるようになるさ」

早イホド。イインダ。

「いまにわかる」

トレズは悪態をつくと、また稀薄になって一陣の風に戻り、前方に吹き去って見えなくなった。

じつを言えば、ここへ来るのが不愉快でたまらないのはたしかだが、ときには去りたくないと思うことがある。王女をいたぶるのは好きだし、向こうは好敵手だ。頭がよく、反応が早く、残忍ときている。彼にとっては自分の暗黒面を吐き出す唯一のはけ口であり、走者がトレーニングに焦がれるように、彼にとっても能力をふるう場面が必要だ。

それに、たぶんこれも腕の傷のようなものだろう。膿みただれるのが快感なのだ。

レヴは左へ折れる六番めの道をたどり、人ひとりがやっと通れる幅の細道を歩いた。ほどなくキャビンが見えてくる。明るい月光のなか、丸太がロゼワインかなにかのような色に見える。

ドアの前にたどり着いた。腕を差し出し、ドアの木製の横棒を左手でつかんだとき、エレーナのことを思い出した。腕のことを心配して、電話をかけてきてくれたことを。そのせつな、一瞬の油断が生まれ、耳に彼女の声がよみがえってきた。

わたしはただ、あなたがどうしてお身体を大事にしないのかわからないだけです。

ドアが手からもぎ取られるように開いた。あまりの勢いに、壁に音を立ててぶつかったほどだ。

王女はキャビンのまんなかに立っていた。真紅のローブと胸もとのルビーと血赤の目、すべてが憎悪の色だ。髪はうなじからねじりあげてきつく結いあげてある。抜けるように白い肌、生きたアルビノのサソリのイヤリング。まさに精緻な恐怖、悪の手で作りあげられたカブキ人形だ。そして本人も邪悪そのもので、どす黒いものが波のように押し寄せてくる。胸の中央から放射されてくる。周囲ではなにも動いていないし、月光を受けた顔には眉をひそめる気配すら残っていないのに。

彼女の声も、同じく刃のようになめらかだった。「今夜のおまえの心には砂浜の景色は見えないね。ああ、やはり今夜は砂浜ではない」

レヴは、輝かしいバハマのお定まりの景色を思い描いて、急いでエレーナの記憶を隠蔽した。一面の陽光と海と砂浜、何年も前にテレビで見た景色だ。手に手をとってそぞろ歩く水着の人々に彩られて、アナウンサーは「週末の楽園」と呼んでいたものだ。そのあざやかさのおかげで、この映像は灰白質の股間を守る男性器用サポーター（ジョックストラップ）に打ってつけだった。

「だれなの」

「だれがだれです？」そう言いながら、レヴはなかに入った。

キャビンは王女のおかげで暖かかった。空気の分子を振動させるというちょっとした技術だが、立腹しているせいでそれが強化されている。しかし、彼女の生み出す熱は、火のそれとは違って心を浮き立たせることはない――むしろ、むかつくことが起こってかっと熱くなるのに似ている。

「おまえの心にある女のことだよ」

「ただのモデルですよ、くされ王女さま。テレビのCMで見たんです」負けず劣らずなめらかに答える。彼女に背を向けることなく、静かにドアを閉じた。「嫉妬ですか」

「どうして嫉妬など、わたしの立場が脅かされるとでも？　ばからしい」王女はにっこりした。「でも、その女がだれなのか教えてもらわなくてはね」

「それがお望みですか。おしゃべりが？」レヴはわざとコートを開いてみせ、固くなったペニスと重い陰嚢を手で覆った。「ふだんはそれ以上をお望みなのに」

「それはそのとおりだよ。おまえの最高にして最上の利用価値は、人間の言う……張り形（ディルドー）だったかしら。女が自分で自分を悦ばせるおもちゃだからね」

「あなたを表現するのに、『女』は必ずしも適当な言葉ではないのでは」

「まことに。『愛人』のほうが適当だろうね」

おぞましい手をあげてシニョンに触れた。関節が三つある骨ばった指が、ていねいにまとめた髪に軽く触れていく。その手首はワイヤー製泡立て器の柄より細い。身体のほうも似たりよったりだ。〝シンパス〟はみなチェス・プレイヤーのような身体つきで、同じ頭脳プレイヤーでもクォーターバックとは似ても似つかないが、これは肉体ではなく精神の戦闘を好むことによる。ローブをまとっていると、男とも女ともつかない両性の蒸留版というところで、王女がこんなふうに彼を求めるのはそのためだった。彼の肉体が、筋肉が、あからさまで荒々しい男性性が好きなのだ。彼女はふつう、行為中は肉体的に押さえつけられるのが好きだ——まずまちがいなく、わが家では無理だからだろう。レヴにわかるかぎりでは、行為の〝シンパス〟版といえば、心理的なポーズのあとに男の側が二度ほどこすって一度あえぐ、それで終わりだ。加えて賭けてもいいが、王女の夫である彼のおじは、ハムスターのように彼女からぶら下がるだけだろうし、陰嚢など鉛筆についた消しゴムサイズだろう。

確かめたことがあるわけではない——が、なにしろあの男は男性ホルモン（テストステロン）の権化からはほど遠い。

王女はその優美さをひけらかすかのようにキャビンを歩きまわっていたが、窓から窓へ渡り歩いて外を見るのには目的がある。

くそったれめ、いつも窓のそばだ。

「今夜は見張りはどこにいるの」

「おれはいつもひとりで来ています」

「愛する相手に嘘をつくのね」

「どうして、こんな場面をひとに見せたがると思うのですか」

「わたしが美しいからよ」ドアにいちばん近い窓枠の前で立ち止まった。「あの右手の、松の木のそばにいるね」

身体を傾けて外を見てみなくても、そのとおりなのはわかっていた。トレズの存在を王女が感じとれないはずはない。ただ、居場所や正体が正確にはわからないというだけだ。

それでも彼は言った。「木しかありませんよ」

「嘘をお言い」

「影がこわいのですか」

肩越しにふり返ると、彼女の耳たぶから下がるアルビノのサソリも彼と目を合わせてくる。「こわいのはどうでもよいけれど、どうでもよくないのは不貞よ。不貞には我慢ならない」

「ご自分の不貞はべつでしょう」

「なにを言うの、わたしはおまえひと筋だよ。ただ、わたしたちのお父さまの兄弟はべつだけれど」彼女はふり返り、肩を起こしてまっすぐに立った。「おまえをべつにすれば、わたしの連れあいはただひとり。わたしはここにひとりで来ているのよ」

「あなたは美徳の鑑です。もっとも、以前から言ってますが、何人でもベッドにお入れになるといい。ほかの男を、百人でも」

「おまえほどの男はほかにいないよ」

こんな空々しいお世辞を言われるたびにレヴは吐きそうになる。向こうはそれを知っていて、当然のことながら、だからこそしつこく言いつづけるのだ。

「それで」彼は話題を変えようとして言った。「あなたに担ぎあげられてから、われらがくされおじ上の様子はどうです」

「いまもおまえは死んだと信じているわ。だからわたしはいまも貞淑な妻というわけよ」

レヴはセーブルのコートのポケットに手を入れ、二十五万ドルのカット・ルビーを取り出した。その高価な小袋を彼女のローブのすそ近く、床のうえに放ってから、コートを脱いだ。次にスーツのジャケット、そしてローファー。続けて、シルクの靴下、ズボン、シャツと脱いでいく。ボクサーパンツはもとよりはいていない。わざわざはく意味がない。

リヴェンジは完全に勃起して王女の前に立った。足を踏ん張り、分厚い胸板が呼吸に合わせてゆっくり上下している。「こっちは取引を完了する用意ができているぞ」

ルビーの目がその肉体を上からなめていき、股間に達したところで止まった。唇が分かれ、裂けた舌が下唇をなぞった。耳から下がるサソリどもが期待にハサミをうごめかす。彼女の情欲の高まりに反応しているかのように。

ベルベットの小袋を指さし、「拾ってちゃんとお渡し」

「お断わり」

「拾えと言っているのだよ」

「おれの前で腰を折るのが好きなくせに。そのお楽しみを奪う理由がどこにあるんだ」

王女は両手をローブの長袖にたくし入れ、〝シンパス〟特有の滑るような動きでこちらへ向かってくる。板張りの床にまるで浮いているようだ。近づいてこられても、彼はその場を動かなかった。こんな女のためにあとじさるくらいなら、死んで腐ったほうがましだ。

ふたりは睨みあった。その悪意に満ちた深い沈黙のなか、彼女とのあいだにおぞましくも通いあうものを感じる。ふたりは同類なのだ。忌み嫌ってはいても、真の自分でいられる安堵感は否定できない。

「拾えと――」

「断わる」

組んでいた腕がほどけ、六本指の手が空気を引き裂いて彼の顔に飛んだ。その張り手はルビーの目に劣らず固く鋭い。衝撃に頭がのけぞりそうになるのを抑えると、そのせいもあって皿が割れたように派手な音が響きわたった。

「税はきちんと手渡しするのだよ。それにその女がだれだかお言い。以前から感じていたのよ、それに興味を持っているのは――わたしのそばにいないときに」

レヴは砂浜のＣＭを前頭葉に貼りつけたままだった。王女がカマをかけているのはわかっている。「だれが相手だろうと頭を下げる気はない。その袋が欲しければ自分で腰をかがめて拾うんだな。それからあんたが知っていると言ってるその女だが、それは勘違いだ。興味を持っている女などいない」

また横つらを張られた。痛みが火花を散らしつつ脊髄を駆け下り、脈打ちながら亀頭の先まで伝わっていく。「わたしに頭を下げるのだよ、そのあさましい支払いと餓えた性欲を抱えてここへ来るたびに。おまえにはこれが、わたしが必要なのだから」

レヴはぐいと顔と顔を近寄せた。「うぬぼれるのもたいがいにしろ、王女さまよ。あんたの相手は苦行だ、だれが好きこのんで」

「嘘。わたしを憎むのが生きがいのくせに」

王女は彼のペニスを手でつかみ、墓場のような指をしっかり巻きつけた。その手で愛撫されると吐き気を催し……それでも、耐えがたいにもかかわらず、勃起したものはさらに固く起きあがり、先端にはしずくが浮かぶ。彼女に魅力などまるで感じないが、彼のなかの〝シンパス〟は意志の戦いに全身全霊で没入しており、それが情欲に火をつけるのだ。

王女はこちらに身を乗り出し、彼の昂りの根元にあるとげを人さし指でなぞった。「だれだか知らないが、おまえの頭にいるその女では、わたしたちの仲を裂くことなどできないよ」

この恐喝者が。レヴは彼女の首の両側に手を当て、向こうがあえぐほど強く両の親指を押しつけた。「その気になれば、この首を折るぐらいわけはないんだぞ」

「おまえがそんなことをするものか」そう言うと、てらてら光る真紅の唇を首に押し当ててきた。口紅に交じる砕いた胡椒(こしょう)粒に皮膚が灼(や)ける。「わたしが死んだら、こんなことはできなくなるのよ」

「死姦(しかん)趣味の魅力を侮ってはいけないな。あんたの死骸ならとくに」彼女のシニョンを後ろからつかみ、手荒く引き離した。「そろそろ仕事にかかろうか」

「その前に袋を――」

「あきらめろ。おれは頭は下げない」あいたほうの手でローブの前を引き裂くように開くと、彼女がいつも着ている目の細かい網(メッシュ)のボディスーツが現われた。くるりと向こうを向かせ、顔からドアに押し当ててやる。赤いサテンのひだを貫いてなかを探り、あえぎ声をあげさせる。彼女が身に着けている網にはサソリの毒がしみこませてあるから、花芯を探るうちに毒が皮膚にしみ通ってくる。まだ彼女がローブを着ているあいだにファックすることができれば――

王女は非実体化して彼の手を逃れ、トレズから見通せる窓のそばでまた実体化した。衣ずれの音を立てて、ローブが脱げ落ちる。彼女が意志の力でやったことだ。肌があらわになる。まさにヘビそのものの身体つきだった。筋肉質だが、あまりにも細い。ちらちら光るボディスーツがうろこのようだ。からみあう糸が月光を反射している。両足をルビーの袋の両側に踏ん張っている。

「わたしを崇めなさい」そう言うと、片手を太腿のあいだに差し入れ、割れ目を愛撫した。「その口で」

レヴは近づいていき、ひざまずいた。王女を見あげ、にやりと笑って言った。「それでも、袋を拾うのはあなただ」

18

エレーナは、病院の遺体安置所のすぐ外に立っていた。胸もとで両腕を組み、心臓は口から飛び出しそうだし、唇からは祈りの言葉がこぼれ落ちる。白衣を着てはいるが、いまはどんな職業的な資格で待っているわけでもない。目の高さに「関係者以外立入禁止（スタッフ・オンリー）」の標示があり、一般の服装のひとびとと変わらずそれに拒絶されている。一分が百年に感じられるほど長い。読みかたを忘れたかのように、彼女はその文字を見つめていた。両開きドアの左側に「スタッフ」、右側に「オンリー」。大きな赤いブロック体。英語の下に〈古語〉の翻訳も書かれていた。

アリックスが、さっきこのドアを通っていった。ハヴァーズに付き添われて。

どうか……ステファンではありませんように。どうか、だれか別のひとですように、ステファンではなく。

「スタッフ・オンリー」と書かれたドアから悲嘆の声が漏れてきて、彼女はぎゅっと目を閉じた。力を入れすぎて頭がくらくらするほどに。

そうか、すっぽかされたわけではなかったのか。

十分ほどしてアリックスが出てきた。顔は真っ青で、両目の下は赤くなっている。涙を何度もぬぐったのだろう。ハヴァーズがすぐあとから出てきたが、同じく胸がつぶれそうな顔をしていた。

エレーナは一歩進み出て、アリックスを腕に抱きしめた。「こんなことになるなんて」

「なんて……あいつの親になんて言ったら……ここに捜しに行くって言ったら、よせって言って……ああ、ちくしょう……」

エレーナの腕のなかで身体を震わせていたが、やがてアリックスは背筋を伸ばし、両手で顔をこすった。「あいつ、あんたと会うの楽しみにしてたんだよ」

「わたしもよ」

ハヴァーズはアリックスの肩に手を置いた。「いっしょに連れて帰りますか」

アリックスはドアをふり返った。口を一文字に引き結ぶ。「始めなくちゃならないんだけど……その……死出の儀式を……だけど……」

「ご遺体をお包みしましょうか」ハヴァーズが静かに言う。

アリックスは目を閉じてうなずいた。「あの顔をあいつのお袋には見せられない。あれを見たら死んじまう。ほんとならおれがやるとこなんですけど……」

「心を込めてお世話します」エレーナは言った。「任せてくれれば、最大限の敬意をもってお世話させてもらいます」

「おれには、とてもできそうに……」アリックスはまたふり向いた。「だめなやつだと思われるだろうけど」

「そんなことないわ」彼の両手を握った。「それに約束します、ほんとうに真心を込めてお世話させてもらいますから」

「だけど、おれも手伝わないと——」

「わたしたちに任せて」アリックスがさかんにまばたきを始めた。エレーナはやさしく導いて、遺体安置所のドアの前を離れさせた。「控室で待っててくださいね」

エレーナはステファンのいとこを案内して通路を進み、病室の並ぶ廊下へ向かった。ちょうど同僚の看護師が通りかかったので、家族の控室にアリックスを案内してくれるように頼み、また遺体安置所に引き返した。

なかに入る前に、ひとつ深呼吸をして背筋をしゃんと伸ばした。ドアを押してなかに入ると、香草の香りがした。白いシーツで覆われた遺体のそばにハヴァーズが立っている。エレーナは足どりが乱れた。

「気が沈む」医師は言った。「沈んでしかたがない。こんな血まみれになった親戚の姿を見せたくなかったんだが、着衣で確認したあと、どうしてもとあの青年が言うから。この目で見たいと」

「信じられなかったんでしょうね」その状況に置かれたら、自分も同じことを言うだろうと思う。

ハヴァーズがシーツを持ちあげ、遺体の胸もとで折り返す。エレーナはとっさに口を手で覆い、あえぎ声を押し殺した。

ステファンの顔はさんざん殴られてまだらになり、ろくに見分けがつかないほどだった。

彼女はつばを呑んだ。二度呑み、三度呑んだ。

ああ〈書の聖母〉さま、ほんの二十四時間前には生きていたのに。生きてダウンタウンにいて、彼女に会うのを楽しみにしてくれていたのだ。それなのに、選択を誤って不運な道を選び、結果としてここにたどり着いてしまった。冷たいステンレスのベッドに横たわり、死出の儀式に備えて支度をされようとしている。

病院の遺体安置所は小規模で、冷蔵ユニットは八つしかなく、処置台も二台しかないが、機材や備品はじゅうぶんそろっている。儀式用包帯はデスクのそばのクロゼットに入っており、その扉をあけると、さわやかな香草の香りがふわりと漂ってきた。リネンの包帯は幅八センチ弱で、そのロールはエレーナのこぶしふたつ分の直径がある。ローズマリー、ラヴェンダー、海塩を組み合わせたものがしみ込ませてあり、快い香りを発しているのだが、その芳香が鼻をかすめるたびに、エレーナは身の縮む思いがする。

死。それは死のにおいだ。

ロールを十個取り出し、腕にしっかり抱えて戻ってみると、ステファンの遺体からは完全に覆いが取り去られていた。布がかけてあるのは下腹部だけだ。

ややあって、ハヴァーズが奥の更衣室から出てきた。黒のローブに黒いサッシュベルトを締めている。首からは、長く重い銀の鎖で装飾的な刃物を下げている。たいそう古い道具で、柄（つか）の細かい模様は曲線部の隅が黒ずんでいた。

エレーナが頭（こうべ）を垂れるなか、ハヴァーズが欠かすべからざる祈禱を唱えた。ステファンが〈冥界（フェード）〉に温かく迎えられるようにと〈書の聖母〉に祈るのだ。それがすむと、エレーナは芳香のする包帯を医師に手渡し、しきたりどおりステファンの右手から包みにかかった。あらん限りのやさしさと思いやりをもって、彼女が冷たい灰色の腕を持ちあげると、ハヴァーズがリネンの包帯をしっかりと巻きつけ、そのうえからさらに二重に巻きつけていく。肩まで巻き終わったら右脚に移る。それから左手、左腕、そして左脚。

下腹部の布が取りのけられるとき、エレーナは目をそらした。女性だからそうすることになっているのだ。女性の遺体であればその必要はないが、その場合は助手が男性なら目をそらさなくてはならない。それが礼儀なのだ。腰まで巻き終わると、胴体を下から胸に向かって巻いていき、やがて肩も包み込まれた。

包帯が左から右、右から左と渡されるたびに、香草のにおいが新たに鼻孔を襲い、しまいにはむせて呼吸ができないと感じるほどになった。

いや、空気にこもるにおいのせいではないのかもしれない。頭のなかに渦巻く想いのせいかも。このひとは彼女の未来だったのだろうか。こんなことにならなければ、いつかこのひとの身体を知ることになっていただろうか。彼女の〝ヘルレン〟になり、彼女の子供の父になっていたのだろうか。

けっして答えの出ることのない問い。

エレーナは眉をひそめた。ノーだ、実際には――この問いへの答えはすべて。どの問いも、答えはノーだ。

一族の医師にまた包帯を手渡しながら、ステファンは充実した生を謳歌していたのだろうかと思った。

そんなはずはない。ステファンは横奪りされたのだ。なにもかも。

だましとられた。

最後に包まれるのは顔だ。彼女がステファンの頭を持ちあげると、医師がていねいにリネンを何度も巻きつけていく。エレーナは呼吸が荒くなり、包帯がステファンの目を覆ったとき、彼女自身の目から涙がひとしずくこぼれて、白い包帯にぽとりと落ちた。

ハヴァーズは、彼女の肩にちょっと手を置き、やがて仕事を終えた。

リネンにしみ込んだ塩は封水剤として働いて、布地から液が染みだしてくるのを防ぎ、また含まれるミネラルは埋葬まで遺体の防腐剤として機能する。香草の役割は明らかで、短期間ながらどんなにおいも覆い隠してくれる。だがそれだけではなく、香草は大地の実りの象徴であり、また成長と死の循環の象徴でもあるのだ。

自分を叱りながらエレーナはクロゼットに引き返し、黒い屍衣をとってきた。これを使ってステファンを完全に包み込むのだ。外側の黒衣は死滅する肉体の象徴であり、内側の白い布は、〈フェード〉に渡って永遠の家に住まう魂の清浄と光輝の象徴だ。

以前、儀式には実際的な目的以上に重要な目的があると聞いたことがある。心理的な治癒を助けるためだというのだ。しかし、ステファンの亡骸を見おろしながら、そんな話はたわごとだとエレーナは感じていた。これはまやかしの締めくくり、滑稽なその場しのぎにすぎない。残酷な運命の惨苦を、いいにおいのする布きれでどうして覆い隠すことができようか。

血痕で汚れたソファにきれいなカバーをかけるようなものだ。

ふたりはステファンの枕もとに立ち、しばし黙りこくっていた。やがて車輪つき担架(ガーニイ)を遺体安置所の奥へ押していき、地下トンネルに入った。ガレージに通じるトンネル網の一部だ。ガレージに着くと、ステファンを救急車に乗せた。四台ある救急車は、人間の使うものとそっくりに偽装されている。

「ご両親のお宅にふたりとも送っていきます」彼女は言った。

「ひとりで大丈夫かね」

「アリックスは、あまりひとに見られたくないでしょうから」

「しかし、不用心では？　ふたりのこともそうだが、きみ自身の安全も考えないと」

「大丈夫です」救急車にはすべて、運転席の下に拳銃が備えつけてある。この病院で働きはじめてすぐ、エレーナはカーチャから射撃の方法を教わっていた。なにが起ころうと対処できるはずだ。

ハヴァーズとともに救急車の両開きドアを閉じながら、エレーナはトンネル入口に目をやった。「わたし、駐車場から病院へ戻ろうと思います。外の空気が吸いたくて」

ハヴァーズはうなずいた。「わたしもそうしよう。やはり外の空気が吸いたいね」

ふたりはそろって、冷たく澄んだ夜気のなかへ出ていった。

模範的な男娼として、レヴは求められればなんでもする。手荒に容赦なく扱うのは、好き勝手にできないことに対するせめてもの譲歩だ――が、それを言うなら、王女がこの密会を好むのもそれが理由のひとつだった。

ことが終わり、ふたりとも消耗しきった――王女はたびたびオルガスムスを味わったせい、レヴはサソリの毒が血流に深くしみ入ったせい――とき、例のルビーは最初に放り出された場所にそのまま残っていた。床のうえに。

王女は両腕を開いて窓枠にぐったりと寄りかかり、荒い息をついている。関節の三つある指を広げているのは、それに彼がおぞけをふるうのがわかっているからだろう。

彼はキャビンの反対側、王女からできるだけ離れて、ぐらつきながらも二本の脚で立っていた。

呼吸しようとするが、キャビン内に立ち込める忌まわしい性行為のにおいに反吐が出る。同様に、彼女のにおいがからみつき、全身をすっぽり覆われて窒息しそうだ。彼の身体には〝シンパス〟の血が流れているとはいえ、それでも吐き気が止まらない。それとも毒のせいだろうか。くそ、どっちだかわかりはしない。

骨ばった片手をあげて、王女はベルベットの袋を指さした。「さあ。拾うのよ。ほら」

レヴは王女の目をひたと見すえたまま、ゆっくりと首を横にふった。

「そろそろ戻らないとまずいんじゃないのか」声がざらついている。「賭けてもいいが、あまり不在が長引くとおじ上に疑われるぞ」

それは王女の泣きどころだった。ふたりの父の兄弟は、計算高く疑り深いソシオパスなのだ。かれらふたりとそっくりの。

よく言う、血は争えないというやつだ。

王女のローブが床から浮きあがり、彼女のほうへ飛んでいく。自分のそばの空中に浮かしたまま、その内ポケットから幅広の赤いサッシュを取り出すと、それを脚のあいだに通し、陰部を覆って縛る。彼がなかに残したものをこぼさないようにするためだ。それから服を着て、彼が引き裂いたローブの半分をもう半分の下にたくし込んで隠した。黄金——少なくとも、光の反射具合から見て黄金だと思う——のベルトをそのうえに締める。

「おじ上によろしく」レヴはすかして言った。「いや……やめたほうがいいか」

「拾え、と、言うのに」

「自分でかがんで拾うか、さもなければここに置いていくんだな」

王女の目がぎらりと光った。その光の凶悪さは、そのへんの殺人者とやりあうほうがまだ楽しいと思えるほどだ。睨みあううちに、殺気に満ちた時間が刻々と過ぎていく。

ついに王女が折れた。彼が最初に言っていたとおりに。

彼女に拾わせたことに浅ましい満足感を覚える。屈伏させたということでまた興奮がぶり返し、根もとのとげが臨戦態勢に入りそうになる——嚙みあう相手もないというのに。

「おまえが王になればよいのに」王女は手を伸ばし、ルビーの入ったベルベットの袋を拾いあげた。「あれを殺せば王になれるよ」

「あなたを殺せば幸福になれる」

「おまえが幸福になれるものか。かけ離れた種族の混交で、劣等種に交じって正体を隠して生きているくせに」と言ってにっこりした。その顔は心底からの喜びに輝いている。「わたしとここにいるとき以外はね。ここではおまえは素顔に戻れる。愛しているよ、ではまた来月」

おぞましい両手で投げキスをして、王女は非実体化した。それを見て、キャビンの外で吐いた白い息を思い出した。夜気に呑まれ、薄れて消えていくさまがそっくりだ。

膝が崩れてへたり込み、骨の包みのように床に転がった。粗削りの板敷きの床に横たわりながら、さまざまなことを感じていた。太腿の筋肉が痙攣している。包皮がもとどおりかぶさってくるにつれ、ペニスの先端がむずむずする。ひっきりなしにつばを呑んでいるのはサソリ毒の中毒症状だ。

キャビンの温もりが失せていくのと同時に、悪臭ぷんぷんの脂っぽい波となって吐き気が襲ってきた。胃袋がぎゅっと縮まり、外へ出せと訴える塊がのどにせりあがってくる。嘔吐反射はその命令に従おうとし、とっさに口をあけたもののなにも出てこない。

デートの前に胃にものを入れてくるほどばかではない。

トレズがドアから入ってきた。物音ひとつ立てず、顔の前にブーツが現われるまで、入ってきたのにまったく気づかなかったほどだ。

ムーア人の声はやさしかった。「さあ、帰ろうか」

レヴは一拍置いて吐き気が収まるのを待ち、床を手で押して反動で上体を起こした。

「まず……服を着るから」

サソリ毒が中枢神経系を猛スピードで駆けめぐり、神経系の本道も側道も渋滞を起こしている。服の近くへ身体を引きずっていくしかないが、こんなふうに自分の弱さをさらすのは屈辱だ。ただ厄介なことに、解毒剤は車に置いてくるしかないのだ。王女に見とがめられては困る――こんな根本的な弱点を見せるのは、装塡ずみの銃を敵の手に渡すようなものだから。

トレズは明らかにしびれを切らしていた。歩いていってコートを拾うと、「これだけ引っかけろ。そしたら治療できるだろ」

「服を……着るんだ」これは男娼の矜持というものだ。

トレズは悪態をつき、コートを持って膝をついた。「ったく、いい加減にしろよ、レヴ――」

「服を――」ひどい息切れに先が続けられず、力尽きて床にべったり倒れ伏し、おかげで松材の板の節をいきなりどアップで拝む破目になった。

くそ、今夜はひどい。いままでで最悪だ。

「レヴ、悪いがな、ここは好きにやらせてもらうぜ」

差し出された手を払いのけようとしたが、その力ない抵抗は無視された。トレズはセーブルで彼をくるむと、壊れた家具かなにかのように抱えあげて運び出した。

「いつまでも続けられんぞ、こんなこと」トレズは言いながら、長い脚を運んで〈ペントレー〉に向かう。

「まあ……見とけって」

自分とゼックスの生命を保つため、自由な世界で生きつづけるために、やめるわけにはいかない。

19

レヴは目を覚ました。見れば、隠れ家に使っている〈アディロンダック・グレート・キャンプ〉の自分の寝室だ。床から天井まで届く窓、部屋の向こうで陽気に燃える暖炉の火、ベッドのマホガニーの足板に彫られたプット（キューピッドふうの幼児像）でわかる。ただわからないのは、王女とのデートから何時間ぐらい経ったのかということだ。一時間か、それとも百時間か？

暗い部屋の向こう、トレズがくすんだ濃赤色の安楽椅子（クラブチェア）に腰かけ、雁首（がんくび）形のランプのぼんやりした黄色い光で本を読んでいた。

レヴは咳払いをした。「なにを読んでるんだ」

ムーア人は顔をあげた。アーモンド形の目がこちらに鋭く焦点を合わせてくる。やれやれ、たまにはぼうっとしていてもばちは当たるまいに。「目が覚めたか」

「なに読んでるんだ」

「『シャドウの死者の書』だ」

「軽いもの読んでるんだな。おまえはキャンディス・ブシュネル（米国の作家。テレビドラマ『セックス・アンド・ザ・シティ』の原作『セックスとニューヨーク』が有名）のファンだと思ってたぜ」

「気分はどうだ」

「最高さ。元気はつらつ、勇気りんりんだ」レヴは唸り声をあげながら、身体をずりあげて枕にもたれた。セーブルのコートが裸体を包んでいたし、キルトの上掛けや毛布や羽毛布団がこれでもかとかぶせてあったが、それでもペンギンのケツのように身体が冷えきっている。ということは、トレズが大量にドーパミンを打ってくれたのだろう。しかし、少なくとも解毒剤は効いたらしく、息切れも呼吸困難ももうなかった。

トレズは古い本の表紙をていねいに閉じた。「その日に備えてるだけさ」

「聖職者になる日のためにか。王さまのなんやかんやがおまえの得意分野かと思ってたのに」

ムーア人は本をそばのローテーブルに置き、見あげる巨体で立ちあがった。全身で思いきり伸びをしたあと、ベッドに近づいてくる。「なんか食うか」

「ああ、いいな」

「十五分待て」

トレズが出ていってドアが閉じると、レヴはあたふたしてセーブルの内ポケットを探しあてた。携帯を取り出してチェックしたが、メッセージはなかった。テキストは来ていない。

エレーナは連絡をとろうとはしてこなかったのだ。だがそれを言うなら、なぜ連絡してくると思うのか？

携帯を見つめ、親指でキーボードをなぞった。彼女の声が聞きたくて、のどから手が出そうだ。あの声さえ聞けば、キャビンであったあれこれをすべて帳消しにできるかのように。

この二十五年をすべて帳消しにできるかのように。

レヴは連絡先を開いて、彼女の番号を画面に表示させた。たぶん仕事中だろうが、メッセージを残せばあとで折り返しの電話をしてきてくれるかもしれない。しばしためらったが、「発信」ボタンを押して電話を耳もとに持っていった。

呼出音を耳にした瞬間、王女と交わっている自分の汚らわしい映像があざやかに眼前に浮かんだ。腰を激しく叩きつける自分、月光を受けて粗い板に落ちるその卑猥な影。

急いでボタンを押して通信を切った。全身が糞尿(ふんにょう)にまみれているような気がする。

ちくしょう、世界中のシャワーを浴びてもまだ足りない。こんな不潔な身体でエレーナとどうして話ができよう。石けんも漂白剤もスチールたわしも無力だ。彼女の姿が目に浮かぶ。純白の看護師の制服、ストロベリーブロンドの髪をきちんとポニーテールにまとめ、白い靴にもしみひとつない。自分が指一本でも触れれば、そんな彼女に生涯消えない穢れを残すことになる。

親指で、電話のフラットスクリーンを力なくなでた。彼女の頰をなでるかのように。やがてその手をベッドに落とす。真っ赤に浮き出た腕の血管が目に入り、王女との交わりでしたことをさらにふたつ三つ思い出した。

自分の身体をとくべつ自慢に思ったことはない。大柄で筋肉質だから役に立つし、異性には好評だから一種の財産と言えなくもない。機能もちゃんと果たして……まあ、ドーパミンの副作用と、サソリ毒のアレルギーはあるが。

しかしじつのところ、だれが気にするというのだろう。

薄闇に横たわり、手に携帯電話を持って、王女とのいっそうおぞましい場面を思い起こした……フェラチオをされたこと、身体をふたつ折りにさせて後ろから突いたこと、脚のあいだを口で愛撫したこと。ペニスのとげが嚙みあい、ふたりがしっかり結合したときのことを思い出す。

そこでエレーナを思い出した。血圧を測られたこと……そして、そそくさと離れていかれたことを。

そうされるのは当然だ。

彼女に電話するのはまちがったことだ。

あえて慎重に親指でボタンを押していき、連絡先のページを開いた。いっときも手を止めずに、彼女を携帯電話から消去した。そして彼女が消えたとたん、思いがけないことに胸に温かいものが広がってきた――母方からの血が、正しい行いをしたと伝えているのだ。

次に病院へ行くときはべつの看護師に来てもらおう。またエレーナに会うことがあっても、もうちょっかいを出すのはやめよう。

トレズが入ってきた。手にしたトレーにのっているのは、オートミール、お茶、なにも塗っていないトーストだけ。

「ごちそうだな」レヴはげんなりして言った。

「おとなしくぜんぶ食べるんだ。次の食事ではベーコンエッグを作ってやるから」

トレーを膝に置かれて、レヴは電話を毛皮に放り出し、スプーンを手にとった。だしぬけに、まったく完全になんの理由もなく、彼は言った。「トレズ、恋をしたことあるか」

「ない」と言いながら隅の椅子に戻る。雁首形のランプに、整った浅黒い顔が浮かびあがる。「アイアムがいっぺんやったことがあって、あれを見てやめとくことにしたんだ」

「アイアムが？　どういうことだ。おまえの兄弟にカノジョがいたとは知らなかった」

「話を聞いたこともないし、その女に会ったこともない。ただ、しばらくひどい落ち込みかたでな。男があそこまで落ち込むのは女のせい以外にない」

レヴは、オートミールにかかった黒砂糖をかき混ぜた。「いつか連れあいを持つつもりか？」

「いや」トレズがにっと笑うと、完璧な真っ白い歯が閃いた。「なんでそんなこと訊くんだ」

レヴはスプーンを口に運んだ。「べつに理由はないさ」

「ふうん、そうかい」

「このオートミールは絶品だな」

「おまえ、オートミール嫌いじゃないか」

レヴはちょっと笑い、余計なことを言わないように食べつづけながら、恋愛などという問題は自分には関係ないと思った。しかし、仕事はいくらでも関係がある。

「クラブではなにも問題はないか」

「いまんとこ順調そのものだ」

「そうか」

ゆっくり〈クェーカー・オーツ〉を平らげながら、レヴはいぶかっていた。コールドウェルでは万事順調だというのに、胃が重く沈み込むような胸騒ぎがするのはなぜだろう。

きっとオートミールのせいだ。「ゼックスには、おれは大丈夫だと言ってくれたんだよな」

「ああ」トレズは読みさしの本を手にとりながら言った。「ほんとのこと言うわけにいかんだろ」

ゼックスはデスクの奥に腰かけ、部下の用心棒のうち最も有能なふたり――ビッグ・ロブとサイレント・トムを見あげていた。どちらも人間だが、頭は切れるし、ヒップハングのジーンズをはいた姿はいかにものんきそうに見える。そんなひとを欺く見せかけこそ、まさしくこの仕事に必要なものだった。

「なんか仕事かい、ボス」ビッグ・ロブが尋ねる。

座ったまま身を乗り出し、ゼックスはレザーパンツの尻ポケットから畳んだ札十枚を引っ張り出した。それを思わせぶりに開き、ふたつに分けて、用心棒たちのほうへ滑らせた。

「帳簿外の仕事をやってもらいたいんだ」

うなずくより早く、ふたりはベンジー（百ドル札に描かれたベンジャミン・フランクリンのこと）に手を伸ばしていた。

「なんでも言ってくれ」ビッグ・ロブが言った。

「この夏、売上をごまかして馘首になったバーテンがいただろ。グレイディってやつ。憶えて――」

「クリッシーのあれなら、新聞で見た」

「あのくず野郎」サイレント・トムが初めて口を開いた。

ふたりが事情を知っていたのには驚かなかった。「グレイディを見つけてほしいんだよ」ビッグ・ロブが指関節を鳴らしだすのへ、ゼックスは首をふってみせた。「いや、居所を突き止めてくれさえすればいいんだ。あいつに見られたら、ただうなずいて立ち去ってくれたらいい。わかったね。あいつの袖にも触れないこと」

ふたりともぞっとするような笑みを浮かべた。「わかった」ビッグ・ロブがぼそりと言った。「ボスに残しとくよ」

「〈コールドウェル警察（CPD）〉も捜してる」

「だろうな」

「なにやってるか警察に勘づかれないようにしてよ」

「わかった」

「あんたたちのシフトは、あたしが穴あかないようにしとくから。見つかるのが早けりゃ早いほどありがたい」

ビッグ・ロブがサイレント・トムに目をやった。ややあって、彼女がさっき渡した札をふたりそろってポケットから取り出し、デスクのうえをこちらへ滑らせてきた。

「クリッシーのためにやるよ、ボス。任せといてくれ」

「大船に乗った気でいるよ」

ふたりが出ていってドアが閉じると、ゼックスは両手で腿を上下にこすり、シリスをいっそう深く食い込ませた。自身も出ていきたくてうずうずしていたが、レヴは北部に行っているし、今夜決めるべき取引があるし、クラブを留守にはできない。それにもうひとつ、自分でグレイディを追っていけない重大な理由がある。あの殺人課の刑事に見張られているはずだ。

電話に目をやり、悪態をつきたくなる。トレズが電話してきて、レヴが王女との交渉をぶじに終えたと知らせてきたが、ムーア人の声音からして、それが事実でないのはわかっていた。レヴの健康はこれ以上の拷問には耐えられないだろう。

こっちもやはり、なにもできずにはただ見ているしかない。

無力というのは面白くない状態だが、あの王女の問題に関しては、なにもできないと感じるのに慣れてしまった。二十年前、ゼックスの選択のせいでこんな状況に追い込まれたとき、レヴはおれがなんとかすると言い、そのためにひとつ条件を出してきた。それが、レヴの好きなようにやらせる、彼女は手を出さないということだった。なにもしないと固く約束させられ、居ても立ってもいられなかったが、彼女はその約束を守った。自分のせいで、レヴがあの女のおもちゃにされているという現実に耐えてきたのだ。

ああむかつく。レヴが怒りを爆発させて、おまえのせいだと責めてくれれば。たった一度でもいい。しかし彼は黙って耐えるだけで、彼女の作った負債を彼の肉体で支払っている。

彼女のせいで、レヴは男娼にされてしまったのだ。

ゼックスは自分のオフィスを出た。これ以上ひとりでいるのには耐えられない。クラブに出ていきながら、一般客が騒動を起こしてくれないかと願っていた。三角関係のこじれとか、分厚い唇に整形尻をした女を奪いあって、だれかがだれかに平手を食わせるとか。あるいは、中二階の男子トイレでのセックスがおかしなことになったとか。鬱憤が溜まりに溜まって、もうどんなくだらない問題でもかまわないという気分だ。酔っぱらいが雇い主のことでくだを巻いてるだの、奥のすみっこでこすりつけてたのが、一線を越えて挿れてしまっただの。

なにかをぶん殴りたくてうずうずする。そのチャンスが転がっているとしたらひとのおおぜいいるところだ。騒ぎでも起こしてくれれば――

ったく、こんなときに限って。だれもがお行儀よくしていやがる。

役立たずのろくでなしども。

しまいにVIPエリアにやって来た。用心棒モードに入っていたからだ――店内をうろついて厄介ごとの種を探すうちに、というより、思うぞんぶん腕力をふるわずにはいられなくて。

ベルベットのロープの内側に入ると、歩きながらも目はまっすぐ〈兄弟団〉のテーブルに向かっていた。ジョン・マシューたちは来ていない。そうは言ってもまだ時間が早いから、〝レッサー〟退治に出ているのだろう。〈コロナ〉のがぶ飲みに来るのはもっと夜が更けてからだ、来るとしても。

ジョンが来ようがどうしようが、知ったことじゃない。

ぜんぜんだ。

アイアムに近づいて言った。「用意はいい？」

ムーア人はうなずいた。「商品はラリーが手配ずみだ。買手は二十分後に着くことになってる」

「わかった」

今夜はコカインの六桁の取引が二件。レヴがいまダウンしていて、トレズが付添いで北に行っているから、彼女とアイアムで処理することになっている。現金はオフィスで手渡しだが、ブツは裏の路地で車に積み込む手はずだった。純度の高い南米産が四キロも、店内をふらふらされたらたまったものではない。まったく、客が現金をブリーフケースに入れて運んでくるってだけでも面倒なのに。

オフィスのドアに向かっているとき、マリー＝テレーズの姿が目に入った。たったいまスーツ姿の男にゆっくり近づいていく。男のほうは目を丸くして見とれていた。たったいまだれかにキーをもらった、ぴかぴかのスポーツカーでも見るように。

男が札入れに手を伸ばしたとき、指にはめた結婚指輪が照明を受けてきらりと光った。

マリー＝テレーズは首をふり、たおやかな手で男の手を止めた。うっとりしている男を立ちあがらせ、奥のＶＩＰ専用トイレに案内していく。札はそこで受け渡しされることになる。

ゼックスはふり返り、気がつけばそこは〈兄弟団〉のテーブルの真ん前だった。ジョン・マシューがいつも座る席に目をやりながら、マリー＝テレーズにさっきつかまった客のことを考えた。フェラチオか本番のために五百ドル、あるいは両方のために千ドル払おうとしていたあんちくしょう、賭けてもいいが、あんな興奮と欲望に輝く目で妻を見たりはしないだろう。ファンタジーなのだ。あの男はマリー＝テレーズのことをなにも知らない。二年前、もと夫に息子を連れ去られ、その子を取り返すための費用を稼いでいるとか、そんなことなど知るよしもない。あの男にとって、彼女は豪華絢爛な肉人形にすぎない。遊んで気がすんだらその場に置いて立ち去ってかまわないもの。きれいさっぱり。

ジョンはみんな同じだ。

ゼックスのジョンもそうだ。彼にとってゼックスはファンタジー、それだけだ。抜くために思い描くエロティックな虚像――といっても他人(ひと)のことは言えない、彼女もジョンを使って同じことをしている。皮肉なことに、かつてつきあった男のなかでジョンは最高の部類だった。もっともそれは、気分が乗ったときはいつでも、好きなことを好きなだけやることができるからだ。文句も言われず、じらされることも要求されることもない。

きれいさっぱり。

イヤホンを通してアイアムの声が言った。「買手がいま入っていった」

「よし、じゃあやろう」

取引は二件ともうまくやれるだろう。そのあとは彼女の個人的な仕事が待っている。つまりは先に楽しみがあるということだ。夜が終わる前に、まさに求めていたとおりの鬱憤の捌(は)け口が見つかることになるだろう。

市の反対側、ここは平和な街区の静かな袋小路(カルデイサツク)(住宅街に多い構造。大きな通りから中に入る行き止まりの細い道を作り、その道を囲むように住宅を建てる)。質素なコロニアル様式の住宅の前に駐めた車のなかで、エレーナはなかなか走りだせずにいた。

救急車のイグニッションキーがなかなか挿さらない。

この用事でいちばんむずかしいはずの山場は越え、ステファンをぶじ血族の腕に引き渡すことができたというのに、このいまいましいキーを鍵穴に挿すほうがむずかしいとは驚きだ。

「もう……」

エレーナは狙いを定めようと手もとをじっと見つめた。その結果、金属の先端が収まるべき穴の周囲ではじかれるのを、いやというほどじっくり見つめる破目になった。

悪態をつきながら座席の背もたれに寄りかかる。自分がこの家に不幸を増やしているのはわかっていた。救急車がすぐ外に駐まっているのは、悲劇を大声で宣伝するもうひとつの徴候ではないか。

愛する息子が、遺体になって帰ってきただけでは足りないというかのように。

頭をめぐらし、コロニアル様式の窓を見つめた。レースのカーテンの向こう側で影が動きまわっている。

この車寄せにバックで入ってきたあと、アリックスが家に入っていき、彼女は夜寒のなか待っていた。ほどなくガレージのドアががらがらとあがり、アリックスがべつの男性とともに出てきた。ずっと年上で、ステファンにもっとよく似ている。エレーナは会釈をし、握手を交わしてから、救急車後部のドアを開いた。アリックスとふたりしてガーニイを引き出す。見れば男性は口を手でしっかりふさいでいた。

「ステファン……」うめき声が漏れた。

あの声は一生忘れられないだろう。うつろな、打ちのめされ、打ちひしがれた声。

ステファンの父親とアリックスが亡骸を家に運んでいった。遺体安置所のときと同じように、ややあって悲嘆の声があがる。ただ、今回は女性の甲高い嘆きの叫びだった。ステファンの母だ。

アリックスが戻ってきたとき、エレーナはガーニイを押して救急車のなかへ戻そうとしていた。強い向かい風をまともに受けているかのように、彼はしきりにまばたきをしていた。お悔やみを言い、別れのあいさつをしたあと、彼女は運転席に座り……いまだにこのぽんこつをスタートさせられずにいる。

レースのカーテンの向こう側で、ふたつの人影が抱きあうのが見えた。その人影が三つになった。それがさらに増えていく。

これといった理由もなく、父とふたりで暮らしている貸家の窓が頭に浮かんだ。すべてアルミホイルで覆われ、外界を閉め出している。

彼女の生涯が終わったとき、屍衣に包まれた遺体のそばにはだれが立っているのだろう。父はたいてい彼女がだれだかわかっているが、まったく関心を示さないことも少なくない。病院のスタッフはみなとても親切だけれど、あれは仕事の仲間で、個人的なつきあいではない。ルーシーは報酬のために来てくれているのだし。だれが父の面倒を見てくれるだろう。

ふだんは父が先に逝くと決め込んでいるが、しかしそれを言うなら、ステファンの家族も同じように思っていたにちがいない。

嘆き悲しむ親族から目をそらし、エレーナはまっすぐ救急車のフロントガラスの外を眺めた。

人生は短い。それはどれだけ長生きしようと変わらない。自分の順番が来たとき、友人や家族やお気に入りのあれこれを、すべてあとに残していく覚悟のできている者などいるだろうか。父のように五百歳であっても、あるいはステファンのように五十歳であっても。

時間のことを、昼と夜が無限に続く資源だと言えるのは、せいぜい銀河系ぐらいだろう。

そう思ったらわからなくなってきた――与えられた時間で、自分はいったいなにをしているのだろう。仕事はたしかに目的を与えてくれるし、家族の務めとして父の世話をしている。しかし、これから先どこへ向かっていけばいいのだろう。どこにも行くあてがない――そしてそれは、手がひどく震えてキーが挿さらなくて、動かない救急車のなかにじっと座っているからというだけではない。

ただ、だからと言ってなにもかも変えてしまいたいわけではないのだ。自分のためになにかが欲しい。生きている実感を与えてくれるもの。

どこからともなく、リヴェンジの暗いアメジスト色の目が浮かんできた。そしてカメラが引いていくように、彫りの深い顔が、モヒカンの髪が、上質な服が、そして杖が。

キーを持った手を突き出すと、今度はすんなり挿さった。ディーゼルエンジンが目を覚まして唸りだす。ヒーターから冷たい風が吹きつけてきたので、ファンを下に向けた。シフトレバーをドライブに入れて、ステファンの家の前を、カルディサックを、住宅街をあとにする。

そこはもう静かとは思えなかった。

ハンドルを握り、車を住宅街の外へ出していくのと同時に、求めても得られない男性の姿にとらわれていた。得られないのに、いまは狂おしいほどに欲しい。

さまざまな意味で、いまそんな気持ちになるのはまちがったことだ。なによりステファンに対する裏切りだ。彼とつきあっていたとは言えないが、その亡骸を前に血族が悲嘆に暮れているときに、べつの男性を求めるのは不謹慎ではないだろうか。ただそうだとしても、リヴェンジを求める気持ちに変わりはなかっただろう。

「ほんとうにもう」

病院は川向こうで、かなり距離がある。それがありがたかった。いまは、すぐ仕事にとりかかれるような気分ではない。いらいらしているし悲しいし、自分で自分に腹が立ってしかたがない。

いま必要なのは……

〈スターバックス〉。そう、それだ。それこそまさに、いま必要なものだ。

七、八キロ走ったところで、スーパー〈ハナフォード〉と花屋、ブティック〈レンズクラフターズ〉、レンタルビデオ・DVD店〈ブロックバスター〉の並ぶ広場で、午前二時まであいている〈スターバックス〉を見つけた。救急車をまわし、その側面に駐めて降りた。

アリックスとステファンを乗せて病院を出たとき、コートをとってこようとは思わなかったので、バッグを抱えて大急ぎで歩道を越え、店内に飛び込んだ。なかはいつもの〈スターバックス〉だった。赤い木製の縁枠、暗灰色のタイルの床、大きな窓、詰め物をした椅子、小さなテーブル。カウンターのうえには売り物のマグが飾られ、ガラスケースにはレモンスクエアやブラウニーやスコーンが並び、コーヒーマシンのそばに二十代前半の人間がふたり控えている。ヘーゼルナッツとコーヒーとチョコレートの香りが漂い、その芳しい香りのおかげで、鼻孔に消え残っていた屍衣の香草のにおいがようやく消えた。

「いらっしゃい」背の高いほうの青年が声をかけてきた。

「ラテをヴェンティで。フォームミルクあり、ホイップなしでお願い。カップ二重、スリーブ二重にしてください」

人間の青年は、彼女に笑顔を向けてぐずぐずしている。黒っぽいあごひげを短く刈りそろえ、ノーズリングをしていた。Tシャツには「トマト食い（トマト・イーター）」の文字を、血しぶき（このバンド名からしてケチャップかもしれない）で書いたイラストが大きく入っている。

「ほかにはなにか？　シナモンスコーンがすごい人気なんだけど」

「いえ、けっこうよ」

青年は注文をさばきながらも、こちらとずっと目を合わせてくる。その視線に対応するのを避けたくて、バッグのなかを探って電話をチェックした。ひょっとしてルーシーから——

「不在着信一件　いますぐ見ますか」

「はい」を選び、父になにかあったのでなければよいがと——表示されたのはリヴェンジの番号だった。アドレスに登録しなかったから名前は出ていない。その数字をまじまじと見つめた。

なんだかこわい、まるで心を読まれたかのよう。

「お客さん、ラテですよ」

「あ、ごめんなさい」携帯をバッグに戻し、青年が差し出したカップを受け取って礼を言った。

「カップ二重にしときましたよ。スリーブも」

「どうも」

「あのさ、このへんの病院で働いてるの？」と、彼女の白衣に目をやる。

「個人病院なの。それじゃ、ほんとにどうも」

急いで店を出て、そそくさと救急車に乗り込んだ。またハンドルの前に座り、ドアのロックをおろし、エンジンを始動させて、吹き出す風はまだ暖かいから、すぐにヒーターのスイッチを入れた。

ラテはほんとうにありがたかった。熱々で、望みどおりの味で。

また携帯を取り出し、着信履歴を開き、リヴェンジの番号を選んだ。

大きく息を吸い、ラテをゆっくり飲んだ。

それから「発信」を押した。

運命の市外局番は五一八だったのね。もう、なに言ってるんだか。

20

ラッシュは、コールドウェルのとある橋の下に〈メルセデスS550〉を駐めた。巨大なコンクリートの橋脚の落とす影に、黒いセダンは完全に溶け込んでいる。ダッシュボードのデジタル時計が、そろそろ幕開けの時間だと言っていた。

なにか手違いがなかったらの話だが。

待つうちに、〝シンパス〟の親玉と会ったときのことを思い出した。あとから考えてみると、あの男に対してあんなふうに感じたのがまったく気に入らなかった。彼が好きなのは女だ。以上。男は要らん。絶対に。

そういうのは、ジョンとそのウジ虫仲間みたいなくされホモ野郎のやることだ。

頭を切り換えて、ラッシュは闇のなかでにんまりした。あのウジ虫どもに改めて自己紹介をするときが待ちきれない。最初のころ、真の父親の手で死からよみがえった直後には、すぐにでもそうしたいと思っていた。なんと言っても、ジョンどもはいまも〈ゼロサム〉にたむろしているはずだから、見つけるのは簡単すぎるほど簡単だろう。しかし、肝心なのはタイミングだ。この第二の人生に、ラッシュはまだ完全になじんでいるわけではない。まずは足場をしっかり固めてから、クインの目の前でジョンを叩きつぶし、ブレイを殺し、最後にあんちくしょうを血祭りにあげてやるのだ、なにしろ彼を一度はあの世に送ってくれたやつなのだから。

大事なのはタイミングだ。

合図でもあったかのように、橋脚と橋脚のあいだに二台の車が停まった。〈フォード・エスコート〉は〈殲滅協会(レスニング・ソサエティ)〉の、銀の〈レクサス〉はグレイディに卸している売人の車だ。

〈LS600h(レクサス)〉にいかした外輪(リム)。じつにいかしてる。

グレイディが最初に〈エスコート〉から降り、続いてミスターDとあとふたりの〝レッサー〟が降りてくる。まるでピエロの車（サーカスで、小さな車から多数のピエロが出てくる芸）だ。あんな大男どもが、あんな小型車にぎゅう詰めになっていたのかと感心する。

四人が〈レクサス〉に近づいていくと、しゃれた冬のコートを着た男がふたり降りてきた。ほとんど同時に、人間の男ふたりは右手を上着のなかに突っ込んだ。あの胸ポケットから出てくるのが、バッジでなく拳銃ならいいがと、ラッシュはそれしか考えられなかった。グレイディがへたを打って、あのふたりが潜入捜査官だったら、そして現代のクロケットとタブス（一九八〇年代の米テレビドラマ『特捜刑事マイアミ・バイス』より）をやっているのだったら、これは厄介なことになる。

しかし、いや……あれは〈コールドウェル警察（CPD）〉の盾形バッジではない。ただコートのほうがなにかしゃべっている。まずまちがいなく、このくそったれ三人組はなんだ、**秘密の取引の場になんでこんなやつら連れてきた**、みたいなことを言っているのだろう。

グレイディはパニックを起こし、助け船を求めるようにミスターDのほうをふり向いた。小柄なテキサス人が主導権を握り、アルミのブリーフケースを持って進み出る。それを〈レクサス〉のトランクにのせ、勢いよく開くと百ドル札の束がぎっしり詰まっているように見えた。実際には、本物のベンジーは束の一番うえの一枚だけなのだが。コートふたりがそれを見おろし――

パン、パン。

グレイディが飛びすさるのと同時に、売人ふたりがモップのようにばったり倒れた。

グレイディは、トイレの便器のように口をぽかんとあけている。ししし信じられないななななんてことしやがるが始まらないうちに、ミスターDがずいと進み出て、容赦なく平手を食わせて便器のふたをぴしゃりと閉じた。

ふたりの〝レッサー〟が、銃をそれぞれレザージャケットに戻す。ミスターDはブリーフケースを閉じ、〈レクサス〉の向こうにまわって運転席に乗り込んだ。走り去る〈レクサス〉を見送ると、グレイディは色の薄い男たちの顔を見あげた。自分も消されるのを待っているかのように。

ふたりはそれを無視して〈エスコート〉に戻っていく。

しばしうろたえていたが、グレイディは小走りにそのあとを追った。全身の関節に油を差しすぎたみたいによたよたしている。しかし、後部のドアをあけようとしたら、〝レッサー〟たちに拒否された。ひとりあとに残されると気がついて、グレイディはパニックを起こした。両手をふりまわし、口をあけてなにかわめいている。まったくばかなやつだ。四、五メートル先に、脳天に銃弾を食らった死体がふたつ転がってるんだってことを考えろよ。

こういうときは静かにするもんだ。

どうやら〝レッサー〟のひとりも同じことを考えたようだ。落ち着いて銃を抜き、銃口をグレイディの頭に向けた。

黙れ。動くな。少なくとも、ばかにもこれは通じた。

ふたつのドアが閉じ、〈エスコート〉のエンジンがかかってぜいぜい言いはじめた。タイヤの唸りとともに〝レッサー〟たちを乗せた車は走りだし、グレイディのブーツとすねに凍った泥をはねかける。

ラッシュが〈メルセデス〉のライトをつけると、グレイディはくるりとふり返り、両手をあげて目をかばった。

とっさに轢き殺してやりたくなったが、いまのところは使い道があるし、生かしておいてもいいだろう。

ラッシュは〈メルセデス〉をスタートさせ、ノータリンのそばまで進めて窓をおろした。「乗れよ」

グレイディは両手を下げた。「いったいなにが――」

「しゃべってないで、さっさと乗れ」

ラッシュが窓を閉じて待っていると、グレイディが助手席にあたふたと乗ってきた。ベルトを締めながら、歯をカスタネットのようにかちかち鳴らしているが、寒いからではなさそうだ。〈ジャイアンツ・スタジアム〉に放り込まれたホモ野郎みたいに、真っ青になって汗をだらだらかいてやがる。

「あれじゃ、真っ昼間にバラすも同然じゃねえか」グレイディはつっかえつっかえ言った。車は川沿いを走る上の道路に向かって土手をのぼっている。「あそこをみんなが見て――」

「それが狙いだよ」電話が鳴り、それに出ながら、ラッシュはアクセルを踏んだ。ランプをのぼって高速に乗る。「でかした、ミスターD」

「なかなかよかったと思うんすが」テキサス人は言った。「ただヤクが見当たんねえ。トランクんなかすかね」

「その車に積んであるはずだ。どこかに」

「やっぱハンターブレッドで落ちあいやすか」

「ああ」

「えーと、その、もうどうすっか決めてあるんすか、えと、この車のことだけんど」

ラッシュは暗闇のなかでにんまりした。部下が強欲という弱点を持っているのはけっこうなことだ。「塗装しなおして、登録番号とナンバープレートを買うつもりだ」

ちょっと間があった。もっと先があると期待しているようだったが、やがてミスターDは言った。「なるほど、わかりやした」

ラッシュは弟子との通話を切ると、グレイディに顔を向けた。「市内の大物売人をみんな知りたい。名前とか縄張りとか流通経路とか、とにかくなにもかもだ」

「だけど、おれそんなに――」

「知らなきゃ探せ」ラッシュはグレイディの膝に携帯を放った。「必要なら電話しろ。調べるんだ。市内の売人をひとり残らず把握したい。それがわかったら、そいつらに卸してる大物を突き止める。コールドウェルの総元締めを」

グレイディは頭をのけぞらせて背もたれに預けた。「くそ。おれ、まさかこんな話だとは……ふだんの仕事みたいなあれかと……」

「それが第二のまちがいだ。さっさと電話して必要な情報を集めろ」

「あのさ……おれ、こういうのは……もう帰らしてもらおうかな……」

ラッシュはにやりとして、牙を剝き出しにし、目を光らせた。「帰れると思ってるのか」

グレイディは縮みあがり、いまは時速百キロで高速を走っているというのに、ドアのハンドルをまさぐりはじめた。

ラッシュはロックをかけた。「すまんな、いったん乗っちまったからには、途中下車はできないぜ。さっさと電話して役に立ってみせろ。さもないと一寸刻みでばらばらにして、楽しい絶叫の歌を聞かせてもらうぞ」

ラスは〈避難所（セーフ・プレイス）〉の外に立っていた。タマもしびれる寒風が吹きすさんでいたが、そんな悪天候などどうでもよかった。目の前にそびえる家は、『ビーバーちゃん（一九五〇年代末〜六〇年代はじめに放映されたコメディ番組。典型的なアメリカの中流家庭の男子小学生が主人公）』的ノーマン・ロックウェルの白昼夢から抜け出してきたかのようだが、これは家庭内暴力の犠牲者の避難場所だ。大きくて不規則に増築されている様子にも温もりがあって、窓にはキルトのカーテンが下がり、ドアにはリースが飾られ、そのドアの前に敷かれたマットには、やさしい筆記体で「WELCOME」と書かれている。

ラスは男だからなかに入ることはできない。そんなわけで、冬枯れの固い芝生の庭に彫像のように突っ立って、愛しい〝リーラン〟がここに来ているようにと祈っていた——そして、会ってくれればいいがと。

終日書斎で過ごしたが、いつまで経ってもベスが会いに来てくれないので、しまいに館じゅう探してまわった。それでも見つからず、祈るような気持ちでここへやって来たわけだ。ベスはよくここでボランティアをしているから。

マリッサが裏口の階段に出てきて、ドアを閉めた。ブッチの〝シェラン〟だが、ラスにとってはかつての血の連れあいだ。黒いスラックスに黒いジャケットという姿で、いつもどおりいかにも有能そうだ。ブロンドの髪はねじって上品なシニョンにまとめている。いつもの海の香りがした。

「ベスはさっき帰ったところよ」ラスが近づいていくと、彼女は言った。

「館に戻るって？」

「レッド通りに」

ラスはぎょっとした。「なん……なぜあんなところへ」くそ、おれの〝シェラン〟がコールドウェルにたったひとりで出ていったというのか。「昔のアパートメントのことか」

「ひとりで？」

マリッサはうなずいた。「きっとスタート地点に戻ってみたかったんだと思うわ」

「そうだと思うけど」

「ばかな、いっぺんは誘拐されたことがあるのに」噛みつくように言ってしまい、マリッサがひるんだのを見て、ラスは自分を罵った。「いや、すまん。いまは頭がちゃんと働いてないんだ」

ややあって、マリッサは微笑んだ。「ひどい言いかたかもしれないけど、わたしはうれしいわ、あなたが取り乱してて。それだけのことをしたんだもの」

「ああ、仰せのとおりだ。おれは大ばかだった」

マリッサは顔を上向けて空を仰いだ。「そのお言葉に免じて、ひとつアドバイスをいいかしら。ベスに会いに行くなら」

「頼む」

完璧な顔をまたまっすぐこちらに向け、彼の顔に目の焦点を合わせると、沈んだ声になって言った。「怒らないように気をつけて。あなたって、怒ると悪鬼みたいになるもの。いまのベスには、なぜあなたの前でガードを下げていいって思ったのか思い出す必要があるのよ。なのにそんな顔してたら逆効果だわ」

「なるほど、もっともだ」

「ごきげんよう、マイ・ロード」

ラスはぺこりと頭を下げると、非実体化してまっすぐレッド通りに向かった。ふたりが初めて会った、彼女のアパートメントのある場所だ。そこに向かいながら、自分が街に出ているあいだ、毎夜〝シェラン〟にどんな思いをさせていたか痛感していた。ああくそ、こんな不安を抱えてどうして耐えていたのか。なにかまずいことが起こったのではないかと思いながら。彼の行く場所には、安全よりずっと危険が多く待っていると知りながら。

アパートメントの前で実体化したとき、ベスを捜しに来たあの夜のことを思い出した。彼女の父が亡くなったあとのことだ。彼は不承不承の、配役ミスの救済者だった。友人の遺言と誓約によって、彼女の遷移を見守ることになったのだ——当時、自分が何者なのかも知らずにいた彼女の。

最初に近づきになろうとしたときは大失敗だったが、二度めに話をしようとしたときは……それはもう大成功だったとも。

ああ、またあんなふうにいっしょに過ごしたい。裸の肌と肌を合わせ、ともに動き、彼女の奥深くに入って、自分のしるしを残したい。

しかし、そんなことはとうぶん起こらないだろう。いつかまた起こるとしても。

ラスは歩いて裏庭にまわった。ごついブーツだが音は立たず、足もとの霜のおりた地面に大きな影が落ちる。

ベスは、がたがたのピクニックテーブルの椅子で背中を丸めていた。彼があのとき座っていたのと同じ椅子だ。そして目の前のアパートメントをまっすぐのぞき込んでいる。彼女に会いに来たとき、彼もやはりああしていたものだ。冷たい風に黒髪を吹き流されて、まるで水底の強い流れのなかを泳いでいるかのようだった。

彼のにおいが届いたのだろう、彼女はさっとふり向いた。こちらの姿を認めると、背筋を少し伸ばし、彼がプレゼントした〈ノース・フェイス〉のパーカに両腕を巻きつけた。

「なにしに来たの」

「マリッサからここだと聞いて」アパートメントのガラスの引き戸に目をやり、また彼女に視線を戻した。「座ってもいいか」

「えっと……ええ、どうぞ」ラスが近づいていくと、彼女は少し身じろぎした。「ここに長居するつもりはなかったんだけど」

「そうなのか」

「あなたに会いに行こうと思ってたのよ。いつごろ戦闘に出るのかわからないけど、その前に少し時間があるかもって思って……でもそのときになったら、なんて言うか、その……」

最後まで言わず、口をつぐんだ。その彼女のとなりに腰をおろすと、重みに支えの脚がきしむ。腕をまわしたかったが、我慢した。パーカがじゅうぶんに彼女を暖めてくれると期待するしかない。

沈黙が続き、頭のなかで言葉がぐるぐるまわっている。すべてが謝罪の言葉のバリエーションで、そのすべてが無意味だ。すでに謝罪は口にしたし、それが心からの言葉だと彼女は知っている。償おうにももうできることはないと、あきらめのつくときがいつか来るのだろうか。

この寒い夜、過去と未来のあいだで宙ぶらりんになって、できることと言えばとなりに腰をおろし、アパートメントの暗い窓を見つめることだけ……かつて彼女はこの部屋に住んでいたのだ。かつて、運命がふたりを結びつける以前には。

「ここに住んでたころは、あんまり幸せじゃなかったわ」ささやくように言った。

「そうなのか」

顔を手でなで、目にかかる髪の房を払った。「仕事から帰ってきて、部屋にひとりでいるのが好きじゃなかったの。ブーのおかげで助かったわ。でもあの猫がいなかったら……だって、テレビなんか大して役に立たないもの」

ベスがひとりきりだったと思うとつらかった。「それじゃ、戻りたいとは思ってないんだな」

「もちろんよ」

ラスは息を吐いた。「よかった」

「新聞社で、あのいやらしいディックの下で働いて、三人ぶんの仕事をしてて、でも将来どうなるあてもなかった。若い女だし、年上の男連中が作ってたのは、クラブどころじゃなくて――秘密結社だったから」首をふった。「でもね、最悪だったのはなんだかわかる？」

「なんだ」

「なにかが起こってる、なにか重要なことがってずっと感じてるのに、それがなんだかわからないまま毎日生きてたことよ。なんていうか……そこに秘密があるのはわかってる、なにかが隠されてるのはわかってるの、だけどどうしても手が届かない。頭がおかしくなりそうだった」

「それじゃ、自分がふつうの人間でないとわかったのは――」

「でも、あなたと暮らしたこの数か月は、あのころよりひどかったわ」とこちらに目を向けた。「この秋のことを思い返すと……なにかおかしいのはわかってたのよ。心の奥ではわかってたの、はっきり勘づいてた。あなたはきちんときちんとベッドに来なくなって、来ても眠るためじゃなくなってた。いつもそわそわしていたし。ちゃんと食べないし、ぜんぜん養わないし。王さまの仕事は以前からストレスだったけど、この二、三か月はそれとは違ってた」また以前住んでいた部屋に目を向ける。「わかってたの、でも現実に直面したくなかった。あなたがほんとに、わたしに嘘をついてるなんて。こんなに大事で恐ろしいことで――ひとりで戦闘に出てるっていう」

「すまん、そんな思いをさせるつもりはなかったんだ」

美しくも厳しい横顔で、彼女は続けた。「いま頭が混乱してるのは、ひとつにはそのせいだと思うの。そういうことがいろいろあって、以前は毎日どんなふうに生きてたか思い出したのよ。遷移を乗り越えて、あなたといっしょに〈兄弟〉たちと暮らすようになってから、肩の荷がおりたみたいだった。以前からずっと疑問に思ってたことに、やっと答えが出たんだってわかったからよ。おかげでびっくりするぐらい心が安定したの。もう安心だって思ったわ」こちらにまた視線を戻す。「今度のあなたのこと、この嘘のことで、また現実を信用できなくなった気がするわ。安心だとは思えなくなった。つまりね、わたしにとってあなたは全世界なのよ。世界のすべてなの。なにもかもあなたが基盤なの、だってあなたの連れあいだってことが、わたしの人生の土台なんだもの。だから、あなたが戦闘に出るとか出ないとかいう、それだけの問題じゃないのよ」

「うん」ちくしょう、おれはいったいなにを言ってるんだ。

「理由もなくやったんじゃないってことはわかってるの」

「うん」

「わたしを傷つけるつもりじゃなかったのよね」語尾をあげて言った。断定ではなく疑問文だ。

「もちろんだ。そんなつもりはぜんぜんなかった」

「でも、傷つくだろうってことはわかってたんでしょ」ラスは両ひじを膝につき、太い両腕に体重を預けた。「ああ、わかっていた。だから眠ってなかったんだ。黙ってるのはまちがったことだと感じていたから」

「言ったら反対されるとか、そういうことを心配してたの？　法律違反だってわたしに非難されるとか、それとも……？」

「いや、つまりその……夜が終わって帰館するたびに、もう二度とやらんと自分に言い聞かせてたんだ。なのに日が沈むと、気がつけば短剣（ダガー）を身に着けていた。おまえに心配させたくなかったし、いつまでも続けるわけじゃないと自分に言い聞かせてた。だが、違うだろうと言われればそのとおりだった。本気でやめようとは思ってなかった」頭がずきずきしてきて、ラップアラウンドの下の目をこすった。「まちがったことだった。直視できなかったんだ、おまえにどんなひどい仕打ちをしているか。苦しかったから」

手を脚に置かれて、彼はぎくりとした。こんなふうにやさしく触れてもらうのは、いまの自分にはもったいなさすぎる。サングラスをもとの位置に戻すと、そっと腿をさする彼女の手を、恐る恐る握った。

なにも言わず、ふたりで手のひらと手のひらを合わせていた。

距離を縮めることに関しては、ときに言葉は役に立たない——その音声を運ぶ空気ほどにも。

寒風が裏庭を吹きわたり、ふたりの前を枯れ葉がかさこそと飛ばされていく。ベスのかつての部屋に明かりがつき、小さなキッチンとひとつきりの部屋に光があふれた。ベスが小さく笑った。「家具、わたしと同じ置きかたしてる。長い壁のいっぽうにフトンがくっつけて置いてあるわ」

ということは、転がるように部屋に入ってきた男女がまっすぐフトンに向かうのがまともに見えるということだ。人間たちは唇と唇を合わせ、腰と腰をぴったりくっつけて、からまりあってフトンに倒れ込んだ。男が女のうえにのっている。

この光景にきまり悪くなったかのように、ベスは立ちあがり、咳払いをした。

「〈セーフ・プレイス〉にそろそろ戻らないと」

「今夜、おれはローテーションからはずれてるんだ。館にいるから、つまり、ひと晩じゅう」

「よかった。できたら少しは身体を休めてね」

くそ、この距離がいまいましい。とはいえ、少なくともちゃんと話はしている。

「送っていこうか」

「だいじょうぶ」ベスはパーカのなかで身を縮めた。顔がダウンの襟に埋もれる。

「ああ、さむ」

「ああ、寒いな」別れのときが来たとたん、いまいる場所のことが不安になり、恐怖感から視力がふだんより鋭くなる。ああ、どうかそんな寂しそうな顔をしてくれるな。「ほんとに悪かったと思ってるんだ」

ベスが手をあげて彼のあごに触れた。「ええ、声を聞けばわかるわ」

その手をとり、自分の心臓のうえに置いた。「おまえを失ったら、おれはごみくずも同然だ」

「なに言ってるの」一歩さがって、握られていた手をほどく。「あなたは王なのよ。だれが〝シェラン〟でも関係なく、だれより大事なひとだわ」

ベスは非実体化して消えた。彼女の活気と温もりが失せて、あとには凍える十二月の風が残るばかりだ。

ラスは二分ほど待ってから、非実体化して〈セーフ・プレイス〉に向かった。なにしろずっと養いあってきた仲だから、彼女のなかには彼の血が大量に流れている。セキュリティ対策万全の頑丈な壁の内側にいても、だから彼女の存在は感じられた。

ちゃんと守られているのがわかる。

重く沈んだ心を抱え、ラスはまた非実体化して館に戻った。傷口から抜糸をしてもらったら、あとはひと晩じゅう書斎でひとり過ごさなくてはならない。

21

トレズがトレーをキッチンに持っていってから一時間後、レヴの胃は全面的な反乱を起こしていた。くそ、事後の食事にオートミールもだめとなったら、なにを食べればいいんだ。バナナか、白米か。

それとも〈ガーバー〉のベビーフードでも食えというのか。

滅茶苦茶なのは消化器だけではない。感覚があれば、まちがいなくひどい吐き気と頭痛がしているはずだ。ちょっと光が当たると（トレズが様子を見に来たときのように）、ひとりでにまばたきが起こり、でたらめにまぶたがぴくぴくする。「セーフティ・ダンス（一九八二年に発表され大ヒットしたダンスミュージック。プロモーションビデオのSの字を表現する発作的な仕種が特徴的）」の眼球版というところだ。やがて唾液がやたらと出はじめて、ひっきりなしにつばを呑まずにいられなくなった。つまり吐き気がしているということだ。

電話が鳴りだした。顔も動かさず、手で電話を捜しあてて耳もとに運んだ。今夜は

〈ゼロサム〉でいろいろ取引があるから、放っておくわけにはいかない。「ああ」

「あの……電話をくださった?」

レヴはさっとバスルームのドアに目をやった。ドア枠の周囲にかすかに光が漏れている。

くそ、まだシャワーを浴びてない。

全身にいまもセックスのにおいがまとわりついている。

エレーナとは車で三時間の距離があるし、ウェブカメラがついているわけでもない

が、こんな汚穢にまみれた身体で彼女とは話せない。

「やあ」しゃがれた声で言った。

「大丈夫?」

「ああ」真っ赤な嘘だし、ざらざらした声を聞けばそれはすぐにわかる。

「あの、わたし……電話をくださったみたいだったから――」のどを絞められたよう

な声が彼の口から漏れて、エレーナは言葉を切った。「具合が悪いのね」

「いや――」

「ねえ、病院にいらして――」

「いまはちょっと……」くそ、彼女と話すのには耐えられない。「ちょっと遠出して

いて。北部にいるんだ」

長い間があった。「よかったら、抗生剤を持っていきましょうか」

「いや、いい」こんなところを見せられない。いや、二度と会うわけにはいかないのだ。こんな汚れた姿で。彼は汚れた不潔な男娼で、忌み嫌っている相手に触れられ吸われ使われ、その相手に同じことをしてやっているのだ。

王女の言うとおりだ。彼は張り形（ディルドー）なのだ。

「レヴ、遠慮なさらなくていいから――」

「いいと言ってるんだ」

「もう、どうしてそんなに意地を張るの！」

「あなたにわたしを救えるとでも言うのか！」思わず怒鳴った。

爆発したあと、彼は思った――どうしたんだ……いまの言葉はどこから湧いてきたんだ。「すまない……今夜はさんざんだったから」

ようやくエレーナが口を開いたとき、その声はか細いささやきのようだった。「お願いだからやめて。遺体安置所であなたを見る破目にはなりたくない。お願いだからそれだけは」

レヴはぎゅっと目をつぶった。「そんなことをしてくれと頼みやしない」

「そうでしょうとも」声がかすれてすすり泣きに変わった。

「エレーナ……」

彼女の絶望のうめきは、電話越しにもはっきりと伝わってくる。「もう……もういいわ。好きにすれば。自分で自分の生命を縮めればいいのよ」

電話は切れた。

「くそ」彼は顔をこすった。「くそったれ！」

レヴはとっさに身を起こし、携帯電話を寝室のドアに投げつけた。ドアの鏡板(パネル)に当たって跳ね返り、宙を飛んでいるときにはたと気づいた。あれが壊れたら、もう彼女の電話番号がわからなくなる。

怒号をあげ、じたばたあたふたしながらベッドから身体を飛ばそうとした。キルトの上掛けはみごとに吹っ飛んだものの、彼自身の動きはさほどでもなかった。感覚のない足でラグを踏んだら、滑ってフリスビーよろしく投げ出され、一瞬宙に浮いたあと顔から床に着地した。爆弾が破裂したような音がして衝撃で床板が振動したが、かまわず電話に向かって這い進んだ。まだ画面が明るいままだから、その光を目指した。

頼む、頼むよ神さま、もしいるなら……

手が届きそうになったとき、ドアがさっと開いた。危ないところで頭には当たらなかったが、携帯電話ははじき飛ばされた。アイスホッケーのパックのように、反対方向にすっ飛んでいく。くるりと向きを変えてそれを追いかけながら、レヴはトレズに向かって叫んだ。

「撃つな！」

トレズは完全な戦闘体勢で銃を構えていた。それを窓に向け、クロゼットに向け、最後にベッドに向けた。「いったいさっきのはなんだ」

レヴは床にべったり腹這いになって電話に手を伸ばした。ベッドの下でこまのようにまわっている。やっとつかまえると、目を閉じて顔のそばに持ってきた。

「レヴ、どうした」

「頼むから……」

「なに？　頼むって……なにを」

レヴは目を開いた。画面がちらついている。急いでボタンを押した。着信……着信……着信――

「レヴ、いったいなにがあったんだ」

あった。この番号だ。市外局番のあとの七桁の数字をにらみ、金庫の組み合わせ錠の番号かなにかのように、しっかり脳裏に刻みつけようとする。

ついに画面が暗くなり、彼は腕に頭を垂らした。

トレズがかたわらにかがみ込んできた。「大丈夫か」

レヴは床を押してベッドの下から這い出すと、上体を起こした。メリーゴーランドのように部屋がまわっている。「うう……まいった」

トレズは銃をホルスターに収めた。「なにがあったんだ」

「電話を落としたんだよ」

「へえ、なるほどな。道理であんなでっかい音がしたわけだ、よっぽど重い——おい、待てよ」立ちあがろうとするレヴをトレズはつかまえた。「今度はどこへ行くんだ」

「シャワーを浴びるんだ。シャワーを……」

ハンマーで叩き込まれるかのように、また王女と自分の姿がありありと思い浮かぶ。王女が背中をのけぞらせるのが見える。赤いメッシュが裂けて尻があらわになり、そこに深々と入っていく自分。射出したものが奥の奥まで届くように、根もとのとげで王女の内部と嚙みあう。

レヴは両手のこぶしを目に押し当てた。「どうしても……」

ああ、ちくしょう……強請(ゆす)られている相手と絶頂に達する自分。それも一度ではなく、たいていは三回か四回はいく。店の売春婦たちは、金のためにするのを嫌悪していても、少なくとも行為を楽しんではいないと考えて自分を慰めることはできる。しかし男の場合、射精していてその言い訳は通じないだろう。

嘔吐反射が激しくなり、レヴはパニックを起こしてバスルームに転げ込んだ。オートミールとトーストの解放への努力は実を結び、便器にかがみ込む彼をトレズが来て支えてくれた。レヴは吐き気を感じられないが、食道が傷ついているのはまちがいない。二、三分咳が続き、呼吸が苦しくて目の前に星が飛び、と思ったら吐血が始まった。

「横になれ」トレズが言った。

「いや、シャワーを――」

「いまは無理だって――」

「あの女をこすり落とすんだ！　あの女には我慢ならん」レヴの声は、彼の寝室だけでなく家じゅうに響きわたった。「くそったれ……」

その瞬間には、〝マジかよ〟の香りがはっきり漂っていた。レヴは溺れかけても救命胴衣を頼むタイプではなく、王女との取り決めのことで泣き言をこぼしたこともない。黙って乗り越え、やるべきことをやり、その結果を引き受けてきた。彼自身の、そしてゼックスの秘密を守るためなら、これぐらいはやむをえないからだ。

それに楽しんでる部分もあるしな、と心の声が指摘してくる。あの女のなかにいるときは、言い訳なしの自分でいられるからな。

うるせえ、と自分で自分を罵った。

「怒鳴ったりしてすまん」しわがれ声で友人に謝った。

「なに言ってんだ、気にすんな」トレズがやさしくタイルの床から抱え起こし、洗面台にもたれさせようとした。「そういう時もあるさ」

レヴはよろよろとシャワーに向かった。

「こら」トレズは言って、彼を押し戻した。「おれがやる。熱い湯が出るまで待て」

「どうせなにも感じん」

「もう深部体温がやばいことになってるんだ。ちょっと待ってろ」

トレズが大理石のシャワーブースに手を差し入れて水栓をひねっているとき、レヴは自分のペニスを見おろしていた。だらりと太腿に垂れかかっている。他人の性器のように見えて、それがありがたかった。

「わかってるだろ。あの女、よかったら殺してやるぜ」トレズは言った。「事故に見せかけることだってできる。ばれやせん」

レヴは首をふった。「こんなくそ厄介ごとに巻き込みたくない。それでなくても、もうおぜい死んでるんだ」

「気が変わったらいつでも言えよ」

「わかってる。恩に着るよ」

トレズは腕を伸ばし、シャワーの下に手を入れた。手のひらに水流を受けるうちにチョコレート色の目がゆっくり薄れていったかと思うと、だしぬけに怒りで真っ白に変わった。「はっきりさせとくぜ。おまえが死んだら、〈スィーズビ〉の伝統にのっとって、あのくされ女の生皮を剝いでおまえのおじ貴に送りつけてやる。残った肉は串刺しにして丸焼きにして骨から食らってやる」

レヴはかすかに笑みを浮かべながら、共食いにはならないなと思っていた。遺伝子レベルでは、〈シャドウ〉族と〝シンパス〟に大して共通点はない。ヒトと鶏のほうが近いぐらいだ。

「とんだハンニバル・レクターだな」ぼそりと言った。

「おれたちのやりかたは知ってるだろ」トレズは手をふって水を払った。「〝シンパス〟は……おれたちにとっちゃディナーの材料だ」

「そら豆でも剝くのか」

「いいや、けど上等のキャンティ（イタリア産の赤ワイン）をあけてもいいな。フレンチフライもつけて。肉を食うときはポテトをつけんとな。よし、シャワーを浴びてあのくされ女の悪臭を洗い流しちまえ」

トレズは近づいてきて、カウンターに寄りかかっていたレヴを助け起こした。

「すまん」支えられてよろよろとシャワーに向かいながら、レヴはぽつりと言った。

トレズは肩をすくめた。このバスルーム訪問については、互いに二度と口にすることはないだろう。「立場が逆ならおまえもやってくれるだろ」

「うん」

シャワーに打たれながら、ラズベリーにも負けないほど皮膚が赤くなるまで〈ダイアル〉石けんで身体をこすり、三度も洗いなおしてからやっとシャワーを止めた。ブースを出ると、トレズからタオルを渡されて、バランスを崩さない範囲で急げるだけ急いで身体を拭いた。

「好意に甘えると言えば……」レヴは言った。「電話を貸してくれ。それとひとりにしてほしい」

「いいとも」トレズは彼を支えてベッドに連れ戻り、上掛けをかけてやった。「やれやれ、この上掛けが暖炉に落ちなくて助かったぜ」

「それで、電話貸してもらえるか」

「今度はサッカーでもする気か」

「するもんか、ドアを閉めといてくれさえすれば」

トレズは〈ノキア〉の携帯を渡してよこした。「手荒に扱うなよ。買ったばっかりなんだ」

ひとりになると、レヴは慎重に番号を押し、かすかな望みをかけて「発信」を押した。

リーン、リーン、リーン……

「はい?」

「エレーナ、さっきはすまなか——」

「エレーナ?」女の声が言った。「ごめんなさい、この番号にはエレーナって人はいませんけど」

救急車のなか、エレーナはいつもの癖で涙をこらえていた。だれに見られるわけでもないが、そういう問題ではない。ラテが二重のカップのなかで冷めていき、不安定なヒーターが切れたり入ったりするなか、彼女は気を取りなおそうと努めていた。それがいつもやっていることだから。

そこへ自動車無線が甲高い音を立て、しびれるようにぼんやりしていたのがはっとわれに返った。

「本部から四号車へ」カーチャの声だ。「四号車、どうぞ」

エレーナはマイクに手を伸ばしながら、これだからガードを絶対に下げちゃいけないのよ、と思っていた。こうして無線が入ったときに、落ち込んでめそめそ泣いてたりしたら……まったくとんでもないことだ。

〝通話〟ボタンを親指で押す。「四号車です」

「あなた大丈夫？」

「ああ、その、大丈夫です。ただちょっと……これからすぐ戻りますから」

「急ぐことないわ、ゆっくり帰ってきて。大丈夫か確かめたかっただけだから」

エレーナは時計に目をやった。いやだ、もうすぐ午前二時じゃないの。エンジンとヒーターをかけたまま、二時間近くもここにじっと座っていたのだ。

「ごめんなさい、もうこんな時間になってるなんて思わなくて。救急車の必要な患者さんがいるんですか」

「いいえ、ただちょっと心配になっただけよ。先生がご遺体のお世話をするとき、あなたが補助したって聞いたから――」

「わたしは大丈夫です」窓をおろして少し空気を入れ換え、救急車のギアを入れた。

「すぐ戻りますから」

「急がなくていいわ。でね、今夜はもう仕事に戻らなくていいから」

「えっ、そんな――」

「もう決めたの。それとね、スケジュールは変更しといたから、明日の晩もあなたはフリーよ。あんなことがあったんだからお休みが必要だもの」

エレーナは反論したかったが、ただの強がりとしか聞こえないのはわかっていたし、それにもうカーチャが決めてしまった以上、言いあいをしてもしかたがない。

「わかりました」

「それじゃ、ゆっくり戻ってきてね」

「そうします。通信終了（オーバー・アンド・アウト）」

マイクを切って、川を渡る橋に向かって走りだした。ランプでアクセルを踏み込んでいたとき、電話が鳴りだした。

それじゃ、レヴがまた電話をしてきたのね。意外とは言えないけど。応えるつもりがあったわけではないが、レヴからだと確かめるためだけに電話を手にとった。

見憶えのない番号。

〝応答〟を押して電話を耳もとに持っていく。「はい？」

「エレーナ？」

レヴのよく響く声に、やはり全身に熱いものが走る。腹が立っていたはずなのに——彼にも、自分自身にも。というより、基本的にはこの状況のすべてに。

「ええ」彼女は答えた。「でも、これはあなたの番号じゃないでしょう」

「ああ、そうなんだ。携帯が壊れてしまって」

さっきはすまなかったが始まる前に、彼女は急いで口をはさんだ。「あの、わたしには関係のないことだから。あなたがいまどんなことになってても、おっしゃるとおり、わたしにはあなたを救うことなんか——」

「そもそも、なぜ救おうという気になったのかな」

エレーナは眉をひそめた。その問いが自己憐憫とか非難から生じたものなら、すぐに通話を切って番号を変えていただろう。しかし、声の響きからして、彼はほんとうに不思議がっているようだったのだ。そしてまた、すっかり疲れきってもいるようだ。

「ほんとうにわからないんだ……理由が」つぶやくように言う。

エレーナの答えは単純明快で、また心からの真実だった。「当然のことですもの」

「わたしにその価値がなくても？」

ステンレスの台に横たわっていたステファンのことを思い出した。冷たくなって、打ち身だらけで。「生きて心臓が動いているなら、救う価値のないひとなんかいないわ」

「だからあなたは看護師になったの？」

「いいえ、看護師になったのはいつか医師になりたいからよ。救う価値とかっていうのは、ただわたしの世界観」

ふたりのあいだに長い沈黙が落ちる。

「車の運転中かな」しまいに彼が言った。

「ええ、車っていうか、救急車ですけど。病院へ戻るところなの」

「ひとりで出てるのか」唸るような声になる。

「ええ、でも女がひとりで危ないみたいな話はやめてね。座席の下には銃があるし、使いかたはわかってるし」

電話の向こうから低い笑い声が伝わってくる。「なるほど、それはそそられるな。すまない、でもほんとうだから」

釣られて笑みが浮かんだ。「あれね、あなたってほんとうに腹の立つひとね。ぜんぜん知らないひとなのに、ついかっとなって言わなくていいことを言ってしまうわ」

「それはある意味、褒め言葉だね」間があった。「さっきは悪かった。今夜はさんざんだったものだから」

「ああ、ええ、わたしも同じ。悪いと思っているのも、今夜はさんざんだったのも」

「なにがあったの」

「いろいろありすぎて。あなたは？」

「わたしもだ」

彼が身じろぎすると、衣ずれの音がした。「またベッドに入ってらっしゃるの」

「そうなんだ。それとそう、やっぱり訊かないほうがいいと思うよ」

今度は本格的に顔がほころんだ。「今度もやっぱり、いまなにを着ているか訊かないほうがいいとおっしゃるのね」

「当たり」

「なんだかいつも同じ話になるみたいね」まじめな声になって、「声を聞くと、とても具合が悪そうですけど。しゃがれてるわ」

「すぐに治るよ」

「あの、よかったらお薬を持っていきますけど。病院に来られないのなら、わたしがお薬を持っていってもかまいません」回線の向こうの沈黙は濃く重く、いつ終わるともしれなかった。「もしもし？　聞いてらっしゃる？」

「明日の夜……会えるかな」

ハンドルを握る手に力が入った。「はい」

「〈コモドア〉の最上階で待っている。あの建物は知ってる？」

「知ってます」

「真夜中に来てもらえるだろうか。東側なんだが」

「はい」

ため息が、あきらめのそれに聞こえた。「それじゃ、待っているから。気をつけて運転して、わかってると思うが」

「ええ。それと、もう電話を投げないでくださいね」

「なぜわかった？」

「いまは救急車のダッシュボードが目の前にあるから無理だけど、投げられる空間があればわたしも投げてたと思うから」

彼の笑い声にまた釣られて笑顔になったが、〝終了〟を押して電話をバッグに戻すときには笑みは消えていた。

ずっと百キロの安定した速度で運転しているし、前方の道路はまっすぐで整備も行き届いているのに、完全に制御を失っているような気がした。車体を傾け、こっちのガードレール、あっちのガードレールとふらふらぶつかり、火花の軌跡を引き、救急車の部品をふり落としながら走っているような。

明日の夜、彼と会うのだ。私的な場所で、ふたりきりで。絶対にやめたほうがいい。わかっているのに、でも引き返す気にはなれない。

22

レームの子モントラグは電話を切った。父の書斎のフレンチドアから外を見る。庭園、植木、なだらかな芝生。そしてこの広壮な館も、そのなかにあるものも、いまではすべて彼のものだ。もう、いつか受け継ぐ遺産ではない。

敷地を見まわしながら、所有の感覚が血流に乗って全身に響きわたるのを楽しんだ。とはいえ、この眺めはいささかいただけない。なにもかも冬支度をすませてしまっている。花壇に花はなく、花咲く果樹には網がかぶせてあり、カエデやオークは葉を落としている。そのせいで奥の擁壁が見えていて、まったく見場がよくない。防犯用の見苦しい機械類は隠すようにしなくては。

モントラグは目をそむけ、もっと快い眺めのほうへ歩いていった。といっても壁にかかった眺めではあるが。このお気に入りの絵画を目にすると、いつものとおりたちまち畏敬の念が沸きあがってくる。なんと言ってもターナーは、画才の面でも画題の選択の面でも尊敬に値する。この作品はとくにそうだ。海に沈んでいく夕陽の描写はさまざまな面で傑作であり、黄金と薄紅色と燃えあがる深紅の色合いはまさに眼福だ——なにしろ、この世界を維持し生かし暖めている本物の燃えるかまどを、生物学的条件のためにこの目で見ることはかなわないのだから。

こんな作品なら、どんなコレクションにあっても秘蔵の逸品と言われるだろう。この館にあるだけでも、彼はターナーを三枚所有している。

はやる気持ちに震える手で、金箔の額縁の右下隅をつかんだ。海の絵を壁からこちらへ引き寄せると、裏から金庫が現われた。絵の大きさとぴったり同じサイズで、漆喰にはめ込んである。組み合わせ錠のダイヤルをまわすと、ほとんど聞きとれないほどかすかな音がした。この音からは想像もつかないが、じつはひとの前腕ほどもある太いピンが六本も嚙みあっていて、それが一本ずつ引っ込んでいっているのだ。

金庫は音もなく開き、内部の照明がついて、十二立方フィート（約〇・三四立方メートル）の空間を照らしだす。詰まっているのは薄いレザーの宝石ケース、帯をかけた百ドル札の束、そして書類ホルダー。

刺繡（ししゅう）入りの足乗せ台を持ってきて、その花模様の台にあがった。金庫のなかに手を突っ込み、不動産譲渡証書や株券の山の奥から手提げ金庫を取り出し、壁の金庫と絵画をもとに戻した。興奮と期待に胸を高鳴らせつつ、その金属の箱をデスクに運び、左下の引出しの隠しポケットから鍵をとった。

壁の金庫の組み合わせ錠と隠し場所については父から教わっていた。モントラグに息子ができたら、やはり伝えることになるだろう。これこそ貴重品の散逸を防ぐ手段というものだ。父から子への直伝。

壁の金庫の扉は、精密に嚙みあっていてなめらかにスライドしたものだが、この手提げ金庫の蓋はそうはいかなかった。開くときには派手にきしみ、長の眠りを妨げられて抗議するかのようだったし、金属の腹の底にあるものを開帳するのがいかにも不満そうだった。

まだちゃんとあった。ありがたい、もとどおりちゃんとある。

なかに手を入れながら、こんな比較的無価値なものなのに、とモントラグは思った。ただの紙切れ数枚、それじたいでは数分の一セントの価値もないだろうし、その繊維に残るインクも一セントの価値すらない。にもかかわらず、それによって書かれた内容には計り知れない価値がある。

これがなかったら、彼は生命の危険にさらされる。

二通の書類のいっぽうを取り出した。両方とも同じものだから、どちらであってもかまわないのだ。指先でそっとつまみあげたのは、ヴァンパイア版宣誓供述書だ。紙三枚に手書きされ、血で署名された文章。二十四年前の事件について書かれたものだ。三枚めには公証ずみの署名が入っているが、よれよれに乱れた筆跡は褐色に薄れ、ほとんど読みとれないほどになっている。

だが無理もない、これを書いたのは瀕死の男だったのだ。

リヴェンジの「父」、レンプーン。

おぞましい真実が、ここに〈古語〉ですべて詳述されている。リヴェンジの母が〝シンパス〟によって誘拐され、妊娠・出産したこと、その後逃げて貴族のレンプーンと結婚したこと。そしてそのすべてに劣らず、最後の一段落はまがまがしい内容だった。

わが名誉にかけて、またわが血を分けた祖(おや)と裔(すえ)の名誉にかけて、今宵まさにリヴェンジことわが継子がわたしに襲いかかり、素手をもってわが身に致命傷を負わせたことをここに証言する。彼はあらかじめ悪意をもってこれを企み、口論を引き起こす意図でもってわたしを書斎におびき寄せた。わたしは丸腰だった。負傷させたのち、リヴェンジは書斎をうろつき、外部からの侵入者に荒らされたかのような偽装をほどこした。そしてわたしをこの床に放置し、死の冷たき手がわが身をとらえるに任せて、館をあとにしたのである。その後、事業についての相談に訪れたよき友レームによって、わたしはしばし助命された。

しかし、もう長いことはない。わたしは継子に殺されたのだ。これが、肉を受けた魂としてのこの世でのわが最後の告白である。願わくは〈書の聖母〉の恩寵（おんちょう）により、わが魂のすみやかに〈冥界（フェード）〉へ渡されんことを。

モントラグの父がのちに説明してくれたところでは、レンプーンはまる一夜近く生き延びた。レームは仕事の話をするためにやって来て、館が無人であるのみならず、共同経営者が血まみれで倒れているのを見つけた——そして、まともな男なら当然やるべきことをやった。自分でも書斎をあさったのだ。レンプーンが死んだとなれば、会社関係の書類を確保しなくてはならない。レンプーンの分数保有権が財産に繰り入れられず、いま稼働中の会社をレームが完全に所有できるようにするためだ。

首尾よく目的を果たして、レームは立ち去ろうとドアに向かったが、そこでレンプーンがまだ生きているのに気づいた。唇を開いて呼びかけてきたのだ。

レームは機を見るに敏なほうだが、殺人の共犯を引き受けるのはさすがに気が咎める。そこで医師を呼んだのだが、ハヴァーズが来るまでのあいだに、瀕死の男はとぎれとぎれに驚くべき事実を物語った。共同事業以上に価値のある事実を。急いで頭を回転させ、レームはその話とリヴェンジの正体に関する驚愕の証言を文章にし、レンプーンに署名をさせ――かくして法的な文書に仕立てたというわけだ。

その後、レンプーンは意識を失い、ハヴァーズが駆けつけたときにはすでにこと切れていた。

館をあとにしたときには、レームは会社の書類も宣誓供述書も手に入れたうえ、瀕死の男を救おうと尽力した勇敢な英雄という大仰な賛辞までちょうだいしていた。

改めて考えてみると、この証言に利用価値があるのは明らかではあったものの、こんな情報を武器にするのが賢明かどうかはあやしいものだった。〝シンパス〟と関わりあうのは危険だ。レンプーンの血が証明しているとおりである。もともと熟考型だったレームは、この情報を温めに温めつづけ……結局のところ、利用する時機を失してしまった。

法的には〝シンパス〟の存在は通報しなくてはならないし、通報の根拠とするに足る証拠もある。しかし、あまり長いこと悩んでいたせいで、リヴェンジの正体を隠していたと言われてもしかたのない状況にレームは追い込まれていた。たとえば二十四時間後とか四十八時間後とかに申し出ていれば、なにも問題はなかっただろう。しかし一週間後、二週間後、一か月後となると……

もう遅い。完全にむだにするよりはと、レームはモントラグにこの宣誓供述書のことを教え、息子は父の失敗を理解した。短期的にはできることはなにもなかったし、それでもこれが多少なりと利用できる状況はひとつしかない。そしてその状況が生じたのがこの夏だった。襲撃でレームが生命を落とし、息子がすべてを相続したのだ。この書類も含めて。

父が自分の知ったことを公表しなかったからといって、モントラグが非難されるいわれはない。父の遺品のなかにこの書類をたまたま見つけたと言えばすむことだ。そしてそれを提出してレヴを突き出せば、果たすべき義務を果たしたことになるだけである。

以前から知っていて黙っていたことが露見する恐れはない。

そしてそうなれば、ラスを殺すと決めたのがレヴではないなどと、信じる者はだれもいないだろう。なにしろ彼は〝シンパス〟なのだ。〝シンパス〟の言葉などひとことも信じられない。さらに言えば、彼の手が引金にかかっていれば――つまり彼が王の弑逆(しいぎゃく)を命じただけだとしても、彼は評議会の〝大立者(レアダイア)〟であり、王の死によって最も利益を得る立場にいる。まさにそれを狙って、モントラグはリヴェンジがその役職に選ばれるように手をまわしたのだ。

リヴェンジが王を始末するまで待ち、それから評議会に訴えて出ればよい。そして頭(こうべ)を垂れて、最近までこの書類の存在を知らなかったと言うのだ。襲撃のあとにレヴが〝レアダイア〟に選ばれ、その一か月後にコネティカットの屋敷に本格的に居を移して初めて知ったのだと。書類を見つけてすぐに王に電話をし、ことのしだいを打ち明けたが、ラスに黙っているよう命じられたと言おう。なぜなら、これが知れるとブラザー・ザディストがむずかしい立場に置かれるからだ。なんといっても、ザディストの連れあいはリヴェンジの妹であり、ということは〝シンパス〟の身内ということになるのだから。

もちろん、それが嘘だと暴露しようにもラスはもう死んでいる。さらに言えば、〝グライメラ〟の建設的な批判を無視してきたせいで、王はすでに嫌われている。王のあやまちがひとつ増えたところで、評議会はむしろ歓迎するだけだろう。それが事実だろうと捏造(ねつぞう)だろうと気にすまい。

手の込んだ工作だが、きっとうまく行くはずだ。王が殺されれば、まっさきに疑われるのは残った評議会のメンバーになるだろうし、〝シンパス〟であるリヴェンジは完璧なスケープゴートだ。なにしろ〝シンパス〟なのだ、なにをしても不思議はない！　加えて、動機の推測についてはモントラグが手を貸すこともできる。事件の前にレヴが訪ねてきて、前例のない種類の変化が起こるだろうと、不可解なほど自信ありげに話していたと証言すればよい。さらに、犯罪現場になんの証拠も残らないということはまずない。まちがいなく、レヴと王の死を結びつける痕跡が見つかるだろう。ほんとうに残っているかもしれないし、実際には残っていなくても、残っているはずと思って探せばなにかしら見つかるものだ。

レヴがモントラグを指弾したとしても、信じる者はいないだろう。なにしろレヴは〝シンパス〟だし、それに父のひそみにならい、モントラグは以前から、事業においても社交の場においても、思慮深く信頼できる人物という評判を培ってきたのだ。評議会の同僚たちの知るかぎり、モントラグは清廉潔白な人格者で、非の打ちどころのない血統の尊敬すべき人物なのだ。父も彼も、多くの共同経営者や協力者や血縁者を裏切ってきたが、だれもそんなこととは疑ってすらいない。食い物にする相手は慎重に選び、体面を損なわないよう用心してきたおかげだ。

かくしてレヴは大逆罪で告発され、逮捕され、ヴァンパイアの法にのっとって死刑に処されるか、〝シンパス〟のコロニーに追放される。そしてそこで、ヴァンパイアの血の混じる者として殺されるだろう。

どちらに転んでも問題はない。

お膳立てはすべて整った。だからこそ、先ほどモントラグは親友に電話をかけたのだ。

宣誓供述書をふたつに折り、クリーム色を帯びた分厚い封筒に滑り込ませた。型押しのレザーボックスから、名前入りの便箋を一枚取り出し、自分の副官となるべき男に宛てて短い手紙を書き、リヴェンジ失脚の舞台を固めた。その手紙で、電話で先に話したとおり、父の個人的な書類のなかにこれがあったと説明し――そして、この書類が本物なら、評議会の今後について憂慮していると書いたわけだ。

言うまでもなく、彼の仕事仲間の法律事務所で書類は真正と認められるだろう。そしてそのころにはラスは死に、リヴェンジは疑惑の目を向けられているはずだ。

モントラグは赤いスティック状の蠟を溶かし、封筒のふたに垂らして宣誓供述書を封印した。表に男の名を書き、〈古語〉で「本人限定受取」と書き添えると、金属の箱を閉じて鍵をかけ、デスクの下にしまい込み、鍵を安全な隠しポケットに戻した。

電話のボタンを押すと執事が現われ、封書を受け取ると、本人に手渡すという務めを果たすためにただちに出ていった。

これでよしと、モントラグは手提げ金庫を壁の金庫に運んだ。絵画をまた外側に開き、父の組み合わせ錠を使って金庫の扉をあけると、一通残った宣誓供述書をもとの場所に戻した。手もとに一通残しておいたのはたんに念のためで、州境を越えてロードアイランドへ向かっている書類になにかあったときの保険にすぎない。

ターナーの絵をもとどおりの位置に戻すと、いつものように海の眺めが語りかけてくる。みずから意図的に生み出そうとしている混乱からいったん身を引き、その平和で美しい海にしばし身を浸してみる。きっと暖かい海風が吹いているだろう。

いやまったく、寒い数か月間は夏が恋しくてならない。だがそれを言うなら、心を浮き立たせるのはその対比なのだ。冬の寒さがなければ、七月や八月の暑い夜を真に味わうことはできないだろう。

半年後、郊外へ広がっていくコールドウェル市の上空に夏至の月が昇るころ、自分はどこにいるだろうか。六月が来れば、彼が王になる。推挙され、尊敬される君主に。父にその姿を見せられないのが――

モントラグは咳き込んだ。息を吸ったらしゃっくりが出る。手に液体が触れた。見おろすと、白いシャツの前が全体に血で濡れていた。

驚いて叫ぼうと口をあけ、深く息を吸おうとしたが、のどがごろごろと鳴るばかり

で──

あわてて両手を首に当てると、頸動脈から間欠泉のように血が噴き出していた。ぎょっとしてふり向くと、そこに立っていたのは女だった。男のような髪型、黒いレザーの上下。手にしたナイフの刃は赤く、平然とした顔は無関心の仮面のようだ。モントラグは女の前に両膝をつき、右脇腹を下にばたりと倒れた。両手はいまも噴き出す生き血を止めようと、父の遺したオービュソンじゅうに流れ出すのを防ごうとしている。

女に転がされて仰向けにされたとき、彼はまだ生きていた。女は黒檀製の丸みを帯びた道具を取り出し、彼のかたわらにひざまずいた。

刺客として、ゼックスの仕事ぶりはふたつの面で評価される。第一に、標的をとらえたか。これは言うまでもない。そして第二は、きれいな殺しだったか。つまり、自分の身体生命を守り、自分の正体、そして仕事を依頼した客の正体を隠すために、付随的な殺人という形で第三者を巻き込まないということだ。

今回の場合、モントラグの動脈が排水管をやっているところから見て、第一の条件は楽勝だろう。第二はまだどうなるかわからないから、手早く仕事を進める必要がある。レザージャケットから〝ライス〟を取り出し、ろくでなしにかがみ込んだ。男の眼球が裏返るさまを見ると、もう一ナノ秒もむだにできない。男のあごをつかみ、顔をこちらに向けさせた。「こっちを見な。見ろって言ってるんだよ」

血走った目がこちらに向いた。その瞬間、〝ライス〟を前に突き出す。「なんであたしがここに来たのか、だれの命令なのかわかってるだろ。言っとくけどラスじゃない」

モントラグの体内には、脳にまわるだけの空気がまだ残っていたようだ。おびえたように唇が「リヴェンジ」と動いたが、すぐに眼球がまた裏返りはじめる。

あごから手を離して、したたかに平手を食わせた。「こっちを見ろって言っただろ」目と目が合ったところで、またあごをつかみ、左目の上下のまぶたをさらに大きく開かせた。「こっちを見な」

〝ライス〟を目頭から眼窩に押し込みながら、男の脳を探ってあらゆる記憶の引金を引いた。なるほど……これは面白い。この男は策を弄する本物のろくでなしで、人をだまして金を巻きあげるのが専門だ。

モントラグの両手がじゅうたんを叩き、毛足に深くめりこむ。絶叫の代わりにのどをごろごろ鳴らしている。眼球を眼窩から掘り出すさまが、メロンの果肉をすくい出すさまを思い起こさせる。これ以上は望めないほど完璧に、丸くきれいに。右の眼球も同じようにえぐり出し、内張りしたベルベットの小袋にふたつとも入れた。モントラグは両手両足をばたつかせ、高価なじゅうたんを叩きながら、唇をめくりあげて歯を剝き出しにしている。奥歯まで含めて一本残らず。

血にまみれて死んでいく男をあとに残し、デスクの裏のフレンチドアから外へ出て非実体化した。前日に下見に来たときにのぼったカエデの木に移動する。二十分ほど待っていると、〝ドゲン〟が書斎に入ってきて死体を見つけ、持っていた銀のトレーを取り落とした。

ティーポットとカップが床に当たって跳ね返るのを見ながら、ゼックスは携帯を開き、「発信」を押して耳に当てた。レヴのよく響く声が返ってきたところで、彼女は言った。「任務完了、使用人が死体を見つけたとこ。仕事はクリーン、おみやげを持って帰る。到着予定時刻（ETA）は十分後」

「よし」レヴがかすれた声で言った。「よくやってくれた」

23

ラスは眉をひそめて携帯電話に向かって言った。「いますぐか。いますぐ北部に来てくれと？」

レヴの声はあくまで有無を言わさぬ調子だった。「じかに会うしかない用件なんだ。わたしはいま動けないし」

書斎の向こうから、ヴィシャス――銃の木箱の出どころをたどる件に関して、ちょうど報告しようとしていたのだ――が口だけ動かして尋ねてきた。なにがあったんだ？

それはまさにラスのほうこそ訊きたいことだった。〝シンパス〟が夜明けの二時間前に電話してきて、「渡すものがある」から北部に来てくれと言ってくるとは。いやたしかに、こいつがベラの兄なのはまちがいないが、なにしろこういうやつだから、その「渡すもの」がただの果物かごなどであるはずがない。

「ラス、重要なことなんだ」

「わかった、それじゃすぐ行く」ラスは電話を切り、ヴィシャスに目を向けた。

「ちょっと出かけて――」

「今夜フュアリーは狩りに出てる。ひとりで行かせるわけにはいかんな」

「あの家には〈巫女〉たちがいるじゃないか」フュアリーが〈プライメール〉として采配をふるようになってから、彼女たちはレヴの〈グレート・キャンプ〉を出たり入ったりしているのだ。

「まさか、〈巫女〉に身辺警護をさせる気とは思わなかった」

「自分の身ぐらい自分で守れる。大きなお世話だ」

Vは胸もとで腕を組んだ。ダイヤモンドの目が鋭く光っている。「さっさと出かけようぜ。言いあいするだけ時間のむだだ、おれの気は変わらんからな」

「ああ、もう好きにしろ。五分後に玄関広間でな」

そろって書斎を出ながらVが言った。「あの銃のことだが、まだ追跡は続けてる。いまのところ成果なしだが、まあ見てな、すぐに突き止めてみせる。製造番号が消されてたってどうってこたあない。どこで手に入れたのか探り当ててやるさ」

「ああ、あてにしてるぞ。大船に乗った気でな」

完全武装を整えてから、ふたりはばらばらに舞う分子になって北部に移動し、アディロンダック山中のレヴの〈グレート・キャンプ〉を目指し、静かな湖畔で実体化した。前方に見える建物はヴィクトリア朝様式の巨大なランチハウスだ。鱗板葺(こけらいたぶ)きの屋根、ななめ格子の窓、一階にも二階にもヒマラヤ杉の柱のポーチがある。凹凸だらけ、陰だらけだ。それに多くの窓がこちらを見ている目のようだった。

建物じたいも不気味だが、〝ミス〟の〝シンパス〟版である力場に包まれていて、フレディ（映画『エルム街の悪夢』シリーズの怪物）とかジェイソン（映画『十三日の金曜日』シリーズの殺人鬼）とかマイケル・マイヤーズ（映画『ハロウィン』シリーズの殺人鬼、別名ブギーマン）など、チェーンソーをふりまわす野蛮人の一団が住み着いていそうな気がしてくる。精神的な鉄条網でできた見えない恐怖の塀に囲まれており、からくりを知っているラスですら、敷地内に足を踏み入れるのは気が進まないほどだ。

目の焦点を強いて合わせると、レヴのボディガードのひとり、トレズの姿が見えた。湖に面したポーチの両開きドアを開き、あいさつ代わりに手をあげている。ラスとVは、芝生におりた霜を踏み砕いて歩いていった。銃はホルスターに収めたままではあったが、Vは光る右手の手袋をはずしていた。トレズは侮りがたい男だ。〈シャドウ〉族だからというだけではない。筋骨たくましい戦士の肉体に、戦略家の鋭い目を備え、レヴただひとりに忠誠を誓っている。レヴを守るためなら、トレズはまばたきの間もなく都市の一ブロックぐらい全滅させてしまうだろう。

「やあ、調子はどうだ」ラスはポーチの階段をのぼりながら言った。

トレズは進み出てきて、ラスと手のひらをぴしゃりと打ちあわせた。「上々だ。そちらは？」

「変わりなしだ」ラスはトレズの肩にこぶしを当て、「まともな仕事がしたくなったら、おれたちのところへ来てともに戦わないか」

「いまの仕事に不満はないんでね、せっかくだが」ムーア人はにっと笑った。Vに目をやり、その手袋をはずした手にちらと黒い目を向ける。「悪くとらんでほしいが、その手と握手する気はないぜ」

「もっともだ」と言って、ヴィシャスは左手を差し出した。「まあ、念のためでね」

「わかってる。立場が逆なら、おれも同じことをする」トレズは先に立って玄関に向かった。「レヴは寝室で待ってる」

「具合が悪いのか」なかに入りながらラスは尋ねた。

「なにか欲しいものは？　酒か、軽食でも」

質問をはぐらかされて、ラスはVに目をやった。「ありがたいが、けっこうだ」

屋内は、いかにもヴィクトリア女王とアルバート公の好みそうな装飾がほどこされていた。どっしりした皇帝様式（十八世紀前半のフランスで流行した重厚な様式）の家具、深紅や黄金色がふんだんに使われている。珍品蒐集の流行ったヴィクトリア朝の趣味に従い、部屋ごとにさまざまなテーマの装飾がほどこされている。ある客間には、アンティークの時計がずらりと並んで時を刻んでいた。グランドファーザー時計もあれば、飾り棚には真鍮のぜんまい時計や懐中時計もある。貝殻や珊瑚や数百年ものの流木が飾られている部屋もあったし、図書室には堂々たる東洋の花瓶や大皿、食堂には中世の聖像画が飾られていた。

「〈巫女〉がもっといるかと思っていた」無人の部屋から部屋を通り抜けながら、ラスが言った。

「毎月第一火曜日にはレヴが来るからだ。レヴがいると女たちは少し落ち着かなくなる。だからいまはほとんど〈彼岸〉に戻っているんだ。セレナとコーミアはいつも残っているが」少なからず誇らしげな声で、彼は付け加えた。「豪傑だからな、あのふたりは」

壮麗な階段をのぼって二階に向かい、長い廊下をたどると、彫刻をほどこした両開きの扉の前に出た。「館の主人」と声高に呼ばわっているかのようだ。

トレズはふと立ち止まった。「つまりその、レヴはいまちょっと具合が悪くてな。いや、伝染る病気じゃない。ただ……驚かないでもらいたいんだ。必要な治療はしてあるし、すぐによくなる」

トレズはノックをしてから両の扉を開いた。ラスは眉をひそめた。警戒心を刺激されると、視力がある程度自然と回復するのだ。

彫刻をほどこした寝台の中央に、レヴは横たわっていた。死んだように身じろぎもせず、赤いベルベットの上掛けをのどもとまで引きあげ、セーブルのコートを身体にかけている。目は閉じ、呼吸は浅く、生気のない肌は黄ばんでいた。短く刈りそろえたモヒカンの髪だけが、なんとかふだんどおりに見える……それと、右手に立っているゼックス、半分〝シンパス〟の血の混じった女。いつものとおり、趣味と実益のために男の去勢をやって（performed castrations for fun and profit）いそうに見える（「生活のために去勢手術をしています（I perform castrations for a living）」という獣医の自虐的で滑稽なスローガンのもじり）。

レヴが目を開いた。アメジストの色が濁って、打撲傷のような黒っぽい紫色に変わっている。「王が来てくれたぜ」

「ドアを」

トレズはドアを閉じ、出口の中央ではなく、端のほうに寄って立った。客人への敬意のしるしだ。「飲物や軽食はもう勧めた」

「すまんな、トレズ」レヴは顔をしかめ、身じろぎして枕から上体を起こそうとした。あえなく沈み込んだのを見て、ゼックスが身をかがめて手を貸そうとする。要らぬことをするなと言わんばかりに睨みつけたが、あっさり無視された。

上体を起こした姿勢で安定したところで、レヴは上掛けを襟もとまで引きあげ、胸の赤い星の刺青を覆った。「ラス、あなたに渡すものがある」

「ほう」

レヴがうなずきかけると、ゼックスは身に着けたレザージャケットに手を入れた。そのとたん、まばたきの間もなくVの銃口があがっていた。まっすぐゼックスの心臓を狙っている。

「その筒、ちょっと下げといてくんない」ゼックスがぴしゃりと言った。

「そいつは無理だな、すまんが」その口調の申し訳なさそうなことときたら、すでに振り子運動を始めたビル解体用の鉄球そこのけだった。

「まあまあ、落ち着け」ラスは言い、ゼックスのほうに頭をかしげてみせた。「頼む」

女はベルベットの袋を取り出し、ラスに向けて放ってよこした。こちらに飛んでくるのをかすかな風音で察して、視覚でなく聴覚を頼りにキャッチした。

なかに入っていたのは淡青色の眼球ふたつ。

「先夜、興味深い相談を受けてね」レヴが思わせぶりに言う。

ラスは〝シンパス〟に目をやった。「だれの目玉だ、いまおれが手にのっけてるのは」

「レームの子モントラグだ。あなたを殺せと持ちかけてきた。〝グライメラ〟にはあなたの仇敵（きゅうてき）が交じっているぞ。モントラグはそのひとりにすぎない。ほかに加担している者がいるかどうかはわからない。へたに調べて警戒させてはいけないからな、向こうが行動を起こさないうちに」

ラスは眼球を袋に戻し、袋ごと握り込んだ。「決行はいつの予定だった？」

「評議会の会合のときだ。明後日の夜」

「くそったれが」

Vは銃をしまい、胸もとで腕を組んだ。「あのろくでなしども、もとから気に食わなかったんだ」

「以下同文だな」レヴは言って、またラスに目を向けた。「あなたに報告せずに片づけたのは、王に恩を売るのも悪くないと思ったものでね」

ラスは思わず笑った。「罪業喰らい（シン・イーター）らしいな」

「そういうことだ」

ラスは手にした袋を揺すった。「いつこうなった」

「三十分ほど前」ゼックスが答える。「現場はそのままにしてきたよ」

「なるほど、まちがいなく警告は伝わるだろう。どっちみち評議会には出るつもりだが」

「やめたほうがよくはないかな」レヴが言った。「共犯者がいるとしても、二度とわたしに接触はしてこないだろう。わたしの忠誠心がどっちに向いていそうかわかったわけだからね。しかし、その気があるやつをほかに見つけてくるかもしれない」

「見つければいいさ」ラスは言った。「切ったはったには慣れている」ゼックスに目をやる。「モントラグはだれかの名を出したか」

「耳から耳まで切り裂いたからね。あれじゃ声も出せない」

ラスはにやりとして、Vに向かって言った。「不思議だな、なんでおまえらふたりはいがみあってるんだ。馬が合いそうなのに」

「まさか」ふたりは声をそろえて言った。

「評議会の会合は延期してもいい」レヴがぼそりと言った。「あなたが自分で探って共犯者を見つけるつもりなら」

「その必要はない。多少でも肝っ玉が据わっていれば、自分でおれの生命を狙おうとしていたはずで、あんたを巻き込もうとはせんだろう。つまり、やつらのやりそうなことはふたつしかない。モントラグが目玉をなくす前に吐いたかどうかわからないわけだから、臆病者らしく隠れて出てこないか、さもなければだれかに罪をなすりつけるだけだろう。つまり会合を開いても問題はない」

レヴがにたりと笑った。明らかに〝シンパス〟の顔がのぞいている。「仰せのとおりに」

「その前に、あんたの本音が聞きたい」ラスは言った。

「というと?」

「実際のところ、おれを殺そうと思ったんじゃないのか。話を持ちかけられたとき」

レヴは黙り込んだが、ややあっておもむろにうなずいた。「ああ、たしかに。だがさっきも言ったとおり、これであなたに貸しができたわけで、わたしの……その、いわば出生の秘密を考えれば……こっちのほうがずっと有利だからね、性根の腐った口先ばかりの貴族に肩入れするより」

ラスはひとつうなずいた。「その理屈はわかる、もっともだ」

「それに、これはお互い忘れないようにしたいんだが」と言って、レヴはまたにやりとした。「わたしの妹は、あなたの身内の連れあいだ」

「そのとおりだ。そのとおり、忘れはせんよ」

救急車をガレージに入れてから、エレーナは駐車場を横切り、地下の病院に降りていった。ロッカーの荷物をとってくるためもあるが、最大の理由はそれではなかった。夜のこの時刻、ハヴァーズはふつうオフィスでカルテを整理している。エレーナの目当てはそこだった。オフィスのドアの前まで来て、シュシュをとり、髪をきちんとなでつけ、襟足でしっかりまとめなおした。コートを着たままだったが、高価ではないものの、毛織の黒いコートできちんとして見える。これなら見苦しいとは思われないだろう。

ドア枠をノックし、上品な声で応答があるのを待ってなかに入る。ハヴァーズのもとのオフィスは豪華な旧世界ふうの書斎で、骨董品と革装の本でいっぱいだったものだ。だがこの新しい病院に移ったいま、彼個人の仕事場もほかの部屋と変わりはなかった。白い壁、リノリウムの床、スチールのデスク、黒い回転椅子。

「エレーナ」読んでいたカルテから顔をあげて、ハヴァーズは言った。「大丈夫かね」

「ステファンはご家族の——」

「すまなかったね、知りあいだったんだって？　カーチャから聞いたんだが」

「はい……」たぶんカーチャにも話さないほうがよかったのだろう。

「それならそうと、言ってくれればよかったのに」

「哀悼の意を表したかったんです」

ハヴァーズは鼈甲縁の眼鏡をはずし、目をこすった。「ああ、その気持ちは理解できるよ。それでも、やはり言ってもらいたかったな。ご遺体のお世話をするのはいつでもつらいものだが、個人的な知りあいの場合はとくにそうだから」

「今夜はもう帰ってよいとカーチャが言ってくださって——」

「ああ、わたしがそう指示したんだ。今夜きみは大変だったから」

「ありがとうございます。ただ帰る前に、ほかの患者さんのことでお訊きしたいことがあって」

ハヴァーズはまた眼鏡をかけなおした。「いいとも、どの患者さんだね」

「リヴェンジ——昨夜見えた患者さんです」

「ああ、憶えているよ。薬物に副反応でも？」

「腕を診察なさったかしらと思って」

「腕？」

「右腕の静脈に感染症が」

一族の医師は、鼈甲縁の眼鏡を鼻梁のうえに押しあげた。「本人は腕についてはなにも言っていなかったね。また来てくれたら、もちろん腕のほうもちゃんと診せてもらうよ。しかし、これは言うまでもないが、診察せずに薬を処方するわけにはいかないから」

エレーナは反論しようと口を開きかけたが、そのときべつの看護師が入口からのぞき込んできた。「先生、第四診察室で患者さんがお待ちですけど」

「ああ、すぐ行く」ハヴァーズはエレーナに視線を戻した。「それじゃ、帰ってゆっくり休んで」

「はい、先生」

エレーナはそそくさとオフィスを出た。見送る目の先で、一族の医師は急ぎ足で角を曲がって姿を消した。

リヴェンジがハヴァーズの診察を受けに来ることはないだろう。ありえない。第一に、電話の声はとても具合が悪そうだった。そして第二に、すでに頑固な愚か者なのは証明済だ。でなければ、あの感染症のことを医師に黙っているはずがない。

ばかな、ばかなひと。

だが、他人(ひと)のことは言えない——いま頭のなかで、どんな考えが跳ねまわっているかを思えば。

ふだんの彼女なら、善悪の問題で悩むことはまずない。正しい行動をとるのは当然のことで、原理原則が衝突することもないし、利害得失を計算する必要もない。例をあげるなら、病院のペニシリンの備蓄に手を出して、たとえばそう、八千五百ミリグラムの錠剤を失敬したりするのはまちがったことだ。

とりわけ、その錠剤を渡そうとしている相手が、それで治療すべき疾患を医師に診せていない場合は。

それは完全にまちがったことだ。どこからどう見ても。

正しく行動するなら、患者に電話して病院に来るよう説得し、医師の診察を受けてもらうべきだ。患者が頑として説得に応じなければ、それはそれでしかたがない。

そのとおり、複雑な問題でもなんでもない。

エレーナは薬局に向かった。

運に任せることにした。すると驚くまいことか、ちょうど煙草休憩の時間だった。小さな「この時間に戻ります」を示す時計が三時四十五分になっている。

腕時計に目をやる。三時三十三分。

カウンターの扉の掛け金をはずし、薬局に入った。まっすぐペニシリンの容器に向かい、八千五百ミリグラムの錠剤を取り出して白衣のポケットに入れた——三夜前、同じような症状の患者に処方されていたのと同じ量だ。

リヴェンジが近いうちにまた病院に来ることはないだろう。だから、必要な薬をこっちから持っていくのだ。

これは患者を助けるためで、それがなにより重要なことだ、と自分で自分に言い聞かせる。これで生命が助かるかもしれないのだ。さらに良心をなだめるために、オキシコンチン（アヘン由来の鎮痛剤）やヴァリウム（抗不安薬）やモルヒネを持ち出すわけではない、と指摘してやった。彼女の知るかぎり、ペニシリンの錠剤を砕いて粉にして、鼻から吸ってハイになる者などいたためしはない。

ロッカールームに入り、持ってはきたが食べられなかったランチを取り出したとき、罪の意識は感じなかった。非実体化して帰宅したときも、恥ずかしいとすら思わずにキッチンに入り、錠剤を〈ジップロック〉の袋に入れて、ハンドバッグにしまい込んだ。

これが彼女の選ぼうとしている道なのだ。ステファンはもう死んでいて、なにもしてあげられなかった。冷たく硬直した四肢が儀式用の布で包まれるとき、それを介助することしかできなかった。リヴェンジは生きている。生きて苦しんでいる。それが正しいかどうかはともかく、いまならまだ助けることができる。手段はまちがっているとしても、目的は道徳的に正しい。ときには、そういう道をとるのが一番ということもある。

24

ゼックスが〈ゼロサム〉に戻ったのは午前三時半、ちょうどクラブを閉める時刻に間に合った。それにいささか私的な用件もある。レジを締め、スタッフや用心棒を帰らせるのとは違って、この個人的な用件はあとまわしにはできない。

レヴの〈グレート・キャンプ〉を立ち去る前に、トイレに入ってシリスを太腿に巻きなおしてきたのだが、それが効いていなかった。全身ぞわぞわする。ありあまるエネルギーでぴりぴりしている。爆発しそうだ。これでは、腿に靴紐を巻いているのと大差ないではないか。

VIPエリアに通じる側面のドアからなかに入り、客の顔をざっと見まわしながら、自分が特定の人物を捜しているのはわかっていた。

いた。

いまいましいジョン・マシュー。首尾よく仕事を片づけると、彼女はいつも飢えを感じる。いまはああいう男のそばに近づくのだけはやめたほうがいい。

視線を感じたかのように、彼は顔をあげた。濃青色の瞳が閃光を放つ。彼女がなにを欲しているか、すっかりわかっているのだ。ズボンのなかの配置をこっそり変えている様子からして、それに応える用意も万端整っているにちがいない。

ふたりとも苦しむとわかっていても、ゼックスにはどうしようもなかった。頭のなかの情景を送り出し、その映像を彼の頭に叩き込んでやった。ふたりしてVIP専用トイレに入っている。彼は洗面台に背を預け、彼女は片脚をその台にのせ、彼のものを奥深くに迎え入れている。ふたりとも激しくあえいでいる。

混みあったエリアの向こうからこちらを見つめながら、ジョンは口をぽかんとあけた。頬の紅潮は恥ずかしいからではなく、ペニスにどくどくと走る快感のためだろう。まちがいない。

ああ、彼が欲しい。

彼の赤毛の友人のおかげで、彼女ははっと狂気から覚めた。ブレイロックが三本のビール壜の首を持ち、ぶらぶらさせながらテーブルに戻ってきた。そしてジョンの情欲にこわばった顔に気づき、はたと足を止めて驚いた顔でこちらに目を向ける。しまった。

ゼックスは、近づいてきた用心棒に手をふって退け、急いでVIPエリアから出ていこうとして、危うくウェイトレスを突き飛ばしそうになった。

唯一安全な場所は自分のオフィスしかない。まっすぐそこに走り込んだ。暗殺はエンジンのようなもの、いったん回転しはじめたら速度を落とすのはむずかしい。殺しの記憶、モントラグの目が彼女の目と合った甘美な瞬間の記憶、その目を奪い取ってやったときの記憶が、身内の〝シンパス〟をたぎらせる。このエネルギーを燃やし尽くし、興奮を鎮める方法はふたつにひとつだ。

ジョン・マシューとのセックスはまちがいなくそのひとつだった。もうひとつはそれほど楽しい方法ではないが、背に腹は代えられないし、このままでは〝ライス〟を取り出して、出くわす人間に片端からそれを使ってしまいそうだ。商売どころではなくなる。

百年も経ったかと思うころ、やっとドアを閉じて店の喧騒や家畜の群れのような人間どもを閉め出したものの、その殺風景な避難所でも息をつくことはできなかった。居ても立ってもいられず、シリスを締めなおすことすらできないほどだ。檻のなかの獣のように、いまにも沸騰しそうな気分でデスクのまわりをうろつき、なんとか気を落ち着けようとした。せめて——

轟音とともに、変化が落雷の激しさで襲いかかってきた。まるでバイザーを目の前におろされたように、視界が赤の濃淡に切り替わる。とたんに、クラブにいるありとあらゆる生物の感情の格子が脳のなかに飛び込んできた。壁も床も消え失せ、悪徳と絶望と怒りと情欲、残酷さと苦痛に置き換わる。いまの彼女にとって、それは確固たる実体を備えている——それまで、このクラブの壁や床がそうだったように。

身内の〝シンパス〟が、〝いい子にしようね〟に飽き飽きして手ぐすね引いている。外の獲物の群れ、くたくたに疲れてへらへら笑っている人間どもの生皮を剝いでくれようと。

ダンスフロアに火がついて、消火器を持っているのが自分だけと言わんばかりの勢いでゼックスが走り去ったとき、ジョンはバンケット席にぐったり沈み込んだ。頭のなかの映像が消え失せると、全身の皮膚がぞわぞわする感覚は薄れていったが、勃起現象のほうは、そんな〝しょうがないまた今度ね〟にはまるで納得していなかった。ジーンズのなかで固くなったペニスが、前ボタンの奥で出せと叫んでいる。

ちくしょう、とジョンは思った。ちくしょう。まったく……ちくしょう。

「ブレイ、ひとの恋路を邪魔すんなよ」クインがぼそりと言った。

「すまん」ブレイは座席に滑り込みながらビールを配った。「すまん……まったくもう」

たしかに、このビールで帳消しにはちょっとできそうにない。

「驚いたな、向こうも本気じゃん」ブレイの声には称賛の響きがあった。「つまりその、この店に通ってるのは、おまえのほうが彼女に気があるからだって思ってたんだけど、向こうもあんな目でおまえを見てたとは知らなかった」

ジョンは顔を伏せて頬を隠そうとした。ブレイの赤毛など、くらべものにならないほど真っ赤になっているにちがいない。

「ジョン、彼女のオフィスは知ってんだろ」クインは、左右色違いの目をまっすぐジョンに向けたまま、新しいビール壜を傾けて盛大にあおった。「行けよ、ほら。そうすりゃ、おれたちの少なくともひとりはちっとは発散できるってもんだ」

ジョンは背もたれに寄りかかり、両手で腿をさすりながら、クインとまったく同じことを考えていた。しかし、自分にそんな度胸があるだろうか。追いかけていったはいいが、すげなく追い返されたりしないだろうか。

いざというときになって、また萎えたりしないだろうか。

しかし、頭のなかで見た光景を思い出したら、そこはさほど心配ではなくなった。

こうして座っているいまでも、早くも達しそうになっている。

「オフィスにはひとりで入ってけばいい」クインがささやくように続ける。「おれは廊下の端っこで待ってて、邪魔が入らないように見張っとく。危険はないし、だれにも見られたりしないさ」

たった一度、ゼックスと閉じた空間でふたりきりになったことがある。そのときのことを思い出した。あれは八月のことだった。べろべろに酔って、中二階の男子トイレの個室から転げ出たところで、ゼックスに見つかったのだ。あのときはすっかりできあがっていたのに、彼女の姿を目にしたとたん、たちまち戦闘態勢に入っていて、彼女が欲しくてたまらなくなった――そして大量の〈コロナ〉で気が大きくなっていたおかげで、あきれた厚顔ぶりを発揮して、ペーパータオルに短いメモを書いて彼女に渡したのだ。あれは、彼女のほうが要求してきたことへの返報だった。

五分と五分。彼の名を呼びながらいってくれと書いたのだ。

それ以来、クラブでいっしょになることはなかったが、ベッドのなかではすぐそばにいた――彼女のほうも、彼の頼みを聞いてくれているのはわかっていた。こちらを見る目つきでわかる。それに、今夜のささやかなテレパシーの交換で、彼女がなにを考えているか、トイレの個室でジョンとなにをしたがっているかが伝わってきた。あれは明らかな証拠ではないか。少なくともときどきは、彼の言うとおりにしてくれていたのだ。

クインがジョンの腕に手を置いた。顔をあげると、手話で伝えてきた。ジョン、肝心なのはタイミングだぞ。

クインの言うとおりだ。彼女は欲しがっているし、今夜のはただの空想ではない。つまり、ひとりのベッドでの空想という意味の空想ではないのだ。彼女になにがあったのか、なにが引金だったのかはわからないが、そんな細かいことはどうでもいいと彼のペニスが言っていた。

大事なのは結果だ。

まさしくそのとおり。

それにだいたい、まさか一生童貞でいるつもりなのか。あれがあったのはもう一生ぶんほど昔のことではないか。チャンスを逃すな。ほんとうに求めているものから目をそむけて、うじうじしているのはもううんざりだ。

ジョンは立ちあがり、一度だけクインにうなずきかけた。

「よっしゃ」クインは言って、バンケット席から滑り出た。「ブレイ、ここで待ってな」

「急がなくていいぞ。それとジョン、がんばれよな」

ジョンは友人の肩をぽんと叩き、ジーンズを引っ張りあげてから、VIPエリアの外に向かった。クインとともに、ベルベットのロープのそばに控える用心棒の前を過ぎ、汗にまみれて腰をふって踊っている客、外へ向かう人々、ラストオーダーで大きなバーカウンターに殺到する人込みのわきを抜けていく。ゼックスの姿はどこにもない。まさか今夜はもう帰ったのだろうか。

いや、そんなはずはない。店を閉めるために残っているはずだ、今夜はレヴが来ていないから。

「たぶんもうオフィスに引っ込んでるんだろ」クインが言った。

中二階に続く階段をのぼりながら、初めて彼女に会ったときのことを思い出していた。出だしでつまずくとはあのことか。クインとブレイが安心してしけこめるように、拳銃を預かっていたのを彼女に見咎められ、この廊下を引きずっていかれて尋問されたのだ。それで彼の名前とラスや〈兄弟団〉とのつながりを知られたのだが、それまで彼女に手荒に扱われたのが……そのときはばらばらに引き裂かれると本気で思ったが、それからなんとか立ち直ってみたら、完全にのぼせあがっていたのだ。

「ここで待ってるからな」クインは廊下の端で立ち止まった。「きっとうまく行くさ」

ジョンはうなずき、片足を前に出し、次にもういっぽうを出し、そうしてひと足ひと足進んでいくうちに廊下はしだいに暗くなっていった。オフィスのドアの前まで来たときは、気を落ち着けるためにひと息入れようとは思わなかった。かえって怖じ気づいて、友人の待つ場所に逃げ帰りたくなるのではないかと不安だったのだ。

そんなことをしたら、どれだけ玉なしに見えるか。

それに、これは彼の望みなのだ。心の底からの。

ジョンはノックしようとこぶしをあげ——そこで凍りついた。血だ。血のにおい……

彼女の血だ。

なにも考えず、ドアをあけてなかに飛び込み——

ああ。なんて、ことだ、と口だけ動かす。

ゼックスははじかれたように顔をあげた。その姿が目に灼きつく。レザーの上下は脱いで椅子の端から垂らしてあり、両脚を彼女自身の血が伝い落ちている……両の太腿に食い込むとげつきの金属バンドから血があふれ出している。黒いブーツに包まれた片足をデスクにのせ、あれは……バンドを締めなおしていたのか？

「このくそったれ、出ていけ！」

どうして、と口を動かしながら、手を伸ばして近づいていった。**なんで……そんなことを……**

のどの奥で唸りながら、彼女は指を突きつけてきた。「来るんじゃないよ」

ゼックスにASLは通じないのだが、ジョンはうろたえて手話を始めた。**どうして自分で自分を痛めつけるようなことを――**

「出ていけったら。早く」

どうして？ と、声にならない声で叫んだ。

それに答えるかのように、彼女の目がルビーのように紅く光った。まるで色つきの電球が頭にはめ込まれているようで、とたんにジョンはぞっと全身が冷えた。〈兄弟団〉の世界には、あんなことをする存在はひとつしかない。

「出てけったら」

ジョンは体を反転させ、まっすぐドアに向かった。ノブに手を伸ばしたとき、内側から鍵がかけられるのに気がつき、ステンレスの出っ張りを急いでひねった。彼女を内に閉じ込めるのだ、ほかのだれにも見られないように。

クインのそばまで戻ったとき、ジョンは足を止めなかった。そのまま歩きつづけ、友人にして専属護衛がついてくるかどうかも気にしなかった。

彼女にどんな秘密があるとしても、さすがにこんなことがあろうとは夢にも思わなかった。

まさかゼックスが〝シンパス〟だったとは。

25

コールドウェルの反対側、ここは街路樹にふちどられた街区。ラッシュは褐色砂岩（ブラウンストーン）（富裕層に好まれる建築材料）の住宅の一室で、暗色のベルベットを張ったクラブチェアに腰かけていた。この椅子をべつにすれば、ここに以前住んでいた趣味のいい裕福な人間たちが残していったのは、彼のかたわらに垂れ下がっているもの――床から天井まで届く、美しいダマスク織のカーテンだけだ。それが横道を見おろす張り出し窓を引き立てている。

ラッシュはこのダマスク織のカーテンが気に入っていた。ワインレッドと金と黒で、縁飾りには金のサテンでできたビー玉大の玉房がついている。その豪華な光沢を見ると思い出す――丘のうえに建つテューダー様式の大邸宅に住んでいたあのころ、どんな暮らしをしていたか。

あの上流の暮らしが懐かしかった。召使たち、食事、車。

いまは下層階級とばかりつきあっている。

くそ、それも人間の下層階級だ。〝レッサー〟がどこから選ばれるかを考えれば。

手を伸ばしてカーテンをなでた。触れたとたんに、よどんだ空気に赤い埃が舞いあがるのは見なかったことにする。美しい。どっしりと重厚で、安っぽさはかけらもない。繊維にも染料にも、手縫いのへりや縁飾りにも。

その手ざわりのおかげで、ちゃんとした自分の家が必要だと気がついた。それで思ったのだが、このブラウンストーンでもいいのではないか。ミスターDによれば、〈殲滅協会(レスニング・ソサエティ)〉は三年前からここを所有しているという。当時の〝フォアレッサー〟が、このあたりに確実にヴァンパイアがいるとにらんで購入したらしい。車が二台入るガレージが裏通りにあって、目立たずに出入りできる。それに、これ以上に高級な家が近いうちに手に入るとも思えない。

グレイディが携帯を耳に当てながら入ってきた。これで二時間以上もこうしてうろうろ歩きまわっている。その話し声が、装飾をほどこした高い天井に反響する。しかるべくアドレナリンに突き動かされ、グレイディは七人の売人の名を吐き出した。いまはその七人に次々に電話をかけて、なんとか面談の約束をとりつけようとおべんちゃらを使っている。

ラッシュは、グレイディが書きなぐったリストを見おろした。その連絡先がすべて役に立つかどうかはその時が来てみないとわからないが、少なくともひとりはまちがいなく本物だ。七番めの売人、リストのいちばん下に名を書かれて黒い丸で囲まれているのは、ラッシュの知っている人物だった——尊者（レヴァレンド）。

またの名をレンプーンの子リヴェンジ、〈ゼロサム〉のオーナーだ。

またの名を縄張り意識の強いろくでなし、あちこちでほんの数グラム売ったというだけで、ラッシュをクラブから蹴り出したやつだ。くそ、どうしてもっと早く思いつかなかったのか。リヴェンジの名があがるのは当然のことではないか。あいつはいわば本流、すべての支流のおおもとだ。南米や中国の製造者とじかに取引しているやつなのだ。

だが、これで話はますます面白くなってきた。

「オーケイ、それじゃそのときに」グレイディが電話に向かって言った。電話を切り、こちらに目を向けてくる。「レヴァレンドの番号は知らねえんだけど」

「どこへ行けば会えるかわかってんだろ」当然だ。売手から買手から警察まで、ドラッグ取引に関わる者なら、あの男の居場所を知らない者はいない。それなのに、あの店がずっと前につぶれていないのは奇跡と言うしかない。

「けど、それが問題でさ。おれ、〈ゼロサム〉は出禁食らってんだよ」

お仲間というわけか。「それはなんとかするさ」

といっても、〝レッサー〟を送り込んで取引させるわけにはいかない。そのためには人間を使うしかないのだ。リヴェンジを巣からおびき出すことができればべつだが、それはちょっと無理だろう。

「もう帰っていいか」そう尋ねながら、グレイディは切羽詰まった顔で玄関のほうに目をやった。まるで犬が用を足しに外へ出たいとあせっているみたいだ。

「いまは目立つわけにはいかないって言ってたじゃないか」ラッシュは牙を剝き出しにしてにやりと笑ってみせた。「おれの手下の住処に戻ったらいい」

グレイディは反論せず、ただうなずいて、いつものしけた鷲のジャケットの前で腕を組んだ。黙って従うのは性格のせいでもあり、恐怖や疲労のせいでもあった。最初思っていたより、はるかにやばい状況にはまり込んだのは勘づいているらしい。牙は美容整形でつけたと思っているのは明らかだが、ヴァンパイアを気取っているやつは、危険で厄介なことにかけては本物のヴァンパイアにもひけをとらないだろう。

キッチンに通じるスイングドアが開き、ミスターDが入ってきた。セロファンに包んだ四角い包みをふたつ持っている。どちらも人の頭ほどの大きさだ。〝レッサー〟

がそれを持って近づいてきたとき、ラッシュの目にはそれがドル記号の山に見えた。

「クォーター・パネル（自動車の外装の一部）んなかにありやした」

ラッシュは飛び出しナイフを取り出し、両方に小さい穴をあけた。白い粉を軽くなめて、またにやりと笑う。「上物だ。たんまり儲けられるぞ。どこに置いときゃいいかわかってるな」

ミスターDはうなずき、またキッチンに引っ込んで、次には部下の〝レッサー〟ふたりを従えて戻ってきた。疲れた顔をしているのは、グレイディだけではなかったようだ。〝レッサー〟は二十四時間ごとに充電が必要なのに、もうこれで四十八時間ぐらいぶっ通しで仕事をしている。数日はパワーのもつラッシュでさえ、やはり疲れがこたえてきていた。

横になる時間だ。

椅子から立ちあがりながら、ラッシュは上着を引っかけた。「運転はおれがやる。ミスターD、おまえは〈メルセデス〉の後部に座って、グレイディが運転手つきのお車を楽しめるように気をつけてやれ。あとのふたりは定位置だ」

全員そろって部屋を出た。〈レクサス〉はナンバープレートをはずし、登録番号をはがしてガレージに残していく。

ハンターブレッドのアパートメントに着くまで長くはかからなかったが、グレイディはそのあいだにも仮眠をとっていた。バックミラー越しに、スイッチを切られたように眠り込むのが見えた。頭を座席にもたせかけ、口をあけていびきをかいている。

まったく、遠慮というものを知らんのか。

ラッシュは、ミスターDと部下ふたりが寝起きしているアパートメントの前で車を停め、首をまわしてグレイディをふり返った。

「おい、起きろよ」まばたきをしてあくびをするグレイディを見て、その軟弱さにいらいらした。ミスターDも感心しないという顔をしている。「いいか、規則は単純だ。逃げようとしたらその場で撃ち殺すか、警察に連絡して居場所を知らせるからな。わかったか。わかったらうなずけ」

グレイディはうなずいた。もっとも、やれと言われたらなんでもやるだろうという気がする。てめえの足を食え。ああ、わかったよ、食うよ。

ラッシュはロックを解除した。「さっさと降りやがれ」

またうなずいてドアをあける。噛みつくような風が吹き込んできた。〈メルセデス〉を降りて外へ出ると、グレイディはジャケットのなかで身を縮めた。人間が縮こまったせいで、例の滑稽な鷲の翼が寄ってくしゃくしゃになる。いっぽう、ミスターDは寒さなど気にしていない。もう死んでいるからで、これもかれらの強みのひとつだ。

ラッシュはバックして駐車場を出て、こちらにいるとき寝起きしている場所へ向かった。みすぼらしい牧場ふうの家で、年寄りだらけの住宅団地の一軒だ。窓には〈ターゲット〉で買ったみたいなカーテンしかかかっていないが、おむつを着けた白濁した目の隣人たちを見たくなければ、それを閉じるしかない。唯一の利点は、〈ソサエティ〉のメンバーはだれもそこの住所を知らないということだ。安全のために〈オメガ〉のもとで眠っているが、こちら側に戻ると三十分ほどはぐったりしてしまうし、そんなところをうっかりだれかに見られたくない。

問題は、彼に必要なものを睡眠と呼んでは正しくないということだ。ただ目をつぶって眠り込むのではなく、あれはほとんど気絶も同然だ。ミスターDによれば、〝レッサー〟になるとそういうものらしい。どういうわけか、彼の父の血が入っていると、「充電」中はスイッチの切られた携帯電話のようになってしまうのだ。

あの安っぽい家に戻ると思うと気が滅入ってきて、いつのまにかコールドウェルで最高の住宅街に車を向けていた。この街のことなら、自分の手のひらと同じぐらいよく知っている。かつてのわが家の石造りの柱は簡単に見つかった。

門はぴったり閉じられていて、ぐるりを囲む高い塀の向こうは見えないが、なかになにがあるかは知っている。あの庭も木々もプールもテラスも……どこを見ても完璧に整えられている。

ちくしょう。またあんな暮らしに戻りたい。〈殲滅協会(レスニング・ソサエティ)〉での底辺の生活は、まるで安物のスーツのように感じられる。彼にはふさわしくない。どこをとっても。

〈メルセデス〉のギアをパーキングに入れ、じっと座ったまま門に通じる私道を見つめていた。育ての親のヴァンパイアを殺し、屋敷側面の庭に埋めたあと、テューダーふうのものではぎ取れるものはすべてはぎ取ってきた。そのアンティークはいま、コールドウェル内外のさまざまな〝レッサー〟の住居に保管されている。この車をとってきてからは一度も戻っていなかったし、彼が貴族たちを襲撃させたあと、両親の血縁がどれぐらい残っているか知らないが、この屋敷はその残った親戚に遺言によって遺贈されているのはまちがいないだろう。

とはいえ、この屋敷がいまも一族に所有されているとは思えない。〝レッサー〟にいったん侵入されたら、もう二度と安全な場所とは言えなくなる。

ラッシュはこの屋敷が懐かしかったが、ここを本部として使うことはできない。思い出がしみついているし、なによりヴァンパイアの世界に近すぎる。彼の計画も資産も〈レスニング・ソサエティ〉の特別部隊も、〈兄弟団〉の手に落ちる危険を冒してよいようなものではないのだ。

またあの戦士どもとまみえる時が来るだろうが、それがいつになるかはこちらの都合で決めることだ。あの突然変異の欠陥品のクインに殺され、真の父に救われて以来、ラッシュの姿を見た者はいない。例外はジョン・マシューのくそったれだけだし、あの口のきけないばかやろうにしても、夢かうつつかみたいなあいまいな状況で会っただけだ。彼の死体はみんな見ているのだから、見まちがいで片づけられているだろう。

戻るなら華々しく戻りたい。ヴァンパイアの世界に姿を現わすなら、それは支配者の立場としてだ。そして真っ先に、自分自身の死に対する復讐を果たすのだ。

将来の計画について考えるうちに、過去を惜しむ気持ちが少しやわらいできた。見あげると、葉を落とした木々が吹きすさぶ風に激しく揺さぶられている。あれが自然の力というものか。

あんな力になりたい。

そのとき携帯電話が鳴り、ラッシュは耳に当てた。「なんだ」

ミスターDの声はあくまで事務的だった。「侵入されてやした」

思わずハンドルを力いっぱい握りしめる。「どこに」

「ここっす」

「くそったれ。なにをとられた」

「壺を三つともやられやした。そんで〈兄弟〉のしわざだとわかったが、ドアも窓も閉まってて、どうやって入られたんかわかんねえ。このふた晩のあいだのことにちげえねえ、日曜からこっちここでは眠ってねえから」

「階下の部屋は入られてないのか」

「へい、階下はぶじっす」

少なくともその点は助かった。とはいえ、壺をとられたのは問題だ。

「どうして警報器は作動しなかったんだ」

「スイッチが入ってなかったんで」

「なんだと、ふざけやがって。待ってろ、すぐ行く」ラッシュは電話を切り、ハンドルを力まかせにまわした。アクセルを踏み込むと〈メルセデス〉は門に突っ込み、フロントバンパーが鉄板をこすった。

くそ、上等じゃないか。

アパートメントに着くと、階段の入口のすぐわきに車を駐め、ドアを吹っ飛ばしそうな勢いであけて降りた。身を切る寒風に髪を吹き乱されつつ、階段を二段ずつ駆けのぼって部屋に飛び込んだ。だれでもいいからいますぐ張り倒してやりたい。

グレイディはキッチンカウンターのすぐそばでスツールに腰かけていた。ジャケットは脱ぎ、シャツのそでをまくりあげ、顔にはおれぜーんぜん関係ないもんね、という表情を力いっぱい浮かべている。

ミスターDが、なにごとか言いかけながら寝室のひとつから出てくるところだった。

「……るっきしわかんねえ、どうやって入った――」

「だれだ、へまをしやがったのは」ラッシュが言いながらドアを閉め、風の咆哮を追い出した。「おれが知りたいのはそこだ。だれだ、警報器を入れなかったのは。それとここの住所を漏らしやがったのは。犯人がわからなけりゃ、おまえ」――とミスターDに指を突きつけ――「責任をとるのはおまえだからな」

「おれじゃねえ」ミスターDは部下たちを睨みつけた。「ここへ来たのは二日ぶりなんだ」

左側の〝レッサー〟が両腕をあげたが、いかにも〝レッサー〟らしく、それは降伏のしるしではなく、戦闘体勢をとるためだった。「おれは札入れなんぞなくしてねえし、だれにもしゃべってねえぞ」

全員の視線を浴びて、第三の殺し屋は居心地が悪そうな顔をした。「おい、なんだよ」とこれ見よがしに尻ポケットに手を入れる。「おれだって……」

それがなにかの役に立つかのように、さらに深く手を突っ込む。それから『三ばか大将（二十世紀前半に大人気だったアメリカのドタバタコメディ）』よろしくズボンから上着から、シャツから、ありとあらゆるポケットを探りはじめた。札入れが結腸にもぐり込む可能性があると思えば、けつの穴まで開いてみたにちがいない。

「札入れはどこにある」ラッシュがなごやかに尋ねた。

暗い海に朝日が射し込むように、顔がぱっと明るくなった。「ミスターNだ……あんちくしょう。言いあいになったんだ、あいつがいくらか貸せって言うんで。取っ組み合いになって、あんとき札入れを盗られたんだ」

ミスターDが静かに歩いていき、背後に立ってマグナムの台尻で側頭部を殴りつけた。衝撃で〝レッサー〟はビールの蓋をひねるように回転し、壁に叩きつけられた。オフホワイトに塗られた壁に黒いしみを残しながら、ずるずると滑り落ちて安物の黄褐色のラグに倒れる。

グレイディが驚いて、新聞ではたかれたテリアのような吠え声を発した。

そのとき、ドアベルが鳴った。だれもがその音に顔をあげ、ラッシュに目をやる。ラッシュはグレイディに指を突きつけて言った。「そこから動くな」またベルが鳴り、今度はミスターDに向かってうなずきかける。「出ろ」

小柄なテキサス人は倒れた殺し屋をまたぎ越し、拳銃を腰のくびれでズボンのウェストバンドに突っ込んだ。ドアをほんの少しあける。

「〈ドミノピザ〉です」男の声が言うと同時に、突風が吹き込んできた。「うわ――あっ、すんません！」

ジョークのような失敗だった。ドタバタな手違いの重なるコメディ映画を見るようだ。配達員が赤い保温袋からピザを取り出そうとしたとき、強い風に箱があおられて、ペパロニやらなにやらがミスターDのほうへ吹き飛ばされた。責任感の強い配達員として、〈ドミノ〉の帽子をかぶった落下傘兵はそれをつかまえようと飛び出し――ミスターDをなぎ倒して室内に飛び込む格好になったのだ。

ラッシュとしては賭けてもよいところだったが、〈ドミノ〉の従業員はそういうことはするなととくに教育されているはずだ。それには立派な理由がある。他人の家に許可なく飛び込んだら、たとえヒーローであったとしても、どんなとんでもない状況にはまり込むかわからない。テレビに変態的なポルノが映っているかもしれない。太った主婦が、おばさんパンツ一枚の姿でブラもつけずにいるかもしれない。ごみが山をなしていて、人間の住処というよりゴキブリの巣に近かったりするかもしれない。あるいは、不死の一族のひとりが、頭の傷から黒い血を流していることもある。

ドアの向こうでなにが起こっているか、それはピザの配達員が目にしてよいものではない。ということはつまり、見てしまったら始末されるということだ。

夜の残りの時間、コールドウェルのダウンタウンをうろつき、〝レッサー〟との戦闘の機会を探して過ごしたあと、ジョンは〈兄弟団〉の館の中庭に実体化した。すべての車がきちんと列をなして駐めてある。噛みつくような強風が、わざと突き倒そうとするかのように肩を押してくる。それをものともせず、彼はまっすぐ立っていた。

〝シンパス〟だ。ゼックスは〝シンパス〟だったのだ。

その衝撃の事実に心をかき乱されていると、クインとブレイがすぐそばに実体化してきた。さすがと言うべきか、〈ゼロサム〉でなにがあったのかどちらも尋ねようとはしなかった。とはいえ、実験室のビーカーでも見るようにずっとこっちを見ている。色が変わるとか、盛大に泡が立って吹きこぼれるとか、そんなことが起こるのを待ち受けているかのように。

目を合わせないまま、ジョンは手話で言った。ひとりになりたいんだ。

「いいとも」クインが答える。

ふたりが館に入るのを待っていると、ややあってクインがひとつ咳払いをした。それからもうひとつ。

のどから絞り出すような声で、彼は言った。「悪かった。そんなつもりじゃなかったんだけど、また無理強いすることになっちまって――」

ジョンは首をふり、手話で言った。**セックスとは関係ないんだ。だから気にしないでくれよ、な？**

クインは眉をひそめた。「そうか。ああ、わかった。その……おれたちで力になれることがあったら、なんでもするからな。行こうぜ、ブレイ」

ブレイもあとに続き、ふたりは狭い石段をのぼって館のなかに姿を消した。

ようやくひとりきりになり、ジョンはその場に突っ立っていた。なにをするあても、どこへ行くあてもない。もう夜明けが近く、庭を軽くジョギングするにも時間が足りない。屋外でできることはほとんどなかった。

とはいえ、なかに入ろうという気にもなれない。要らぬことを知ったせいで、汚れてしまったように感じていた。

ゼックスは〝シンパス〟だ。

リヴェンジは知っているのだろうか。ほかのひとたちは？

法律ではどうすることになっているのか、そこはちゃんとわかっている。訓練のさいに教わったのだ。〝シンパス〟は追放処分と決まっており、もし出くわしたら通報しなくてはならない。通報しなかったら共犯と見なされる。そこに疑問の余地はいっさいなかった。

ただ、そのあとはどうなるのだろう。

推測するまでもない。ゼックスは、ごみ捨て場に運ばれる不用品のように放り出される。その後に待っているのはろくなことではないだろう。彼女が混血なのは明らかだ。〝シンパス〟の写真を見たことがあるが、長身で細身で不気味な化物で、ゼックスとは似ても似つかない。とすれば、北のコロニーに行けば殺される公算はひじょうに大きい。差別主義という面では、〝シンパス〟は〝グライメラ〟と似たようなものだそうだから。

ただ違うのは、嘲笑する相手をいたぶるのが好きということだ。それも、言葉でという意味ではない。

いったいどうしたら……

レザージャケットの下にも寒さがしみ入ってきて、ジョンは身震いした。館に入ると、わき目もふらずに大階段をのぼる。書斎のドアは開いていてラスの声が聞こえたが、足を止めて王に会おうとはしなかった。そのまま歩きつづけ、角を曲がって彫像の廊下に出た。

しかし、向かった先は自室ではなかった。

トールの部屋の前まで来て、立ち止まって髪をなでつけた。この話をじっくり相談したい相手はひとりしかいない。今度ばかりは、なにかしらの反応が返ってきますように。

助けが必要だ。どうしても。

ジョンはそっとドアをノックした。

返事がない。もういちどノックする。

待って待ちつづけながら、ドアのパネルをにらんでいた。そして、招かれもしないのに室内に飛び込んだ二度の経験のことを思い出していた。最初は今年の夏、コーミアの寝室に踏み込んだら、彼女は裸で脇を下にして丸くなっていて、腿には血が流れていた。それでどうなったかといえば、彼は フュアリーをさんざんにぶちのめしてしまったのだ。なんの理由もなく――というのは合意のうえのセックスだったから。そして二度めはゼックス、今夜のことだ。それでいまどんな破目に陥っているか見るがいい。

ジョンはもっと強くノックした。こぶしで力いっぱい叩いて、死人も目を覚ましそうな音を立てた。

返事はない。それどころか、なんの物音もしなかった。テレビやシャワーの音も、話し声も。

一歩さがって、ドアの下から光が漏れているか確かめた。いや、光は見えない。つまりなかにラシターはいないのだ。

恐怖にごくりとつばを吞み、そろそろとドアを大きく開いた。まずベッドに目をやったが、トールは寝ていなかった。ジョンはパニックにわれを忘れた。東洋のじゅうたんを踏んで、まっしぐらにバスルームに駆け込んだ。トールはジャクージにのびているにちがいない。両の手首を切って……

シャワーブースにもジャクージにも、だれもいなかった。

奇妙な、目まいのするような希望が胸に広がり、ジョンは廊下に戻った。左右に目をやり、まずラシターの部屋から試してみることにした。

返事はない。なかをのぞくと、きれいさっぱり片づいていて、かすかに新鮮な空気のにおいがした。

よかった、天使はトールといっしょにちがいない。

ジョンはいそいそとラスの書斎に向かい、ドアの枠をノックしてからひょいと首を入れ、華奢なソファや肘掛け椅子や、兄弟たちが好んで寄りかかっている暖炉のマントルピースをざっと見まわした。

デスクに着いているラスが顔をあげた。「よう、坊主。どうした」

いえ、なんでもないんです。ただ、その……お邪魔しました。

ジョンは小走りに大階段を降りていった。トールがこの世への再進出を企てるとしたら、最初からでかいことに手を出そうとは思わないだろう。たぶん取っかかりは簡単なことからだ。天使といっしょにキッチンに食べものをとりに行くとか。

階段を降りて、玄関広間のモザイクの床に立ったとき、右側から男の声が聞こえてきたので、ビリヤード室をのぞいた。ブッチが台にかがみ込んでショットしようとしており、背後に立つヴィシャスがそれを邪魔している。ワイドスクリーンのテレビには〈ESPN（娯楽・スポーツ番組専門のネットワークテレビ）〉が流れていた。ずんぐりしたグラスはふたつしか出ていない。ひとつには琥珀色、もうひとつには無色透明の、しかし水ではないものが入っている。

トールの姿はない。しかし、彼はもともとビリヤードは得意ではない。それに、ブッチとVがじゃれあっている様子からして、久しぶりに人づきあいをしてみようかというときに、このふたりに交じろうとは思わないのではないだろうか。

向きを変えて、ジョンは急いで食堂——終餐（ラストミール）に備えて整えてあった——を抜け、キッチンに入る……と、〝ドゲン〟が三種類のパスタソースを用意しつつ、自家製のイタリアふうパンをオーヴンから出し、それと同時にサラダを盛りつけ、赤ワインのボトルをあけてにおいを嗅いでいた……が、トールの姿はない。壜からこぼれるワインのように希望がこぼれていき、苦いものが残って胸が締めつけられる。

近づいていくと、驚異の執事ことフリッツは、しわだらけの老いた顔に輝くような笑みを浮かべた。「これは若さま、ご機嫌うるわしゅう」

ジョンは、ほかのだれかに見られないように、胸の正面で手を動かした。あの、ちょっと訊きたいんだけど……

くそ、理由もなく館じゅうにパニックを引き起こすわけにはいかない。彼はもう結論に飛びつこうとしているが、この館は広いのだ。トールはどこにいてもおかしくない。

……だれか見なかった？

フリッツのふわふわの白い眉が中央に寄った。「だれか、とおっしゃいますと……館のご婦人がたのことでしょうか、それとも——」

男性のほう、と手を動かす。〈兄弟〉のだれかを見かけなかった？

「さようでございますね、この一時間ほどはほとんどお食事の用意をいたしておりましたが、何名さまか外からお帰りになったようです。レイジさまがお戻りになってすぐサンドイッチをとりにいらっしゃいましたし、ラスさまは書斎、ザディストさまはお子さまとご入浴中です。それと……そうそう、ブッチさまとヴィシャスさまがビリヤードをなさってますよ。ついさっき、スタッフがビリヤード室にお飲物をお持ちしましたから」

よしわかった、とジョンは思った。ええと、そうだな、四か月も行方をくらましていた〈兄弟〉が顔を出していたら、まちがいなく真っ先に名前があがるはずだ。

ありがとう、フリッツ。

「とくにどなたかお捜しだったのですか」

ジョンは首をふり、また玄関広間に出ていったものの、今回の足どりは重かった。

図書室に入ってはみたが、だれかがいると思っていたわけではない。意外というかなんというか、図書室は本でいっぱいだったがトールは気配すらなかった。

いったいどこに――

ひょっとしたら館にはいないのかもしれない。

ジョンは図書室から飛び出し、勢いあまって横滑りしながら大階段の基部をまわり込んだ。ごついブーツの靴底をきしらせて角を曲がる。階段下の隠し扉を力任せにあけ、地下トンネルを通って館をあとにした。

考えてみれば当然だ。トールなら訓練センターに行くだろう。目を覚ましてやりなおす気になったとすれば、それは戦場に戻るということだ。そのためにはトレーニングをして身体を鍛えなおさなくてはならない。

訓練センターのオフィスに入るころには、完全に希望の国に戻ってきていた。デスクにトールの姿はなかったが、これは不思議ではない。

そこは、彼がウェルシーの死を告げられた場所なのだ。

急いで廊下に飛び出すと、ウェイトプレートのぶつかるかすかな音がした。彼の耳には妙なる調べに聞こえる。胸に花が咲いたように安堵感が広がり、手足までぞわぞわしてきた。

だが、あまり興奮してはいけない。トレーニング室に近づきながら、ゆるんだ顔を引き締める。ドアを大きく開き――

ベンチから見あげてきたのはブレイロックだった。〈ステアマスター（階段昇りを延々とくりかえすタイプのトレーニングマシン）〉で頭を上下させているのはクインだ。

ジョンが室内を見まわすうちに、ふたりとも動きを止めた。ブレイはウェイトバーの設定を戻し、クインはゆっくり床に降りてくる。

トールを見なかった？　ジョンは尋ねた。

「いや」クインはタオルで顔をこすりながら言った。「トールがなんでここに来る？」

ジョンは急いでその場を離れ、次はジムに向かった。そこに待っていたのは、金網で保護した照明、つやつやの松材の床、それに真っ青なマットだけ。備品室には備品しかなく、理学療法室（PT）はからっぽだった。ドク・ジェインの医務室も同じく。

だしぬけに走りだし、まっすぐトンネルに駆け込んで本館に戻った。

館に帰り着くと、その足で階段をのぼり、開いた書斎のドアに向かう。今度はドア枠をノックもしなかった。一直線にラスのデスクに近づいていき、手話で伝えた。

トールがいません。

〈ドミノ〉の配達員がおっととっととピザの箱をつかまえたとき、ほかの者はみな石と化していた。

「危ない危ない」人間は言った。「お宅のカーペットに――」

しゃがんだ格好で凍りつき、壁の黒いしみを目でたどる。そのしみを作った〝レッサー〞がくずおれてうめいているのに気づいた。「……ぶちまける……とこだった……」

「ちっ」ラッシュが吐き捨て、胸ポケットから飛び出しナイフを取り出した。スイッチを押して刃を剝き出しにすると、近づいていって背後にまわる。〈ドミノ〉の配達員が立ちあがるのと同時に、首に腕をまわして押さえ、ナイフをまっすぐ心臓に突き立てた。

配達員は力なくあえぎ、ピザの箱が床に落ちて中身が盛大に飛び出した。トマトソースとペパロニは、傷口から流れ出る血と同系色だ。

グレイディはスツールから飛びあがり、いまも立っている〝レッサー〞を指さした。「あいつが、ピザ注文していいって言ったんだ！」

そのノータリンのほうにラッシュはナイフの切尖を突きつけた。「黙れ」

グレイディはへたへたとまたスツールに座り込む。

ミスターDは険悪な顔をして、生き残りの〝レッサー〞に近づいていった。「おめえがピザ注文させたんか。ええ？」

〝レッサー〞も同じく険悪に言い返した。「奥の寝室に入ってって窓を警備しろって、おれに言ったのあんただろ。それで壺がなくなってんのに気がついたんじゃねえか。

あそこでカーペットにぶっ倒れてるやつだろ、注文の電話かけさせやがったのは」

ミスターDは理屈などどうでもいいようだったし、ねずみを追いかけまわすジャックラッセルテリアよろしく、彼が部下に吠えかかるさまはなかなか愉快な見ものだったかもしれない。だが、そんなことをしているひまはない。ピザを届けに来た人間は、もう店に戻って次の配達に出ることはできないから、すぐにお仲間の制服どもがなにがあったかと嗅ぎまわりだすだろう。

「応援を呼べ」ラッシュは言って、ナイフを閉じると、倒れた〝レッサー〟に近づいていった。「トラックで来いと言え。それから銃の木箱をとってくるんだ。ここも階下も撤収するぞ」

それを合図にミスターDは怒鳴り声で命令を出し、生き残りの〝レッサー〟は奥の寝室に入っていった。

ラッシュが目をやると、グレイディは床のピザを見つめていた。拾って食べようかと本気で思案していそうな顔つきだ。「いいか、この次――」

「銃がねえ」

ラッシュは〝レッサー〟にふり向いた。「なんだって」

「銃の木箱がクロゼットから消えてる」

そのせつな、ラッシュの頭にあったのはなにかをぶちのめすことだけだったが、グレイディがその対象にならずにすんだのは、キッチンにもぐり込んでいて視界から消えていたせいにすぎない。

やがて理性が衝動を抑え込み、ラッシュはミスターDを見やった。「撤収作業は任せる」

「へい」

ラッシュは床の〝レッサー〟を指さした。「こいつは情報収集センターに運んでおけ」

「わかりやした」

「グレイディ――」返事がない。毒づきながらキッチンに入っていくと、やつは冷蔵庫をのぞき込んでいた。からの棚の前で首をふっている。よほど頭がすっからかんなのか、それとも徹頭徹尾自分のことしか考えられないのか。まずまちがいなく後者だろう。「出かけるぞ」

グレイディは冷蔵庫の扉を閉め、犬のようにやって来た。まさに犬らしく、文句も言わずいそいそと。あまり急いだせいで、ジャケットをとってくるのも忘れていた。

ラッシュとグレイディは寒い屋外へ飛び出した。〈メルセデス〉の暖かい車内に入

ると ほっとする。

急ぐと人目を引きかねないから、ラッシュはゆっくり車を出した。グレイディが目を向けてきて、「あいつ……ピザの配達員じゃなくて……あの死んだやつ……ふつうの人間じゃなかったんだな」

「ああ、違う」

「あんたもだろ」

「ああ、おれは神だ」

26

日が暮れてから、エレーナは白衣に着替えた。病院に出勤するわけではないが、これには理由がふたつある。ひとつは父のためだ。いつもの手順に変化があると、父はすぐに混乱してしまう。そしてふたつめは、リヴェンジに会うとき、白衣なら多少は距離がとれるような気がするからだった。

日中はまったく眠れなかった。遺体安置所の光景、リヴェンジの疲れきった声の響き、このふたつが恐るべきタッグを組んで、暗がりで横になっている彼女に激しく攻撃を仕掛けてくる。おかげで気持ちが縦に横にきりきり舞いをさせられ、しまいに胸が痛くなってきたほどだった。

これからほんとうにリヴェンジに会うのか――彼の自宅で？　どうしてこんなことになったのだろう。

しかし、たんに薬を持っていくだけではないか、と思い出して気が楽になった。こる。それだけだ。

れは臨床的な意味でのお世話なのだ、看護師から患者に対しての。なにしろエレーナはだれともつきあわないほうがいいと彼も賛成していたし、今夜だってディナーに誘われたわけではない。薬を届けて、ちゃんとハヴァーズの診察を受けるように説得する。それだけだ。

父の様子を見て薬を服ませてから、非実体化してダウンタウンのどまんなか、〈コモドア〉ビル前の歩道に向かった。影のなかに隠れて立ち、高層ビルのしゃれた側面を見あげてぼうぜんとする。なんという違いだろう、彼女の借りているみすぼらしい家、地面にへばりつくように建っているあの家とは。

信じられない……このクロムとガラスだらけの建物に住むには、いったいいくらかかるのだろう。大金だ。しかもリヴェンジが住んでいるのは最上階のペントハウスだし、さらに家はほかにも持っているはず。まともな頭のヴァンパイアなら、こんなガラス窓だらけの家で昼日中に床につこうとは思うまい。

一般人と富裕層との格差は、いま彼女が立っている地上と、リヴェンジが彼女を待っているはずの最上階との距離に劣らず大きいように思える。そのせつな、自分の家族にまだ財産があると空想してみた。もしそうなら、こんな安物の冬のコートと白衣ではない、もっと違う格好をしていただろう。

見あげる彼の住居の下、こうして通りに立っていると、彼とこんなふうにつながっているのがありえないことに思えてくる。だがそれを言うなら、電話は仮想的な関係でしかない。ネットのつながりから一歩近づいただけだ。どちらもそれぞれの環境に身を置いて、互いの姿は見えず、声だけが交わっている。まやかしのつきあいだ。

ほんとうにこのひとのために薬を盗んできたのだろうか。

ばかね、ポケットのなかをあらためてごらんなさい。

自分を罵りながら、エレーナは最上階のテラスに実体化した。今夜は比較的天候が穏やかでよかった。そうでなかったら、ここはどれだけ寒いだろう。こんな高さでは、少しの風でも——

あれは……いったいなに？

何枚ものガラス越しに、百本のろうそくの光が夜闇を黄金色の霧に変えていた。なかを見ればペントハウスの壁は黒一色で、そこに……なにかが掛かっている。金属製の九尾の猫ムチ（九本の紐を柄に取り付けたムチ）、革のムチ、仮面……それに、大きな古めかしい台、あれは——ちょっと待って、あれは拷問台では？　四隅に革のストラップがさがっている。

そんな……そんな、まさか。リヴェンジはこういう趣味だったの？

よし、予定変更だ。もちろん抗生剤は渡すけれど、あのスライドドアの前に置いていくだけにしよう。こんなところに入っていくなどとんでもない。絶対に、なにがあっても――

あごひげを生やした巨漢がバスルームから出てきて、手を拭きながら革のズボンをなおし、拷問台に歩いていく。ひょいと軽く跳ねて台に乗り、自分の足首に枷をはめにかかった。

どんどん気持ちの悪いことになっていく。トリプルのつもり？

「エレーナ？」

身体ごと勢いよくふり向いたはずみに、屋上のぐるりを囲む手すりに腰が当たった。

声の主の姿を見て、エレーナは眉をひそめた。

「ドク・ジェイン？」今夜は、〝まさかとんでもない〟の世界から〝なにがなにやら〟の領域にまっすぐ突っ込んでいくようだ。「なぜあなたが――」

「あなた、出る側をまちがってない？」

「出る側って――あら、それじゃ、ここはリヴェンジのお住まいではないんですか」

「ええ、こっちはヴィシャスとわたしの部屋。レヴの部屋は東側よ」

「まあ……」頬が赤くなる。真っ赤だ、でもそれは風のせいではない。「すみません、わたしうっかりして――」

幽霊の医師は笑った。「いいのよ」

エレーナはガラス窓のほうをまたちらと見たが、すぐにあわてて目をそらした。そうか、あれはブラザー・ヴィシャスに決まっている。ダイヤモンドの目に顔の刺青。

「東側におまわりなさいな」

そう言えばレヴもそう言っていたような。「それじゃ、そっちにまわります」

「うちを通っていったらって勧めたいところなんだけど……」

「いえ、自分でまわっていきますから」

ドク・ジェインの笑みには、たっぷり毒気が含まれていた。「わたしもそのほうがいいと思うわ」

エレーナは気を静めて、屋上の正しい場所に向かって非実体化しながら、思った――ドク・ジェインが女王さまなんだろうか。

まあ、もっと変なことも起こっていることだし。

また実体に戻ったとき、ガラスの向こうをのぞくのがこわいような気持ちだった。さっき見たもののことを思うと――リヴェンジの部屋にも似たような、いや、もっとひどいものがあったら。男性サイズの婦人服とか、家畜がうじゃうじゃしているとか、そんなものを見てしまったら、気が動転しすぎて非実体化できなくなるかもしれない。そうなったら逃げて帰ることもできない。

だが、それは杞憂（きゆう）だった。ルポール（アメリカの有名なドラァグ・クィーン）も、飼い葉桶や囲いが必要なものも見当たらない。ただ美しく現代的な室内があるだけ。内装に使われているすっきりした上品な家具は、きっとヨーロッパ製だろう。

リヴェンジがアーチ形の通路から出てきて、彼女を認めて足を止めた。片手をあげると、ガラスのスライドドアが彼女の前でひとりでに開く。彼が意志の力で開いたのだ。するとなかからすばらしい香りが漂ってきた。

これは……ローストビーフだろうか。

リヴェンジが近づいてくる。その滑るような歩きぶりを見ると、杖にすがっているとは思えない。今夜は黒のタートルネック（見るからにカシミアだ）に、ため息の出そうな黒のスーツだった。そんな上質の服に身を包んでいる彼は、雑誌の表紙から抜け出てきたようだ。きらびやかでなまめかしく、現実には手の届かない存在。

わたしったらばかみたい、とエレーナは思った。この美しい住居で彼を見て、身分が違いすぎると思ったということではない。そうではなく、まったく共通点がないのがあまりにも明らかだったからだ。ふたりで話をしたとき、あるいは病院でいっしょにいたとき、いったい彼女はどんな妄想にとらわれていたのだろう。

「ようこそ」リヴェンジはドアの前で足を止め、こちらに手を差し伸べてきた。「外で待っていたかったんだが、わたしには寒すぎて」

住む世界がまるで違う。

「エレーナ、どうした？」

「いえ、なんでも」失礼なまねはできないから、彼の差し出した手をとり、ペントハウスのなかに足を踏み入れた。しかし心のなかでは、すでに別れを告げていた。

手と手が触れたとき、レヴは盗まれ、奪われ、押し入られて荒らされた気分だった。ふたりの手がひとつになったとき、なにも感じられなかった。エレーナの温もりを感じたくてたまらない。それでも、感覚は麻痺しているとはいえ、肌と肌が触れあうのを目にして、それだけでも胸が光り輝きはじめた。スチールたわしでぴかぴかになるまでこすったかのようだった。

「お邪魔します」導き入れると、少しかすれた声で言った。

ドアを閉じたあとも手をとったままでいたら、やがて彼女が自分から手を離した。きまり悪そうに歩きだし、室内を見てまわるふりをしている。それでも、物理的に距離を置きたがっているのは感じられた。

「すばらしい眺めだわ」彼女は立ち止まり、闇に広々と横たわる街の灯を見つめている。「でも不思議ね、こんな高いところから見るとおもちゃみたい」

「たしかにここは高いね」彼女の姿を魅入られたように見つめ、視覚を通じてその姿を身内に吸収しようとする。「ここの眺めが好きなんだ」つぶやくように言った。

「そうでしょうね」

「それに静かだし」邪魔が入ることはない。この世界にふたりきり、ほかにはだれもいない。いまここで彼女とふたりでいると、これまで重ねてきたすべての悪事が、見知らぬだれかの犯した罪だと信じられそうだった。

彼女が小さく微笑む。「それは静かでしょう。お隣のひとたちはボールギャグ(猿ぐつわの一種)を使っているし――その……」

レヴは笑った。「出る側をまちがったね？」

「じつはそうなの」

頬を赤らめたのを見れば、Vの「ボンデーザラス」コレクションの一部をただ目にしただけではないのがわかった。ふいにレヴは真顔になって、「隣人のために弁護する必要があるのかな」

エレーナはこちらに向かって首をふった。「あのかたはぜんぜん悪くないんです。それに、おふたりはまだ、その……その、なにも始めてらっしゃらなかったし。ほんとよかったわ」

「あなたはああいう趣味はなさそうだね」

エレーナはまた外を眺めはじめた。「誤解しないでくださいね、成人どうし合意のうえなら、非難されることなんかなんにもないと思うの。でも、自分のこととなると……やっぱり無理だわ」

泡と消えるとはこのことだ。緊縛SMを受け付けないとすれば、身代金として憎い女とやっているという事実を受け入れることもできないだろう。しかもその憎い女は腹違いの姉妹と来ている。そうそう、ついでに〝シンパス〟でもあるのだ。

その点は彼も同様だが。

彼が黙っているので、エレーナは肩越しにふり返った。「ごめんなさい。お気を悪くなさった？」

「わたしにもああいう趣味はないよ」ああ、そうだろうとも。男娼としての基準はあるからな——変態プレイもオーケイ、ただし強制されたときのみというわけさ。Vが連れあいと楽しんでいるプレイが合意のうえだとか、そんなことはどうでもいい。どう考えたってまともじゃないことに変わりはない。

　ちくしょう、おれは彼女にふさわしくない。

　エレーナはうろうろ歩きまわる。柔らかな靴底は、黒い大理石の床になんの音も立てない。その姿を目で追ううちに気がついた。黒いウールのコートの下は白衣だ。考えてみれば当然だ――このあと仕事に行くとしたら。

　しっかりしろよ、と自分を叱咤する。今夜いっしょに過ごしてくれると本気で思っているのか。

「コートを預かろうか」彼は言った。暑いだろうと気がついたのだ。「ここは暖房をふつうよりずっと高めにしてあるから、たいていの人には暑すぎると思う」

「でも……すぐにおいとましないと」とポケットに手を入れる。「ペニシリンを持ってきただけですから」

「いっしょに夕食でもと思っていたんだが」

「ごめんなさい」ビニール袋を差し出す。「ごいっしょできなくて」

　王女の姿がレヴの脳裏を閃光のようにかすめ、エレーナに対して正しいことをしようと決め――電話から彼女の番号を消去したとき、どんなに安堵したか思い出した。彼女を口説くなどあってはならないことだ。ぜったいに。

「わかった」と、錠剤を受け取った。「それと、薬をありがとう」

「一日四回、二錠ずつ、十日間。きっと服んでくださいね」

彼はひとつうなずいた。「約束するよ」

「よかった。それと、できたら先生の診察を受けていただきたいんですけど」

気まずい間があって、やがて彼女は片手をあげた。「ええと……それじゃ、さようなら」

エレーナはまわれ右をし、彼は心の力でガラスドアをあけた。近づきすぎたらなにをするか自分でも不安だったから。

ああ、行かないでくれ。どうか行かないで。

もう少し、もうしばらくでいいから、洗われたように感じていたい。

歩き去っていく彼女に、彼の心臓は鼓動を止めていた。

エレーナはふり向いた。その美しい顔のまわりに、風が色淡い雲をたなびかせる。

「お食事といっしょに。その薬、食事といっしょに服んでくださいね」

そうか、医療情報というわけか。「食事ならここにはたくさんあるよ」

「よかった」

ドアを閉じたあと、レヴは彼女が影のなかに消えていくのを見守った。それ以上見ていられなくて、強いて背を向けた。

ゆっくりと杖にすがって歩きながら、ガラスの壁に沿って進み、角を曲がって明るい食堂に入る。

ろうそくが二本灯っている。銀の食器がふた組。ワイングラスがふたつ。水のコップがふたつ。二枚のナプキンがきちんと畳まれ、それぞれ皿のうえにのっている。

彼女に座ってもらおうと思っていた椅子に腰をおろした。彼の席の右側、主賓の席だ。杖を膝にもたせかけ、ビニール袋を黒檀のテーブルに置き、上からなでつけて、抗生剤の粒がきちんと列を作るように並べた。

白いラベルを貼ったオレンジ色の小壜に入っていないのはなぜだろうと思ったが、まあそんなことはいい。彼女がわざわざここまで届けてくれたのだ、それが肝心なことだ。

黙って腰をおろし、ろうそくの光と、オーヴンから出してきたばかりのローストビーフの香りに囲まれて、レヴは感覚のない人さし指でビニール袋をなでつけていた。感覚はないが、なにかを感じているのはまちがいない。胸のどまんなか、心臓の裏側に痛みがあった。

これまで生きてきて、数々の悪事を働いてきた。大きな罪も小さな罪も。

お膳立てを整えて人を叩きのめしてきた。縄張りを荒らす規則破りの売人であれ、売春婦を手荒に扱う客であれ、クラブで破目をはずしたばか者であれ。

他者の悪徳を自分の利益のために利用してきた。麻薬を売り、性を売り、ゼックスの特殊技能という形で死を売ってきた。

ありとあらゆるよこしまな理由で女を抱いてきた。

四肢を切断してきた。

殺してきた。

それでいて、そのどれひとつ気にしたことはなかった。悩むことも後悔することも同情することもなかった。ただ、さらなる戦略、さらなる計画、さらなる視点を発見し、利用してきただけだ。

だがいま、このからっぽのテーブルを前に、このからっぽのペントハウスのなかで、この胸に痛みを感じている。その理由もわかっている。後悔だ。

どれほどの喜びだろうか、エレーナにふさわしい男だと感じられたら。

しかしそれもまた、彼にはけっして味わえない感情なのだ。

27

書斎に〈兄弟団〉が集まったとき、装飾過多のデスクの奥という要所から、ラスはひたとジョンに視線を当てていた。ここから見ていると、正視に堪えない悲惨なありさまだった。顔は青ざめ、大きな身体はぴくりとも動かず、議論にはまったく参加していない。しかし、なによりひどいのは感情のにおいだ。つまりなんのにおいもしない。つんと鼻孔を刺す怒りのにおいもなく、酸っぱく煙いような悲しみの気もない。少しレモンに似た恐怖の風味すら。

完全に無だ。〈兄弟〉たちと親友ふたりに囲まれて立ちながら、無反応と麻痺したような自失状態によって絶縁されている……そこにいながらそこにいない。

これはまずい。

目や耳や口と同じように、頭蓋骨の永続的な付属品と化したかのような頭痛だが、それが新たに勢力を増してこめかみに攻撃を仕掛けてきた。華奢な椅子に深くかけなおす。背骨の角度が変われば、この締めつけるような痛みも少しはやわらぐのではないか。

頭骨切断なら効くかもしれない。ドク・ジェインがノコギリの手練なのはまちがいないし。

残念でした。

隅の不格好な緑の肘掛け椅子で、レイジが棒つきキャンデーをばりばりやっている。その音だけが沈黙――この会合が始まってから、ケツに親指を突っ込まれたような沈黙が何度も落ちていた――を破っている。

「そんな遠くへ行ってるはずない」ハリウッドがぼそりと言った。「トールにはそんな体力ねえもんな」

「〈彼岸〉もチェックしてみたが」フュアリーがスピーカーホンから言う。「〈巫女〉のとこには来てないそうだ」

「もと住んでた家の前を車で通ってみたらどうかな」とブッチ。

ラスは首をふった。「あの家に行くとは思えん。思い出がしみついている」

しばらく暮らしたわが家の話が出たときですら、ジョンからはなんの反応も起こらなかった。とはいえ、少なくともやっと日が落ちて暗くなったから、トールを捜しに出ることができる。

「おれはここに残る。戻ってくるかもしれんから」と言っているところへ、両開きドアが開いてVが大股に入ってきた。それを見てラスは続けた。「ほかの者は街の捜索にかかってくれ。だが出かける前に、まずわれらがケイティ・クーリック（アメリカのニュースキャスター、ジャーナリスト）から最新情報を聞かしてもらおうじゃないか」ヴィシャスにうなずきかけて、「ケイティ、頼む」

Vの目つきは、盛大に突き立てた中指の眼球版だったが、それでも求めに応じて話しだした。「警察の記録簿によると、昨夜殺人課の刑事から報告書が出てる。あの銃の木箱が見つかった住所で死体が発見されたらしい。ピザの配達員で、胸を刃物でひと突きにされてる。まちがいなく、入っちゃまずいところに入っちまったんだろう。事件の詳細情報にちょいとハッキングしてみたら、聞いて驚け、ドアのそばの壁に黒い脂っぽいしみがついてたってメモがあった」悪態の唸りがあがる。「ファック」の語がだいぶ混じっていた。「ああまあな、それでここが面白いとこだ。警察のメモによると、〈ドミノ〉の店長が電話をかけて、問題の住所に配達に出かけた従業員が戻ってこないって通報する二時間ぐらい前に、そこの駐車場で〈メルセデス〉が目撃されてるんだ。それでブロンドの男が、しらふだったらしいが、その車に乗り込むのが見られてる。ダークヘアの男といっしょだったそうだ。それを見てた女に言わせると、そこらであんな高級車なんかめったに見ないってことだ」

「〈メルセデス〉だって？」フュアリーが電話から言った。

キャンデーをもう一本あらかた噛み砕き終わって、レイジが白い小さな棒をごみかごに放り込んだ。「ああ、いつから〈殲滅協会（レスニング・ソサエティ）〉は車にそんな大金をかけるようになったんだ」

「そのとおり」Vは言った。「まるで意味がわからん。だがな、もうひとつあるんだ。その前の夜、いかにもうさんくさい黒の〈エスカレード〉がそこで目撃されてるんだ……それで黒ずくめの男がな……どひゃー、信じられるか……なんと木箱だ、そのアパートメントの裏から木箱を四つも運び出してたんだとさ」

ルームメイトから意味ありげに睨まれて、ブッチこと刑事（デカ）は首をふった。「けど、〈エスカレード〉のナンバーがわかってるみたいな話はなかった。それに戻ってきてすぐにプレートをつけ替えといたしな。〈メルセデス〉のほうはっていうと、目撃情報なんてたいていあてにならないもんだ。そのブロンド男ともうひとりは、殺人事件とはなんの関係もないってこともありうるし」

「ともかく、目を離さんようにしとくさ」Vは続けた。「大丈夫だとは思うがな。

こっちの世界に関わることが、警察の捜査に引っかかるなんてことはないだろう。まあ、黒いしみを残すものなんかいくらでもあるが、いちおう用心はしておかんとな」

「捜査してる刑事がおれの考えてるあいつなら、できるやつだぜ」ブッチが静かに言った。「すごくできるやつだ」

ラスは立ちあがった。「よし、日は沈んだ。捜索にかかれ。ジョン、ちょっとふたりで話がしたいんだが」

兄弟たちがみな出ていき、ドアが閉じるのを待って、ラスは口を開いた。「あいつは見つかるさ、心配するな」返事はない。「ジョン、どうしたんだ」

ジョンはただ胸もとで腕を組み、まっすぐ前を睨んでいる。

「ジョン……」

ジョンは腕をほどいて手話を始めた。ラスの弱い目には、ほかのみんなといっしょに捜しに行きますと読みとれた。

「とんでもない」そう言われて、ジョンの頭がぱっとこちらを向いた。「言ったとおりだ。おまえはまるでゾンビじゃないか。言っとくが、大丈夫だなんて言ってもむだぞ。まさか戦闘に参加を許されるとでも思ってるのか、この間抜け。くだらんことを言うんじゃない」

ジョンは自分を抑えかねるかのように書斎をうろうろ歩きまわった。しまいに立ち止まり、手を動かして言った。いまここにはいられないんです。この館には。

ラスは眉をひそめ、いま言われたことを解釈しようとしたが、眉根に力を入れたせいで、頭痛がソプラノのようにさらに高音で歌いだしただけだった。「すまん、なんだって?」

ジョンが力任せにドアをあけると、間髪をいれずクインが入ってきた。手がしきりに動かされたあと、やがてクインは咳払いをした。

「今夜は館でじっとしてられないって言ってます。無理だって」

「そうか、それじゃクラブにでも行って気絶するほど飲んでこい。ただし戦闘はなしだ」ラスは、声には出さず感謝の祈りを捧げた。クインをこいつのそばにくっつけておいてよかった。「それとジョン……あいつはかならず見つけるから」

また手話があって、ジョンはドアのほうに向かった。

「いまあいつはなんて言ったんだ、クイン」ラスは尋ねた。

「その……見つかっても見つからなくてもどうでもいいって言ってます」

「ジョン、まさか本気じゃないだろうな」

ジョンはまたふり向いて手話を始め、クインが通訳する。「ええと、本気だって言ってます。その……もうこんな毎日は無理だって……ただ待つだけで、毎晩毎昼、あの部屋に入ったら今度こそトールが——ジョン、もうちょっとゆっくり——その……首をくくってるんじゃないか、また行方をくらましてるんじゃないかって心配しつづけで。たとえ戻ってきても……もうたくさんだって言ってます。もう置いていかれるのはたくさんだって」

返す言葉もない。このところトールはよい父親ではなかった。その方面で唯一やりとげたことといえば、生ける死屍(しかばね)の新世代を生み出すことだけだったのだから。ラスは顔をしかめ、こめかみをもんだ。「なあ坊主、おれはロケット科学者じゃないが、相談に乗るぐらいはできるぞ」

長く静かな間があった。それに奇妙なにおいがまとわりついている……乾いた、ほとんどすえたようなにおい……後悔？　そうだ、後悔のにおいだ。

ジョンは感謝のしるしのように小さく会釈して、逃げるようにドアから出ていった。クインはちょっとためらった。「戦闘はさせないようにします」

「ああ、あいつの生命を救ってやってくれ。いまのあんな状態で武器をとったら、松材の箱に入って戻ってくることになるからな」

「了解」

ドアが閉じたとたん、こめかみの痛みが咆哮をあげた。ラスはたまらず椅子にぐったり寄りかかった。

くそ、いまはただ自室に引き取って、あの大きなベッドに横たわり、ベスのにおいのする枕に頭を沈めたい。彼女に電話をし、戻ってきてくれと懇願して抱きしめていたい。赦すと言ってもらいたい。

いまはただ眠りたい。

しかし、そんなわけにはいかない。王はまた立ちあがり、デスクのわきの床から武器を取りあげ、すべて身に着けた。片手にレザージャケットを持って書斎を出ると、大階段を降り、前室を抜けて、凍てつく夜のなかへ出ていく。見たところ、頭痛はどこへ行ってもついてくるようだから、どうせなら役に立つことをしてトールを捜すほうがましだ。

ジャケットに手を通しながら、はたと思い出した。自分の〝シェラン〟のこと、前夜彼女がどこに行っていたかを。

ああ、ちくしょう。そうか、トールの居場所はあそこしかない。

エレーナはすぐに帰るつもりだったが、リヴェンジのテラスの影のなかに足を踏み入れているあいだに、どうしてもペントハウスをふり返らずにいられなくなった。ずらりと並ぶガラスを通して、リヴェンジがこちらに背を向けるのが見えた。ゆっくりとペントハウスの側面を歩いて――

そちらに気をとられているすきに、向こう脛を固いものにぶつけた。「いたっ！」片足で飛び跳ねながら脚をさすり、いまいましい大理石の壺をにらんだ。ぶつかったのは自分のほうなのだが。

身を起こしたときには、痛みのことなど忘れてしまった。

リヴェンジはべつの部屋に入っていて、テーブルの前に立っていた。ふたりぶんの席が用意してある。ろうそくの火に、クリスタルと銀の食器が輝いている。長いガラス壁のおかげでそれがよく見えた。わたしのために、あんなに手間をかけて用意してくれていたのか。

「なんてこと……」彼女はつぶやいた。

リヴェンジは、歩くときと同じようにゆっくりと慎重に腰をおろした。椅子があるべき場所にあるか確かめるかのように、まず背後に目をやる。それから両手を突っ張り、そろそろと身体を沈めていく。彼女が持ってきたビニール袋がテーブルにのっていて、それをなでているようだった。そのやさしい手つきは、がっしりした肩や、厳しい顔に備わる恐ろしげな力とはあまりに不釣り合いだ。

その姿を見つめていると、寒さも風も脛の痛みももう感じなかった。ろうそくの光を浴びて、彼は少し顔をうつむけている。その横顔はくっきりと力強い。言葉にできないほど美しかった。

ふいに彼ははっと顔をあげ、まっすぐこちらを見た。彼女は暗がりにまぎれていたのに。

一歩さがると、腰にテラスの手すりが当たった。しかし、エレーナは非実体化しなかった。リヴェンジが杖を床に突き、すっくと立ちあがったときにも。

意志の力で、彼の前のドアが開いたときにも。

もっと嘘がうまければ、夜景を眺めていただけというふりもできただろう。もっと臆病だったら逃げ出していただろう。

エレーナは自分から近づいていった。「まだお薬を服んでらっしゃないのね」

「それを待っていたの、あなたは」

エレーナは胸もとで腕を組んだ。「ええ」

リヴェンジはふり向いた。テーブルにふた組のからっぽの食器がのっている。「しかし、食事といっしょに服めとも言ったよね」

「ええ」

「それじゃ、わたしが食事をするのを見ていなくちゃならないね」と、品よく腕を広げて入るように誘う。その誘いには乗りたくなかった。「いっしょにテーブルに着いてもらえないかな。それとも、この寒いなかにずっと立っているつもり？　そうだ、こうしよう」杖に思いきり体重をかけ、身を乗り出してろうそくの火を吹き消した。

ろうそくのうえにゆらゆらと立ちのぼる煙は、実現したはずの可能性が消えたことを嘆いているように見えた。ふたりのために、彼はすてきな食事を用意してくれたのだ。わざわざ、今夜のために。服装も美しく調えて。

エレーナはなかに入っていった。これ以上、彼の好意を踏みにじることはできない。

「どうぞかけて」彼は言った。「わたしのぶんの料理をとってくるから。あなたは……？」

「もう食べてきました」

彼女が椅子を引くと、彼は軽く会釈した。「そうだろうね」

リヴェンジはテーブルに杖を立てかけたまま歩きだした。身体を支えるために椅子の背もたれをつかみ、次にサイドボード、スイングドアの枠とつかんでキッチンに入っていく。数分後に戻ってきたときも、あいたほうの手で同じことをくりかえし、テーブルの端の肘掛け椅子に慎重に腰をおろしていく。しゃれた純銀のフォークをとると、なにも言わずにていねいに肉を薄切りにし、節度ある上品なしぐさで食べはじめた。

ああもう。からっぽのお皿を前に、コートのボタンもすべてかけたまま座っていると、自分がものすごくいやな女のような気がしてきた。

銀器が陶器に触れるかすかな音に、ふたりのあいだの沈黙が絶叫している。目の前のナプキンをなでながら、エレーナはあれやこれやでとてもいたたまれなくなって、ふだんはさほど口数が多いほうではないのに、気がついたら口を開いていた。これ以上なにもかも呑み込んではいられない。「一昨日の夜……」

「うん？」リヴェンジは顔をあげず、皿の料理に目を向けたままだ。

「すっぽかされたんじゃなかったんです。ほら、デートのこと」

「そう、それはよかった」

「彼、殺されてたの」

リヴェンジははっと顔をあげた。「えっ」

「ステファン……あのとき会うはずだったひと……彼、〝レッサー〟に殺されてたの。王が遺体を運んできてくださったんですけど、彼のいとこが探しに来るまで、わたし知らなくて……わたし、その……昨夜の勤務時間に、ご遺体を包んで、ご家族のもとへお返ししに行ったの」首をふった。「ひどく殴られてて……顔の見分けもつかなくなってた」

声がかすれて先が続けられず、ただナプキンをなでつづけた。それで自分の気持ちが静まればいいがと思いながら。

かちりとかすかな音がふたつして、レヴのフォークとナイフが皿に置かれた。力強い手を伸ばし、彼女の前腕をしっかりつかんだ。

「それはつらかっただろうね」彼は言った。「あなたがこういう気分でないのは無理もない。そうと知っていたら――」

「いいえ、それはいいんです。ここに来るころにはもっとしゃんとしていられたはずなの。ただ、今夜は調子が出なくて、自分が自分でないみたいで」

ぎゅっと力を込めて握ってから、彼はまた椅子に腰を落とした。しつこくしたくないというかのように。ふだんならありがたいと思うところだが、今夜はなんだか「残念」だった――彼が好んで言っていた言葉を借りるなら。コートを通して感じる、手の重みがとてもうれしかったから。

コートと言えば、そろそろ本格的に暑くなってきていた。

エレーナはボタンをはずし、肩からコートを脱いだ。「ここは暑いですね」

「さっきも言ったけど、よかったら暖房を下げるよ」

「いえ」眉をひそめて、彼に目をやった。「どうしていつも寒がっていらっしゃるの。ドーパミンの副作用かしら」

彼はうなずいた。「それだけじゃなく、杖が必要なのもそのせいだよ。腕も脚も感覚がないんだ」

あの薬にそんな反応を起こすヴァンパイアの例はあまり聞いたことがないが、どんな反応が起きるかは人それぞれだ。それに、パーキンソン病はヴァンパイア版でも重篤な病気だし。

リヴェンジは皿をわきへのけ、ふたりは長いこと黙って座っていた。ぼんやりした照明のもと、彼はいささか色あせて見えた。ふだんの強烈なオーラが数段階落ち、気分もひどく沈んでいるように思えた。

「あなたもふだんとはご様子が違うわ」彼女は言った。「あなたのことをよく知っているわけではありませんけど、でもなんだか……」

「なんだか？」

「わたしと同じで、生ける昏睡状態みたいな」

彼は小さく吹き出した。「うまいことを言うね」

「よかったらそのお話を――」

「よかったらなにか食べて――」

ふたり同時に笑いだし、また口をつぐんだ。

リヴェンジは首をふった。「まあ、デザートだけでも食べていってくれないかな。せめてそれぐらいはさせてもらいたい。デートの食事ではないよ、ろうそくは消したし」

「あの、じつを言うと……」

「もう食べてきたっていうのは嘘で、いまはぺこぺこになってるんだろう?」

彼女はまた笑った。「当たり」

彼のアメジストの目に目をのぞき込まれ、ふたりのあいだの空気が変化して、彼女は感じた――多くのことを見抜かれている。あまりに多くのことを。とくに、秘密めかした声でこう言われたときは。「空腹のまま帰らせたくない。受け取ってもらえるかな、わたしの……」

催眠術にかかったように、魂を奪われたように、彼女はささやいた。「ええ。お願い」

彼は微笑み、長く白い牙をあらわにした。「それこそ、わたしが求めていた返事だ」

彼の血はどんな味がするだろう、という思いが頭に閃いた。

リヴェンジはのどの奥を鳴らした。彼女がなにを考えているかすっかりわかっているかのように。しかし、それ以上踏み込んでこようとはせず、見あげるほどの高さに立ちあがると、そのままキッチンに向かった。

料理を持って彼が戻ってきたときには、エレーナは気を取りなおし、少しはふだんの調子を取り戻していた。もっとも、目の前に料理をおろされたとき、周囲にふわりと漂うスパイスの香りはかぐわしすぎた——そしてそれは、料理とはなんの関係もない。

気を確かにもとうと自分を励まし、エレーナはナプキンを膝に広げ、ローストビーフに手をつけた。

「まあおいしい、絶品だわ」

「ありがとう」レヴは腰をおろしながら言った。「わが家の〝ドゲン〟がやっているとおりにやったんだよ。オーヴンの温度を二百四十五度まであげてから入れて、三十分ほど焼いてから、完全に火を消してそのまま放置するんだ。扉はぜったいにあけないこと、焼け具合をちょっと確かめるなんてこともしちゃいけない。これが規則で、信用してお任せするんだ。すると二時間後に待っているのは――」

「天国ね」

「天国だ」

ふたりの口から同時に同じ言葉が出てきて、エレーナは思わず笑いだした。「でも、ほんとうにおいしい。口のなかでとろけるみたい」

「わたしが名コックだと誤解されないように、完全開示しておこうかな。わたしにできる料理はこれだけなんだよ」

「でも、ひとつは完璧なものが作れるんですもの。それすらできない人もいるのに」

リヴェンジは笑顔になり、錠剤を見おろした。「いまこれを服んだら、あなたは食事が終わりしだい帰ってしまうのかな」

「もしいいえと答えたら、なぜ今夜はそんなに無口なのか教えてくださる？」

「手ごわいね。交渉にかけては凄腕だ」

「一方通行がいやなだけよ。わたしはさっき話したから」

顔に陰が差した。口を結び、眉根を寄せる。「ちょっと話せない」

「あら、そんなはず」

顔をあげ、合わせてきた目は厳しかった。「あなたはお父さんの話ができるのかな」

エレーナは皿に目を落とし、とくべつていねいに肉片を切り取った。

「すまない」レヴは言った。「その……ったく」

「いえ、いいんです」ほんとうはよくなかったが。「わたし、ときどきしつこくしすぎてしまうの。治療にはとても役に立つんですけど、個人的な問題でこれはだめよね」

また沈黙が膨れあがり、彼女は急いで食べはじめた。食べ終わったらすぐに立ち去ろうと思いながら。

「自慢できないことをしているんだ」リヴェンジがだしぬけに言った。

目をあげると、彼の表情は明らかに苦々しげだった。怒りと憎悪のために、別人かと思うほど顔が変わっている。そんなことはないと知らなかったら、恐ろしい人物に見えただろう。しかし、その暗さは彼女に向けられたものではなかった。そこに現われていたのは、自分自身——あるいは彼女以外のだれか——に対して抱いている感情だ。

それ以上つつきまわすのは愚かというものだ。とくに、相手がこんな気分でいるときには。

ところが驚いたことに、彼はさらに続けた。「現在進行形の話でね」

仕事のことだろうか、個人的なことだろうか。

目をあげて、視線を合わせてくる。「ある女性に関わることなんだ」

ああ。女性問題なのね。

ばかね、胸を冷たい万力で締めつけられるような、そんな気分になるいわれはない。なんの関わりもないことだ、彼にもう決まったお相手がいるにしても。あるいは彼が大変なプレイボーイで、ローストビーフのごちそうや、ろうそくや、特別な雰囲気作りや、こういうことを何人の女性に対してやってきたのかわからないとしても。

エレーナは咳払いして、ナイフとフォークをおろした。ナプキンで口もとを押さえながら、「あら。まあわたしったら、お連れあいがいらっしゃるかお尋ねしようとも思いつかなかったなんて。でも、背中にお名前がなかったから——」

「〝シェラン〟ではないんだ。愛情はまったくない。ただ、込み入った事情があって」

「お子さんがいらっしゃるの」

「いや、幸いにね」

エレーナは眉をひそめた。「でも、おつきあいなさってるんでしょう」

「たぶんそういうことになるんだろうな」

完全にばか丸出しだ、その気になりかけていたなんて。エレーナは皿のわきにナプキンを置き、いかにも看護師然とした笑顔を作って立ちあがり、コートを取りあげた。

「そろそろ失礼しないと。ありがとう、おいしかったわ」

レヴが毒づいた。「やっぱり黙っていれば――」

「わたしをベッドに連れ込むのがお目当てだったのなら、ほんとにそうね。まずい一手ってことになるんでしょう。でもうれしかったわ、正直に話してくださって――」

「ベッドに連れ込もうなんて思ってなかった」

「それはそうでしょうね、だってその女性を裏切ることになるし」いやだ、どうしてそれがこんなに気になるの？

「そうじゃない」吐き捨てるように言った。「わたしが不能だからだ。嘘じゃない。そうでなかったら、なにを置いてもベッドに誘いたいと思っただろう」

28

「おまえといっしょにいるのは、ペンキが乾くのを待ってるようなもんだな」ラシターの声が反響し、〈廟〉の高い天井から下がる鍾乳石（しょうにゅうせき）にまで届いていた。「ここを改装しようってわけじゃないけどな——ていうか、改装できるもんならしたいぜ。見ろよ、ここのざまを。おまえら、もとからこんなにおどろおどろしいのが趣味なのか。〈ポッタリー・バーン（高級家具のチェーン店）〉を知らんのか」

トールは顔をこすり、洞窟内を見まわした。何世紀も前から、ここは〈兄弟団〉の神聖な会合場所になっている。いま腰をおろしているのは巨大な石の祭壇のそばで、その祭壇の奥には黒い大理石の壁がある。洞窟の奥を幅いっぱいに覆い尽くすその壁には〈兄弟〉全員の名が彫り込まれ、〈古語〉で刻まれたその文字に、黒いろうそくがどっしりした支柱のうえからちらつく光を投げていた。

「おれたちはヴァンパイアだ」彼は答えた。「妖精さんじゃない」

「ときどきほんとにそうかと疑いたくなるぜ。あの書斎を見ろよ、おまえらの王さまがいつもこもってる」

「ラスは目がよく見えないからな」

「なーるほど、道理で首を吊らずにいられるわけだ。あんなちゃらちゃらのパステルカラーにどっぷり浸かっててよ」

「おどろおどろしい内装のことで文句を言ってるんじゃなかったのか」

「頭の回転が速いもんでね」

「そうだろうとも」トールは天使に目を向けなかった。目を合わせたらますます調子づかせるだけだ――いや待て、ラシターは放っておいても勝手に調子づくのだった。

「あの祭壇の髑髏(どくろ)が話しかけてくるとか、なんかそういうのを待ってんのか」

「じつを言えば、おまえもおれも、おまえがいつか息が切れて口をつぐむのを待ってるんだよ」トールは天使を睨みつけた。「いつでもいいぞ。いつ、いつでもな」

「うれしいこと言ってくれるねえ」天使は輝く尻をおろし、トールの座る石段に並んで腰をおろした。「ひとつ訊いてもいいか」

「だめだと言ったら訊かないのか」

「うんにゃ」ラシターは体(たい)をまわして髑髏を見あげた。「あれ、おれが生まれる前からあるみたいに見えるな。大したもんだ」

髑髏は最初の〈兄弟〉のものだった。初代の戦士として、勇敢に豪腕をふるって敵と戦った男。力と使命を表わす、〈兄弟団〉一の神聖極まる象徴だ。

ラシターは珍しくまじめな口調で言った。「きっとすごい闘士だったんだろうな」

「おれに質問があったんじゃないのか」

天使は悪態をついて立ちあがり、両脚を伸ばした。「ああ、それだがな……どうしてそんなに長いこと座ってられるんだ。おれはけつが痛くて我慢できん」

「ああ、けつに脳みそがあると大変だな」

もっとも、時間のことで天使がこぼすのも無理はなかった。トールはここに座り、髑髏を見つめ、祭壇の向こうの名前の壁を見つめつづけていて、尻がしびれるどころかいまでは階段にくっついているかと思うほどだ。

ここへ来たのは前日の夜だった。見えない手に導かれ、なにかの啓示を、解明を、生(せい)との新たなつながりを求めて来ずにいられなかった。しかし、あったのは石だけだ。冷たい石。そして数多くの名前。かつては重要な意味をもっていたのに、いまではたんなる死者の名簿でしかない。

「探す場所をまちがってるからさ」ラシターは言った。

「もうどっか行けよ」

「おまえがそう言うたびに、おれは目に涙が湧いてくるんだぜ」

「奇遇だな、おれもだ」

天使が前かがみになると、先導するようにさわやかな空気の香りが漂う。「あの壁も髑髏も、おまえの求めるものを与えちゃくれないぞ」

トールはいぶかしげに目を細め、こいつをぶちのめす体力があればよいのにと思った。「そうか。だったらおまえは嘘つきだ。『時は来た。今夜すべてが変わる』はどうした。おまえのせいで予言もかたなしだな、わかってんのか。この役立たずのろくでなしが」

ラシターはにやにやしながら、眉に通した黄金の環をいじっている。「失敬な口をきいておれの気を惹けると思ってるなら、心底飽き飽きするまでやったってむだな努力で終わるだけだぜ」

「おまえ、なんだってここにいるんだ」疲労が忍び込んできて声に力が入らず、トールは苛立った。「おれを見つけたとき、どうして放っといてくれなかったんだ」

天使は黒い大理石の階段をのぼり、名前を彫り込んだつややかな壁の前を行ったり来たりしはじめた。ときどき立ち止まり、名前をひとつふたつ確かめている。

「信じられんかもしれんが、時間ってのは贅沢品なんだぜ」彼は言った。

「おれには呪いとしか思えんがね」

「時間がなかったら、どうなったと思ってるんだ」

「〈冥界〉に渡ってただろう。おまえが来るまで行きかけてたのに」

ラシターは彫り込まれた文字の線を指でなぞっている。トールはあわてて目をそらした。その文字がなにを書いているか気づいたのだ――彼の名前だ。

「時間がなければ」天使は言った。「底もなければ形もない、永遠の闇に落ち込むだけだぞ」

「参考までに言うが、哲学は退屈だ」

「哲学じゃない、現実だ。生命に意味を与えるのは時間だ」

「たくさんだ。もう本気で……おまえにはうんざりだ」

ラシターは、物音でも聞こえたかのように首をかしげた。

「やっとか」とつぶやく。「あんちくしょう、頭がおかしくなるとこだ」

「なんの話だ」

天使がまた戻ってきて前かがみになり、トールの顔をまともにのぞき込んで、はっきりした口調で言った。「いいか、よく聞け。おれをよこしたのはな、おまえの

〝シェラン〟のウェルシーだ。おまえが死ぬのを放っとかなかったのはそのためだ」

トールの胸で心臓が鼓動を止めた。と、天使は顔をあげて言った。「なにをこんなにぐずぐずしてやがったんだ」

ラスの怒った声とともに、叩きつけるようなブーツの足音が祭壇にまで響いてくる。

「なにを抜かす、次はどこに行くかだれかに言ってから――」

「いまなんて言った」トールはあえいだ。

ラシターはまるで悪びれもせずに、またこちらに目を向けた。「あんな壁、いくら見てたってむだなこった。むしろカレンダーを見ろ。一年前、おまえの大事なウェルシーは、顔に敵の銃弾を食らったんだぞ。いつまでのらくらしてるんだ、恨みを晴らさなくていいのか」

ラスは毒づいた。「やめろ、ラシ――」

トールは洞窟の床から飛びあがった。かつての体力がよみがえったかと思うほどの勢いで、体重差にもめげずラインバッカーのように飛びかかり、ラシターを石の床にまともに打ち倒した。両手を天使ののどくびにまわし、その白い目をにらみつけながら絞めあげ、牙を剝き出しにする。

ラシターはただ見つめかえし、トールの側頭葉にじかに言葉を送り込んできた。このばか、いったいなにやってるんだよ。〝シェラン〟のかたきを討つのか、それともこんなむだなことをして彼女の顔に泥を塗るのか。

ラスの大きな手がトールの肩をつかんだ。ライオンの鉤爪のように食い込んで引き戻す。「もうよせ」

「二度と……」息を吸うごとに胸に一発食らうようだった。「もう……二度と……」

「もういい」ラスが嚙みつくように言う。

トールは尻もちをつき、そのままばったり倒れた。落ちた棒きれのように床に当たって身体がはずむ。それと同時に凶暴な衝動から醒めた。そしてわれに返った。ほかに表現のしようがなかった。まるでなにかのスイッチが入って、いままですべて消えていたライトに、とつぜんまた電気が流れはじめたようだった。

ラスの顔が視界に入ってきた。最後にこの顔をこんなにはっきり見たのは……いったいいつのことだったか。「大丈夫か」〈兄弟〉が言った。「ひどい倒れかただったぞ」

トールは手を伸ばし、ラスのがっしりした両腕を両手でなぞった。現実の手ざわりを確かめるかのように。ラシターに目をやり、また王を見つめて言った。「すまない……あんなことをして」

「冗談はよせ。おれたちみんな、あいつを絞め殺したがってたんだ」

「ひでえ話だ、トラウマになりそうだぜ」ひと息つくと、ラシターは咳き込みながら言った。

トールは王の肩をつかんだ。「だれも教えてくれなかった」とうめく。「名前すら口に出さなかったし、教えてくれなかった……なにがあったのか」

ラスはトールのうなじに手をまわして支えた。「おまえを苦しめたくなかったからだ」

トールの目が祭壇の髑髏に向かい、名前を刻んだ壁に向かった。天使の言うとおりだ。目覚めに必要な名前はただひとつ、そしてその名はここには刻まれていない。

ウェルシー……。

「ここに来てるってどうしてわかった」壁に目を当てたまま、王に尋ねた。

「だれしも戻らなきゃならん時はあるさ、出発点にな。すべてが始まった場所に」

「時が来たのさ」堕天使がささやくように言った。

トールは自分の身体を見おろした。だぶだぶの服の下ですっかりしぼんでいる。力は以前の四分の一ほどしかない。もっと落ちているかもしれない。そしてそれは、たんに体重が落ちたせいばかりではなかった。「くそ、まったく……なんてざまだ」

ラスの返答はまるで進軍ラッパだった。「おまえがその気なら、おれたちはいつでも待ってるぞ」

トールは天使に目をやった。そして初めて、その身を取り巻く黄金のオーラに気がついた。天からの贈物、ウェルシーからの贈物だ。

「おれはその気だ」トールは言った。だれにともなく、しかし全世界に向かって。

レヴはテーブル越しにエレーナを見つめながら思った——いまの爆弾発言を聞いても、彼女は少なくとも出口にまっすぐ飛んでいきはしなかった。

「不能」という単語は、憎からず思う女の前で口にしたい言葉ではない。例外は**とんでもない、おれは不能なんかじゃない、**という文脈で使われるときだけだ。

エレーナは浮かした腰をおろした。「それは……それはその、薬のせいで？」

「ああ」

彼女は視線をさまよわせている。頭のなかで足し算でもしているかのようだ。そのとき、はたとこんな思いが彼の頭をよぎった——**それでも舌は使える。指も。**

しかし口には出さなかった。「ドーパミンにわたしの身体はおかしな反応をしてね、テストステロンの分泌が促進されるどころか、完全に抜けてしまうんだ」

エレーナの口角がぴくりと持ちあがる。「こんなことを言っては不謹慎もいいところですけど、あなたがどんなに男らしいか考えると、それがなくても――」

「あなたと愛しあうことはできるよ」彼は静かに言った。「まちがいなく」

エレーナがはっと合わせてきた目が、いまのはまさか聞きちがいでは、と言ってい

た。

レヴはモヒカンの髪を片手でなでた。「あなたに魅かれているのを隠したいとは思

わないが、だからと言ってよけいなことをしてあなたの気持ちを傷つけたくはない。

コーヒーでもどう？　もう入っているんだが」

「その……いただきます」それで頭がはっきりすればと期待しているかのようだ。

「あの……」

立ちあがる途中で動きを止めた。「うん？」

「わたし……あの……」

それきり先を続ける様子がないので、彼は肩をすくめた。「まずコーヒーを持って

こよう。あなたに給仕がしたいんだ。わくわくするんだよ」

わくわくどころか。キッチンに戻りながら、麻痺した全身を怒濤（どとう）のような幸福感が

突き抜けていく。自分の作った料理を彼女に食べさせるのだ。渇いたのどをうるおす

飲物を与え、寒さから守る隠れ処を用意し……

そのとき、嗅ぎ慣れないにおいに気づいた。最初はローストビーフの残りのせいかと思った。肉の外側にスパイスをすり込んであるからだ。だが、いや……それとは違う。

嗅覚など気にしてもしかたがないと思い、食器棚からカップと受け皿を取り出した。コーヒーを注いでから、ジャケットの襟を直そうと——

ぎょっとして手が止まった。

手を鼻に持っていき、深々と吸い込む。まさか、信じられない。そんなばかな……ただ、このにおいはそれしか考えられない。そしてそれは、身内の〝シンパス〟とはなんの関係もなかった。この、身体から発する苦みを帯びたスパイスのにおい、これはきずなのにおいだ。男のヴァンパイアが女の肌や秘部に残すしるし、この女に手を出せばだれの怒りを買うことになるか、ほかの男に知らせるためのにおい。

レヴは腕をおろし、スイングドアの向こう、食堂のほうをぼうぜんとして見つめていた。

ある程度の年齢になれば、自分の肉体について新しい発見などなくなる。少なくともありがたい種類の発見は。関節ががくがくするとか、肺がぜいぜい言うとか、目がしょぼしょぼするとか、そういう発見はあるだろう、そういう時期が来れば。しかし実際、遷移を終えて九百年かそこらのあいだは、肉体にはなんの変化もないものだ。もっとも、この現象に「ありがたい」という言葉を使うのは、適当とは言えないかもしれない。

これといった理由もなく、初めてセックスをしたときのことを思い出した。遷移を終えてすぐのことだった。ことを終えたとき、この女性と連れあいになり、ともに暮らして死ぬまで幸福に過ごすのだと確信していた。彼女は非の打ちどころもなく美しかったし、彼が遷移を終えたときに使うために、母の兄弟が連れてきてくれた女性だった。

黒髪で……

なんてことだ、もう名前を思い出せない。

いまふり返ってみると、男女のことや魅力についてあれからいろいろ学んできてわかるのだが、遷移後の彼の身体がこんなに大きくなるとは、彼女は思っていなかったのだろう。彼に魅かれるとも、彼を欲しいと感じるとも予想していなかったにちがいない。ところがそう感じ、行為をして、そのセックスはまるで天啓だった。肉の歓びも、二度、三度と盛りあがる欲望も、最初の二回のあとで彼が主導権を握ってからの力強さも。

とげがあるのを知ったのはあのときだ——彼女はすっかりわれを忘れていたから、少し待たないと抜けなかったことに気づいたかどうかはわからない。

終わったあとには、彼は満ち足りてこのうえもなく安らかな気持ちだった。しかし、めでたしめでたしとはならなかった。まだ全身の汗も乾かないうちに、彼女は服を着てドアに向かった。そして出ていくとき、こちらに向かってにっこり微笑み、セックスの代金は請求しないからと言った。

彼を養うために、おじに買われた女だったのだ。

おかしい——いまこうして考えてみると、彼がこんなふうになったのはそれほど驚くようなことだろうか。商品としてのセックスを、あれほど早いうちに頭に叩き込まれたのだ——最初のセックスから六回ぐらいは、いわば「店のおごり」だったとしても。

だからそう、この苦みを帯びたにおいが、ヴァンパイアとしての彼がエレーナときずなを結んだしるしだとしたら、それはけっしてありがたい話ではない。

レヴはコーヒーを取りあげ、慎重にスイングドアを抜けて食堂へ出ていった。彼女の前にカップを置くとき、髪に触れたいと思ったが、そのまま腰をおろした。

彼女はカップを口もとに持っていった。「コーヒーを淹れるのがおじょうずね」

「まだ飲んでないじゃないか」

「香りでわかるわ。とてもいい香り」

それはコーヒーではない。ともかくコーヒーの香りだけではない。

「あなたもいい香りがするよ」彼は言った。もっと気の利いたことが言えないのか。

彼女は眉をひそめた。「でも、なにもつけてないのに。それはもちろん、石けんやシャンプーはべつですけど」

「そう、それじゃその香りだろう。それと、すぐに帰らないでくれてうれしいよ」

「最初からそういうおつもりだったの」

目と目が合った。くそ、彼女は完璧だ。まるでろうそくの炎のように輝いている。

「コーヒーまでいっしょにということ？　そうだね、デートしたいと思っていたと思うよ」

「わたしに賛成なさったと思ってたわ」

ああ、少し息の切れたような彼女の声を聞くと、裸の胸にかき抱きたくなる。

「あなたに賛成？」彼は言った。「うーん、あなたが喜ぶのなら、なんにでも賛成すると思うけどね。具体的にはなんのことを言っているのかな」

「だって……だれともつきあわないほうがいいって」

ああ、そのことか。「うん、そのほうがいいと思うよ」

「だったら、つじつまが合わないわ」

まずいかもしれないが、突き進むことにした。レヴは感覚のない肘をテーブルにつき、身を乗り出した。距離が縮まると彼女は目を見開いたが、身を引こうとはしなかった。

いったん口をつぐみ、彼女がはいそこまでと言えるように間を置いた。なぜそんなことをしたのか、自分でもわからない。身内の〝シンパス〟は一時停止している。たんに分析しているのか、あるいは弱さをよりよく利用しようとしているのか。しかし、彼女に対して無礼なまねはしたくない。

エレーナはしかし、やめておけとは言わなかった。「つじつまが……合わないわ」ささやくように言った。

「簡単なことだよ。あなたはだれともつきあわないほうがいい」レヴはさらにぐいと身を乗り出した。彼女の虹彩に入る黄金の斑まで見えるほどに。「ただ、わたしは例外だ」

29

わたしは例外だ。

リヴェンジのアメジストの目をのぞき込みながら、ほんとうにそのとおりだとエレーナは思っていた。この静かな瞬間、ふたりをつなぐ爆発的な官能の波動、空中に漂う苦みを帯びたコロンの香りをまとって、リヴェンジはたしかにすべての例外だった。

「キスをさせてくれるね」彼は言った。

質問ではなかったが、それでもうなずいた。ふたりの口と口を隔てる距離を彼が詰めてくる。

彼の唇は柔らかく、キスはさらに柔らかかった。そしてたちまち離れていった。彼女に言わせれば、あまりにあっけないぐらいに。

「あなたがよければ」と低いハスキーな声で言った。「わたしはもっとしたい」

エレーナは彼の口を見つめ、ステファンのことを思い出した。ステファンが失ったあらゆる選択肢のことも。そして、リヴェンジといっしょにいたいと思った。なぜかはわからないが、いまはそんなことはどうでもいい。

「ええ。わたしも」ただ、そのときふと思いついた。彼にはなんの感覚もないのだ。これを続けていって、しまいにどうなるのだろうか。

でも、そんなことを持ち出したら、彼に負い目を感じさせてしまうだけだ。それに彼がつきあっているもうひとりの女性のことは？　どう考えてもその女性と寝ているはずはないが、なにか真剣な関係なのはたしかだ。

彼のアメジストの目が彼女の唇に向かう。「わたしがなにを欲しかったか聞きたい？」

ああ、なんと官能に満ちた声だろう。

「ええ」息ができない。

「いまみたいなあなたを見ることだよ」

「いまみたいな……わたしって？」

一本指で彼女の頬をそっとなでた。「頬を染めている」指が唇に移動する。「唇が分かれている。わたしがまたキスをすると思っているから」やさしい指先をさらに下へ動かし、今度はのどくびをなぞる。「心臓がどきどきしている。ここの血管が見える」乳房のあいだで指を止めると、彼の唇も分かれて、牙が長く伸びてきた。「このまま続ければ、あなたの乳首が起きあがっているのがわかると思う。そしてきっと、ほかにもあなたがその気になっているしるしが見つかるだろう」身を乗り出し、耳もとでささやいた。「エレーナ、その気になっている?」

ああ。だめ。

肋骨に肺が締めつけられる。甘くめくるめく感覚に息が詰まりそうだ。だしぬけに脚のあいだが熱くうずくのが、そのせいでいっそう悩ましい。

「エレーナ、返事は……」リヴェンジが首に顔を寄せてきて、鋭い牙が血管をなぞる。頭をのけぞらせながら、彼の上等なスーツの袖をつかみ、きつく握りしめてしわくちゃにしていた。ほんとうに久しぶり……思い出せないほど……だれかに抱きしめられるのは。あれ以来、彼女はただの一介護者になってしまった。胸も腰も太腿も、人前に出る前にきちんと隠すべき身体の一部でしかなくなってしまった。それがいま、この美しく、すべての例外である男性が、彼女を歓ばせるためだけにいっしょにいたいと言っているのだ。

エレーナはしきりにまばたきをせずにはいられなかった。たったいま彼からプレゼントをもらったように感じる。いま足を踏み出してたどりはじめたこの道を、ふたりでどこまで行けるのだろうかと思った。彼女の家族が〝グライメラ〟の恩寵から滑り落ち、ばらばらに引き裂かれる以前、彼女には約束を交わした男性がいた。誓いの儀式の予定も立っていたが、彼女の家族が逆境に巻き込まれて実現しなかった。

つきあっていたころ、彼女はその男性とベッドをともにしていた。〝グライメラ〟に属するきちんとした女性として、本来はそんなことをしてはいけなかったのだ、ふたりはまだ正式に結ばれていなかったから。しかし、それまで待つには人生は短すぎると思えた。

いまでは、あのころよりさらに短いと知っている。

「ここにはベッドもあるんでしょう」彼女は言った。

「ああ、あなたを連れていけるなら死んでもいい」

先に立ちあがり、手を差し出したのは彼女のほうだった。「行きましょう」

よかったのは、すべてエレーナのためだったということだ。レヴは感覚が麻痺しているから、もともとこの方程式から完全に除外されている。つまり、彼が関わることで生じる厄介ごとから、ふたりともに無縁でいられたというわけだ。

ああ、なんという歓び。王女には否応もなく肉体を与えなくてはならない。しかしエレーナには、なにを与えるか自分で選べるのだ……

ちくしょう、よくわからないが、たんにペニスの問題だけではない。もっとはるかに価値のあるもの、それがどっさり関わっている。

杖を握りながら、というのはバランスを保つために彼女に体重をかけたくなかったから、彼女を寝室に連れていった。そこには水泳プール大のベッド、黒いサテンの上掛け、そして夜景が待っている。

心の力でドアを閉じた。このペントハウスにはほかにだれもいなかったけれども。そして最初にしたのは、エレーナにこちらを向かせ、ねじって留めた髪をほどくことだった。濃いストロベリーブロンドの波が肩の少し下まで落ち、その絹糸の手ざわりを感じることはできなかったが、シャンプーの軽い自然なブーケの香りを吸い込んだ。

彼女は浄らかで涼やかで、清流に身を浸しているようだった。

ふと動きが止まった。思いがけず良心のとげに引き止められたのだ。彼の正体を知っていたら、食うためになにをしているか知っていたら、この肉体でなにをしているか知っていたら、エレーナはレヴを選ばないだろう。それはまちがいない。

「やめないで」彼女が顔を上向けて言った。「お願い……」

意志の力で自分のなかに隔壁を作り、思い出したくないこと、彼が生きている悪徳まみれの人生、直面している危険な現実のことを寝室から押し出し、ドアに鍵をかけて閉め出した。

これでほんとうにふたりきりだ。

「あなたがいいと言うまでやめないよ」彼は言った。そしてもし言ったら即座にやめる。問答無用で。彼女がセックスに関して自分と同じように感じる――そんなことになったら耐えられない。それだけは避けなくてはならない。

レヴは身をかがめ、唇を重ね、慎重にキスをした。自分の感覚を頼りにできないから、あまり強引に出たくはない。もっと強いキスが望みなら、きっと彼女のほうから押しつけてくるだろうという気が――

エレーナはまさにそのとおりのことをした。両腕を巻きつけてきて、腰と腰を密着させる。

すると……驚いた、感じるものがある。どこからともなく、噴きあがる感覚に麻痺の殻が破れ、波紋のように広がるそれはかすかではあるが、それでもまちがいなく温もりが感じられた。その一瞬、恐怖に胸を貫かれて思わず身を引こうとした……が、視界は三次元のままで、目に映る赤いものと言えば、ナイトスタンドのデジタル時計の光だけだ。

「どうかなさった？」エレーナが尋ねる。

鼓動一拍ぶんほど待って、彼は言った。「いや……いや、とんでもない」目で彼女の顔をなぞる。「服を脱がせてもいい？」

なんだと、いまなにを言った？

「ええ」

「ほんとに？……うれしいよ……」

レヴは、彼女の白衣の前ボタンをゆっくりとはずした。肌が一センチあらわになるごとに天啓に打たれるようだ。それはなにかを乱すというより、いわば除幕の行為だった。手を慎重に使って、彼女の服の上半分を肩から下げ、腰から床へとおろしていく。白いブラと白いストッキング、その下の白いショーツがわずかに見える、そんな姿で立つ彼女を前にして、不思議に誇らしい気持ちになった。

しかし、それだけではない。彼女の昂りのにおいに、頭のなかでぶーんと音がしはじめ、一週間半ぶっ通しでコカインを吸いつづけていたように感じる。エレーナは彼を求めている。彼が尽くしたいと思う、その気持ちに劣らないほど強く。

両腕を彼女の腰にまわし、抱き寄せてかかえあげた。まるで体重などないようだったが、それは自分の息が少しも乱れていないことからもわかる。抱いて運び、ベッドに横たえた。

身を引いて見おろすと、エレーナはこれまでに知ったどんな女とも違っていた。脚を伸ばして開いたりせず、自分で自分を愛撫したりもせず、背を弓なりにそらして、いらっしゃいよお兄さんと売春婦が挑発するようなしぐさも見せない。また、こちらに痛い目を見せたいとも思っていないし、人を見下すことにも興味はない――エロティックな無慈悲さに、目をぎらぎら光らせたりしていなかった。彼を見あげる目には、驚きと素直な期待がこもっている。手練手管も計算も知らない女――これまで関係してきた、あるいは接してきたどんな女より一兆倍もセクシーだ。

「わたしは服を着たままのほうがいい？」彼は言った。

「いいえ」

レヴは、広告チラシでも捨てるようにジャケットを脱ぎ捨て、グッチの芸術品のようなそれを無造作に床に落とした。ローファーを蹴り脱ぎ、ベルトをはずしてスラックスをおろし、落ちたそのままに放っておいた。シャツはあっさり脱げた。靴下も。ボクサーショーツでためらった。両の親指をウェストにかけ、さっさとおろそうとしたが、そこで手が止まった。

萎えたままなのが恥ずかしい。

それを重大問題と感じるとは思っていなかった。そもそも、考えようによっては、萎えていたからこそここまで漕ぎつけられたのだ。それでも、一人前の男ではないように感じられた。

というより、まったく男らしいと感じられなかった。

両手を萎えた股間にあてがい、「これはこのままにしよう」

エレーナは目を情欲に輝かせて手を差し伸べてきた。「なんでもかまわないわ、あなたが来てくれるなら」

この場合は来るというか、いけないことが問題だ。「すまない」レヴはそっと言った。

気まずい間があった。彼女になんと応じることができるだろう。それでも彼は答えを待った……なにか反応があるのを。

励ましでも待っているのか。

ちくしょう、いったいどうしたというんだ。側頭葉の世界を縦横に走る見慣れない思考や反応のすべてが、話に聞くばかりで自分では行ったことのない目的地を指し示している。恥辱、悲しみ、不安。そして寄る辺なさに至る道を。

彼女によってかきたてられた性ホルモンは、ドーパミンと同じように、彼に対しては正反対の効果をもたらしたのかもしれない。すっかり臆病風に吹かれてしまった。

「光を浴びたあなたは美しいわ」彼女が少しかすれた声で言った。「肩幅も胸もすごく広くて、そんなに強い肉体をしてたらどんな感じかしら。それにお腹も……わたしのお腹もそんなに平らで引き締まっていたらいいのに。脚もとてもたくましいわ。筋肉の塊で、脂肪なんかどこにもついてないし」

片手で腹部のシックスパックをなであげながら、彼女の柔らかく丸みを帯びた腹部を見おろした。「あなたはいまのままで完璧だと思うよ」

真剣な声で彼女も言った。「あなたのほうこそ」

レヴは震える息を吸った。「そうかな」

「とてもセクシー。あなたを見るだけで……胸がうずくわ」

よし……さあ行くぞ。そうと決めても、なかなか親指をボクサーショーツのウェストに戻すことができなかった。ふだん経験したことのないたぐいの勇気をふるって初めて、やっとそろそろとおろすことができたぐらいだ。

エレーナのとなりに身を横たえるとき、身体が震えた。筋肉が細かく揺れているのが見てわかる。

どう思われるか気がかりだった。この身体を、このベッドでこれから起こることを、彼女はどう思うだろう。王女が相手のときはこうではない。自分のすることで向こうが喜ぼうがどうしようが、毛筋ほども気にならない。店の売春婦を何度か相手にしたときは、もちろん痛い思いをさせたいなどとは思わないものの、たんに性と金との交換にすぎなかった。

ゼックスとしたのはまったくの失敗だった。よくも悪くもなかった。一度だけあって、二度とないというだけだ。

エレーナが腕をなであげてきて、肩に両手を置いた。「キスして」

目と目を合わせ、レヴは言われたとおりにした。唇を重ね、ゆっくりと動かし、やがて舌を伸ばして彼女の口中をなめる。キスを続けるうちに、彼女は身をくねらせはじめ、レヴの肩に置いた手に力が入る。力いっぱいつかまれて、彼の身内に先ほどの奇妙な感覚のこだまがまた爆発した。その感覚に一瞬ぎょっとし、目をあけて確認する。しかし視覚に変化はなく、視野が赤く染まってもいなかった。

安心してまた楽しみはじめる。接した唇にかかる圧力がどれぐらいか伝わってこないから、あまり力をかけすぎないように、彼女のほうから押しつけてくるに任せる。

もっと先まで進みたい……その思いは読まれていたようだ。

ブラをとったのはエレーナのほうだった。フロントホックをはずし、わが身をあらわにする。ああ……くそ、まいった。乳房の形は完璧で、先端のピンクの乳首は固く起きあがっている——と見るが早いか、交互に口に含んで吸った。

彼女のうめき声に、身体がかっと燃えあがる。いつもの冷えに代わって、生命と活力と温もりと欲求が満ちてくる。

「覆いかぶさりたい」彼は唸った。

「ええ」という答えは声というよりうめきだった。肉体のほうがさらにはっきりした答えを返してくる。腿が分かれ、膝が開いて落ちる。すべてが誘いかけてくる。こちらが望んでいた以上に。

ストッキングを脱がせないと、嚙み裂いてしまいそうだ。

レヴはゆっくりていねいに、自分を抑えられるだけ抑え、その薄い拘束から彼女の肉体を解放した。鼻をすり寄せ、足首までたどって、深々とその香りを吸い込んだ。

ただショーツはそのままにしておく。

なにより驚いたのは、リヴェンジのやさしさだった。

大きくがっしりした身体に似ず、彼はできるかぎり慎重に扱ってくれ、彼女のうえでそっと動いてくれた。いつでもノーと言えるように。それはいやだと言えるように。あるいはもうこれでやめにしようと言えるように。

もっとも、そんなことを言いたいとは夢にも思わなかった。

思うわけがない。彼の大きな手が、剝き出しの脚の内側をふわりと這いのぼってくる。かすかに、しかし確実に、少しずつ腿をのぼってくる。指先に下着をかすめられると、電撃に秘部を灼かれたように、一瞬の絶頂にあえぎが漏れた。

リヴェンジが身体を引きあげて、耳元で唸るようにささやきかける。「いまの声はよかった」

唇をふさぎ、つつましい綿の下着のうえから秘部を愛撫してくる。舌を深く差し入れてくるのと対照的に、指は蝶のはばたきのようで、エレーナは頭をのけぞらせ、なにもかも忘れて没入した。腰を浮かす。下着のなかに入ってきてほしい。それに気づいてほしい。情欲に息が切れて、声が出ないから。

「どうしてほしい？」耳もとでささやく。「じかに触れてほしい？」

うなずくと、中指が下着のウェストの下に滑り入り、肌と肌がじかに――

「あ……ああ」全身を脈打ちつつ貫く快感に、エレーナはうめいた。

リヴェンジはトラのような笑みを浮かべ、愛撫によって彼女に絶頂を与え、その脈動に乗れるよう導いていく。ついに静まったとき、彼女は気恥ずかしかった。もう長いことだれともしていなかったし、ましてこんな相手とはしたこともない。

「あなたは美しい。言葉にできないほど」レヴはささやいた。彼女がなにも言えずにいるうちに。

エレーナは彼の上腕に顔を押し当て、引き締まった筋肉を覆うなめらかな肌にキスをした。「久しぶりだったの、わたし」

彼の顔に静かな明かりがともる。

「うれしいよ。とても」彼は頭を下げ、彼女の乳首にキスをした。「自分の身体を大切にするのはいいことだ。そんなひとばかりではないからね。ああそうだ、言っておくが、まだ終わりではないよ」

下着を腿の下へおろされながら、エレーナは彼のうなじに爪を立てた。ピンクの舌先に乳房をなぶられるさまに目が釘付けになる。とくにアメジストの目が彼女の目をのぞき込みながら、乳首を転がされ、はじかれたときは――下腹部のほうに意識が向かっていたら、予想外のところで絶頂を与えられたようだった。

また達していた。激しく。

このときはわれを忘れて連れていかれ、レヴと肌を触れあうだけの自分になり、あらゆる枷から解放されていた。その快楽から戻ってきたときには、もうぎくりとすることすらなく、彼のキスが腹部より下に降りていくのを感じ、さらに――

こだまが返るほどのあえぎ声をあげた。

指先と同じように、彼の口が秘部に触れる感覚はいっそう生々しかった。ほとんど触れていないも同然だったせいだ。感じやすく熱い部分を柔らかな愛撫がかすめ、それを感じようと感覚が研ぎ澄まされ、かすかに触れる唇と舌が、快感と焦燥をふたつながら生み出す源に変わっていく。

「もっと強くして」と腰をあげた。

アメジストの目があがる。「手荒なことはしたくないんだ」

「大丈夫だから、お願い……じらさないで……」

唸り声とともに頭をもぐり込ませ、口で秘部を押さえつけ、強く吸って花芯を口中に引き込む。エレーナはまた達した。今回は激しい暴風に吹き飛ばされたようだったが、むしろそれは望みどおりだった。彼女は身を引きつらせ、のけぞらせたが、彼はそのまま続け、唇と唇の当たる音が、彼女の悲鳴のようなあえぎとともに高まり、くりかえし絶頂が襲ってくる。

何度達したことか、ようやく彼女は静まった。それは彼も同じで、ふたりして息をあえがせていた。レヴの濡れた口は腿の内側に押し当てられていて、三本の指が奥までみっしり埋もれ、ふたりのにおいは混じりあい、熱い空気には――

彼女はふと眉をひそめた。くらくらするような寝室の香りのなかに……苦みを帯びたスパイスの香り。よく嗅ごうと鼻から息を吸ってみる。彼が顔をあげて目を合わせてきた。

エレーナがなんと思ったか、その驚愕の表情にはっきり表われていたにちがいない。

「ああ、わたしもこのにおいには気がついていた」彼はざらざらした声で言った。

でも、きずなを結ぶなんて、そんなことがありうるだろうか。ほんとうに、こんなに早くそんなことが……？

「そういう男もいる」レヴは言った。「ということだろうね」

だしぬけに気づいた。心を読まれているのだ。しかし、それは気にならなかった。頭のなかに入られるぐらい大したことはない、いままでしてきたことを考えれば。

「まさかこんなことが起こるなんて」

「わたしも意外だったよ」リヴェンジは指を抜き、それを舌でゆっくりとなめとっていく。

当然ながら、それを見るうちにまた身体がかっと熱くなってきた。

目と目を合わせたまま、彼女があちこちに飛ばした枕を使って、彼は体勢を変えた。

「なんと言っていいかわからないなら、それはわたしもご同様だ」

「なにも言う必要なんかないわ」エレーナはつぶやいた。「そういうことだもの」

「ああ」

リヴェンジはごろりと仰向けになり、ふたりは暗闇のなかで横たわっていた。彼との距離は十センチかそこらだったが、外国へ行かれたような寂しさを感じる。

背を浮かして脇を下にし、曲げた自分の腕に頭をのせて、天井を見つめているレヴを見つめた。

「あなたになにかあげられたらいいんだけど」きずなの話は完全にあとまわしにすることにした。あまりしゃべりすぎると、いまふたりで共有したものが台無しになるし、いまこの瞬間をもう少し長引かせたい。

彼はこちらに目を向けた。「なにを言い出すやら。もう忘れたのかな、いまふたりでなにをしたか」

「あなたにもあげたいの、ああいうなにかを」彼女は顔をしかめた。「つまり、なにか足りなかったとかそういうことじゃなくて……その……ああ、もう」

レヴは笑顔になり、エレーナの頬をなでた。「可愛いひとだ、恥ずかしがることはないよ。それに、わたしがどんなに楽しかったかわかってないみたいだね」

「わかってもらいたいの。あんなにすばらしい、美しい経験をさせてくれるひとは、あなた以外にいないと思うから」

レヴはこちらを向いて彼女と同じ姿勢になり、たくましい上腕に頭をのせた。「ほら、わたしは例外だと言っただろう？」

彼の手を両手でとり、手のひらにキスをして、そこで眉をひそめた。「寒くなってきたのね。冷たいわ」

身を起こすと、上掛けを引きあげて彼の身体にかけ、よくくるんでから、その上掛けのうえに横になって身体をくっつけた。

ふたりは長いことそのままじっとしていた。

「リヴェンジ？」

「うん」

「わたしの血をとって」

ぎょっとして息を呑む気配で、どれだけ驚かせたかわかった。「えっ……な、なんだって」

思わず頬がゆるむ。どう見ても、そんなにしょっちゅう口ごもるような男性には見えない。「わたしの血をとって。あなたになにかあげたいの」

彼の唇が分かれて、長い牙がのぞいた。少しずつ伸びてきたというより、にゅっと突き出してきたというほうが近い。

「いや、それは……それはどうかと……」息づかいが乱れ、声がさらに低く響く。

エレーナは自分の首に触れると、頸静脈をゆっくりさすった。「とてもいいアイデアだと思うんだけど」

リヴェンジの目が紫色に輝く。彼女は身体の力を抜いて仰向けになり、頭を横に傾けてのどくびをあらわにした。

「エレーナ……」視線が彼女の身体をなぞり、またのどくびに戻ってくる。

いまでは息が荒くなり、顔が紅潮している。上掛けから見える肩の部分がうっすらと汗ばんで光っている。それだけではない。苦みを帯びたスパイスの香りが一気に高まり、空気から滴り落ちるかと思うほどになる。彼女に対する欲求と彼女の望みに反応して、体内の成分が変化している。

「ああ……くそ、エレーナ――」

だしぬけにリヴェンジは眉をひそめ、自分の身体を見おろした。彼女の頬にやさしく触れていた手が上掛けの下に消えたかと思うと表情が変化した。情熱と欲求がみるみる抜け落ち、あとに残ったのはなにやら気がかりな嫌悪感だけだった。

「すまない」かすれた声。「すまない……ちょっと……」

リヴェンジはあたふたとベッドをおりた。上掛けをつかみ、エレーナの下から引き抜いて、急いで離れていく。だがそれでも見えた――勃起している。固くなっていた。大腿骨ほども大きく長く、固くなっている。

それなのに、バスルームに駆け込むとドアをしっかり閉じた。

そして鍵をかけてしまった。

30

今夜はもう自室で寝るとジョンは言い、クインとブレイがこの嘘を信じたと見てとると、館の使用人居住区画からこっそり外へ出て、まっすぐ〈ゼロサム〉に向かった。急がなければならない。そのうちふたりのどちらかが様子を見に来て、いないと知れたとたんに捜索隊が結成されてしまう。

店の正面入口には近寄らず、裏道にまわった。以前、わずかなコカインを持った大口叩きのろくでなしが、ゼックスに頭をかち割られるのを見た場所だ。その側面のドアのうえに監視カメラがあるのに気づき、顔をあげてまともにレンズをのぞき込んだ。

ドアが開いたとき、確かめるまでもなく彼女なのはわかっていた。

「入りたいの」彼女が言った。

ジョンは首を横にふった。このときばかりは、口がきけなくても困らなかった。どっちみち、なんと言ってよいかわからなかったのだ。なぜここに来たのかわからない。ただ来ずにはいられなかった。

ゼックスは店の外に出てきて、ドアに背中を預け、爪先にスチールをかぶせたブーツの左右を交差させた。「だれかに言った？」

目と目を合わせたまま、ジョンは首を横にふった。

「言うつもり？」

また首をふる。

やさしい声――彼女の口から聞いたことがなく、また聞くことがあると予想もしなかったような――で彼女はささやいた。「どうして」

彼はただ肩をすくめた。正直な話、驚いていたのだ。なぜあのとき記憶を消されなかったのか。そのほうが手っとり早いし、あとくされもないし――

「あんたの記憶を消せばよかったんだけど」彼女は言った。心を読んでいるのだろうか。「昨夜は頭のなかがごちゃごちゃだったし、あんたがさっさと出てっちゃったからできなかったんだ。言うまでもないけど、いまじゃもう長期記憶になっちゃってるから……」

このために来たのだ、と気がついた。ゼックスを安心させたかったのだ、だれにも言わないと。

その決意が固まったのは、トールの失踪のせいだった。話をしようと部屋に行き、またいなくなっている——それも今度もまたひとこともなく——のに気づいたとき、ジョンの心中でなにかが動いた。庭にあった大きな岩がこっちからあっちへ転がり、眺めが完全に変化したかのようだった。

ジョンはひとりきりだ。だからなにを決心しても、それは彼ひとりの決心だ。ラスも〈兄弟団〉も尊敬しているが、彼は〈兄弟〉ではないし、いつかなれるとも思えない。たしかにヴァンパイアではあるが、生まれてからずっと一族の外の世界で過ごしてきたため、〝シンパス〟に対する嫌悪感をほんとうには理解できずにいる。社会病質者（ソシオパス）のようなものと言っても、少なくとも彼に関するかぎり、初めて会ったソシオパスは身内にいた。連れあいを得る前の、ザディストとVのふるまいがまさにそれだったからだ。

王に通報して、ゼックスをコロニーに追放させるなどとんでもない。天地が引っくり返っても。

ゼックスの声が鋭くなった。「それで、なにが望みなの」

来る夜も来る夜も、最底辺で日和見で自暴自棄な人々を相手にしている彼女のことだから、そう尋ねてくるのは驚きでもなんでもなかった。

目を合わせたまま首を横にふり、のどもとで手刀を切ってみせた。なにも、と口を動かす。

ゼックスは冷たい灰色の目で見つめている。頭のなかにもぐり込まれるのを感じた。思考をつつかれるのがわかる。抵抗せずに調べられるに任せた。なにを言うより、そのほうが彼女は安心できるだろう。

「あんたみたいなのは百万人にひとりだよ、ジョン・マシュー」彼女は静かに言った。「たいていは利用してやろうと思うだろう。とくに、あたしがひとこと言えば、この店でどれだけイケナイことができるか考えればね」

ジョンは肩をすくめた。

「それで、今夜はどこへ行くつもりだったのさ。お仲間は?」

彼は首をふった。

「トールの話がしたい?」はっと目を見ると、彼女は言った。「ごめん、でもあんたの心に見えたから」

また首をふったとき、頬になにか触れるものがあって、ジョンは顔をあげた。雪が降りはじめていた。小さな、細かい雪片が風に舞っている。

「初雪だ」ゼックスは言い、ドアから離れてまっすぐ立った。「なのに、コートも着てないじゃない」

自分の身体を見おろして、ジーンズと〈ナーズ〉のTシャツという格好なのに気がついた。少なくとも靴を履くのは忘れなかったようだ。

ゼックスはポケットに手を入れ、なにかを差し出してきた。鍵だ。小さな真鍮の鍵。「帰りたくないんでしょ。こっからそう遠くないとこに部屋があるから。安全だし地下だしね。よかったら使いな、好きなだけいていいよ。ひとりになりたいんだろ、気持ちの整理がつくまで」

断わろうと首をふりかけると、彼女が〈古語〉で言った。「これはお礼の代わり」

彼女の手をかすめもせずに鍵を受け取り、ありがとうと口を動かした。

住所を教えてもらったあと、夜空から雪の舞い落ちる裏路地に彼女を残して歩きだした。〈トレード通り〉に出たとき、肩越しにふり返ると、彼女はまだ裏口のそばに立ってこちらを見ていた。腕を組み、ブーツで地面を踏みしめて。

短いダークヘアに、剝き出しのがっちりした肩に、柔らかな雪片が降りかかる。それでもちっともやさしげに見えない。わかりやすい理由で、わかりやすく親切にしてくれる天使ではないのだ。陰があって、危険で、次にどう出るか予測もつかない。

そんなゼックスが恋しい。

ジョンは片手をあげてふってみせ、角を曲がり、酒場から酒場へと急ぐ人間の雑踏に紛れ込んだ。

ジョンの大きな身体が見えなくなってからも、ゼックスはその場を動かなかった。百万にひとり、とまた思った。あの子は百万人にひとりだ。

店内に戻りながら思った――彼の仲間ふたり、ひょっとしたら〈兄弟団〉のだれかが捜しに来るのは時間の問題だが、そのときどう答えるかは決まっている。姿を見かけもしなかったし、どこにいるか見当もつかない。

以上。

守られ、守るというわけ。

それで話は終わりだ。

ＶＩＰエリアから出ようとしたとき、イヤホンから声が聞こえてきた。用心棒の話を聞き終えると、彼女は毒づいて腕時計を口もとにもっていき、トランジスタラジオに向かって言った。「あたしのオフィスに連れてきて」

フロアから売春婦が姿を消したのを確認してから、店の一般客エリアに入った。デ・ラ・クルス刑事がごった返す店内を案内されてくる。

「クイン、なんか用？」彼女はふり返りもせずに言った。

「げっ、頭の後ろにも目がついてんだな」

肩越しにふり返った。「それを忘れないことだね」

ジョンの〝アーストルクス・ノーストルム〟は、たいていの女が寝てみたいと思うタイプの男だ。そう思う男も少なくないだろう。〈アフリクション〉のTシャツとレザージャケットで黒に黒を重ねて決めているが、全身どこを見ても自分のスタイルを貫いている。ハトメベルト、すそを折り返してはいているのは、〈ザ・キュアー〉のをさんざんぶっ叩いてよれよれにしたようなジーンズだ。黒髪はスパイクヘアにして、唇にはピアス、左耳には黒いスタッドが七つ上下に並んでいるのはエモだし、靴底十センチの〈ニュー・ロック〉はゴスだ。首の刺青は〈ハート＆ハンティントン〉ふうというところか。

腋の下に武器を隠し持っているのはじゅうぶん承知しているが、そちらはまさしく映画『ランボー』から抜け出してきたようだし、両脇に垂らしているこぶしは総合格闘技のためにあるかのようだ。

各要素をどこから持ってきたにしても、それで構成される全体像はセックスアピールであり、つい最近まで彼はそれをぞんぶんに利用していた。奥のＶＩＰ専用トイレがホームオフィスになっていたほどだ。

もっとも、ジョンの個人的ボディガードに昇進してからは、そっちのほうはブレーキをかけているようだった。

「それで、なんなの」

「ジョンは来てる？」

「いや」

クインの左右色違いの目が疑るように細くなる。「ぜんぜん見てない？」

「見てない」

どれだけ見つめられても、なにも気取られたりしないのはわかっている。彼女の得意技のリストでは、殺人の次に来るのが嘘なのだ。

「ちくしょう」ぼそりとつぶやき、クインは店内を見まわした。

「もし見かけたら、あんたが捜してたって言っとくよ」

「頼んます」と、また視線を戻してきた。「あのさ、あんたたちのあいだでなにがあったのか知らないし、おれにはなんの関係も――」

ゼックスは目玉をまわしてみせた。「なーるほど、それでいまその話を持ち出すわけだ」

「あいつはいいやつなんだ。それだけは考えてやってくれよな」クインのまっすぐな青と緑の目は澄みきっていた。こんな目をもつのは、ほんとうにつらい経験を乗り越えてきた男だけだ。「あいつがひどい目にあわされたら、面白くないと思うやつは何人もいる。とくに、おれも含めて」

その後の沈黙のなか、ゼックスは内心舌を巻いた。彼女に立ち向かってくるような度胸のある者はめったにいないが、いまの率直な言葉にはあからさまに脅しがひそんでいる。

「クイン、あんた大したやつだよ。肝が据わってる」

彼の肩をぽんと叩いて、彼女はオフィスに向かった。ジョンの〝アーストルクス・ノーストルム〟を選ぶ王の目は確かだった、と思う。変態のセックス狂いではあっても、クインは掛け値なしの殺し屋だ。そんな男に、彼女の坊やが守られているのはありがたい。

ジョン・マシューがだ、と自分で訂正する。

あれは彼女の坊やではない。ぜんぜん違う。

オフィスのドアを、ゼックスはためらうことなくあけた。「こんばんは、刑事さん」

ホセ・デ・ラ・クルスは、今夜もまた安物のスーツを着ていた。そして本人もスーツもそのうえのコートも、同じぐらいくたびれているようだった。

「どうも」彼は言った。

「それで、ご用件は」デスクの向こうに腰をおろし、前回も彼が座った椅子を勧めた。彼はその勧めに応じなかった。「昨日の夜はどこにおられました？」

ちょっと言えない場所もある。なぜならしばらくヴァンパイア殺しをしていたからだ。しかしそれは警察には関係のないことだ。

「この店にいましたよ。どうしてですか」

「それを証言できる従業員のかたはおられますか」

「ええ。アイアムにでも、ほかのスタッフにでも訊いてみてください。ただ、なにがあったのか教えてもらいたいですね」

「昨夜、殺人の現場でグレイディの衣服が一点見つかったんですよ」

ああ、くそ。あのろくでなしがほかのだれかにばらされたとしたら、こんなにむかつくことはない。「でも死体はなかった？」

「ええ。背中に鷲の入ったジャケットです。グレイディが着ていたやつ。いわばあいつのサインですな」

「へえ。それで、どうしてあたしが居場所を訊かれるんですか」

「ジャケットに血しぶきが飛んでいましてね。グレイディの血かどうかはわからないが、明日には答えが出るでしょう」

「それはわかりましたけど、なんであたしの居場所を訊くんです」

デ・ラ・クルスは両手をデスクについて身を乗り出してきた。チョコレート・ブラウンの目は真剣そのものだ。「あなたは、あいつが死ぬのを望んでるって気がするからですよ」

「たしかに、女を虐待する男は嫌いです。でもね、見つかったのはジャケットで、死体じゃないんでしょ。さらに言えば、昨夜あたしはここにいました。だからあいつが殺されたとしても、やったのはあたしじゃない」

刑事は身を起こした。「クリッシーの葬式はこちらでやるんですか」

「ええ、明日です。告知は今日の新聞に出てますよ。あんまり親戚はいないかもしれないけど、〈トレード通り〉ではあの子は好かれてたから。ここらの人間は、ひとつの大きな仲良し家族なんでね」ゼックスは薄く微笑んだ。「刑事さんも、黒い腕章して来てくれます？」

「いいんですか」

「自由の国ですもん。それにどっちみち来るつもりだったんでしょ」

デ・ラ・クルスの笑顔は本物だった。先ほどの刺すような目の光もあらかた失せていた。「ええ、まあね。あなたのアリバイの件、話を聞かせてもらっていいですか。調書をとっても？」

「ええ、もちろん。すぐ呼びますよ」

ゼックスが腕時計に向かって話しているあいだ、刑事はオフィスを見まわしていた。彼女が腕をおろすのを待って口を開く。「部屋を飾る趣味がないんですね」

「必要最低限のものしか置きたくないんですよ」

「なるほど。うちのワイフは室内装飾が好きでね。家を居心地よくするこつを知ってるっていうか。いいもんですよ」

「いい奥さんなんですね」

「ええ、それにあいつの作るケソ（発酵させないメキシコ・チーズ）は絶品で」こちらに目を向けて、「それはそうと、この店についてはいろいろ聞いてますよ」

「そうですか」

「ええ、とくに悪いやつからね」

「なるほど」

「それと、グレイディについちゃ下調べもしてきました。この夏、重罪薬物所持で逮捕されてる。事件はまだ係争中です」

「それじゃ、いずれ裁かれるわけですね」

「その逮捕直前に、このクラブから解雇されてますね」

「バーのあがりをくすねたんですよ」

「なのに訴えなかったんですか」

「従業員がくすねるたびに警察に通報してたら、刑事さんたちの番号を短縮ダイヤルに入れなきゃなんない」

「しかし、グレイディが解雇された理由はそれだけじゃないと聞きましたがね」

「そうですか」

「さっき言われたとおり、〈トレード通り〉は家族みたいなもんです。といっても、うわさが流れないってわけじゃない。それで聞いたところじゃ、あいつが馘首になったのは、この店で商売をしてたからだと」

「だとしたら不思議はないでしょう。この敷地内ではだれにも商売は許されないし」

「ここはこの店のオーナーの縄張りで、競争はありがたくないからでしょう」

ゼックスはにっと笑った。「刑事さん、ここで競争なんかありませんよ」

それは事実だった。ボスはリヴェンジであり、話はそれで終わりだ。この店の屋根の下で、ちんけな間抜けが少しばかりのブツをさばこうとすれば、痛い目を見ることになる。したたかに。

「正直な話、どういうからくりなのかわからんのですよ」デ・ラ・クルスがぼそりと言った。「何年も前からこの店に関しちゃいろいろ憶測が飛んでるのに、捜索令状をとろうにも、それらしい理由も見つからんときてる」

そしてそれは人間の精神が――警察の頭のなかに入っているそれですら、簡単に操作されるからだ。なにを見ても聞いても、まばたきの間に記憶を消されてしまうのだから。

「後ろ暗いことなんかないですからね」ゼックスは言った。「からくりもなにも」

「オーナーはおられます？」

「いえ、今夜は留守です」

「つまり、留守のあいだはあなたに完全に一任されてるんですな」

「あたしと同じで、長いこと留守にしっぱなしってことはありませんから」

デ・ラ・クルスはうなずいた。「用心第一ですね。それで思い出した。もう聞いとられるか知りませんが、縄張り争いが起こってるみたいですよ」

「縄張り争い？　コールドウェルのあっちとこっちは平和的にやってると思ってまし

たよ。川で分断されてたのは昔の話でしょう」

「薬物の縄張り争いですよ」

「それじゃ、あたしは知りようがないな」

「この事件もいまわたしが扱ってるんですがね。川岸で売人がふたり、死体で見つかったんですよ」

ゼックスは眉をひそめた。そんなことがあれば、もっと早く耳に入っていてよいはずなのに。「まあ、ドラッグは危ない商売ですからね」

「ふたりとも頭を撃ち抜かれてました」

「それじゃ助からないな」

「リッキー・マルティネスとアイザック・ラッシュなんですが、ご存じですか」

「名前は聞いたことがあるけど、ふたりとも新聞に出てるでしょう」と、きちんと畳んでデスクに置かれた『コールドウェル・クーリエ・ジャーナル』に手を置いた。

「新聞はじっくり読むほうなんで」

「それじゃ、今日の記事で見たんですね」

「今日はまだだけど、ちょうど休憩をとろうとしてたとこだから。うちの技術屋（ディルバート）に修理を頼まなきゃならなくて」

「『ディルバート』というと、オフィスが舞台のマンガですよね。わたしは昔から『カルビンとホッブス』のファン（どちらも新聞に連載されているコマ割りマンガ）だったんで、連載が終わったときはがっかりしましたよ。新しいマンガはどれもあんまりなじめなくてね。たぶんわたしの趣味は時代後れなんでしょう」

「好きなものが好きでいいじゃないですか。人それぞれなんだし」

「うちのワイフもそう言ってますよ」デ・ラ・クルスはまた室内に目をさまよわせた。

「それで、ふたりとも昨夜この店に来てたと二、三人から聞きましてね」

「カルビンとホッブスが？　いっぽうは子供でもういっぽうはトラでしょ。どっちもうちの用心棒が通しませんよ」

デ・ラ・クルスはちらと笑みを見せた。「いや、マルティネスとラッシュのほうです」

「ああ、そっちね。でも店内を歩いてこられてわかったでしょう。毎晩ものすごい数の人が来るんですよ」

「たしかに。こちらは街で一、二を争う人気店ですからね」デ・ラ・クルスは尻ポケットに両手を突っ込んだ。コートが浮いてずり落ち、スーツのジャケットも胸のあたりで浮きあがる。「橋の下で暮らしてるジャンキーのひとりが目撃してるんですがね、ふたりが撃たれた少しあとに、古めの〈フォード〉と黒の〈メルセデス〉とシルバーの〈レクサス〉が走り去っていったそうです」

「ドラッグの売人はいい車が買えるんですね。〈フォード〉はどうかわからないけど」

「こちらのオーナーの車はなんでしたっけ。〈ベントレー〉だったかな。それとももう買い換えましたか」

「いまも〈ベントレー〉です」

「高価(たか)い車だ」

「ええ、すごくね」

「黒の〈メルセデス〉に乗ってる人を知りませんか。というのも、グレイディの鷲のジャケットが見つかったアパートメントね、あのあたりでも見たって証言があって」

「知りあいに〈メルセデス〉に乗ってるのはいないと思うな」

ドアにノックの音がして、トレズとアイアムが入ってきた。ふたりのムーア人を前にすると、刑事は駐車場で〈ハマー（軍用大型四輪駆動車の民間仕様車）〉二台にはさまれた〈ホンダ〉のようだった。

「それじゃ、あたしは外すんでごゆっくり」ゼックスは言った。レヴの親友に任せておけば心配は要らない。「それじゃ刑事さん、お葬式で」

「ええ、遅くともね。そうだ、ここに鉢植えでも置いてみたらどうです。雰囲気変わりますよ」

「やめときます、生きものはすぐ死なせちゃうんで」口をあけずににやりとする。「ご用があれば、あたしの居場所はわかりますよね。それじゃ」

オフィスを出てドアを閉じると、足を止めて眉をひそめた。縄張り争いは仕事にプラスにならない。マルティネスとラッシュがやられたとすれば、それはまちがいなくやばい徴候だ。この十二月の寒いさなかに、コールドウェルの下腹部と言うべき裏社会には、また熱いものが溜まってきているらしい。

くそ、まったく面倒なことになってきた。

ポケットから振動(バイブ)が伝わってきた。だれかから連絡が入ったようだ。だれかわかった瞬間に応答した。

「もうグレイディは見つかった?」小声で尋ねた。

ビッグ・ロブの低い声は明らかに苛立っている。「あの野郎、隠れてやがるみたいだ。サイレント・トムとおれでクラブはみんな見てまわった。やつの家にもダチんとこにも行ったんだが」

「とにかく捜して。けど気をつけなよ。あいつのジャケットがべつの殺人現場で見つかったらしい。警察が全力で捜してる」

「あきらめやしねえ。あとは引金を引くだけにして渡してみせる」

「頼りにしてるよ。それじゃ切るから、がんばって」

「任しといてくれ」

31

真っ暗なバスルームのなか、リヴェンジは大理石の壁にぶつかり、大理石の床で足を滑らせ、大理石のカウンターに当たって跳ね返された。肉体の感覚がよみがえっていた。

全身を感覚が這いまわり、したたかにぶつけた腰の痛みを感じる。ざらざらした呼吸に肺が灼けるようで、心臓が胸骨を激しく叩いている。

サテンの上掛けを落とし、意志の力で明かりをつけ、股間を見おろした。

ペニスが固く大きくなり、先端がてらてらしている。貫くときを待ち構えている。

まさか……ばかな。

あたりを見まわす。視覚は正常で、バスルームの色彩は黒と白とスチールの灰色、ジャクージの縁は床より高く、深さもはっきりわかる。しかし、世界は平板にもルビーレッドにも見えないのに、感覚は完全に目を覚ましていた。血管を流れる血は温かく脈打っているし、肌は触れられるのを待つばかりだし、屹立した柱のオルガスムスは解放を求めて雄叫びをあげている。

完全にエレーナときずなを結んでしまっていた。

そしてそれの意味するところは——少なくともいまこのとき、彼女とのセックスに恋い焦がれているいまは、ヴァンパイアの側面が〝シンパス〟の面を打ち負かしつつあるということだ。

彼女への欲求が、身内の闇黒に勝利を収めた。きずなのホルモンが、体内の生理を変化させたのだ。

この新たな現実を認識したとき、そこには込みあげる歓喜はなく、勝利感もなく、彼女にのしかかって思いきり貫きたいという衝動もなかった。ただ勃起したペニスを見おろし、最後にこうなった場所のことを思い出すだけだった。そのときにしたこと……この肉体を使って。

憎いこれを折りとってしまいたい。

なにがあっても、これをエレーナに使うことなどできない。ただ……こんな状態で出ていくこともできない。

勃起したものを大きな手でつかみ、自慰を始めた。これは……くそ……悪くない……

エレーナに覆いかぶさることを考えた。口に彼女の熱いものを受け、のどの奥に流し込むことを。開いた腿を見、濡れてつやめく花びらを見、指を出し入れすると、彼女があえいで腰をくねらせ——

睾丸がこぶしほども固くなり、腰のくびれにさざ波が起こり、あのいまいましいとげが嚙みあう相手もないのに起きあがる。咆哮がのどの奥から突きあげてきそうになったが、血の味がするほど唇を嚙みしめてこらえた。

手で完全にいったものの、カウンターで身体を支えて、そのあとも刺激しつづけた。くりかえし達して、鏡も洗面台もさんざんな状態になる。それでもまだ飽き足りない。まるで——そう、五百年も射精していなかったかのように。

嵐がようやく過ぎ去ったとき、気づいてみたら……なんてことだ、彼は壁にもたれかかり、顔を強く大理石の壁に押しつけ、両肩はすぼまり、腿は痙攣していた。足指にブースターコードが接続されているみたいだ。

震える手で、棚にきちんと畳んで置いてあったタオルをとり、カウンターと鏡と洗面台を拭いてきれいにした。それからもう一枚とり、手とペニスと腹部と脚を洗った。

いまいましいことに、バスルームに負けず劣らず身体のほうも汚してしまっていたのだ。

ついにドアノブに手をかけたときは、一時間近く経っていたにちがいない。エレーナはもう帰っているだろうとなかば覚悟していた。責めるわけにはいかない。愛を交わしたに近い女性に血を差し出されて、意気地なしにもバスルームに逃げ込んで鍵をかけてしまったのだ。

それも勃起したという理由で。

まったく、なんてことだ。今夜は滑り出しすら順調とは言えなかったが、レンアイ市に通じる道で十六台玉突き事故みたいなありさまじゃないか。

腹をくってドアをあけた。

光が寝室に射し込むと、エレーナは上掛けをかけたまま上体を起こした。心配そうな表情……だが、非難がましさはみじんもない。怒りもなければ、いっそう罪の意識を感じさせる方法を探すかのような計算の気配もない。ただ正真正銘、心底からの心配の表情。

「大丈夫？」

いや、それが問題なんだ。

リヴェンジはうなだれた。だれかになにもかも打ち明けて楽になりたいと初めて思った。彼より悲惨な目にあってきたゼックス相手ですら、ナントカの共有のようなことをしたいとは夢にも思ったことがない。しかし、エレーナの飴色の目は、その美しい完璧な顔のなかにあってあんなに大きく温かく、彼はすべてを告白したくなった。いままでやってきた汚いこと、見下げ果てたこと、狡猾(こうかつ)で、卑劣で、浅ましいことを、ひとつ残らず。

ただ正直であるためだけに。

それはいいが、全生涯をさらけ出してしまったら、彼女はどうなると思う。〝シンパス〟として彼を通報すべき立場に追いやられ、自分の生命すら心配する破目になりかねない。大した結末だよ、カンペキってやつだ。

「こんな男でなければよかった」彼は言った。これがぎりぎり精いっぱいだ。これ以上真実に近いことを言えば、二度とふたたびエレーナと会うことはかなわないだろう。

「もっと違う男だったらよかったのに」

「ばかなこと言わないで」

そう言うのは、なにも知らないからだ。ほんとうのことを。だがそれでも、今夜をともに過ごしたあと、二度と彼女に会えないかと思うと耐えられなかった。

あるいは、彼女にこわがられるかと思うと。

「また来てほしいと言ったら、そしていっしょに過ごしたいと言ったら、来てくれるだろうか」

一瞬もためらうことなく、「ええ」

「その、わたしたちの関係が、その……正常ではなくてもかまわない？　つまり性的な面で」

「ええ」

彼は眉をひそめた。「しまいにはろくなことにならないかも……」

「いいの、だってわたし、病院で会ったときからもう、こっちに足を踏み入れてしまってたんですもの。どうなっても五分五分よ」

レヴは思わず笑みをこぼしたが、その表情は長続きしなかった。「訊いてもいいかな……なぜ？　なぜまた来てもいいと思うの」

エレーナは起こした上体を倒して枕に身を預け、ゆっくりと掃くように手を動かして、腹部を覆うサテンの上掛けをなでた。「答えはひとつだけなんだけど、それを聞いてもあなたはうれしくないんじゃないかしら」

先ほどのオルガスムスの名残が薄れていくにつれ、レヴの身体には冷たい麻痺が戻ってきつつあった。それがさらにスピードアップして全身を埋めつくしていく。どうか、その答えが「かわいそうだから」ではあってほしくない。「かまわないよ」彼女は長いこと黙っていた。彼を見つめていた目がそれて、川で二分されたコールドウェルのまたたき輝く夜景に止まる。

「どうしてまた来るのかって?」ささやくように言った。「答えはひとつしかないわ……来ずにはいられないからよ」ふっと、また目を合わせてきた。「理屈に合わないと思う自分もいるんだけど、でも感情ってそもそも理屈に合わないものよね。理屈に合う必要もないし。今夜……あなたがくれたもの、あれはわたし、長いこと知らなかったって言うより、いままで一度も知らなかったものだと思うの」首をふった。「昨日、ご遺体を布でくるんだひと……わたしと同じぐらいの歳だったの。殺された夜、家を出たときには、これが最後の夜になるなんて夢にも思ってなかったでしょう。これが」――とふたりのあいだを行き来するようなしぐさをして――「この先どうなるかわからない。ひと晩かふた晩かぎりかもしれないし、一カ月で終わるかもしれない。ひょっとしたら十年単位で計れるぐらい続くかもしれない。ただわかってるのは、ひとの一生は短いから、ここに来られるうちに来て、こんなふうにあなたと過ごせるうちに過ごしたいの。一生はほんとに短いし、あなたと過ごすのが好きだから、こんなふうに過ごす以外のことはもうどうでもいいの」

彼女を見つめるうちに、胸がいっぱいになってくる。「エレーナ……」

「なに？」

「悪くとらないでほしいんだが」

彼女は大きく息を吸った。肩に力が入るのがわかる。「どうぞ、努力するわ」

「あなたがこれからも来てくれたら、そしていまのままのあなたでいてくれたら」いったん口をつぐむ。「そうしたら、わたしは恋をしてしまいそうだ」

ゼックスの部屋はすぐに見つかった。〈ゼロサム〉から十ブロックしか離れていなかったのだ。にもかかわらず、まるで郵便番号からしてぜんぜん違う場所のようだった。通りに並ぶブラウンストーン造りの建物は瀟洒で歴史を感じさせる。張り出し窓を囲む渦巻き模様からして、ヴィクトリア朝様式だろう。ただ、なぜそんなことを確実な知識として知っているのか、ジョンには自分でもさっぱりわからなかった。

彼女の住まいは一軒家ではなく、とくべつ感じのよい古いアパートメントの地下の一室だった。歩道からのぼる石造りの階段の下が凹所になっていて、ジョンはそこへ滑り入って奇妙な銅色の錠に鍵を差し込んだ。なかに入ると照明がついたが、とくに目を惹くものはなかった。板石を敷いたくすんだ赤の床があるだけだ。漆喰を塗った壁はコンクリートブロック製。突き当たりにはもうひとつドアがあり、そこにも変わった錠がついている。ゼックスのことだから、ぶっ飛んだ部屋に住んでいて、なかは武器だらけかと思っていたのだが。

それでガーターストッキングとスティレットヒールがどっさりか。おめでたい妄想(ファンタジー)だな。

廊下の突き当たりでドアを開くと、またぱっと照明がともった。窓のない部屋で、ベッドがある以外はからっぽだ。地下の廊下があんなふうだから、まったく装飾がないのも驚くにはあたらない。奥にバスルームはあるものの、キッチンも電話もテレビもない。唯一色みがあるのは昔ふうの松材の板敷きの床で、それが採れたての蜂蜜色につやつやしていた。壁は廊下と同じく白く塗られていたが、こちらはレンガ壁だった。

意外に空気は新鮮だった。ふと見れば換気口がある。三つ。

ジョンはレザージャケットを脱ぎ、床に広げて置いた。次にブーツを脱いだが、厚手の黒い靴下ははいたままにしておいた。

バスルームに入り、トイレを使って、水で顔を洗った。タオルがない。厚手の黒いTシャツのすそで拭く。ベッドに身体を伸ばしたときも、武器は身に帯びたままだった。ゼックスがこわいわけではないのだが。

考えてみたら、ばかなことをしているのかもしれない。〈兄弟団〉の訓練プログラムで最初に教わったのは、〝シンパス〟を信用するな、だった。それなのに生命の危険も顧みず、その〝シンパス〟の家に泊まろうとしている——おそらくは昼じゅうずっと、だれにも居場所を知らせないまま。

だが、それこそいまの彼には必要なことだ。

次の夜が来たら、これからどうするか決めよう。戦争から離脱したいわけではない。戦うのは好きだから離脱はできない。戦闘は……正しいことだと感じる。たんに一族防衛とかそういうレベルの話ではない。これこそ自分のなすべきことと感じるのだ。そのために生まれ、育ってきたのだと。

しかし、またあの館に戻って暮らす気になれるだろうか。

しばらく動かずにいると、照明が自動的に消えた。そのまま暗闇を見つめる。かなり固い枕がふたつあり、そのひとつに頭をのせてベッドに横たわるうちに、はたと気がついた。住んでいたぼろアパートからトールに救い出され、あのばかでかい黒の〈レンジローヴァー〉に乗せられて以来、ほんとうにひとりきりになったのは初めてだ。

完全に冴えた頭で、あの地獄のようなアパートに暮らしていたころのことを思い出した。治安が悪いどころか、コールドウェルのなかでも最悪に危険な地区だった。毎晩おびえていた。当時はやせっぽちで弱くて身を守るすべもなく、胃腸が弱くて栄養食品〈エンシュア〉ばかり飲んでいて、体重は掃除機ほどもなかった。ヤク中や売春婦や、ロバほどもある巨大なねずみから彼を守ってくれるドアは、紙のようにぺらぺらで頼りなく思えたものだ。

あのころ、世のためになることをしたいと思っていた。いまも思っている。

あのころ、恋愛をして女性とつきあいたいと思っていた。いまも思っている。

あのころ、家族を見つけたいと思っていた。父と母を得て、一族の一員になりたいと。

いまはもうそうは思わない。

だんだんわかってきた。感情というものは、肉体で言えば腱のようなものだ。引っ張って引っ張って引っ張りつづけると、変形して伸びきって痛くなってくる……ある時点までは、その引っ張る力がなくなったあとも、関節はまだ動くだろうし、手足は屈曲し、体重を支え、ちゃんと使うことができるだろう。しかし、限界がないわけではない。

彼はついに切れてしまったのだ。切れた腱は手術で治せても、感情にそれに当たるものがあるはずもない。

このままでは頭がおかしくなる。気を静めて眠れるようにと、周囲の状況に意識を集中させた。室内は静かだ。聞こえるのは温風の音だけだが、それもうるさいほどではない。また上階も空っぽのようで、人の動きまわる音はまったくしない。

目を閉じた。不思議に安心感がある。ほんとうにそんなに安心していていいのかわからないが。

だがそうは言っても、ひとりきりには慣れている。しばらくトールとウェルシーの家で暮らし、次には〈兄弟団〉の館で暮らしてきたが、あれは彼にとっては異常事態だった。バス停で生まれたときもひとりなら、孤児院でもひとりだった——たえずシャッフルされるトランプのように、まわりには子供たちが入れ代わり立ち代わりしてはいたが。そしてそのあとは、たったひとり世の中に放り出された。

ひどい目にはあったものの、だれの助けも借りずに立ちなおってきた。病気になってもひとりで治した。できるかぎり精いっぱい生きて、なんとかかんとかやってきた。

基本に立ち返る時が来たのだ。

自分自身の核心に。

トールとウェルシーの家で……〈兄弟団〉の館で暮らしたのは……失敗した実験のようなものだ。うまく行きそうに思えたが、結局は失敗した実験だったのだ。

32

夜でも昼でも、ラッシュにとっては同じだった。

ミスターDとともに廃墟と化した製粉所の駐車場に乗り入れ、〈メルセデス〉のヘッドライトが太い円弧を描いたときには、〝シンパス〟の王に会うのが真昼だろうが真夜中だろうが、もうどうでもよくなっていた。あのろくでなしなど、なぜかもうこわいとは思わなかった。

〈550〉のドアをロックし、崩れかけたアスファルトを踏んで、ミスターDとともにドアに向かって歩いた。建物の状態のわりに、ドアはやたらと頑丈だった。粉雪が降っているおかげで、俗世を離れてヴァーモントで休暇を過ごそう、と謳う広告から抜け出てきたような眺めだ。もっとも、屋根がたわんでいるとか羽目板がぼこぼこだとか、そういうところをあまりしげしげ見なければの話だが。

〝シンパス〟は先に来てなかで待っている。それがはっきりわかる。頬に粉雪を感じるのと同じ、ゆるんだ石がコンバットブーツの下で崩れる音が聞こえるのと同じように。

ミスターDがドアをあけた。ラッシュは先になかに入り、少しも恐れていないことを態度で示した。危険がないか部下に確認させる必要などない。長方形の建物のなかは空っぽで、冷たい空気がどっさり充満しているだけだ。役に立ちそうなものは残らず、とっくの昔にはぎとられたあとだった。

〝シンパス〟は建物の奥、巨大な水車のそばにいた。水車はいまも川に浸かっており、太った老婆が水風呂に足を入れているさまを思わせる。

「友よ、再会できてうれしい」王は言った。その声は、ヘビのように梁(はり)をくねくねと這って近づいてくる。

ラッシュはゆっくり時間をかけて近づいていった。ガラス窓の投げる影に、一度二度と注意を払いながら。王はひとりきりだった。これはよい徴候だ。

「わたしの提案について考えてくれたかな」王は言った。

ラッシュは、くだらないあいさつに時間をつぶす気分ではなかった。前夜に〈ドミノ・ピザ〉の配達員とあんなことになったし、一時間ほどしたらドラッグの売人をもうひとり片づけなければならないし、遊んでいるひまなどない。

「ああ。その話だが、あんたの頼みを聞く必要なんぞないと思う。おれの欲しいものを渡してもらうか、さもなければ……部下を北へ送り込んで、あんたたちフリークどもを根絶やしにするかだな」

のっぺりした白い顔がほころんで、静かな笑みを浮かべた。「しかし、それできみになんの得がある？　敵を打ち負かすために武器が欲しいというのに、まさしくその武器を破壊することになる。冷静に考えれば、支配者のとるべき手段ではない」

ラッシュはペニスの先端がうずくのを感じた。さすが、と思ったら興奮してきたのだが、それを認めるつもりはない。「なあ、王に協力なんか必要ないだろう。なぜ自分で殺さないんだ」

「情状酌量の余地があるし、わたしの手の及ばない範囲で不幸が起こったように見えれば有利だからだよ。いずれきみにもわかるだろうが、陰で操作するほうが、臣下たちの目の前で実際に手を下すよりはるかに有効という場合もある」

一理ある。しかしやはり、ラッシュはそれを認める気はなかった。

「おれはあんたが思ってるほど若くない」彼は言った。まったくの話、この四か月で十億年ぐらいは歳をとった気分だ。

「だが、自分で思っているほど歳とってもいない。しかしこの話はまた機会を改めてすることにしよう」

「セラピーなんか必要ない」

「それは残念だ。わたしはひとの心に入り込むのがうまいのだよ」

ああ、それはわかる。「あんたのその標的だけど、男か女か、どっちだ」

「それが気になる？」

「いいや、ぜんぜん」

〝シンパス〟は派手に微笑んだ。「男だ。以前も言ったとおり、いささか状況がふつうではなくてね」

「というと？」

「近づくのがむずかしい。かなり強固に守りを固めているから」王はぶらりと窓に近づいていき、外を眺めた。ややあって、フクロウのように首をまわした。首が背骨のうえで回転して、ほとんど真後ろを向く格好になる。白い目が一瞬赤く炎を放った。

「きみにそんな守りを貫通できるかな？」

「あんたはホモか」思わず尋ねていた。

王は笑った。「それはつまり、同性の愛人を好むかと訊きたいのかな」

「ああ」

「もしそうだったら落ち着かないかね」

「いや」ああ、落ち着かないさ。あんなふうにふり向く男に、なんだか欲情してしまったということになるからだ。

「嘘があまりうまくないね」王はつぶやくように言った。「しかし、歳とともに身についてくるだろう」

大きなお世話だ。「あんたこそ、自分で思っているほどの力はないんじゃないのか」

セックス面の推測話がきれいにさたやみになり、ラッシュは痛いところを突いたのがわかった。「対決の領域に入るときは用心が――」

「ご無用に願えませんかね、安っぽいフォーチュンクッキーみたいなたわごとは。そのローブが突っ張るぐらい立派なタマを持ってりゃ、その野郎を自分の手で始末してるはずだ」

王の顔に静けさが戻ってきた。いまの爆発で、ラッシュの劣位が確定したとでもいうように。「それでもべつのだれかにやらせているよ。そのほうがはるかに洗練されたやりかただ。きみには理解できないようだが」

ラッシュは非実体化し、王のすぐ目の前に出現した。両手を細いのどくびに巻きつけ、力まかせのひと押しで王を壁に叩きつけた。

目と目が合った。心を探られるのを感じ、ラッシュは本能的に前頭葉への入口を閉じた。

「おれのトランクのロックをはずそうったって無理だぜ、あいにくだったな」

王の目が血のように赤く光る。「答えはノーだ」

「なにがノーだって」

「同性の愛人に興味はない」

たしかに、これは完璧な仕上げと言うしかない。とすれば、ラッシュがいつまでもそばにいたら、男が好きなのはこっちのほうだという意味になってしまう。手を離して腹立ちまぎれに歩きまわった。

さっきまでヘビのようだった王の声が、いまではずっとあけすけになっていた。

「きみとわたしは手を組むのに悪くない相手だ。どちらもこの同盟から望むものを手に入れられると思うが」

ラッシュはふり返り、王に顔を向けた。「その男——死んでほしいっていうそいつ、どこにいるんだ」

「適当なタイミングを選ばなくてはならない。肝心なのは……タイミングだ」

リヴェンジの見守る前で、エレーナはまた服を身に着けていく。彼女が白衣姿に戻ることを望んでいるわけではないが、かがみ込んで、脚にゆっくりストッキングを引きあげていく眺めはけっして悪くなかった。

いや、まったく、悪くない。

彼女は笑いながらブラを拾いあげ、指にひっかけてまわした。「これ、もう着けていい？」

「もちろん」

「これもゆっくり時間をかけたほうがいいの？」

「ストッキングはあんなに急がなくてもよかったと思っていたところだよ」飢えた狼のようににたりと笑った。まさにそういう気分だったから。「つまり、ああいうのは伝線するものだろう——ああ、ちくしょう……」

言い終わるのを待たず、エレーナは背中をそらしてブラを巻きつけた。前でホックをかけなおすとき、小さく身体を揺するのを見て彼はあえいだ……しかもそのあとが問題だ。彼女はストラップを肩のうえに引きあげたが、カップは乳房の下につぶしたままにしている。

近づいてきて、「やりかたを忘れちゃったわ。手を貸してくれない？」

リヴェンジは唸り声をあげ、彼女を引き寄せて、いっぽうの乳首を口に含み、もういっぽうを親指で転がした。彼女があえぐのと同時に、裏返っていたカップを直す。

「あなたのランジェリー担当になれてうれしいが、それは着けないほうがずっといいよ」と眉を上下させてみせると、彼女は笑った。のびやかで気取りのないその笑い声に、心臓が止まりそうだ。「あなたの笑い声が好きだ」

「わたしは笑うのが好き」

白衣のなかに足を入れ、引っ張りあげてボタンを留めた。

「残念だ」

「ねえ、ばかな話をしてもいいかしら。今夜は仕事がお休みなのに、わたしったらこれを着てきたの」

「ほんとに？　どうして」

「看護師として来たっていうふうにしておきたかったのよ。でも、いまはわくわくしてるわ、そんなふうにならなくてよかった」

立ちあがり、彼女を両腕に抱き寄せた。いまは全裸なのもまったく気にならない。

「そのわくわくにわたしも入れてくれるかな」

そっとキスをした。抱擁を解くと、彼女は言った。「ありがとう、すてきな夜だったわ」

レヴは彼女の髪を耳にかけてやった。「明日の予定は？」

「仕事よ」

「何時に終わり？」

「四時」

「来てくれる？」

迷うそぶりもなく、彼女は言った。「ええ」

寝室を出て、書斎を抜けていきながら、彼は言った。「これから母に会いに行くんだ」

「そうなの？」

「ああ、会いに来てほしいと電話があってね。珍しいことなんだ」なんと自然に感じられることだろう、自分の人生の細々したことを彼女に知ってもらうのは。まあその、なにもかもとは言えないが。「もっと信仰を大切にしなさいと母はいつも言っていてね、だから修行かなにかのお誘いでないといいがと思ってるところだ」

「そういえば、あなたはなにをなさってるの。お仕事は？」エレーナは笑った。「わたし、あなたのことほとんど知らないのね」

彼女の肩越しに見える都市の眺めに、レヴは視線を固定したまま言った。「ああ、いろんなことをしているよ。ほとんどは人間の世界でね。いま扶養しているのは母だけで、妹は連れあいをもったから」

「お父さまは？」

冷たい墓のなかだ、あいつにふさわしい場所。「亡くなった」

「お気の毒に」

エレーナの温かい眼差しに、胸に鋭い痛みが走る。くそ、これはまちがいなく罪悪感だろう。父親を殺したことは後悔していない。気が咎めるのは、彼女に多くのことを隠しているからだ。

「ありがとう」堅苦しく答える。

「詮索するつもりはないのよ、あなたの暮らしのことも、ご家族のことも。ただちょっと興味があるだけ。でも、もしいやだったら――」

「いや、そうじゃなくて……あまり自分の話をするほうじゃないから」それはまったくそのとおりだ。「あれ……携帯が鳴っているのかな？」

エレーナは眉をひそめて身体を引いた。「わたしのだわ。コートのポケットの」

小走りに寝室を出て食堂に向かう。電話に出たとき、彼女の声は明らかに緊張していた。「はい？　あら、こんにちは！　ああ、いいえ、わたし——いまから？　ええ、大丈夫です。おかしな話なんだけど、白衣に着替える必要もないの、だって——あら。はい。ええ、わかりました」

食堂のアーチ形の入口まで来て、電話を閉じる音が聞こえた。「なにかあったの？」「あら、いいえ。ただの仕事の話」エレーナはコートを着ながら近づいてきた。「なんでもないの。たぶん人手が足りないとかそういうことだと思うわ」

「車で送っていこうか」ああ、彼女を職場へ送っていきたい。もう少し長くいっしょにいられるからというだけではない。男は好きな女にあれこれしてやりたいと思うものだ。守ってやりたい。そして職場へ送って——

待て、いったいどうした。いや、彼女のことでこんなふうに考えるのがいやだというわけではないが、まるでだれかにCDを取り替えられたような気分だ。とはいえ、いや違う、くされバリー・マニロウ（米国の歌手・作曲家。とくに一九七〇～八〇年代にかけて活躍）が鳴りだしたわけではない。

もっとも、〈マルーン5（米の人気ロックバンド。二〇〇一年結成）〉がいくらか混じっているのは否定できない。

やれやれだ。

「まあ、いいのよ。でもありがとう」エレーナはスライドドアの前で立ち止まった。「今夜はほんとに……まるで別世界が開けたみたいだわ」

レヴはゆっくりと近づいていき、彼女の顔を両手で支え、強くキスをした。身を引いたとき、彼はぽつりと言った。「あなたのおかげだ」

彼女が微笑むと、内側から光り輝くようだ。ふいにまた彼女を裸にしたいと思った。今度は彼女のなかで果てるために。しるしをつけたいという衝動が身内で吼え猛り、それを鎮める方法はひとつしかなかった——彼女の肌にはもう、彼のにおいがじゅうぶん残っていると自分に言い聞かせるのだ。

「着いたらテキストを送って。ぶじに着いたとわかるように」彼は言った。

「ええ、送るわ」

最後にもう一度キスをしてドアを抜け、彼女は夜に消えた。

リヴェンジのもとを離れたとき、エレーナは空を飛んでいた。たんに非実体化して川を越え、病院に向かっていたというだけではない。いまの彼女に夜気は冷たくなかった。さわやかだった。白衣は、ベッドで脱ぎ捨てて丸まってしわくちゃなのではなく、おしゃれに着崩してあるのだ。髪はくしゃくしゃではなく、肩の凝らない自然な髪形だ。

病院からの呼び出しは中断ではない。好機だ。

この光り輝く高みから、なにものも彼女を引き下ろすことはできない。ベルベットの夜空に輝く星のひとつになったようだ。だれの手も届かず、触れることもできず、地上の憂いを超越した存在に。

病院のガレージ前で実体化したときには、それでもバラ色の光輝はいささかあせていた。前夜にあったことを考えると、こんなふうに感じている自分が後ろめたい気持ちになる。ステファンの遺族がすでに立ちなおり、いまこれほどの歓喜に浸っているとはとうてい思えない。きっと死出の儀式がようやく終わったかどうかというところ……何年も経たなければ、いま彼女がレヴのことを思うと胸に沸きあがるような、そんな感情に少しでも似た気持ちを味わうことはないだろう。

ひょっとしたら死ぬまでないかもしれない。彼のご両親は、二度と立ちなおれないのではないだろうか。

自分を罵りながら、足早に駐車場を突っ切った。早い時間に降った雪が薄く積もり、靴が小さな黒いあとを残していく。待合室に至るまでには検問があるが、従業員だからすぐに通された。受付エリアに入っていくと、コートを脱いでまっすぐ受付デスクに向かった。

パソコンに向かっていた看護師が、顔をあげて笑みを浮かべた。ローズは数少ない男性看護師のひとりで、まちがいなく病院の人気者だった。だれとでも仲よくなれて、いつもにこにこしていて、ハグやハイ・ファイブを気軽にできるタイプ。

「やあ、調子は……」近づいていくと彼は眉をひそめ、椅子を後ろに引いて距離をあけた。「その……やあ」

こちらも眉をひそめてふり返った。彼がたじろいだ様子からして、背後にお化けでもいるのかと思ったのだ。「どうかした？」

「いや、その、なんでもない」探るような目になって、「きみこそ大丈夫？」

「ええ、手伝いに来られてよかったわ。カーチャはどこ？」

「先生のオフィスできみを待ってるって、言ってたと思う」

「それじゃ、そのあとでまた来るわね」

「ああ、うん」

彼のマグがからなのに気づいて、「そのとき、ついでにコーヒーを持ってきましょうか」

「いや、いいよ」と急いで言って両手をあげてみせる。「ほんとにいいんだ。大丈夫。

ありがとう」

「ほんとに大丈夫？」

「うん、ぜんぜん大丈夫。どうも」

エレーナは歩いていきながら、完全に中世のレプラ患者になった気分だった。ふだんローズとはお互い仲よくやっているのに、今夜は——

あっ、しまった。リヴェンジのにおいが身体に残っているのだ。そのせいにちがいない。

ふり向いた……が、しかしなんと言えばいいのか。

気がついたのがローズひとりであればよいがと思いながら、ロッカールームに飛び込んでコートを脱いだ。途中で会うスタッフや患者に手をふって通り過ぎ、ハヴァーズのオフィスに行ってみると、ドアは開いていた。医師はデスクの奥に腰をおろし、カーチャは廊下に背を向けて座っている。

エレーナはドア枠をそっとノックした。「お呼びですか」

ハヴァーズが顔をあげ、カーチャが肩越しにちらとこちらを見る。ふたりともひどく気分が悪そうだった。

「入りなさい」医師がむっつりと言った。「ドアを閉めて」

急いでドアを閉じると同時に、心臓が早鐘を打ちはじめた。カーチャのとなりに椅子が置かれていて、エレーナはそれに座った。急に膝ががくがくして、立っていられなくなったのだ。

このオフィスには何度も入ったことがある。ふつうは医師に食事の時間だと知らせるためだ。カルテにとりかかりだすと、ハヴァーズはすぐに時間を忘れてしまうから。だが、今夜入ってきたのは医師のためではない。

長い沈黙があった。ハヴァーズは、鼈甲縁の眼鏡のつるをいじっているばかりで、その淡色の目はずっと彼女の目を避けつづけていた。

最初に口を開いたのはカーチャだった。固い声で、「昨夜帰ろうとしてたら、防犯カメラをモニターしてた警備員が来てね、あなたが薬局にひとりで来たって言うのよ。薬をとって持っていったって。わたしその録画を見て、棚を調べたらペニシリンだったわ」

「診察を受けに来させればすむことじゃないか」ハヴァーズは言った。「リヴェンジがまた来れば、すぐに診たのに」

まるでテレビドラマの一場面のようだった。カメラが登場人物の顔にズームインしていく。エレーナは、世界が自分から遠ざかっていくような気がした。オフィスが遠景に後退していき、自分がいきなりスポットライトを浴びて、顕微鏡で細かく調べられているようだ。

頭のなかに疑問がなだれ込んでくる。あんなことをして、ただですむと本気で思っていたのか。防犯カメラのこともちゃんと知っていたのに……それなのに前夜、薬局のカウンターの奥に入っていったときには、そんなことは思い出しもしなかった。その結果として、すべてが変化しようとしている。これまでなんとか生活を支えてきたが、これからはそれすらできなくなる。

これは運命だろうか。いや、ただの愚行だ。いったいどうしてこんなことをしでかしてしまったのか。

「辞めます」彼女は直截(ちょくせつ)に言った。「今夜かぎりで。やってはいけないことをしてしまって……心配でたまらなくて、ステファンのことで動転してましたし、それでひどい考え違いをしてしまいました。ほんとうに申し訳ありません」

ハヴァーズもカーチャも無言だった。しかしなにを言う必要もない。これは信用の問題で、彼女はそれを裏切ったのだ。それに加えて、患者の安全に関する山のような規則も。

「ロッカーを片づけたら、すぐに失礼します」

33

もっと母に会いに来ればよかった。

隠れ家の前へ車を入れながら、リヴェンジの胸にそんな思いがよぎった。思えば、ここに母を連れてきてからもう一年近くになる。コールドウェルの家族の館が〝レッサー〟に突き止められてから、館に寝起きしていた者たちを全員連れ出し、市のずっと南にあるこのテューダー様式の館に移したのだ。

妹が拉致されたおかげで、ひとつだけよいことがあった。いや、ベラが〈兄弟〉のひとりに救出されて、おかげで立派な連れあいを得たのもよいことではあったが。ともあれ重要なのは、レヴがあのとき母を市から避難させていたおかげで、この夏に〈殲滅協会(レスニング・ソサエティ)〉に貴族たちが襲われたとき、母も母の愛する〝ドゲン〟たちも難を逃れたということだ。

レヴが館の前に〈ベントレー〉を駐めると、まだ降りないうちに館のドアが開き、母に仕える〝ドゲン〟の姿が光に浮かびあがった。寒さに身を縮めている。レヴのウィングチップは靴底がつるつるだから、薄く積もった雪を用心深くよけながら歩いていった。「奥さまは大丈夫か」

彼を見あげる〝ドゲン〟の目は涙に曇っていた。「時が迫っております」

レヴはなかに入ってドアを閉じたが、〝ドゲン〟の言葉には耳を貸さなかった。「ばかを言うな」

「おいたわしゅうございます」〝ドゲン〟は、灰色のお仕着せのポケットから白いハンカチを取り出した。「まことに……おいたわしゅう……」

「まだそんなお歳ではない」

「奥さまは、もう一生ぶん以上のご苦労をなさいましたから」

この〝ドゲン〟は、ベラの父が生きていたころに館のうちでなにが起こっていたかよく知っている。割れたグラスや砕けた陶器を片づけ、包帯を巻き、看病をしてきたのだ。

「ほんとうに、耐えがとうございます」〝ドゲン〟は言った。「奥さまが亡くなられたら、わたくしはどうしたらよいのでしょう」

レヴは感覚のない手を彼女の肩に置き、そっとつかんだ。「たしかなことはわからないのだろう。奥さまはハヴァーズの診察を受けていないから。さて、奥さまに会ってこようかな」

〝ドゲン〟はうなずき、レヴはゆっくりと階段をのぼって二階に向かった。階段の壁にかかる油絵は、もとの家から運んできた家族の肖像画だ。

階段をのぼりきったところで左に向かい、両開きのドアをノックした。「母上（マーメン）？」

「どうぞ、お入り」

〈古語〉での返事はべつのドアの向こうからだった。その声をたどって母のドレッシングルームに入ると、嗅ぎ慣れた〈シャネル No.5〉の香りに心が慰められる。

「どこです？」何枚も何枚も続く衣服に向かって声をかけた。

「奥ですよ」

ブラウスやスカートやドレスや舞踏服の列を横目に歩きながら、深く息を吸った。服は色や種類ごとに整理されて掛かっており、どの服にも母のトレードマークの香りが残っている。その香りのもとである壜は、紅や化粧水や白粉とともに、装飾をほどこした鏡台に並んでいた。

母は全身の映る三面鏡の前でアイロンがけをしていた。

あまりの意外さに、思わず凝視してしまった。

バラ色のドレッシングガウン姿でも、母は女王然としていた。非の打ちどころのない形の頭に白髪を結いあげ、高いスツールに腰をおろした姿勢は端正で、手には大きな梨形のダイヤモンドがきらめいている。座る母の前にあるアイロン台には、籐のかごとスプレー糊の缶が端にのっていて、もういっぽうの端にはアイロンをかけたハンカチが積まれていた。見れば、いま母はポケットチーフにかかっている。淡黄色のチーフは半分に折られ、使っているアイロンが前後に滑りながらしゅうしゅう音を立てていた。

「〝マーメン〟、なにをしているんです」いや、ある意味では見ればわかるのだが、母は館の女主人だ。家事だろうと洗濯だろうと、その手のことをしている姿はいままで見た憶えがない。そういうことをさせるために〝ドゲン〟がいるのだ。

マダリーナは顔をあげた。色あせた青い目には疲れが見え、笑みは自然に浮かんだというより無理に作っているようだ。「これはわたくしのお父さまのものだったの。もとの家の屋根裏にあった箱をこちらへ運んできたでしょう、あれをあけていたら出てきたのですよ」

「もとの家」というのは、百年近くも住んできたコールドウェルの館のことだ。

「そんなことはメイドにさせればよいでしょう」近づいていって、柔らかい頬にキスをした。「喜んでお手伝いするでしょうに」

「ええ、あの子もそう言っていたわ」片手を彼の顔に当ててから、母はまた作業を再開した。リネンの四角い布をまた畳み、糊のスプレー缶をとって吹きかける。「でも、これは自分でやらなくてはならないの」

「座ってかまいませんか」と、うなずいて鏡のそばの椅子を示した。

「あら、もちろんよ。わたくしとしたことが」アイロンをおろし、スツールからおりようとする。「なにか持ってこさせましょう――」

彼は片手をあげて制した。「いいえ、さっき食べたところですから」

母は会釈をして、またスツールに座りなおした。「会いに来てくれてうれしいわ。あなたが忙しいのはわかって――」

「息子が母に会いに来るのは当然ではありませんか」

アイロンをかけ終えたチーフを、きちんと積まれた仲間たちのうえに重ね、籐かごから最後の一枚を取り出した。

アイロンから蒸気が噴き出し、その熱い下腹で白い布のしわがなめらかに消えていく。母がゆっくり手を動かしているあいだに、彼は鏡をのぞき込んだ。シルクのローブの下から肩甲骨が突き出しているし、うなじには頸骨がくっきり浮き出ているのがわかる。

また母の顔に視線を戻すと、その母の目から涙がこぼれてハンカチに落ちた。

そんな……そんなばかな。まだ早い、早すぎる。

レヴは杖を床に突き、母の前にひざまずいた。スツールをこちらに回し、母の手からアイロンをとって台に置く。ハヴァーズの病院へ連れていくのだ。母の寿命を医学で少しでも延ばせるなら、どんなことでもしてもらわなくてはならない。

「母上、どうなさったんです」アイロンがけの終わったハンカチの一枚をとり、母の目の涙をぬぐった。「どうか息子のわたしに打ち明けて、心の重荷を軽くなさってください」

涙はとめどなく流れ、それをひとしずくずつハンカチでとらえる。年老いていても、泣いていても母は美しい。堕ちた〈巫女〉としてつらい生涯を送ってきたあとでも、その端麗さは少しも損なわれていなかった。

ようやく口を開いたとき、母の声はか細かった。「わたくしはまもなく死にます」

抗弁しようとしたが、母が首をふってそれを封じた。「お互いに嘘をつくのはやめましょう。最期のときが来たのです」

まだわからない、とレヴは内心思っていた。

「わたくしのお父さまは」——と、レヴが母の涙を拭いたハンカチに触れて——「お父さまは……近ごろは昼も夜もお父さまのことを思い出すの。おかしな話だけれど、でもほんとうなのよ。お父さまはずっと以前の〈プライメール〉で、子供たちをとても可愛がってくださったわ。子供たちが最大の喜びで、子供はおおぜいいたけれど、その全員を心にかけていらした。このハンカチはね、お父さまのローブから作ったものなのよ。まことに、わたくしは縫い物が大好きで、お父さまはそれをご存じだったので、ローブを何枚か縫わせてくださって」

骨ばった手を伸ばし、アイロンをかけて積んだハンカチをなでた。「〈彼岸〉を離れるとき、それを何枚か持たせてくださったの。わたくしはある〈兄弟〉と恋に落ちて、あのかたといっしょになれなければ生きていてもしかたがないと思ったの。でも、そのあと……」

そう、母が辛酸をなめることになったのは、「そのあと」の生涯のせいだ。〝シンパス〟に強姦されたあげくに妊娠して、怪物の血を半分引いた子を、リヴェンジを産まされた。それなのに、その子に乳を与えて愛し慈しんだ——どんな息子でも、あれ以上は望めないほどに。そのあいだずっと〝シンパス〟の王によって幽閉されていて、いっぽう母の愛した〈兄弟〉は恋人の行方を尋ねつづけていた。そして取り戻そうとする過程で生命を落としている。

　しかも悲劇はそれで終わりではなかった。

「わたくしが……戻ってきたあと、お父さまはご臨終の床にわたくしをお召しになったの」母は続けた。「おおぜいの〈巫女〉たちのなかから、おおぜいのお連れあいや子供たちのなかから、お父さまはわたくしに会いたいと望まれた。でもわたくしは応じませんでした。耐えられなかった……わたくしはもう、お父さまの知っている娘ではなかったから」目を合わせてきた。その目は深い哀願の色をたたえている。「どうしてもお見せしたくなかったの。穢れてしまったわたくしを」

　ちくしょう、その気持ちは彼もわかる。しかし、母にそんな重荷を背負わせることはない。彼がどんな汚らわしい取引をしているか母はなにも知らないのだし、またけっして知ることはないだろう。なぜなら、彼が肉体を売っているのは、息子を追放されたら母が苦しむというのが第一の理由なのだから。

「お召しを断わったら、〈束ね〉が訪ねてみえて、お父さまが苦しんでいるとおっしゃるのよ。わたくしが会いに行くまで〈冥界(フェード)〉にお渡りになれないというの。お心を安んじてさしあげなければ、お父さまは永遠に死のまぎわの苦悶(くもん)を味わいつづけることになると。次の夜、重い腰をあげて出かけていったわ」射抜くような目になっている。「〈プライメール〉の神殿に着くと、お父さまは抱擁しようとなさったけれど、わたくしは……それを拒みました。愛しい娘の顔をした他人、それがわたくしだったから。丁重に当たり障りのないことをお話ししようとしていたら、お父さまがおっしゃったの……いまになって初めて、そのお言葉の意味がほんとうに身にしみてわかったわ。『重荷を抱えた魂はこの世を去ることができない、肉体が滅びかけていても』とおっしゃったの。わたくしのことがお心に引っかかって、それにとらわれていらしたのね。お父さまは、務めを果たせなかったと感じていらしたの。〈彼岸〉から出さなければよかった、そうすればもっと安らかな日々を送れたのに、出したばかりにあんなことになって、と悔いていらしたのね」

レヴはのどが締めつけられた。だしぬけに恐ろしい疑惑が走ってきて、脳の正面に駐車したきりどこうとしなくなる。

母の声は細かったが、言葉ははっきりしていた。「床に近づいていくと、お父さまが手を差し伸べていらしたので、それをこの手でとってわたくしは言ったわ。生まれた息子を愛しているし、〝グライメラ〟の男性ともうすぐ誓うことになっているから、なにもかもだめになったわけではないと。ほんとうかとお父さまはわたくしの顔を探るようにご覧になったけど、嘘ではないと安心なさって、目を閉じて……そのまま眠るように亡くなりました。それでわかったの、もしわたくしがうかがわなかったら……」と深い吐息をついた。「ほんとうに、わたくしもこのままではこの世を去ることができないわ」

レヴは首をふった。「〝マーメン〟、なんのご心配があるんです。ベラも、ベラの娘も元気だし、なんの危険もない。わたしも――」

「おやめ」手をあげてレヴのあごをつかんだ。幼いころ、いたずらをしそうになるとよくこうされていたものだ。「知っていますよ、あなたがなにをしたか。わたくしの〝ヘルレン〟――レンプーンを殺めましたね」

白を切りつづけようかと思ったが、母の表情からしてすでに秘密は漏れているし、なにを言っても母の心を変えることはできそうになかった。

「どうして……どうしてご存じなんですか」

「ほかにだれがいます？　ほかのだれにできます？」手を離し、その手で彼の頰をなでた。手の温もりを感じられないのがくやしくてならない。「忘れないわ、〝ヘルレン〟が癇癪を起こすたびに、あなたはこんな顔をしていた。わたくしの息子、わたくしの強くてたくましい息子。ほんとうに立派になって」

その声には心底からの誇りが、息子への愛に満ちた誇りがにじんでいる。どうしてそんなふうに思えるのか理解できない。あんな状況で妊娠させられたというのに。「もうひとつ」母はささやくように言った。「実の父親も手にかけたでしょう。二十五年前」

ここに至って、本格的に危機感が沸きあがってきた。「ご存じのはずはない、こんなことはなにひとつ。だれからお聞きになったのですか」

彼の顔に触れていた母の手が動き、鏡台のほう、鏡台にのったクリスタルのボウルを指し示した。爪の手入れに使う道具だとずっと思っていたのだが。「〈巫女〉の書記の古い習慣はなかなか消えないもの。あの水鏡で見たのですよ。ことのすぐあとに」

「それなのに、ずっと胸にしまっておられたのですか」驚いて言った。

「でも、もうしまっておけません。だからここに来てもらったのよ」

あの耐えがたい感情がまた殺到してくる。板ばさみになる苦悶。母にこれから頼まれるであろうことは、彼の強い信念――家族の暗く忌まわしい秘密を知らせても、妹にとってよいことはなにひとつないという――とは相いれない。ベラはずっと、このどす黒い過去から守られてきた。いまになって、それをすべてぶちまける理由がどこにある。

いや、母は死にはしない、と自分に言い聞かせる。母が死に瀕しているのならなおのことだ。

「〝マーメン〟――」

「ベラにはけっして言ってはいけませんよ」

レヴははっと身を固くした。聞きまちがいでなければよいが。「いまなんと?」

「お誓いなさい。なにがあってもベラにだけは知らせないと」母は身を乗り出し、彼の両腕をしっかりつかんだ。指がほんとうに腕に食い込んでいるのがわかる。母の両手と手首の骨がはっきり浮き出ている。「あの子には、こんな重荷を背負わせたくないの。あなたはしかたがない。できるものならあなたにも背負わせたくなかったけれど、それはできなかった。でもあの子が知らずにいれば、次の世代は苦しまずにすみます。ナーラもこんな重荷を背負わずにいられる。あなたとわたくしの代で終わるのですよ。どうか、誓うと言って」

レヴは母の目を見あげた。これほど母を愛しいと思ったことはない。

ひとつうなずいて言った。「わたくしの目を見てご安心ください、そのようにお誓いいたします。ベラにもベラの子らにも知らせることはございません。過去は母上とわたくしの代で葬ります」

ドレッシングガウンの下で、母の肩からほっと力が抜けた。よほど安堵したのだろう、吐き出した息が震えている。「あなたのような息子をもてるとは、わたくしほど幸せな母親はどこにもいないでしょう」

「どうしてそんなことがありましょうか」ささやくように言った。「ほんとうのことです」

マダリーナは座りなおし、レヴの手からハンカチを取った。「これはどうしてもやりなおさなくては。ベッドに戻りたいのだけれど、手を貸してくれますか」

「もちろんです。ハヴァーズを呼びましょう」

「その必要はありません」

「〝マーメン〟――」

「最期のときに医療の手をわずらわせたくありません。いずれにしても、いまとなってはなにをしてもむだです」

「どうしてそんな――」

母は、重いダイヤモンドの指輪をはめた手をすんなりとあげた。「わたくしは明日の日暮れ前に逝きます。ボウルに見えたのよ」

レヴは息ができなかった。肺が動こうとしない。まだ早い、早すぎる。まだ早い、まだ……

マダリーナは、最後のハンカチをこのうえなくていねいに仕上げていった。角をきちんと合わせ、ゆっくりとアイロンを前後に滑らせる。それがすむと、完璧な正方形に畳んだものをほかのハンカチに重ね、すべてをみごとに整えた。

「すみました」

レヴは杖にすがって立ちあがり、腕を母に差し出した。ふたりそろってゆっくりと寝室に向かう。ふたりとも足もとがおぼつかない。

「なにか召しあがりますか」上掛けをめくり、母が横になるのに手を貸しながら尋ねた。

「いいえ、大丈夫よ」

ふたりの手がともに動いて、シーツと毛布と上掛けを整えていく。なにもかもきちんと折り畳まれ、ちょうど母の胸もとを横切る形で収まった。身を起こしたときには、母は二度とこのベッドを出ることはないと悟っていた。それがたまらなかった。

「ベラを呼ばなくては」彼は直截に言った。「あいつもお別れを言いたいでしょうから」

母はうなずき、目を閉じた。「すぐに呼んで。赤ちゃんも連れてくるように言ってね」

こちらはコールドウェル、〈兄弟団〉の館。トールは寝室をうろうろ歩きまわっていた。いや、どれほど弱っているか考えれば、これはジョークと言うほかない。せいぜい「よろよろ」がいいところだろう。

一分半ごとに時計を見る。時間は恐ろしい速さで飛び去り、この世の砂時計が砕けて、秒という秒が砂のように一面にあふれ出しているような気がする。

もっと時間が必要だ。もっと……くそ、そもそもこんなことをしてなんになるのか。

これから起こることを思うと、とうてい最後までやり抜けそうな気がしなかった。とはいえ、いまさら気をもんでもどうすることもできない。たとえば、だれかに見ていてもらったほうがいいのかどうかすら判断がつかなかった。第三者の目があれば、秘めごとという色合いがさらに薄れるという利点はある。しかし、彼が完全にトチ狂ってしまったら、それを目撃する者がひとり増えるのが問題だ。

「おれはここで見てるからな」

トールはラシターに目をやった。天使は窓のそばの長椅子(シェーズ)に寝そべっていた。脚を足首で交差させ、コンバットブーツの片方をメトロノームのように左右にふっている。ここにも時を刻んでいる憎たらしいやつがいる。

「あのなあ」ラシターは言った。「おれぁな、おまえの情けない裸のケツも見てるんだぜ。いまさらなに見られたって恥ずかしがることたねえだろ」

言葉じたいは例によってデリカシーのかけらもないが、その口調は驚くほどやさしく——

ドアにノックの音がした。柔らかな叩きかたからして、〈兄弟〉ではありえない。

ドアの下から食物のいいにおいがしてこないのを見ると、陶製の玉座に注がれるべき食事のトレーを、フリッツが捧げ持ってきたわけでもない。

どうやら、フュアリーへの招喚が効きめを現わしたようだ。

トールは頭のてっぺんから足先まで震えはじめた。

「わかったよ、落ち着け」ラシターが立ちあがり、すばやく近づいてきた。「おまえはこっちに座ってな。どうせベッドの近くには寄りたくもないんだろ。ほら——ほら、おとなしくしろよ。わかってんだろ、これは訓練みたいなもんだ。生理現象で、選択の余地はないんだし、後ろめたいことなんかこれっぽっちもないんだぞ」

トールは部屋を引きずっていかれ、書き物机のそばの固い背もたれの椅子に座らされた。まさに間一髪だった。膝が務めを果たすのに興味を失い、両方同時にくずおれて、布張りの座面にバウンドするほどの勢いで尻が落ちた。

「どうしていいかわからん」

ラシターの華やかな顔が目の前にずいと現われた。「身体が代わりにやってくれるさ。頭や心に邪魔をさせないことだ。そうすりゃ本能がやるべきことをやってくれる。おまえは悪くない。生きるためにしょうがないんだ」

「生きたくなんかない」

「ほんとかよ。自己破壊願望とかそういうたわごとは、ただの趣味かと思ってたぜ」

トールには、天使に殴りかかるほどの体力がなかった。部屋を出ていく体力もない。ほとんど残っていなくて、声をあげて泣くことすらできない。

ラシターは歩いていってドアをあけた。「やあ、わざわざすまん」

入ってきた〈巫女〉の姿をまともに見ることはできなかったが、かといって無視することもできない。たおやかな花の香りがふわりと漂ってくる。

ウェルシーの生来備わった香りはもっと強かった。バラとジャスミンだけでなく、ぴりっとした苦みがあって、彼女の気丈さがそこに表われていたものだ。

「マイ・ロード」女性の声。「〈巫女〉のセレナと申します。お仕えしに参りました」

長い間があった。

「行ってやってくれ」ラシターがそっと言った。「いつかはやらなきゃならないことなんだ」

トールは両手で顔を覆った。首が重みに耐えかね、頭ががくりと落ちる。〈巫女〉が足もとの床にひざまずいたときは、息を吸ったり吐いたりするのもやっとだった。骨と皮だけの指のすきまから、〈巫女〉のまとう流れるような白いローブが見える。ウェルシーはドレス全般があまり好きではなかった。唯一心から気に入っていたのは、彼との誓いの儀式で着た赤と黒のドレスだけだ。

あの神聖な儀式の記憶がよみがえってきた。身を切られるほどありありと目に浮かぶ。〈書の聖母〉が彼とウェルシーの手を握らせて、よい連れあいです、大変よろしい、と宣言した瞬間。一族の母を通じて、連れあいと自分とをつなぐ温もりを感じた。そして愛する女性の瞳を見つめたとき、その愛情と決意と幸福の予感は百万倍にも強まったものだ。

未来永劫、ふたりの前には幸福と喜びしかないように思えた……それがいま、彼は考えるだに恐ろしい喪失の向こう側にいる。たったひとりで。たったひとりで。いやいや、たったひとりよりなお悪い。たったひとりで、いまはべつの女性の血を体内に入れようとしているのだ。

「あんまり急すぎる」彼は両手の奥でつぶやいた。「無理だ……もう少し時間が必要だ……」

誓って言うが、あのくされ天使がもう潮時だみたいなことをひとことでも口にしたら、この歯が安全ガラス製だったらよかったとあんちくしょうに思わせてやる。

「戦士の君」〈巫女〉がささやくように言った。「お望みであれば、わたくしはまた出なおしてまいります。そのときもご無理ならば何度でも。いつでもまた戻ってまいります、お心が決まったとおっしゃるまで。どうか……戦士の君、まことに、わたくしはお力になりたいだけなのです。どうぞお苦しみなさいませんように」

彼は眉をひそめた。〈巫女〉の声は思いやりに満ちている。彼女の唇を離れた音声には、色欲の気配はいささかも感じられなかった。

「あなたの髪の色を教えてくれ」指のあいだから言った。

「夜の黒でございます。姉妹たちの手も借りまして、できるだけぴったりまとめてまいりました。また、こちらの判断でターバンも巻いてきております。そうせよと仰せはいただいておりませんが、そのほうが……そのほうがよろしいかと存じまして」

「目の色を教えてくれ」

「青、薄い空の色でございます」

ウェルシーの目はシェリー酒の色（明るい茶色）だった。

「戦士の君」〈巫女〉がささやく。「わたくしの姿をご覧になる必要すらございません。

よろしければ後ろに立たせていただきますので、それで手首だけおとりくださいませ」

柔らかい衣ずれの音がする。女性の香りが移動していき、やがて後ろから漂ってきはじめた。顔を覆っていた手をおろすと、目に入ったのはジーンズに包まれたラシターの長い脚だった。天使はまた足首を交差させていたが、いまは壁に背中をもたせている。

白い布を垂らした細い腕が目の前に現われた。

そろそろとローブの袖が引きあげられていく。ゆっくりと、しだいに高く高く。あらわになった手首は華奢で、肌は白くなめらかだった。

透けて見える血管は明るい青だ。

トールの口蓋から牙が飛び出してきた。唇から唸り声が噴き出す。いまいましい天使の言うとおりだ。だしぬけに頭のなかは真っ白になっていた。あるのは肉体だけ、あまりに長く奪われていたもののことだけ。

トールは〈巫女〉の肩をがっちりつかみ、コブラのようにしゅうしゅうとのどを鳴らし、骨に達するほど深く手首に嚙みつき、牙をしっかり突き立てた。驚愕の叫びがあがり、駆け寄る気配があったが、彼はわれを忘れて飲んだ。ローブを握りしめて引っ張るように、ぐいぐいと飲んで胃の腑に流し込む。あまりの勢いにろくに味もわからないほどだ。

危うく〈巫女〉を殺してしまうところだった。

しかもそれを知ったのはあとになってからだ。やっとのことでラシターは彼を引き離し、頭にパンチをくれて気絶させた――栄養の源から引き離されたとたん、また〈巫女〉に飛びかかろうとしたらしい。

堕天使の言うとおりだった。

ハンドルを握るのはおぞましい生理現象のほうであり、どんな志操堅固な心も敵ではない。

そして、亡き連れあいを崇拝してやまない男やもめも。

34

帰宅したとき、エレーナは何食わぬ顔をしてルーシーに帰ってもらい、父の様子を見に行った。父に言わせると、仕事が「信じられないほどはかどっている」らしい。しかし父の部屋を出てひとりになったとたん、自室にこもってネットに接続していた。どれぐらいお金が残っているか、最後の一セントまで確認しなくてはならない。もっとも、その結果にひと安心というわけにいかないのはわかっていた。銀行口座にサインインしたあと、まだ支払っていない小切手の額をスクロールし、今月第一週に引き落とされる額を合計した。ありがたいことに、十一月に働いたぶんの給与が支払われるのはこれからだ。

貯蓄口座の残額は一万一千ドル足らず。毎月の生活費もこれ以上は削れない。売るものはなにも残っていない。

ルーシーにもう来てもらえない。困ったことだ、ルーシーはあきを埋めるためにべつのお客を探すだろうし、エレーナに新しい仕事が見つかったら、また看護してくれるひとを探すことになる。

だがそれも、べつの仕事が見つかればの話だ。まちがいなく看護師の仕事は無理だろう。正当な理由で解雇と履歴書に書かれていたら、いい顔をする雇用主などいるはずもない。

どうして錠剤を盗んだりしてしまったのか。

エレーナは座って画面を見つめ、小さな数字を何度も何度も足し算しなおした。やがてなにもかもごちゃごちゃになり、合計額の意味すらわからなくなった。

「少しいいかな？」

急いでノートパソコンのスイッチを切った。父はエレクトロニクスと相性がよくないからだ。そして表情を取りつくろった。

「はい、いえあの、はい？」

「よかったら、原稿の一節か二節読んでみてくれまいか。あなたは気にかけてくれているようだし、この研究のおかげでわたしは心が落ち着くのだ」足を引きずりながら横に来て、慇懃（いんぎん）に腕を差し出してくる。

エレーナは立ちあがった。ときには他人の指図に従うことしかできない場合もある。

父が原稿用紙に書きつらねている無意味なたわごとなど読みたくない。なんの問題もないようなふりをするのは耐えがたい。一時間だけでいいから正気に戻ってくれないだろうか。そして、彼女のしでかしたことのせいで、ふたりがどんな苦境に陥ってしまったか、洗いざらい話すことができればいいのに。

「それはぜひとも」彼女は生気のない声で如才なく言った。

あとについて書斎に入り、父が椅子に腰を落ち着けるのを手伝い、乱雑に積まれた紙の山を見まわした。なんという散らかりよう。黒い革張りのバインダーは破裂しそうになっている。ファイルフォルダーも、紙を詰め込みすぎてぱんぱんだ。らせん綴じのノートからは、犬の舌のようにページがはみ出して垂れ下がっている。ルーズリーフの白い紙があっちこっちに散らばっていて、まるで飛んで逃げようとしたがそこで力尽きたかのようだ。

すべてが父のメモというか、父がそう称しているものだ。実際には、無意味なたわごとの山また山でしかない。

「ここへ。さあ、座りなさい」父は、褐色のゴムバンドでまとめた速記用紙をどけ、デスクわきの椅子の座面をあけた。

腰をおろすと、エレーナは両手を膝に置いてぎゅっと握りしめ、取り乱すまいと努めていた。この部屋の混沌（こんとん）ぶりは回転する磁石のようで、彼女自身の考えも計画もすさまじい速度で回転しはじめる。それでなくても千々に乱れた心がいよいよ乱れていく。

父は書斎を見まわし、申し訳なさそうに微笑んだ。「これほどせっせと働いて、それにくらべて収穫はわずかなものだ。まるで真珠採りのようだね。ここで何時間も過ごし、何時間も目的を達成するために……」

エレーナはろくに聞いていなかった。ここの家賃を払えなくなったら、父とふたりでどこへ行けばいいのだろう。ねずみやかさかさ走りまわるゴキブリのいない家で、ここより安いところがあるだろうか。慣れない環境にいきなり移されて、父は大丈夫だろうか。ああ〈書の聖母〉さま、以前借りていたちゃんとした家を父が焼いてしまった夜、これがどん底だと思ったものだった。まだ下があったとは。

頭がぼんやりしてきて、このままではまずいことになると思った。

父の話は続く。パニックのあまり声も出ない彼女の沈黙を横切るように、父の声が行進していく。「見てきたことをなにもかも、真摯に記録しようと努めてきて……」

そのあとはもう聞こえなかった。

ぽっきり折れてしまった。小さな椅子に座り、父の無意味で無益な長話の沼に沈み、自分の行為を、そして一度の判断ミスで父とふたり陥ってしまった現状を突きつけられ、彼女は泣きだした。

仕事を失っただけではなく、あまりにいろいろありすぎる。ステファンのことがあった。リヴェンジとのあいだに起きたことがある。成人でありながら、自分たちの置かれた状況が父には理解できないという現実がある。

ひとりきりで、だれに頼るあてもない。

エレーナは両腕を身体に巻きつけて泣いた。かすれた泣き声が息とともに噴き出し、しまいには疲れきって、ぐったり座っていることしかできなくなった。

ややあって大きく息をつき、もう必要でなくなった白衣の袖で涙を拭いた。

顔をあげると、父は椅子に座ったまま固まっていた。気を呑まれたとしか言いようのない顔。「まことに……娘よ」

ほら、問題はここだ。社会的地位を失うと同時に、金銭的な豊かさもすべて失ったというのに、古い習慣はなかなか消えないものだ。〝グライメラ〟の節度を重視する習わしがいまもふたりの会話を縛っている——手放しで大泣きするのは、朝食の席で引っくり返って腹からエイリアンを飛び出させるぐらい異状なことなのだ。

「お赦しを、お父さま」すっかりばかをさらした気分で彼女は言った。「いまは失礼したほうがよさそうです」

「いや……待ちなさい。ちょっと読んでいきなさい」

エレーナは目を閉じた。全身の皮膚が縮みあがる。ある意味では、彼女の全生活は父の精神疾患によって縛られていた。自分が犠牲になるとしても、それは父への当然の恩返しだとふだんは思っているのだが、今夜はあまりに神経がささくれ立っていて、まったく無価値な父の「作品」を、途方もなく重要なもののように装うことはできそうになかった。

「お父さま、わたくし……」

デスクの引出しが開いて閉まる。「これだよ。ただの一、二節とは言えないが」

むりやりまぶたを持ちあげ……

目がどうかしたのではないかと、身を乗り出さずにはいられなかった。父の両の手のひらのあいだにあったのは、みごとにぴったりそろえて積み重ねられた、厚さ二、三センチの白い紙の束だった。

「わたしの作品だ」父はあっさり言った。「娘よ、あなたのために書いたのだよ」

テューダー様式の隠れ家の一階、レヴは居間の窓ぎわに立ち、広々とした芝生の向こうを見つめていた。雲は切れて、晴れた冬空に月がやる気なさそうに半分だけかかっている。感覚のない手に、新品の携帯電話を持っていた。毒づきながら音を立てて閉じたばかりだ。

信じられない。頭上では母が臨終の床についていて、まさにこの瞬間にも、妹とその〝ヘルレン〟が日の出と競争でこちらに急いでいる……そこへ持ってきて仕事の面でも、怪物がその醜い角のある頭をもたげようとしているのだ。

ドラッグの売人がまた死んだ。この二十四時間で三人めだ。

ゼックスのテキストは簡にして要を得ていた。いつもの流儀だ。リッキー・マルティネスとアイザック・ラッシュの死体は川岸で発見されたが、今回は道路沿いのショッピングセンターの駐車場で見つかっている。自分の車のなかで、後頭部に一発撃ち込まれて死んでいたのだ。ということは、死体を乗せてだれかが運転してきたということだ。防犯カメラで見張られているのがわかりきっている場所で、銃をぶっぱなす阿呆などいるわけがない。しかし、警察無線ではそれ以上のことは報告されておらず、くわしいことは明日の新聞かテレビのニュースを待つしかなかった。

しかし、問題はそこではない。彼が毒づいている理由はこれだ。

この三人はみな、このふた晩のうちに彼からブツを買っているのだ。

そうでなければ、彼が母を訪ねているときにゼックスは連絡してきたりしない。たんに規制がゆるいのではなく、規制など完全に存在しない、それがドラッグ業界だ。コールドウェルにおける業界の均衡状態――彼も、彼と取引のある上層の仲買人たちも、これがあるから儲けられるのだ――はきわめて危なっかしいバランスのうえに成立している。

業界の大物として、彼の仕入れ先はマイアミの商人、ニューヨークの海上輸入業者、コネティカットの覚醒剤合成業者、ロードアイランドのX製造業者の組み合わせだ。全員が彼と同じく事業家であり、ほとんどが独立経営――つまり全国規模のマフィアに牛耳られていないということだ。関係は強固で、あちらも彼と同じく用心深く几帳面だ。これはたんに金銭的取引と製品の受け渡しであって、合法的な経済分野でおこなわれていることと変わらない。製品はコールドウェルのさまざまな場所に輸送され、そこから〈ゼロサム〉に移され、ラリーが責任をもって検査をし、小分けして包装するというわけだ。

これは手入れの行き届いた機械のようなもので、設置には十年かかったが、いまも保守には手がかかる。たんまり賃金をはずんだ従業員、身体的脅迫、実際の殴打、たえまない関係の維持構築が必要だ。

死体が三つもあれば、築きあげてきたシステムが完全に引っくり返ってもおかしくない。金銭的な損失はもちろんだが、だれにとってもありがたくない下級レベルでの勢力争いにつながりかねない。だれかが彼の縄張りで仲間を消している。となれば、商売仲間はいぶかるだろう。彼が制裁を加えているのか、なお悪いことに彼自身が制裁を食らっているのではないか。価格は不安定になり、関係は緊張し、情報が歪曲されて伝わることになる。

手を打たなくてはならない。

何本か電話をかけて、仕入れ先や製造業者を安心させなくてはならない。いまも彼はコールドウェルを押さえているし、かれらの商品の販売に支障が出ることはないと伝えるのだ。しかしくそ、どうしてこんなときに。

われ知らず天井を仰いでいた。

そのせつな、なにもかも投げ出してしまおうかと夢想した——たわごとだ。この世にあの王女がいるかぎり、仕事は続けなくてはならない。あの性悪女に、家族の財産を目茶滅茶にされてたまるものか。ベラの父親が運用にへまをしたせいで、いまでもじゅうぶん危うい方向に進んでいるのだ。

王女が生きているかぎり、レヴはコールドウェルの麻薬王でありつづけるだろうし、かけるべき電話をかけるだろう——もっとも、母のいるこの家で、この家族の時間にそんなことはできない。仕事はあと、家族が先だ。

もっとも、ひとつだけははっきりしている。今後はゼックス、トレズ、アイアムの三人がいっそう厳しく目を光らせざるをえないだろう。仲買人連中を片づけようとするほどの野心家なら、レヴのような大物に狙いをつけてこないはずがない。ただ厄介なことに、これからしばらくはレヴが店に姿を見せるのが重要になる。こういう不安定な時期に、顔を見せないのは決定的にまずい。商売相手の連絡員は、彼が逃げ隠れするかどうか注視しているだろう。やばい事態になったときに縄張りから逃げ出す臆病者と思われるぐらいなら、三人を殺した犯人だと思われるほうがまだましだ。

これといった理由もなく、携帯電話を開いてとり損ねた電話がないか確認した。もう何度めだ。エレーナからはなんの連絡もない。いまだに。

たぶん病院が忙しいだけだろう。大忙しで手があかないのだ。そうに決まっている。それにあそこは襲撃される危険などありそうにない。辺鄙(へんぴ)な場所にあるし、防犯設備も充実しているし、なにかあったのならとっくに耳に入っているはずだ。

そうだろう？

やかましい。

眉をひそめて時計を見る。また二錠服む時間だ。

キッチンに入り、牛乳をコップ一杯飲んで、またペニシリンを口に放り込む。そのとき、家の正面にひと組のヘッドライトが見えた。〈エスカレード〉が玄関前に停まり、ドアが開く。コップをおろして床に杖を突き、妹とその連れあいと幼子を迎えに出ていった。

入ってきたとき、ベラはもう赤い目をしていた。前もって状況をはっきり説明しておいたからだ。ベラの〝ヘルレン〟がすぐ後ろに控え、眠る娘を太い腕に抱いていた。傷痕のある顔は暗く曇っている。

「よく来たな」そう言いながら、レヴはベラを腕に抱いた。軽く片腕をまわしたまま、ザディストと手のひらを合わせる。「会えてうれしいよ」

Zは、頭皮が見えるほど短く刈った頭をうなずかせた。「おれもだ」

ベラは身体を引き、手早く目をぬぐった。「お母さまは二階の寝室？」

「ああ、〝ドゲン〟がついているよ」

ベラは娘を受け取り、レヴは先に立って階段をのぼった。寝室のドアまで来ると、母とその忠実な侍女に不意打ちを食わせないように、まずドア枠をノックした。

「そんなにお悪いの？」ベラがささやく。

レヴは妹を見おろした。そうたびたびあることではないが、この状況では妹を守る力が自分にはない。それがくやしかった。

絞り出した声はかすれていた。「時が来たんだ」

ベラがぎゅっと目をつぶるのと同時に、ふたりの母の頼りない声がした。「お入りなさい」

レヴは両開きドアの片側を開いた。ベラがはっと息を呑むのが聞こえたが、それ以上にはっきりと感情の格子が感じられる。悲しみとパニックが撚（よ）りあわされ、幾重にも積みあがって密な立方体をなしている。葬儀でしか見られない感情のパターンだが、そこに悲劇の感覚はない。

「〝マーメン〟」ベラは言いながらベッドに近づいていく。

マダリーナが両腕を差し伸べる。その顔には幸福があふれている。「ああ、よく来てくれましたね」

ベラはかがんで母の頬にキスをし、ナーラを慎重に手渡した。幼児の体重を支える力がもう母にはなかったから、余った枕を使って首と頭を支える。

母は輝くような笑みを浮かべた。「なんて可愛いお顔……この子は大変な美女になりますよ」薄くなった手をZのほうにあげた。「来てくださったのね、娘自慢のお父さま。家族を守ってくださる強くて頼れるかた」

ザディストは近づいていき、差し伸べられた手を握った。義母に対する礼儀として、頭を垂れ、義母の手の甲をひたいに軽く当てた。「どんなときも守りつづけます」

「もちろんですとも、まことにありがたいこと」母は戦士の猛々しい顔――レースで覆われたベッドのそばでは、まったくの場違いだった――を見あげて微笑んだが、やがて体力が尽きたように顔を横に倒した。

「わたくしの天使」とささやきながら孫の顔に目を細める。

ベラはベッドに腰をおろし、母の膝をやさしくさすりはじめた。室内の沈黙は羽毛のように柔らかく、繭のように穏やかになり、その場の空気をやわらげ、恐れも不安も鎮めていく。

今回のことにはひとつだけよいところがある。順序どおりの穏やかな死は得がたいものだ――長く穏やかな生に負けず劣らず。

兄妹の母はそんな生には恵まれなかった。しかし、母が世を去ったあともレヴは約束をたがえず、この部屋の平和をきっと守りつづけるだろう。

ベラが娘に顔を寄せてささやいた。「おねむちゃん、起きておばあちゃまにごあいさつなさい」

マダリーナに頰をそっとなでられると、幼いナーラは目を覚ましてのどを鳴らした。黄色い目がダイヤモンドのように輝いて、すぐ前にある老いた美しい顔に焦点を合わせる。うれしそうににっこりして、丸ぽちゃの両手を伸ばした。その手に指を握らせながら、マダリーナは目をあげた。新たな世代の小さな頭を飛び越し、その向こうに立つレヴに視線を向ける。

レヴは母の求めに正しく応えた。目の色だけで懇願を伝えてきた。

こぶしを自分の心臓に当て、ごくかすかに頭を垂れて、改めて誓いを立てたのだ。

まばたきすると、母のまつげで涙の粒が震え、感謝の念が波となって押し寄せてくる。その温もりを感じることはできなかったが、セーブルのロングコートの前が開いても苦にならず、それで深部体温が上昇したのがわかった。

そしてまた、どんなことをしても約束は守り抜くということもわかっていた。長く苦しまずにすむだけではよい死にかたとは言えない。幸福な死とは、順序どおりにこの世を去ることだ。そして、愛する家族が大切に守られると満足し、家族は悲嘆の時期を乗り越えなくてはならないとしても、かれらに対して言うべきことは言い、するべきことはしたと安心して、〈冥界(フェード)〉に渡れるということだ。

この場合は、言うべきでないことは言われないと安心して、と言うべきか。

もったいないほど大切に母は彼を育ててくれた。彼の出生のむごい事情を完全に埋めあわせることはできないが、これが彼にできる精いっぱいの贈物、唯一の恩返しだ。

マダリーナは微笑み、長々と感謝の吐息をついた。

もうなにも思い残すことはない。

35

ジョン・マシューは目を覚ました。と同時に〈H&K〉をあげ、ゼックスのがらんとした部屋の向こう、開きはじめたドアに狙いをつけていた。心拍は落ち着いている。手も安定している。そして照明がついた瞬間もまばたきすらしなかった。鍵をあけてノブをまわしたのが怪しい者であれば、そこに現われた胸に銃弾を叩き込むことになるだろう。

「落ち着きなよ」そう言いながら、ゼックスはふたりきりの部屋に入ってきてドアを閉じた。「あたしだよ」

ジョンはもとどおり安全装置をかけて銃口を下げた。

「大したもんだ」とつぶやくように言いながら、ドア枠にもたれかかる。「その目の覚ましかた、まさに戦士だね」

彼女は離れて立っている。強靭な肉体はリラックスしていて、どこにもむだな力は入っていない。これほど魅力的な女性にジョンは会ったことがない。ということは、彼の欲していることを向こうも欲しているのでないかぎり、出ていかなくてはならないということだ。夢想はいいが、現実のほうがずっといいし、そばにいたら手を出さずにいられるとは思えなかった。

ジョンは待った。さらに待った。どちらも動かない。

しかたがない。そろそろ出ていこう、ばかをさらさないうちに。

ベッドから脚をおろそうとしたが、彼女が首をふった。「そのままでいいよ」

なーーるほどぉ。ただそうなると、いささか迷彩が必要だ。

ジャケットに手を伸ばし、膝に掛けた。いつでも使える状態なのは拳銃だけではなく、例によって固くなっていた。起床ラッパ時の標準装備だ――まあ、彼女の射程内に入るといつも起こる問題でもある。

「すぐに出るから」と言うと、彼女は黒いジャケットを脱ぎ捨ててバスルームに向かった。

ドアが閉じ、ジョンの口はぽかんと開いた。

これはつまり……そういうことか？

髪をなでつけ、シャツをたくし込み、手早くペニスの位置を変えた。いまではたんに固いだけではなく、すでにいきり立っている。〈A&F〉のジーンズの前を押しあげているモノを見おろして、そいつに言い聞かせてやった。彼女がここで寝るとしても、彼の腰を使ってロデオの練習をするつもりとはかぎらないだろうが。

ゼックスはまもなく出てきて、照明のスイッチのそばで立ち止まった。「真っ暗だと困ることとある？」

ジョンはゆっくり首をふった。

いきなり部屋が漆黒の闇に落ち込み、彼女がベッドに近づいてくる物音がした。心臓は早鐘を打ち、ペニスは火がつき、ジョンはあたふたとわきへよけて、広すぎるほど広く場所をあけた。彼女がとなりに横たわる。マットレスのどんなささいな動きもすべて感じ、彼女の髪が枕に当たるかすかな音も聞きとり、鼻孔の奥で彼女のにおいを嗅ぎとった。

呼吸ができない。

彼女がほっとため息をついているのに。

「あたしがこわくないんだね」彼女が静かに言った。

見えないのはわかっていたが、それでも首を縦にふった。

「大きくなってるね」

どうしよう、と彼は思った。そのとおりなんだけど。

瞬時にパニックが膨れあがった。茂みからジャッカルが飛び出してきて牙を剝いて唸りだす。しっかりしろよおれ、とは思うものの、どっちが最悪なのかまるで判断がつかない。遷移した夜の〈巫女〉レイラが相手のときのように、ゼックスが手を伸ばしてきたのに萎えてしまうほうか。それとも、ゼックスが最初から触れてもくれないほうだろうか。

そのコイントスに決着をつけるように、彼女はこちらに寝返りを打ち、片手を彼の胸に置いた。

「大丈夫だよ」ぎくりとする彼にゼックスは言った。

どうやら気が静まったところで、彼女の手が腹部をおりていき、ジーンズの上から包むようにペニスに触れた。とたんに身体がのけぞり、背中がベッドから浮きあがる。口が開き、声にならないうめきが漏れた。

前置きもなにもなかったが、そんなものは欲しくなかった。ジーンズの前が開かれて、勃起したものが飛び出した。両の手のひらが胸に当てられ、レザーパンツが床に落ちる音。

彼女が上に乗ってきた。体勢を変える気配、マットレスに押し戻される。

熱く柔らかい濡れたものがすりつけられ、萎えはしないかという不安はきれいさっぱり消え失せた。彼女のなかに入ろうとそれが猛り立ち、交接の本能の前にはどんな過去もお呼びでなかった。

ゼックスは膝立ちになり、彼のものを手で握って支えた。彼女が腰を沈めてくると、ペニスを周囲から締めつける甘美な圧迫を感じ、電流で絞りあげられたような快感に、彼は腰を突きあげた。考えるひまもなく、彼女の太腿をつかみ――

金属に手が触れて一瞬凍りついたが、引き返すにはもう遅すぎた。ほかにどうすることもできず、そのまま両手でしっかり握りしめ、くりかえし全身を震わせ、何度も何度も童貞を失っていた。

これほどの快感は初めての経験だった。マスターベーションで知ってはいた。遷移してから自分の手で一千回は達していた。しかしこれにくらべたら、彼がいままでやってきたことなどカスみたいなものだ。ゼックスは言葉にしようもないすばらしさだった。

しかも、そのとき彼女はまだ動きだしてもいなかったのだ。

最初の至上極上の絶頂で果てたあと、ジョンがひと息入れるのを待って、彼女は腰を上下に揺らしはじめた。彼はあえいだ。彼女のなかの筋肉に締めつけられてはゆるみ、その圧の変化に睾丸が固く張りつめて、また戦闘態勢が整った。

クインがやたら服を脱ぎたがる理由が、初めて完全かつ完璧に理解できた。ジョンの身体がひとりでにゼックスの動きに従って動きだし、そうなってからはとくに、もうこの世のものとも思えなかった。動きはどんどん速くなり、しだいに切羽詰まってきたが、そうなってからも、いまなにが起こっているのかすべて正確に把握できた。ふたりの肉体のあらゆる部分——胸に置かれた両手、のしかかる重み、接しあう秘所と秘所、のどを引っかきながら出入りする粗い息——がどこにあり、どう動いているか。

ふたたび達したときには、頭のてっぺんからつま先まで固く突っ張り、唇からは彼女の名が噴き出してくる。それは夢想しながらしていたときと同じではあったが、はるかに切迫していた。

やがて終わった。

ゼックスが腰を引きあげて身を離すと、ペニスがジョンの腹に落ちてきた。彼女のなかの熱い繭にくらべると、柔らかい綿のTシャツがサンドペーパーのようだし、外気は凍りつくほど冷たい。マットレスが揺れて、彼女がとなりに横たわったのがわかる。ジョンは闇のなかで寝返りを打ってそちらに顔を向けた。呼吸はまだ荒かったが、再開前の休憩時間にどうしてもキスをしたかった。

手を伸ばし、首のあちら側に手のひらを当てると、彼女は身を固くしたものの、離れていこうとはしなかった。ああ、彼女の肌は柔らかい……なんて柔らかいんだ。肩から伸びる筋肉は鋼鉄のようだが、それを覆う肌はサテンのようになめらかだった。

ジョンはそろそろと上体をベッドから起こし、ゼックスに覆いかぶさるように身を寄せ、手を頰に滑らせて、顔をやさしく包み込み、親指で唇を探った。

台無しにしたくない。いままではほとんど彼女ひとりのしたことで、それはもう驚くほどのみごとさだった。それだけではなく、彼女はセックスという贈物を与えてくれ、あんなことがあったにもかかわらず、彼はれっきとした男だと証明してくれた。肉体は本来の目的を果たすことができ、それを楽しむことができるのだ。ふたりの最初のキスをこちらから始めるつもりなら、どうしてもちゃんとしなくてはいけない。

頭を下げて――

「そういうつもりじゃないよ」ゼックスは彼を押しのけ、ベッドから降りて、バスルームに入っていった。

ドアが閉じた。シャワーの音が聞こえて、ジョンのものはTシャツのうえで縮んでいく。ゼックスは彼の痕跡を洗い流している。彼の肉体が与えたものを片づけようとしているのだ。震える手で、ジーンズのなかに戻した。濡れているのも、悩ましい香りも気づかなかったことにする。

バスルームから出てくると、ゼックスはジャケットを着て、歩いていってドアをあけた。廊下からの流れ込む光を受け、そこに立つ彼女は黒い影だった。高く強くそびえ立っている。

「外は昼だからね、時計を確かめないで出ていくんじゃないよ」間があった。「それと、どうもありがとう。黙っててくれて……あたしの、あのこと」

彼女は出ていき、ドアが音もなく閉じた。

つまり、あの結びつきの理由はこれだったのか。ゼックスがセックスを贈ってくれたのは、秘密を守ったことへの感謝のしるしだったわけだ。

ちくしょう、どうしてそれだけではないなんて思ってしまったのか。

服は着たまま。キスはなし。それに、達したのはまずまちがいなくこっちだけだ。彼女は息も荒くなってなかったし、声もあげなかったし、終わったあとに満足したようにぐったりすることもなかった。女性のオルガスムスについて知っているわけではないが、射精したとき彼はそういうふうになる。

哀れみのではなく、感謝のセックス。

ジョンは顔をこすった。なんてばかだったんだ。それ以上の意味があると思い込むなんて。

ばかだ。ばかもいいところだ。

目覚めたとき、トールの胃には苦痛色のペンキが吹きつけられていた。養ったあとの気絶したような熟睡のさなかでも、あまりの苦しさに両腕を腹に巻きつけ、ぎゅっと丸くなっていたほどだ。

震えるボールになっていた身体をほどきながら、〈巫女〉の血にどこかまずいところでもあったのかと——

響きわたる不平の音は、生ごみのディスポーザーにまさるとも劣らないやかましさだった。

この痛みは……空腹の痛みか？　両の腰骨のあいだのくぼみを見おろした。固く平らな表面をこする。また唸りが返ってくる。

肉体が食物を要求している。栄養がどっさり必要だと言っている。

時計に目をやった。午前十時。ジョンは終餐（ラストミール）を持ってきてくれなかったのか。

トールは腕を使わずに上体を起こし、バスルームに向かった。不思議に脚がしっかりしている。トイレを使ったが、嘔吐はせず、顔を洗い、着る服がないのにふと気がついた。

タオル地のバスローブを引っかけ、ここへ歩いて入ってきてから初めて寝室を離れた。

彫像の廊下にともる照明にまばたきをした。舞台にあがってスポットライトを浴びているようだ。少し時間が要る、慣れるのに……目だけでなく、すべてにおいて。

左右に伸びる廊下、さまざまなポーズの大理石の男性像。記憶のなかにあるとおり、いずれもたくましく、優雅で、そしてじっと動かない。これといった理由もなく、ダライアスのことを思い出した。この彫像はみな、彼がひとつずつ購入してコレクションに加えていったのだ。購入モードに入っていたころのDは、ニューヨークで〈サザビーズ〉や〈クリスティーズ〉のオークションがあるとフリッツを行かせていた。そして傑作が届く——木箱に入れられ、細かい詰め物や布包みで守られて——たびごとに、お披露目パーティを開いたものだった。

Dは芸術を愛していた。

トールは眉をひそめた。彼にとって第一にして最大の喪失はウェルシーであり、生まれなかったわが子であることに変わりはないだろう。しかし、その死に対して復讐すべき者はほかにもいるではないか。〝レッサー〟は彼の家族を奪っただけでなく、親友をも奪ったのだ。

腹の奥底で怒りが頭をもたげ……べつの飢えに火がついた。戦闘への飢えに。

意志と気力が湧いてくる。なじみがないと同時になじみ深くもあるその気分を抱いて、トールは大階段に向かって歩きだした。書斎の前に差しかかったところで足が止まる。両開きドアはほとんど閉まっていたが、その奥にラスがいるのは感じとれた。しかしじつのところ、あまり他者と関わりになりたい気分ではない。

少なくとも、自分ではそう思っている。

しかしそれなら、厨房(ちゅうぼう)に電話をかけて食事を注文すればすむことなのに、なぜそうしなかったのか。

ドアとドアの細いすきまからなかをのぞいた。

ラスはデスクで居眠りをしていた。長くつややかな黒髪が書類のうえに扇状に広がっている。曲げた片腕を枕代わりに頭をのせ、もういっぽうの手にはいまも拡大鏡が握られていた。文字を読むときいつも使っているやつだ。

トールは室内に足を踏み入れた。見まわすと、暖炉のマントルピースが見え、それにだらりと寄りかかっているザディストが目に浮かんだ。傷痕のある顔は厳しく、黒い目が閃光を放っている。フュアリーはいつもその近くにいて、ふだんは窓際の淡青色の寝椅子に座っている。Vとブッチはあの華奢なソファに陣取っていることが多い。レイジの居場所はその日の気分しだいで……

トールは眉をひそめた。ラスのデスクのとなりにあるあれは……

不格好でみすぼらしくて、アボカドのような緑色の肘掛け椅子。革張りのクッションには継ぎ当てがある……あれはトールの椅子だ。見苦しいからと、いつもウェルシーに捨てろと言われていた。訓練センターの地下のオフィスに置いておいたはずだが……

「こっちに移したんだ。ジョンがこの館に来る気になるように」

トールははっと首をまわした。ラスが枕代わりの腕から顔をあげていた。疲れた声だったが、見ればそれに負けず劣らず疲れた顔をしている。

王はゆっくり話しだした。まるで客人を脅すまいとしているかのように。「あれ……ああいうことがあったあと、ジョンはオフィスから出ようとしなくなった。あの椅子以外の場所では寝ようとしないんだ。まったく困ったもんだ……訓練では荒れるし、喧嘩はするしな。とうとう見過ごしにできなくなって、あのおんぼろをここへ移したんだ。おかげでだいぶましになった」ラスは椅子に目をやった。「よくあそこに座って、おれが仕事するのを見てた。遷移を終えて、この夏の襲撃があってからは、夜は戦闘に出かけるし、日中は眠ってるしで、ここにはあまり顔を出さなくなった。なんだか寂しい気がするが」

トールはたじろいだ。かわいそうに、あの子になんとひどい仕打ちをしてしまったことか。あのときはああするしかなかったのはたしかだが、そのせいでジョンはどれほど苦しんだだろう。

いまも苦しんでいる。

トールは恥ずかしくなった。毎朝毎夕あのベッドで目を覚ますと、ジョンがトレーを持ってやって来て、彼が食べているのを見守って——そのあともしばらく居残っていた。ひとりになったとたん、食べたものをほとんど吐いているのを知っているかのように。

ジョンは、ウェルシーの死をひとりきりで耐え抜かなくてはならなかった。遷移もひとりでくぐり抜けた。なんと多くの初めてを、ひとりきりで乗り越えてきたことか。

トールはVとブッチのソファに腰をおろした。びくともしないのに驚く。記憶のなかにあるよりずっとしっかりした座りごたえだ。クッションに両手を当てて押してみた。

「補強したんだ、おまえが留守のあいだに」ラスが静かに言った。

長く沈黙が続いた。ラスの発したいはずの問いが室内を漂い、個人礼拝堂の鐘のこだまのようにやかましく鳴り響いている。

トールは咳払いをした。いまの胸のうちを打ち明けたい相手といえば、ダライアスしかいない。しかしあの〈兄弟〉は世を去ってしまった。次に親しい相手はラスだが……

「その……」トールは胸もとで腕を組んだ。「うまく行ったよ。後ろに立っててくれたから」

ラスがおもむろにうなずく。「いい考えだ」

「彼女の案なんだ」

「セレナは頼りになる。親切で」

「いつまでかかるかわからない」トールは言った。あの女性のことは話題にしたくなかった。「つまりその、戦えるようになるまでな。稽古をしなくちゃならんだろう。射撃場に通って。体力のほうは、どれぐらいもとに戻るかすらわからんし」

「時間のことは気にするな。元気になることだけ考えろ」

トールは両手を見おろし、こぶしを握ってみた。完全に骨と皮だ。指関節が皮膚を破りそうに突き出して、アディロンダック山地の地形模型のようだ。尖った山頂とくぼんだ谷しかない。

もとに戻るまでは長くかかるだろう。体力が戻ったとしても、彼の精神のトランプにはエースがすべて抜けている。いくら体重が戻っても、いくらよく戦えるようになっても、それだけはもう変えようがない。

鋭いノックの音がして、トールは目を閉じた。〈兄弟〉たちでなければよいが。生者の国に戻ってきたことであまり大騒ぎをされたくない。

いいぞ、がんばれ、よし、よくやった。

「どうした、クイン」王が尋ねる。

「ジョンが見つかりました。いちおう」

トールのまぶたがはっとあがった。身体の向きを変え、戸口に立つ若者に眉をひそめた。ラスが応じる間もなく、トールは言った。「いなくなってたのか」

クインは、トールが起きて出てきたのを見て驚いたようだ。それでも、ラスに「なぜいなくなったのを先に報告してこなかった」と問いただされると、すぐに気を取りなおした。

「おれも知らなかったんで、いなくなってるって」そう言いながらなかに入ってくる。

訓練クラスにいた赤毛のブレイもいっしょだった。「今夜はローテーションからはずれてるから部屋で寝るって言うんで、おれたちふたりともそれを真に受けちまって。タマを握りつぶされる前に言いますけど、おれずっと自分の部屋にいたんです、あいつも部屋にいると思ってたから。いないって気がついてすぐに捜しに出て」

ラスは声を出さずに毒づいたが、クインの謝罪を遮って言った。「ああ、もういい。知らなかったんならしかたがない。それで、いまどこにいるんだ」

トールにはクインの答えが聞こえなかった。頭のなかには怒号が響きわたっている。ジョンがひとりでコールドウェルをほっつき歩いているだと。だれにも言わずに出ていっただと。なにかあったらどうするんだ。

会話に割り込んで尋ねた。「待て、いまどこにいるって?」

クインは携帯電話をあげてみせた。「それは言ってません。テキストメッセージでぶじだって言ってきただけで、どこにいるかはちょっと。明日の夜、外で会おうって言ってます」

「いつ帰ってくるんだ」トールは尋ねた。

「たぶん」クインは肩をすくめた。「帰ってこないんじゃないかな」

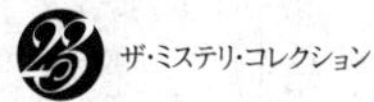

永遠(とわ)を誓(ちか)う恋人(こいびと)（上）

2021年12月20日　初版発行

著者　J・R・ウォード
訳者　安原和見(やすはらかずみ)

発行所　株式会社 二見書房
東京都千代田区神田三崎町2-18-11
電話 03(3515)2311［営業］
03(3515)2313［編集］
振替 00170-4-2639

印刷　株式会社 堀内印刷所
製本　株式会社 村上製本所

落丁・乱丁本はお取り替えいたします。
定価は、カバーに表示してあります。

ISBN978-4-576-21185-5
https://www.futami.co.jp/

＊の作品は電子書籍もあります。

黒き戦士の恋人
J・R・ウォード〔ブラック・ダガーシリーズ〕
安原和見［訳］

NY郊外の地方新聞社に勤める女性記者ベスは、謎の男ラスに出生の秘密を告げられ、運命が一変する！　読み出したら止まらない全米ナンバーワンのパラノーマル・ロマンス

永遠なる時の恋人
J・R・ウォード〔ブラック・ダガーシリーズ〕
安原和見［訳］

レイジは人間の女性メアリをひと目見て恋の虜に。戦士としての忠誠か愛しき者への献身か、心は引き裂かれる。困難を乗り越えてふたりは結ばれるのか？　好評第二弾

運命を告げる恋人
J・R・ウォード〔ブラック・ダガーシリーズ〕
安原和見［訳］

貴族の娘ベラが宿敵〝レッサー〟に誘拐されて六週間。だれもが彼女の生存を絶望視するなか、ザディストだけは彼女を捜しつづけていた…。怒濤の展開の第三弾！

闇を照らす恋人
J・R・ウォード〔ブラック・ダガーシリーズ〕
安原和見［訳］

元刑事のブッチがヴァンパイア世界に足を踏み入れて九カ月。美しきマリッサに想いを寄せるも梨の礫。贅沢だが無為な日々に焦りを感じていたところ…待望の第四弾

情熱の炎に抱かれて
J・R・ウォード〔ブラック・ダガーシリーズ〕
安原和見［訳］

深夜のパトロール中に心臓を撃たれ、重傷を負ったヴィシャス。命を救った外科医ジェインに一目惚れすると、彼女を強引に館に連れ帰ってしまうが…急展開の第五弾

漆黒に包まれる恋人
J・R・ウォード〔ブラック・ダガーシリーズ〕
安原和見［訳］

自己嫌悪から薬物に溺れ、〈兄弟団〉からも外されてしまったフュアリー。〝巫女〟であるコーミアが手を差し伸べるが…。シリーズ第六弾にして最大の問題作登場!!

灼熱の瞬間(とき) ＊
J・R・ウォード
久賀美緒［訳］

仕事中の事故で片腕を失った女性消防士アン。その判断をした同僚ダニーとは事故の前に一度だけ関係を持っていて…。数奇な運命に翻弄されるこの恋の行方は？

蠱惑の堕天使 ＊
J・R・ウォード
氷川由子［訳］

ジムはある日事故で感電死し、天使からの命を受けて堕天使となって人間世界に戻り、罪を犯しそうになっている7人の人間を救うことに。愛と悲しみを知る新シリーズ開幕

奔流
キャサリン・コールター
守口弥生［訳］
〔FBIシリーズ〕

妊婦を人質に取った立てこもり事件が発生。〝エニグマ〟と名乗る犯人は事件のあと昏睡状態に陥り、さらにはその後生まれた赤ん坊まで誘拐されてしまう。最新作！

危険すぎる男 ＊
シャノン・マッケナ
寺下朋子［訳］

レストランを開く夢のためカフェで働く有力者の娘デミ。そこへ足繁く通う元海兵隊員エリック。ふたりは求めあう関係になるが……過激ながらも切ない新シリーズ始動！

夜明けまで離さない
シャノン・マッケナ
寺下朋子［訳］

7年ぶりに故郷へ戻ったエリックは思いがけずデミと再会。かつて二人を引き裂いた誤解をとき、カルト集団の謎に挑む！『危険すぎる男』に続くシリーズ第2弾

ヴァージンリバー
ロビン・カー
高橋佳奈子［訳］

救命医の夫を突如失った看護師のメル。誰も知らないところで過ごそうと、大自然に抱かれた小さな町ヴァージンリバーにやって来るが。Netflixドラマ化原作

あなたとめぐり逢う予感 ＊
ジュリー・ジェームズ
村岡 栞［訳］

殺人事件の容疑者を目撃したことから、FBI捜査官のジャックと再会したキャメロン。因縁ある相手だが、ボディガードとして彼がキャメロンの自宅に寝泊まりすることに…

秘めた情事が終わるとき ＊
コリーン・フーヴァー
相山夏奏［訳］

無名作家ローウェンのもとに、ベストセラー作家ヴェリティの共著者として執筆してほしいとの依頼が舞い込むが…。愛と憎しみが交錯するジェットコースター・ロマンス！

＊の作品は電子書籍もあります。

ボーイフレンド演じます
アレクシス・ホール
金井真弓［訳］

ロックスターの両親のせいでパパラッチにあられもない姿を撮られてきたルーク。勤務する慈善団体のパトロンを失わないため、まともなボーイフレンドが必要になり…

赤と白とロイヤルブルー ＊
ケイシー・マクイストン
林啓恵［訳］

アメリカ大統領の息子と英国の王子が恋に落ちるLGBTロマンス。誰にも知られてはならない二人の恋は切なく燃え上がるが…。全米ベストセラー！

プエルトリコ行き477便
ジュリー・クラーク
久賀美緒［訳］

暴力的な夫からの失踪に失敗したクレアは空港で見知らぬ女性と身分をチケットを交換する。クレアの乗るはずだった飛行機がフロリダで墜落、彼女は死亡したことに…

完璧すぎる結婚
グリア・ヘンドリックス＆サラ・ペッカネン
風早柊佐［訳］

裕福で優しいリチャードとの結婚を前にネリーには悩みがあった。一方、リチャードの前妻ヴァネッサは元夫の婚約を知り…。騙されること請け合いの驚愕サスペンス！

誠実な嘘
マイケル・ロボサム
田辺千幸［訳］

恋人との子を妊娠中のアガサと、高収入の夫との三人目を妊娠中のメグは出産時期が近いことから仲よくなるが…。二人の女性の数奇な運命を描く戦慄のスリラー！

そして彼女は消えた ＊
リサ・ジュエル
氷川由子［訳］

15歳の娘エリーが図書館に向ったまま失踪した。10年後、エリーの骨が見つかり…。平凡で幸せな人生の裏でじわじわ起きていた恐怖を描く戦慄のサイコスリラー！

冷酷なプリンス
ホリー・ブラック
久我美緒［訳］

妖精国で育てられた人間の娘ジュードは、自分の居場所を見つけるため騎士になる決心をする。陰謀に満ちた世界で闘うジュードの成長とロマンスを描く壮大なファンタジー

時のかなたの恋人＊
ジュード・デヴロー
久賀美緒［訳］

イギリス旅行中、十六世紀から来た騎士ニコラスと恋に落ちたダグラス。時を超えて愛し合う恋人たちを描く、タイムトラベル・ロマンス永遠の名作、待望の新訳！

口づけは復讐の香り＊
L・J・シェン
藤堂知春［訳］

シカゴ・マフィアの一人娘フランチェスカは社交界デビューの仮面舞踏会で初めて会った男ウルフにキスを奪われ、婚約することになる。彼にはある企みがあり…

愛は闇のかなたに＊
L・J・シェン
水野涼子［訳］

父の恩人の遺言で政略結婚をしたスパロウ。十も年上で裏社会にさえ顔がきくという男との結婚など青天の霹靂だったが、いつしか夫を愛してしまい…。全米ベストセラー！

夜の向こうで愛して＊
キャロリン・クレーン
村岡栞［訳］

元宝石泥棒のエンジェルは、友人の叔母を救うために再び泥棒をするが、用心棒を装ったコールという男に見つかり…。ゴージャスな極上ロマンティック・サスペンス

愛という名の罪＊
ジョージア・ケイツ
風早柊佐［訳］

母の復讐を誓ったブルー。敵とのベッドインは予期していたが、想像もしなかったのは彼に夢中になってしまうこと……愛と憎しみの交錯するエロティック・ロマンス

気絶するほどキスをして＊
リンゼイ・サンズ
水野涼子［訳］

国際秘密機関で変わった武器ばかり製作するジェーン。そんな彼女がスパイに変身して人捜しをすることに。素人スパイのジェーンが恋と仕事に奮闘するラブコメ！

許されざる情事＊
ロレス・アン・ホワイト
向宝丸緒［訳］

連続性犯罪を追う刑事のアンジー。男性との情事中、呼ばれて現場に駆けつけると、新任担当刑事はその情事の相手だったが……。ベストセラー作家の官能サスペンス！

*の作品は電子書籍もあります。

危険な夜の果てに
リサ・マリー・ライス〔ゴースト・オプス・シリーズ〕
鈴木美朋［訳］

医師のキャサリンは、治療の鍵を握るのがマックという国からも追われる危険な男だと知る。ついに彼を見つけ、会ったとたん……。新シリーズ一作目！

夢見る夜の危険な香り
リサ・マリー・ライス〔ゴースト・オプス・シリーズ〕
鈴木美朋［訳］

久々に再会したニックとエル。エルの参加しているプロジェクトのメンバーが次々と誘拐され、ニックは〈ゴースト・オプス〉のメンバーとともに救おうとするが――

明けない夜の危険な抱擁
リサ・マリー・ライス〔ゴースト・オプス・シリーズ〕
鈴木美朋［訳］

ソフィは研究所からあるウィルスのサンプルとワクチンを持ち出し、親友のエルに助けを求めた。〈ゴースト・オプス〉からジョンが助けに駆けつけるが…シリーズ完結！

危うい愛に囚われて *
ジェイ・クラウンオーヴァー
相野みちる［訳］

危険と孤独と恐怖と闘ってきたナセルとストリッパーのキーリン。出会った瞬間に惹かれ合い、孤独を埋め合わせるように体を重ねるが……ダークでホットな官能サスペンス

ミッシング・ガール *
ミーガン・ミランダ
出雲さち［訳］

10年前、親友の失踪をきっかけに故郷を離れたニック。久々に家に戻るとまた失踪事件が起き……。〃時間が巻き戻る〃斬新なミステリー、全米ベストセラー！

禁断のキスを重ねて *
ジル・ソレンソン
幡美紀子［訳］

警官のノアは偶然知り合ったアプリルと恋に落ちる。だが、彼女はギャングの一員の元妻だった。様々な運命に翻弄される恋人たちの姿をホットに描く話題作！

あなたを守れるなら *
K・A・タッカー
寺尾まち子［訳］

警察署長だったノアの母親が自殺し、かつての同僚の娘グレースに大金が遺された。これはいったい何の金なのか？ 調べはじめたふたりの前に、恐ろしい事実が……